大岡信全軌跡

書誌

大岡信ことば館

凡例

『大岡信全軌跡』凡例

『大岡信全軌跡』は、大岡信の全軌跡をまとめる計画の一環として、まずその骨格を『年譜』『書誌』『あとがき集』の三分冊の書籍のかたちで表すものである。

『大岡信全軌跡』は、著書・雑誌・新聞・カタログ・パンフレットといった刊行物のみならず、未発表ノート・手帖などの資料、家族・関係者から提供された情報などをもとにしているが、二〇一三年時点で複数の情報源によって確証が得られたことがらのみを掲載することを基本方針とした。大岡信の全貌を後世にわたって調査・研究し続けていくためのきっかけとして供するに過ぎない。今後、時々刻々調査が進行し、新たな確証が得られたことがらを追加することで、全軌跡はより完備されていくことになる。

『大岡信全軌跡』全三巻の構成は次のとおり。
『年譜』は大岡信の行動と業績をまとめた。二〇一三年時点で判明する限りの事実を網羅した。
『書誌』は大岡信の業績のうち、著書のみ取り上げて書誌を掲載した。「著書」の定義は、『書誌』凡例を参照されたい。
『あとがき集』は、『書誌』で選定した著作のうち「あとがき」の添えられたものを全文掲載した。大岡信の自著に対する考え、初出に関する情報、刊行の背景を窺い知ることができる。

刊行物のタイトルや引用文中などでは原資料の表記を生かし、旧仮名遣いや旧漢字を残した。かつて出版物において人名を本来の表記によらず新字体に改める時期があったため、同一人物であっても時期によって表記の異なる場合がある（ex. 滝口修造など）が、これも原資料のままである。

引用文中に、現代においては差別的用語とされる語句や表現が残っているところがある。作品成立時の時代背景と文学性を考慮に入れてそのまま残した。

『書誌』凡例

著書をジャンルごとに、刊行年昇順にならべた。

著書と定義したのは、次のとおりである。

　単著

　共著や編集に携わった書籍の場合は、大岡信による「あとがき」のあるもの

　対談の場合は、大岡信主体の書籍

のちに新版、文庫が刊行された場合は、刊行年の箇所ではなく、初版に続けて掲載した。

各書誌の構成は次のとおり。

　書籍タイトル

基本情報　：　〔叢書名〕　出版社　刊行年　頁　判型　定価

書影　：　書籍表1の画像　ただし函のほうが特徴的である場合函の画像の場合もある

■造本■

■奥付■　：　書籍奥付をそのまま記載した

■もくじ■　：　簡略表示の場合もある

■付記■　：　編集部註

目次

『書誌』目次は、初版刊行年順。後年刊行された改訂版、文庫は初版に続けて並べている。

ジャンル「著作集」では、刊行年順ではなく、巻号順に並べている。

詩

詩　18

戦後詩人全集　第一巻
記憶と現在
現代詩全集　第六巻
大岡信詩集 ［全詩集・今日の詩人双書7］
わが詩と真実
大岡信詩集 ［綜合詩集］
彼女の薫る肉体
砂の嘴・まわる液体
螺旋都市
透視図法―夏のための
　透視図法―夏のための ［特装版］
　透視図法―夏のための ［縮刷普及版］
　透視図法―夏のための ［縮刷普及版・新装版］
遊星の寝返りの下で ［限定版］
　遊星の寝返りの下で ［普及版］
悲歌と祝祷
大岡信詩集 ［綜合詩集　増補版］
春少女に
　春少女に ［特装版］
水府　みえないまち
草府にて
詩とはなにか
ぬばたまの夜、天の掃除器せまってくる
故郷の水へのメッセージ
地上楽園の午後
火の遺言
光のとりで
捧げるうた50篇
世紀の変り目にしやがみこんで
旅みやげ　にしひがし
鯨の会話体

詩劇　46

櫂詩劇作品集
あだしの
オペラ　火の遺言

連句・連詩　48

櫂・連詩
歌仙
連詩　揺れる鏡の夜明け
酔ひどれ歌仙
POETISCHE PERLEN Renshi　詩の真珠・連詩
ヴァンゼー連詩
ヨーロッパで連詩を巻く
浅酌歌仙
ファザーネン通りの縄ばしご　ベルリン連詩
とくとく歌仙
連詩　闇にひそむ光
すばる歌仙
歌仙の愉しみ

詩・翻訳　59

現代フランス詩人集　第一冊
世界名詩集大成5　フランスⅣ
ジャム詩集 ［ポケット版世界の詩人7］
プレヴェールほか詩集 ［世界詩人全集18］
黒いユーモア選集　下巻
　黒いユーモア選集2 ［河出文庫］
世界名詩集 ［世界文学全集　別巻第1巻］
アンドレ・ブルトン集成　3
アンドレ・ブルトン集成　4

アンドレ・ブルトン集成　3［新装版］
アンドレ・ブルトン集成　4［新装版］
アントナン・アルトー全集　1
プレヴェール詩集　やさしい鳥
世界名詩名訳集［世界文学全集49］
フランシス・ジャム全集　第1巻
タゴール著作集2　詩集Ⅱ
ジョン・アッシュベリー詩集

古典・翻訳　74

能・狂言集［カラー版現代語訳　日本の古典16］
和泉式部・西行・定家［日本の古典　現代語訳11］
百人一首［グラフィック版日本の古典 別巻1］
百人一首［講談社文庫］
百人一首［グラフィック版　特選日本の古典 別巻1］
百人一首［ビジュアル版　日本の古典に親しむ2］
鬼と姫君物語　お伽草子
大岡信が語る「お伽草子」［かたりべ草子1］
おとぎ草子　遠いむかしのふしぎな話
おとぎ草子［新版］
小倉百人一首
古今集・新古今集［現代語訳日本の古典3］
古今集・新古今集［学研M文庫］
万葉集ほか［少年少女古典文学館25］
万葉集ほか［21世紀版少年少女古典文学館24］

評論

評論　86

現代詩試論［ユリイカ新書1］
現代詩試論［双書種まく人3］
こうしてつくられる［詩の教室1］
外国の現代詩と詩人［詩の教室3］
詩人の設計図
芸術マイナス1　戦後芸術論
芸術マイナス1　戦後芸術論［再版］
抒情の批判　日本的美意識の構造試論
藝術と傳統
眼・ことば・ヨーロッパ　明日の芸術
超現実と抒情　昭和十年代の詩精神
文明のなかの詩と芸術
文明のなかの詩と芸術［新装版］
現代芸術の言葉
現代詩人論［角川選書13］
現代詩人論［講談社文芸文庫］
蕩児の家系　日本現代詩の歩み
蕩児の家系　日本現代詩の歩み［新装版］
蕩児の家系　日本現代詩の歩み［復刻新版］
肉眼の思想　現代芸術の意味
肉眼の思想　現代芸術の意味［中公文庫］
紀貫之［日本詩人選7］
紀貫之［ちくま文庫］
言葉の出現
躍動する抽象［現代の美術8］
現代美術に生きる伝統
たちばなの夢　私の古典詩選
私の古典詩選［同時代ライブラリー］
装飾と非装飾
今日も旅ゆく・若山牧水紀行
岡倉天心［朝日評伝選4］

岡倉天心 ［朝日選書274］
子規・虚子
昭和詩史
昭和詩史 ［新装版］
昭和詩史 ［詩の森文庫］
現代文学・地平と内景
詩への架橋
明治・大正・昭和の詩人たち
うたげと孤心 大和歌篇
うたげと孤心大和歌篇 ［同時代ライブラリー］
日本詩歌紀行
にほんご
詩の日本語 ［日本語の世界11］
詩の日本語 ［中公文庫］
現代の詩人たち 上
現代の詩人たち 下
萩原朔太郎 ［近代日本詩人選10］
萩原朔太郎 ［ちくま学芸文庫］
若山牧水 流浪する魂の歌
現世に謳う夢 日本と西洋の画家たち
現世に謳う夢日本と西洋の画家たち ［中公文庫］
加納光於論
日本詩歌読本
日本詩歌読本 ［講談社学術文庫］
短歌・俳句の発見
表現における近代 文学・芸術論集
日本語の豊かな使い手になるために
日本語の豊かな使い手になるために ［講談社＋α文庫］
日本語の豊かな使い手になるために ［新装版］
ミクロコスモス瀧口修造
楸邨・龍太
万葉集 ［古典を読む21］
万葉集 古典を読む ［同時代ライブラリー］
万葉集 古典を読む ［岩波現代文庫］
抽象絵画への招待
窪田空穂論
詩人・菅原道真 うつしの美学
詩人・菅原道真 うつしの美学 ［岩波現代文庫］
連詩の愉しみ
あなたに語る日本文学史 古代・中世篇
あなたに語る日本文学史 近世・近代篇
あなたに語る日本文学史 ［新装版］
日本の詩歌 その骨組みと素肌
日本の詩歌 その骨組みと素肌 ［岩波現代文庫］
生の昂揚としての美術
詩人と美術家

その他の美術評論

ミロ ［世界名画全集 続巻15］
ポロック ［現代美術17］
ピカソ 芸術の秘密
クレー ［世界の美術24］
ピカソ／レジェ ［世界の名画8］
ルソー／デュフィ ［世界の美術26］
クレー／カンディンスキー／ミロ ［現代世界美術全集10］
エルンスト／ミロ／ダリ ［世界美術全集23］
ジョルジュ・ブラック ［ファブリ世界名画集54］
ブラック／レジェ／ノルデ／デュビュッフェほか ［世界の名画12］
ボナール／マティス ［現代世界美術全集11］

ゴーギャン［世界の名画 10］
　ゴーギャン［カンヴァス世界の名画 10］
　ゴーギャン［新装カンヴァス版世界の名画 10］
ブラックほか［世界の名画 9］
　絵画の青春［原色版　世界の名画 9］
レジェ／ノルデほか［世界の名画 15］
　現代絵画の展開［原色版　世界の名画 15］
岡鹿之助［日本の名画 47］
南蛮屏風［平凡社ギャラリー 4］
ドガ［新潮美術文庫 25］
クレー［新潮美術文庫 50］
レンブラント［世界美術全集 9］
菱田春草［日本の名画 8］
　菱田春草［カンヴァス日本の名画 8］
クレーと現代絵画［グランド世界美術 25］
ヴァトー［カンヴァス世界の大画家 18］
ゴッホ［現代世界の美術 5］
ゴーギャン［現代世界の美術 4］
ギュスターヴ・モロー　夢のとりで
大雅［水墨画の巨匠 11］

随筆

断章　166

彩耳記　文学的断章
　彩耳記　文学的断章［新版］
　彩耳記　文学的断章［新装版］
狩月記　文学的断章
　狩月記　文学的断章［革装版］
　狩月記　文学的断章［新装版］
星客集　文学的断章
　星客集　文学的断章［新装版］
年魚集　文学的断章
　年魚集　文学的断章［新装版］
逢花抄　文学的断章
　逢花抄　文学的断章［新装版］
宇滴集　文学的断章

随筆　182

流域紀行
　流域紀行［朝日選書 69］
風の花嫁たち　古今女性群像
　風の花嫁たち古今女性群像［現代教養文庫］
本が書架を歩みでるとき
青き麦萌ゆ［現代の視界 2］
　青き麦萌ゆ［中公文庫］
片雲の風　私の東西紀行
ことばの力
アメリカ草枕
詩とことば
詩の思想
人麻呂の灰　折々雑記
マドンナの巨眼
水都紀行　スウェーデン・デンマークとの出会い
うたのある風景
人生の黄金時間
　人生の黄金時間［角川文庫］
日本語相談一
　大岡信の日本語相談［朝日文芸文庫］
　大岡信の日本語相談
永訣かくのごとくに候［叢書死の文化 11］
　ひとの最後の言葉［ちくま文庫］
詩をよむ鍵
美をひらく扉
「忙即閑」を生きる
　「忙即閑」を生きる［角川文庫］

光のくだもの
人生の果樹園にて
一九〇〇年前夜後朝譚　近代文芸の豊かさの秘密
光の受胎
ことばが映す人生

折々のうた　210

折々のうた
続　折々のうた
第三　折々のうた
第四　折々のうた
第五　折々のうた
第六　折々のうた
第七　折々のうた
第八　折々のうた
第九　折々のうた
第十　折々のうた
折々のうた　総索引
愛蔵版・折々のうた　［全11冊］
新編　折々のうた
新編　折々のうた　第二
新編　折々のうた　第三
新編　折々のうた　第四
新編　折々のうた　第五
新編・折々のうた1　春のうた・夏のうた　［朝日文庫］
新編・折々のうた2　秋のうた・冬のうた　［朝日文庫］
新編・折々のうた3　春のうた・夏のうた　［朝日文庫］
新編・折々のうた4　秋のうた・冬のうた　［朝日文庫］
新編・折々のうた5　春のうた・夏のうた　［朝日文庫］
新編・折々のうた6　秋のうた・冬のうた　［朝日文庫］
新折々のうた1
新折々のうた2
新折々のうた3
新折々のうた4
新折々のうた5
新折々のうた6
新折々のうた7
新折々のうた8
新折々のうた9
新折々のうた　総索引
折々のうた三六五日　日本短詩型詞華集
精選折々のうた　日本の心、詩歌の宴　上
精選折々のうた　日本の心、詩歌の宴　中
精選折々のうた　日本の心、詩歌の宴　下

随筆（鑑賞）　235

わが愛する詩　わたしのアンソロジィ
忘れえぬ詩　わが名詩選　［詩の森文庫］
恋の歌　［詩歌日本の抒情3］
春のうた　うたの歳時記1
夏のうた　うたの歳時記2
秋のうた　うたの歳時記3
冬のうた　うたの歳時記4
恋のうた人生のうた　うたの歳時記5
明治・大正・昭和詩歌選　［少年少女日本文学館8］
声でたのしむ　美しい日本の詩　和歌・俳句篇
声でたのしむ　美しい日本の詩　近・現代詩篇
声でたのしむ　美しい日本の詩　和歌・俳句篇CD
声でたのしむ　美しい日本の詩　近・現代

詩篇CD
四季歌ごよみ　春［ワインブックス］
四季歌ごよみ　夏［ワインブックス］
四季歌ごよみ　秋［ワインブックス］
四季歌ごよみ　冬［ワインブックス］
四季歌ごよみ　恋［ワインブックス］
名句歌ごよみ　春［角川文庫］
名句歌ごよみ　夏［角川文庫］
名句歌ごよみ　秋［角川文庫］
名句歌ごよみ　冬・新年［角川文庫］
名句歌ごよみ　恋［角川文庫］
私の万葉集㈠
私の万葉集㈡
私の万葉集㈢
私の万葉集㈣
私の万葉集㈤
現代詩の鑑賞101
北米万葉集　日系人たちの望郷の歌
百人百句
おーいぽぽんた　声で読む日本の詩歌166
星の林に月の船　声で楽しむ和歌・俳句

著作集

著作集　262
大岡信著作集　第1巻
大岡信著作集　第2巻
大岡信著作集　第3巻
大岡信著作集　第4巻
大岡信著作集　第5巻
大岡信著作集　第6巻
大岡信著作集　第7巻
大岡信著作集　第8巻
大岡信著作集　第9巻
大岡信著作集　第10巻
大岡信著作集　第11巻
大岡信著作集　第12巻
大岡信著作集　第13巻
大岡信著作集　第14巻
大岡信著作集　第15巻
万葉集を読む［日本の古典詩歌1］
古今和歌集の世界［日本の古典詩歌2］
歌謡そして漢詩文［日本の古典詩歌3］
詩歌における文明開化［日本の古典詩歌4］
詩人たちの近代［日本の古典詩歌5］
詩の時代としての戦後［日本の古典詩歌別巻］

著作集（再録詩集）　278
大岡信詩集［現代詩文庫24］
大岡信詩集［五月書房］
新選大岡信詩集［新選現代詩文庫108］
朝の頌歌
誕生祭［現代詩人コレクション］
続・大岡信詩集［現代詩文庫131］
続続・大岡信詩集［現代詩文庫153］
大岡信全詩集
大岡信詩集［自選］

著作集（再録随筆）　294
詩・ことば・人間
詩歌ことはじめ
ことのは草
ぐびじん草
しのび草　わが師わが友
みち草

しおり草
拝啓　漱石先生
おもひ草
日本語つむぎ
瑞穂の国うた
瑞穂の国うた　［新潮文庫］
人類最古の文明の詩

その他

対談　308

詩の誕生　［読売選書］
詩の誕生　［新版］
日本の色
日本の色　［朝日選書］
討議近代詩史
討議近代詩史　［新装版］
批評の生理
批評の生理　［新版］
芭蕉の時代
詩歌歴遊
言葉という場所
詩歌の読み方
詩と世界の間で　往復書簡
詩と世界の間で　往復書簡　［復刻新版］
対談　現代詩入門
対談　現代詩入門　［中公文庫］
対談　現代詩入門　［詩の森文庫］
日本の詩歌　海とせせらぎ
俳句の世界
わたしへの旅　牧水・こころ・かたち
日本人を元気にするホンモノの日本語

講演集　323

四季の歌恋の歌　古今集を読む
四季の歌恋の歌　［ちくま文庫］
詩歌折々の話
《折々のうた》の世界
《折々のうた》を語る
正岡子規――五つの入口　［岩波セミナーブックス56］
日本詩歌の特質

翻訳　328

モンドリアン　［紀伊國屋アート・ギャラリー15］
長い歩み　中国の発見　上巻
長い歩み　中国の発見　下巻
中国の発見　長い歩み
抽象芸術
抽象芸術　［新装版］
抽象芸術　［復刊版］
近代絵画事典
ピカソのピカソ
近代絵画史
ガラのダリ
現代フランス詩論大系　［世界詩論大系1］
現代フランス詩論大系　［世界詩論大系1新装版］
ヴァレリー全集　6
ヴァレリー全集　補巻
ヴァレリー全集　6　［新装版］
ヴァレリー全集　補巻　［新装版］
ヴァレリー全集　6　［増補版］
ヴァレリー全集　補巻2　［増補版］
昆虫記　［少年少女世界の文学　別巻2］
語るピカソ

マックス・エルンスト［シュルレアリスムと画家叢書］
マックス・エルンスト［シュルレアリスムと画家叢書　増補新版］
ミロの版画
道化のような芸術家の肖像
みつけたぞぼくのにじ
まっくろけのまよなかネコよおはいり
アラネア
おふろばをそらいろにぬりたいな
木の国の旅
宝石の声なる人に　プリヤンバダ・デーヴィーと岡倉覚三・愛の手紙
宝石の声なる人に　プリヤンバダ・デーヴィーと岡倉覚三・愛の手紙［平凡社ライブラリー］
日本　合わせ鏡の贈り物
昆虫記（上）［世界文学の玉手箱3］
昆虫記（下）［世界文学の玉手箱4］
昆虫記（上）［ジュニア版　世界文学の玉手箱③］
昆虫記（下）［ジュニア版　世界文学の玉手箱④］
ファーブルの昆虫記　上［岩波少年文庫］
ファーブルの昆虫記　下［岩波少年文庫］
サンタクロースの辞典
シュルレアリスムと絵画
小さな強者たち［ファーブル博物記2］

編集・解説　356

現代詩論大系　4　1960—1964　上
現代詩論大系　5　1960—1964　下
現代詩論大系　4　1960〜1964上［新装版］
現代詩論大系　5　1960〜1964下［新装版］
現代詩大系3
言語空間の探検［現代文学の発見13］
昭和詩集二［日本詩人全集34］
窪田章一郎ほか［現代短歌大系5］
世界名詩集　別巻3
言葉と世界［文化の現在1］
中心と周縁［文化の現在4］
美の再定義［文化の現在9］
ことばよ花咲け　愛の詩集
ことばの流星群　明治・大正・昭和の名詩集
五音と七音の詩学［日本語で生きる4］
集成・昭和の詩

※『書誌』『あとがき集』もくじは、初版刊行年順。後年刊行された改訂版、文庫は初版に続けて並べている。

※「著作集」は、刊行年順ではなく、巻号順に並べている。

詩集

戦後詩人全集 第一巻

書肆ユリイカ 一九五四年 二五三頁 B6判 三〇〇円

京一〇二七五一番

■もくじ■
□中村稔
□大岡信集
□谷川俊太郎集
□山本太郎集
□那珂太郎集
□新藤千恵集
□解説‥木下常太郎

■付記■

大岡信集‥夜の旅／春のために／神話は今日の中にしかない／生きる／可愛想な隣人たち／人間たちと動物たちと／一九五一年降誕祭前後／詩人の死／いたましい秋／この島の上で

■付記２■

戦後詩人全集 全5巻
第二巻‥藤島宇内・中村真一郎・澤村光博・長島三芳・和泉克雄・祝算之介／解説 村野四郎
第三巻‥三好豊一郎・黒田三郎・高橋宗近・木原孝一・高野喜久雄／解説 菱山修三
第四巻‥野間宏・安東次男・平林敏彦・飯島耕一・礒永秀雄・河邨文一郎／解説 金子光晴
第五巻‥関根弘・木島始・清岡卓行・峠三吉・許南麒・長谷川

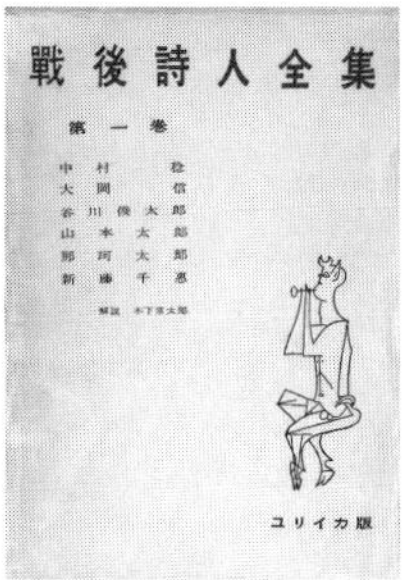

■造本■
上製 ビロード装 無線綴じ 函入り

■奥付■
戦後詩人全集 第一巻 三〇〇円／一九五四年九月一日 印刷発行／著者 中村稔・大岡信・谷川俊太郎・山本太郎・那珂太郎・新藤千恵／発行者 東京都中央区日本橋箱崎町二 鬼塚昌停／発行得夫／印刷者 東京都新宿区上落合二の五四〇 伊達所 東京都新宿区上落合二の五四〇 書肆ユリイカ 振替 東

龍生／解説　壺井繁治

記憶と現在

書肆ユリイカ　一九五六年　一五五頁　B6判　定価三三〇円

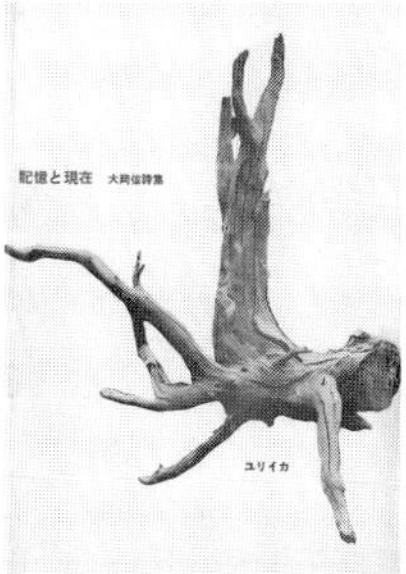

■造本■

上製　糸綴じ　布張　カバー　装幀：長谷川周子

■奥付■

記憶と現在　定価三三〇円／一九五六年七月一五日発行／著者大岡信／発行者　伊達得夫／発行所　東京都新宿区上落合二−五四〇　書肆ユリイカ／振替東京一〇二七五一番／電話（二九）〇三二四／大和印刷納

■もくじ■

□夜の旅
青春／だるい夢／夢のひとに／有明け／うたのように1／うたのように2／うたのように3／額のエスキース／青空／岩の人間／街は夢みるように／壊れた街／二十歳／夜の旅／人間たちと動物たちと／さむい夜明け／沈む／一九五一年降誕祭前後
□春のために
春のために／神話は今日の中にしかない／生きる／可愛想な隣人たち／夢はけものの足どりのようにひそかにぼくらの屋根を叩く／地下水のように／詩人の死／痛み／二人／生誕の朝
□証言
ある季節のための証言／いたましい秋／この島の上で／道標
□記憶と現在
男あるいはアメリカ／遅刻／手／翼あれ　風　おおわが歌／肖像／六月／メキシコの顔／物語の朝と夜／帰還／présence
□あとがき

現代詩全集　第六巻

書肆ユリイカ　一九六〇年　二二〇頁　A5判　四八〇円

■造本■

上製　糸綴じ　函入り

■奥付■

一六九〇（ママ：一九六〇）年三月二〇日発行／現代詩全集第六巻／著者代表　川崎洋／発行者　伊達得夫／印刷者　竹村長蔵／発行所　書肆ユリイカ　東京都新宿区上落合二―五四〇　振替東京一〇二七五一番／電話（二九一）〇三二四／定価四八〇円

■もくじ■

戦後詩史　Ⅵ
吉本隆明／川崎洋／飯島耕一／堀川正美／大岡信／安水稔和／谷川俊太郎／岩田弘／島岡晨／城侑／中江俊夫／石川逸子
□解説関根弘

■付記■

大岡信　　青春／春のために／可愛想な隣人たち／ある季節のための証言／いたましい秋／男あるいはアメリカ／さわる／男／飜えるもの／死に関する詩的デッサンの試み／捧げる詩篇

大岡信詩集

［全詩集・今日の詩人双書7］　書肆ユリイカ　一九六〇年　一六七頁　A5変型判　三〇〇円

■造本■

並製　糸綴じ　くるみ表紙

■奥付■

今日の詩人双書7　大岡信詩集／三〇〇円／一九六〇年十二月二〇日発行／著者　大岡信／発行者　伊達得夫／発行所　東京都新宿区上落合二―五四〇　書肆ユリイカ　振替東京一〇二七五一　電話（三九一）〇三二四／錦美堂整版

■もくじ■
□「大岡信につき」……寺田透
□Ⅰ『記憶と現在』抄
青春／夢のひとに／うたのように　1／うたのように　2／夜の旅／人間たちと動物たちと／さむい夜明け／一九五一年降誕祭前後／春のために／生きる／可愛想な隣人たち／詩人の死／痛み／生誕の朝／ある季節のための証言／いたましい秋／この島の上で／男　あるいは　アメリカ／翼あれ　風　おおわが歌／六月／物語の朝と夜／帰還／Présence
□Ⅱ『記憶と現在』以後
静けさの中で〈ママ：静けさの中心〉／青年の新世紀／おはなし／鳥／さわる／声／愛することはすばらしい／転調するラヴ・ソング／背中の生きもの／冬の太陽／樹々のあいだで／調理室／議論／死に関する詩的デッサンの試み／捧げる詩篇
□大岡信略歴

わが詩と真実

[現代日本詩集9]　思潮社　一九六二年　七八頁　A5判　三六〇円

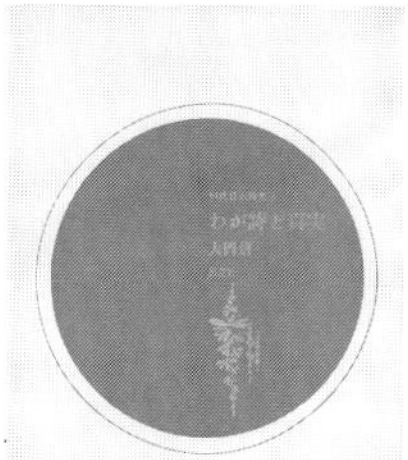

■造本■
フランス装　糸綴じ　装幀：真鍋博

■奥付■
現代日本詩集　第九回配本　第一刷／著者　大岡信　わが詩と真実／一九六二年十二月一日発行／著者　大岡信　東京都三鷹市上連雀一の三／印刷所　若葉印刷　東京都新宿区若葉二の九／製本所　会田製本　東京都文京区柳町一一／発行所　思潮社　東京都千代田区神田神保町一の三／電話　東京二九一局〇三二四番　一〇二一番　振替

東京八一二一番／定価三六〇円／©1962／M.Ooka

■もくじ■

静物／わが詩と真実／家族／悪い習慣／冬 大佐とわたし／お前の沼を／礁湖にて／心中で（もくじママ…心中で生き残つた青年と帰らない旅に出た娘について三面記事が語らなかつたいくつかのうた）／マリリン

□附録　エッセー風のモノローグ
□解説　飯島耕一
□略年譜

大岡信詩集

［綜合詩集］思潮社　一九六八年　五九三頁　四六判変形　一二〇〇円

試歴と現在 1949—1956
転調するラヴ・ソング 1956—1959
方舟 1947—1952
わが詩と真実 1954—1959
声の生理 1956
物語の人々 1960—1962
水の生理 1960—1967
献呈詩集 1957—1967
わが夜のいきものたち 1961—1967
〈大岡信詩集〉

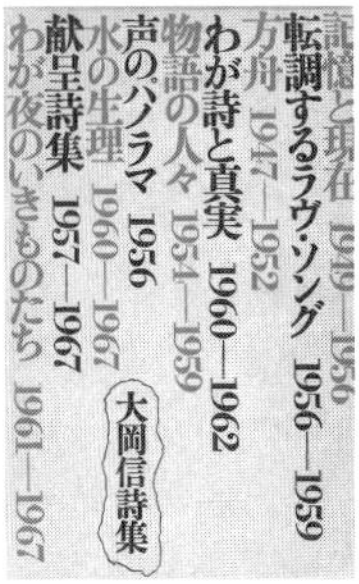

■造本■

並製　無線綴じ　がんだれ　函入り（蓋付き本函）　装幀：粟津潔

■奥付■

一九六八年二月十五日第一刷発行／著者　大岡信／発行者　小田久郎／発行所　株式会社思潮社　東京都文京区西片一—一四—一〇—一〇三　電話　東京（八一二）七八八七・五七七七／振替東京八一一二一／印刷　宝印刷／製本　岩佐製本／製函　永井製函／定価　一二〇〇円／©Makoto Ooka, 1968

■もくじ■

□記憶と現在　一九四九—一九五六

夜の旅
青春／だるい夢／夢のひとに／有明け／うたのように2／うたのように3／額のエスキース／青空／岩の人間／街は夢みるように／壊れた街／二十歳／夜の旅／人間たちと動物たちと／さむい夜明け／沈む／一九五一年降誕祭前夜

春のために
春のために／神話は今日の中にしかない／生きる／可愛想な隣人たち／夢はけものの足どりのように　ひそかにぼくらの屋根を叩く／地下水のように／詩人の死／痛み／二人／生誕

の朝
証言
ある季節のための証言／いたましい秋／この島の上で／道標
記憶と現在
男　あるいは　アメリカ／遅刻／手／翼あれ　風　おおわが歌／肖像／六月／メキシコの顔／物語の朝と夜／帰還／Présence

□転調するラヴ・ソング　一九五六―一九五九
静けさの中心／青年の新世紀／おはなし／鳥／さわる／声／愛することはすばらしい／転調するラヴ・ソング／背中の生きもの／冬の太陽／樹々のあいだで／調理室／議論／死に関する詩的デッサンの試み／捧げる詩篇

□わが詩と真実　一九六〇―一九六二
静物／わが詩と真実／家族／悪い習慣／冬／大佐とわたし／お前の沼を／礁湖にて／心中で生き残った青年と帰らない旅に出た娘について　三面記事が語らなかったいくつかのうた／マリリン／附録　エッセー風のモーローグ（ママ：モノローグ）

□物語の人々　一九五四―一九五九
少年時／眼／怪物／平野にて／さわぐ鳥／物語の人々／いくつもの顔

□声のパノラマ　一九五六
声のパノラマ

□水の生理　一九六〇―一九六七
海はまだ／真珠とプランクトン／ブルース／水と女／ぼくは別の夜をうたうだろう／クリストファー・コロンブス／水の生理／地図／春の内景／花　Ⅰ／花　Ⅱ／炎のうた

□献呈詩集　一九五七―一九六七
祝婚歌／会話の柴が燃えつきて／ピカソのミノタウロス／ヴォルス／死んでゆくアーシル・ゴーキー／サムのブルー／5つのヴァリエーション／環礁／FRAGMFNTS（ママ：FRAGMENTS）／加納光於による六つのヴァリエーション／ひとりの腹話術師が語った／カテドラル

□わが夜のいきものたち　一九六一―一九六七
守護神／ある男の肖像／心にひとかけらの感傷も／裸の風景／ことばことば／春の鏡／花と地球儀／夢の水底から噴きあがる夢／薔薇・旗・城／悲歌／わが夜のいきものたち／石と彫刻家／地名論

□方舟（初期詩篇）　一九四七―一九五二
夏のおもひに／水底吹笛／海と夫人／朝／ねずみ／朝の少女に献げるうた／木馬／鳴りひびくしじまの底／峠／方舟／夢みる風景／夜の九つの言葉／しずくの空

□ノート

■付記■

「記憶と現在」「転調するラヴ・ソング」「わが詩と真実」は、

既刊詩集。他は未刊詩篇である。ノートに詳述。

彼女の薫る肉体

「叢書溶ける魚1」　湯川書房　一九七一年　一七頁　B5判変形　定価表示なし

■造本■

並製　糸綴じ　ダンボール函

■奥付■

著者　大岡信／編集　鶴岡善久・政田岑生／刊行　湯川成一／製本　片岡晃良／印刷　鈴木美術印刷株式会社　大阪市浪速区下寺町四の二の二九／発行　湯川書房　摂津市正雀本町二の三の二四／昭和四六年五月二〇日発行

＊大岡信作「彼女の薫る肉体」は叢書溶ける魚の第一回刊行本である。表紙、本文とも別漉局紙を用い限定参百部を刊行する。

■付記■

書籍トビラ「彼女の薫る肉体　または彼女の出会った狂女」

砂の嘴・まわる液体

青地社　一九七二年　頁なし　18.0×17.0

■付記■

「アララットの船あるいは空の蜜」の内部に密封

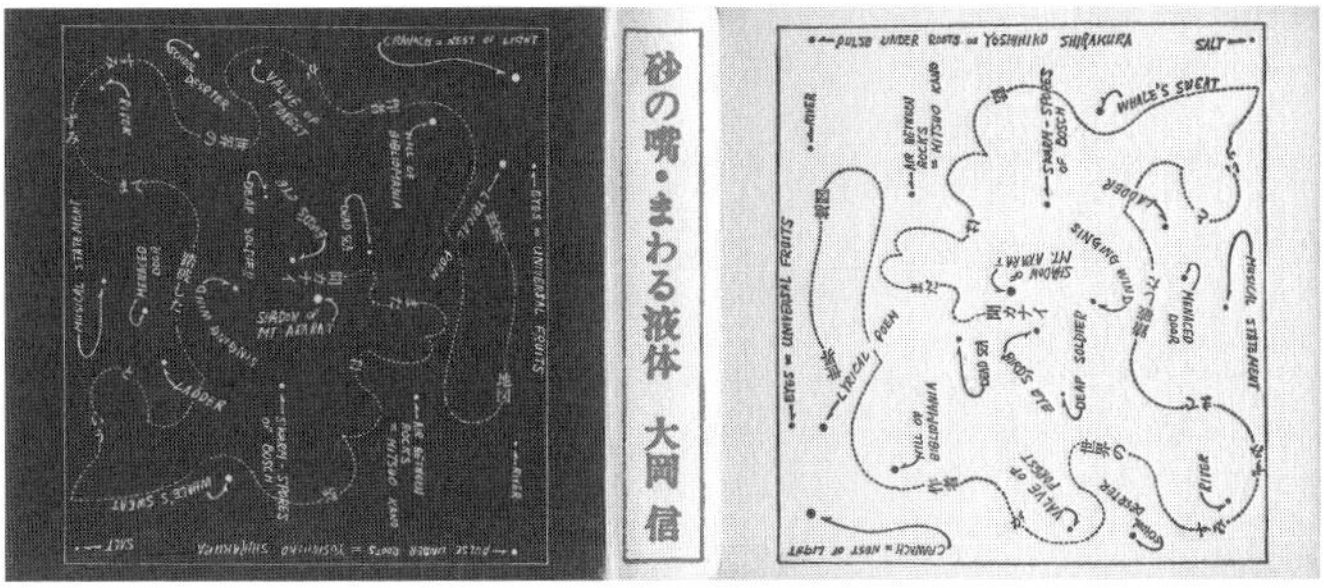

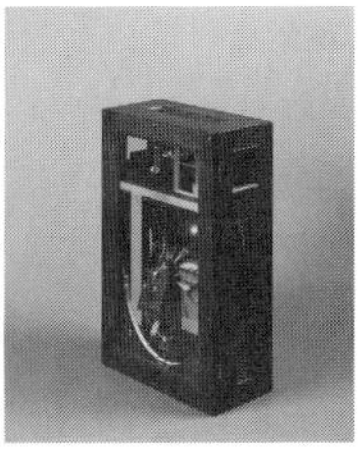

螺旋都市

私家版　一九七二年　頁なし　Ａ４判変形　大岡信・加納光於
一九七二年五月　秘冊草狂・私家版九七部　刊行者版Ⅰ〜XX部

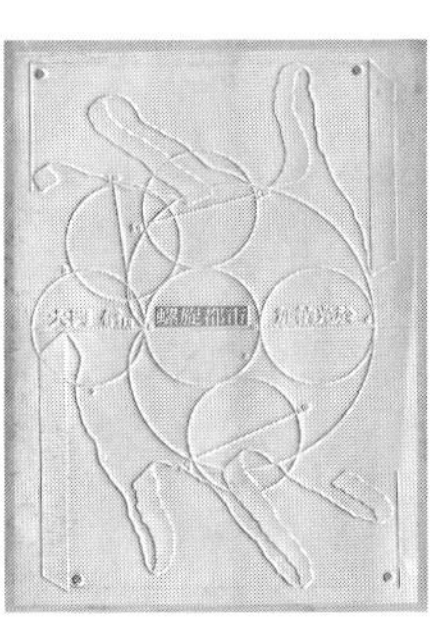

透視図法——夏のための

書肆山田　一九七二年　一一二頁　Ｂ５判変形　二〇〇〇円
■造本■
並製　糸綴じ　函入り
■奥付■

詩集　透視図法——夏のための　大岡信／発行者　山田耕一定価二〇〇〇円／発行所　株式会社山田書店　東京都台東区浅草一ノ二一ノ五／昭和四十七年七月三日発行（編集部註：日付のみ手書き）／印刷所　蓬莱印刷所／製本所　岸田製本／割付　安利麻慎

■もくじ■

□Ｉ

あかつき葉っぱが生きている／榛名みやげ／夜が雷管をもって／壜とコップのある／風景・恋する少年のいる／不能・恋する青年のいる／王城・黙秘する塵のいる／親しき者の幼き日への遠望／わたしは月にはいかないだろう／夏の終り／秋景武蔵野地誌／瀧口修造に捧げる一九六九年六月の短詩

□II

透視図法——夏のための／接触と波動／告知

■付記■

発行日が手書きである事情については、『透視図法——夏のための』（縮刷普及版）のあとがきに詳述。

透視図法——夏のための

［特装版］　書肆山田　一九七二年　一一二頁　Ｂ５判変形　一五〇〇〇円

■造本■

上製　糸綴じ　革装　函入り

■奥付■

限定28部ノ内27番／詩集　透視図法――夏のための　大岡信／発行者　山田耕一　定価　一五〇〇〇円／発行所　株式会社山田書店　東京都台東区浅草一ノ二一ノ五／印刷所蓬莱屋印刷所製本所岸田製本／割付安利麻慎

■もくじ■

初版と同じ

■付記■

出版年月日は記載がないが、一九七二年七月三日。（縮刷普及版）のあとがきに詳述あり。

本人直筆　サイン入り「足よ　何という曲線の旅　眼よ　足を導く何という宝石　大岡信」……27番

本人直筆　サイン入り「クサヒバリの鐘が　壜のなかを漂うこうして壜の内がわから見あげると　陽差しは炎える瀧だ　昭和四十七年七月　大岡信」……　番外（著者本）

透視図法――夏のための

［現代詩叢書2　縮刷普及版］　書肆山田　一九七三年　一一二頁　B6判変形　八五〇円

■造本■並製　糸綴じ　カバー

■奥付■

昭和四十八年四月十五日発行／透視図法――夏のための／著者　大岡信／発行者　山田耕一／発行所　山田書店　東京都台東区浅草一ノ二一ノ五／印刷所　蓬莱屋印刷所／製本所　岸田製本／割付　安利麻慎／定価八五〇円

■もくじ■

初版と同じ　加えて

□縮刷普及版のためのあとがき

■付記■

初版刊行後のことが「縮刷普及版のためのあとがき」に詳述。

透視図法――夏のための

［縮刷普及版・新装版］　書肆山田　一九七七年　一一二頁　B5判変形　二〇〇〇円

■造本■

フランス装　糸綴じ　函ナシ

■奥付■

詩集　透視図法――夏のための／著者　大岡信／装釘　加納光於／発行　昭和五二年一一月三〇日／発行者　山田耕一　書肆山田　横浜市西区高島二丁目一九番一二号スカイビル二階／電話　〇四五（四五三）三五九八／本文印刷蓬莱屋　印刷所／表

紙印刷　精興社／製本　岸田製本所／＊定価二〇〇〇円

■もくじ■

初版と同じ

■付記■

縮刷普及版ののちの新装版。
別冊で「新装版のための覚書」あり。

遊星の寝返りの下で

［限定版］　書誌山田　一九七五年　八三頁　A4判変形　六〇〇〇円

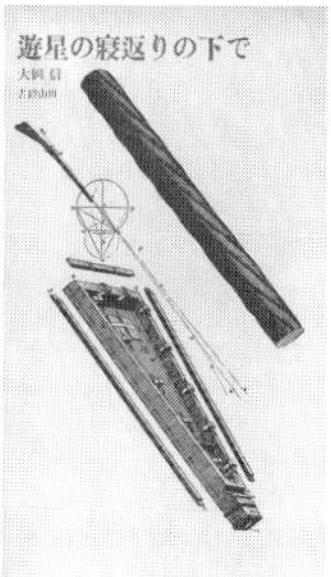

■造本■

限定壱千部内特装弐拾五部
フランス装　糸綴じ　函入り（蓋付き本函）

■奥付■

遊星の寝返りの下で／著者　大岡信／装本　加納光於／発行　昭和五十年七月二十二日／発行者　山田耕一／発行所　書肆山田　東京都港区西麻布三丁目二番六号／本文印刷　蓬莱屋印刷所／表紙印刷　精興社／製本　岸田製本所／定価　六〇〇〇円／発売元　牧神社

■もくじ■

咒／彼女の薫る肉体／地球人Tの四つの小さな肖像画／きらきら／言ってください　どうか／螺旋都市

■付記■

30.5×17.5 cm（二つ折り）の別刷り四頁パンフレット挟み込み（「加納光於　索具・方晶引力　大岡信　遊星の寝返りの下で　一九七五　書肆山田」）「女は催眠術をかけた」大岡信

遊星の寝返りの下で

［普及版］　書肆山田　一九七七年　八七頁　B5判変形　二〇〇〇円

■造本■

フランス装　糸綴じ　函入り

■奥付■

詩集　遊星の寝返りの下で／著者　大岡信／装本　加納光於／発行　昭和五十二年十二月二十日／発行者　山田耕一／発行所　書肆山田　横浜市西区高島二丁目十九番十二号スカイビル二階／電話　〇四五（四五三）三五九八／本文印刷　蓬莱屋印刷所／表紙印刷　精興社／製本　岸田製本所／定価二〇〇〇円

■もくじ■

限定版と同じ　加えて

□新版のためのあとがき

悲歌と祝祷

青土社　一九七六年　一四九頁　菊判　一八〇〇円

■造本■

並製　糸綴じ　カバー装　ダンボール函入り　装幀：著者　表紙作品：Drawing for Ooka　サム・フランシス

■奥付■

悲歌と祝祷／©1976 Makoto Ooka／昭和五一年一〇月二〇日印刷　昭和五一年一一月一日発行／定価　一八〇〇円　1092-200023-3978／著者　大岡信／発行者　清水康雄／印刷所　三喜堂印刷所／製本所　岩佐製本所／発行所　青土社　東京都千代田区神田神保町一―二九　市瀬ビル　〒一〇一（電）〇三―二九二―七〇七六　振替東京九―一九二九五五／装幀　著者

■もくじ■

□Ⅰ

祷／冬／朝・卓上静物図譜／風の説

□Ⅱ

渡る男／死と微笑　市ヶ谷擾乱拾遺／燈台へ！／光の弧／花と鳥にさからつて

□Ⅲ

水の皮と種子のある詩／豊穣記／和唱達谷先生五句／とこしへの秋のうた　藤原俊成による／血沼壮士晩歌／そのかみ／薤露歌

□Ⅳ

初秋午前五時白い器の前にたたずみ谷川俊太郎を思つてうたふ

述懐の唄／サム・フランシスを夢みる／霧のなかから出現する船のための頌歌／四季の木霊／声が極と極に立ちのぼるとき言語が幻語をかたる
□V
少年

大岡信詩集

［綜合詩集　増補版］　思潮社　一九七七年　八九一頁　四六判
二八〇〇円

■造本■
並製　糸綴じ　布張り表紙　函入り　装幀：高松次郎

■奥付■
大岡信詩集／発行日　一九七七年二月一日／著者　大岡信／発行者　小田久郎／発行所　株式会社思潮社　東京都新宿区市谷砂土原町三―一五／振替　東京八―八一二一／電話（二六七）八一四一／印刷所　若葉印刷社／製本所　美成社／製函所　美濃羽製函／1392-103004-3016／©1977, Makoto Ooka

■もくじ■
□記憶と現在
夜の旅
青春／だるい夢／夢のひとに／有明け／うたのように1／うたのように2／うたのように3／額のエスキース／青空／岩の人間／街は夢みるように／壊れた街／二十歳／夜の旅／人間たちと動物たちと／さむい夜明け／沈む／一九五一年降誕祭前後
春のために
春のために／神話は今日の中にしかない／生きる／可愛相な隣人たち／夢はけものの足どりのようにひそかにぼくらの屋根を叩く／地下水のように／詩人の死／痛み／二人／生誕の朝
証言
ある季節のための証言／いたましい秋／この島の上で／道標
記憶と現在
男　あるいは　アメリカ／遅刻／手／翼あれ　風　おおわが歌／肖像／六月／メキシコの顔／物語の朝と夜／帰還／Présence
□転調するラヴ・ソング

静けさの中心／青年の新世紀／おはなし／鳥／さわる／声／愛することはすばらしい／転調するラヴ・ソング／背中の生きもの／冬の太陽／樹々のあいだで／調理室／議論／死に関する詩的デッサンの試み／捧げる詩篇

□わが詩と真実

静物／わが詩と真実／家族／悪い習慣／冬／大佐とわたし／お前の沼を／礁湖にて／心中で生き残った青年と帰らない旅に出た娘について三面記事が語らなかったいくつかのうた／マリリン／附録　エッセー風のモノローグ

□物語の人々

少年時／眼／怪物／平野にて／さわぐ鳥／物語の人々／いくつもの顔

□声のパノラマ

声のパノラマ

□水の生理

海はまだ／真珠とプランクトン／ブルース／水と女／ぼくは別の夜をうたうだろう／クリストファー・コロンブス／水の生理／地図／春の内景／花　Ⅰ／花　Ⅱ／炎のうた

□献呈詩集

祝婚歌／会話の柴が燃えつきて／ピカソのミノタウロス／ヴォルス／死んでゆくアーシル・ゴーキー／サムのブルー／5つのヴァリエーション／環礁／FRAGMENTS／加納光於による六つのヴァリエーション／ひとりの腹話術師が語った／カテドラル

□わが夜のいきものたち

守護神／ある男の肖像／心にひとかけらの感傷も／裸の風景／ことばことば／春の鏡／花と地球儀／夢の水底から噴きあがる夢／薔薇・旗・城／悲歌／わが夜のいきものたち／石と彫刻家／地名論

□方舟（初期詩篇）

夏のおもひに／水底吹笛／海と夫人／朝／ねずみ／朝の少女に献げるうた／木馬／鳴りひびくしじまの底／峠／方舟／夢みる風景／夜の九つの言葉／しずくの空

□透視図法――夏のための

Ⅰ

あかつき葉っぱが生きている／榛名みやげ／夜が雷管をもって／壜とコップのある／風景・恋する少年のいる／不能・恋する青年のいる／王城・黙秘する塵のいる／親しき者の幼き日への遠望／わたしは月にはいかないだろう／夏の終り／秋景武蔵野地誌／瀧口修造に捧げる一九六九年六月の短詩

Ⅱ

透視図法――夏のための／接触と波動／告知

□砂の嘴　まわる液体

□遊星の寝返りの下で

呪《じゅ》／彼女の薫る肉体／地球人Tの四つの小さな肖像画／きらき

ら／言ってください　どうか／螺旋都市
□悲歌と祝祷
Ⅰ
祷／冬／朝・卓上静物図譜／凪の説
Ⅱ
渡る男／死と微笑／燈台へ！／光の弧／花と鳥にさからつて
Ⅲ
水の皮と種子のある詩／豊饒記／和唱達谷先生五句／とこしへの秋のうた／血沼《ちぬ》壮士《をとこ》挽歌《ばんか》／そのかみ／薤露歌《かいろか》
Ⅳ
初秋午前五時白い器の前にたたずみ谷川俊太郎を思つてうたふ述懐の唄／サム・フランシスを夢みる／霧のなかから出現する船のための頌歌／四季の木霊／声が極と極に立ちのぼるとき言語が幻語をかたる
Ⅴ
少年
□ノート
□増補新版へのあとがき
■付記■
「ノート」は一九六八年刊『大岡信詩集』（思潮社）の「ノート」と同じ。
■付記2■
「増補新版へのあとがき」に、未公開の詩集『砂の嘴・まわる液体』にまつわる詳述あり。

春 少女に

書肆山田　一九七八年　一〇三頁　B5判変形　一、六〇〇円

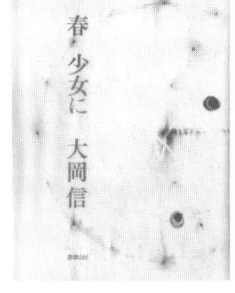

■造本■
フランス装　糸綴じ　函なし　本トビラ裏「深瀬サキに」
■奥付■
詩集　春　少女に／著者　大岡信／昭和五十三年十二月五日初版一刷発行／装画　中西夏之／発行人　山田耕一／発行所　書肆山田　神奈川県横浜市西区高島二―十九スカイビル二階　電

話　〇四五（四五三）三五九八／印刷　蓬莱屋印刷／製本　岩佐製本所／定価　一六〇〇円／一〇九二―一〇一三―三四二四

■もくじ■

□1

丘のうなじ／星空の力／はじめてからだを／そのとき　きみに出会つた／空気に腰掛けはあつた？／きみはぼくのとなりだつた／馬具をつけた美少女／光のくだもの／稲妻の火は大空へ／春　少女に

□2

虫の夢／人は流体ゆゑの／ギリシアのザクロ／神の生誕／いつも夢にみる女／詩と人生／銀河とかたつむり／彩耳／狩月／星客／年魚／げに懐かしい曇天

■付記■

本人直筆サイン入り

「深瀬サキに　夜の巨きな　椅子の　中で　一人　信

深瀬サキに」

春　少女に

［特装版］　書肆山田　一九八一年　B5判変形　四八〇〇〇円

■造本■

上製　革装　糸綴じ　ビニルカバー　布貼函　本トビラ裏「深瀬サキに」

■奥付■

詩集　春　少女に――特装限定版／著者　大岡信／一九八一年一二月三〇日発行／装幀　吉岡実／発行人　鈴木一民／発行所

書肆山田　神奈川県横浜市西区高島二―一一―二―八〇九

電話　〇四五（四五三）三五九八／〇三（九八八）七四六七／

印刷　蓬莱屋印刷　秀英社　野崎勝一／製本　橋本保三／定価

四八〇〇〇円／本冊は限定三十八部の番外六番

■もくじ■

初版と同じ

水府　みえないまち

思潮社　一九八一年　一五七頁　菊判　二四〇〇円

■造本■

上製　糸綴じ　函入り　装幀：吉岡実

■奥付■

詩集　水府　みえないまち／著者　大岡信／発行者　小田久郎／発行所　株式会社思潮社　東京都新宿区市谷砂土原町三―十五　電話二六七―八一四一／振替東京八―八一二一／印刷所　相良整版／製本所　美成社／製函所　美濃羽／発行日　一九八一年七月一日／1092-100105-3016／©1981, Makoto Ooka

■もくじ■

□1

調布Ⅰ／調布Ⅱ／暁府／調布Ⅲ／調布Ⅳ／漣府／調布Ⅴ

□2

霊府／高井戸／水樹府／熱国鳥府／春府冗語／銀河運河／南極軌道／西落合迷宮／倫敦懸崖

□3

調布Ⅵ／調布Ⅶ／豆州三島／螢火府／裾野禽獣／サキの沼津／魚歌府／黙府／砂紋府／夕陽府

□4

脳府／胡乱府／詩府／韻府／空府／調布Ⅷ／水府／孤禱府／調布Ⅸ／加州黙唳

□エピローグ

□初出一覧

草府にて

思潮社　一九八四年　一三一頁　菊判　二〇〇〇円

■造本■

上製　糸綴じ　函入り

■奥付■

詩集　草府にて／著者　大岡信／発行者　小田久郎／発行所

大岡信詩集
草府にて

株式会社思潮社　東京都新宿区市谷砂土原町三—十五　電話二六七—八一四一（代）振替東京八—八一二一／印刷所　凸版印刷株式会社／製本所　凸版製本株式会社／製函所　美濃羽製函所／発行日　一九八四年十月二十五日／1092-100157-3016／©1984, Makoto Ooka

■もくじ■

□I
詩の原理／双眸／ヒトのあめつち／私といふ他人／時間／わがひと　a／わがひと　b／七夕恋歌／筆府の日日／ライフ・ストーリー／山羊を飼ふ／青年に
□II
美術館へ／彫像はかく語つた／円盤上の野人／時のふくらみ、闇のなぞなぞ／外は雪・谿声の山色・世界を描くに必要な条件・観想曲
□III
草原歌／多古鼻感情旅行／雌雄／秋の乾杯／草府にて／わらべうた／詩が人を生かす夢／人生論／一九八四年一月の詩
□あとがき
□初出一覧

詩とはなにか

青土社　一九八五年　一二八頁　Ａ５判　一九〇〇円

大岡信詩集
詩とはなにか
青土社

■造本■

上製　糸綴じ　函入り

■奥付■

詩《し》とはなにか／©1985, Makoto Ooka 1092-200068-3978／一九八五年一〇月二〇日印刷／一九八五年一〇月三一日発行／

著者　大岡信／発行者　清水康雄／発行所　青土社　東京都千代田区神田神保町一ノ二九　市瀬ビル　電話　二九一―九八三一（編集）二九四―七八二九（営業）／印刷所　耕文社／製本所　小泉製本／装幀　関崎ひで女（字　著者）

■もくじ■

□序詩「自画像と小さな希望」

□Ⅰ

詩とはなにか1／詩とはなにか2／詩とはなにか3／詩とはなにか4／詩とはなにか5／詩とはなにか6／詩とはなにか7／詩とはなにか8／詩とはなにか9／詩とはなにか10／詩とはなにか11／詩とはなにか12／詩とはなにか13／詩とはなにか14／詩とはなにか15――星のばあい／詩とはなにか16――風のばあい／詩とはなにか17――雨のばあい／詩とはなにか18――霧のばあい／詩とはなにか19／詩とはなにか20／詩とはなにか21／詩とはなにか22――ウィリアム・Sに倣つて／詩とはなにか23――遊行上人に倣つて／詩とはなにか24――詩の制作＝解読こころえ

□Ⅱ

詩語／異本　かきのもとの　ひとまろ　かしふ「まくらことば」の時空へ／万葉試訳集一　柿本人麻呂が石見国から妻に別れて都に上るときのうた　その一／万葉試訳集二　柿本人麻呂が石見国から妻に別れて都に上るときのうた　その二／万葉試訳集三　軽に住む妻の死んだ後、人麻呂が泣血哀慟して作つたうた　その一／万葉試訳集四　軽に住む妻の死んだ後、人麻呂が泣血哀慟して作つたうた　その二／万葉試訳集五　山上憶良による「二人の貧窮者の問答」のうた／もんきり型　キノツラユキの亡霊が演説する／雪月花

□Ⅲ

戯言／朋輩よ地球はさむい／ヒストリー／戦場の愛のうた／文と人生／謝まつて書いた六行／怒つて書いた十八行／閑／松竹梅

□付・万葉試訳集資料

□あとがき

■付記■

「あとがき」に初出に関する詳述あり。

ぬばたまの夜、天の掃除器せまつてくる

岩波書店　一九八七年　二三二頁　A5判　二二〇〇円

■造本■

上製　糸綴じ　函入り　扉の文字　大岡信　装幀　安野光雅

■奥付■

ぬばたまの夜、天の掃除器せまつてくる
大岡 信

ぬばたまの夜、天の掃除器せまつてくる／一九八七年一〇月二八日　第一刷発行©／定価二二〇〇円／著者　大岡信《おおおかまこと》／発行者　緑川亨／発行所　株式会社　岩波書店　〒一〇一　東京都千代田区一ツ橋二―五―五　電話　〇三―二六五―四一一一振替　東京　六―二六二四〇／印刷　理想社　製本　牧製本／Printed in Japan／ISBN4-00-001773-X

■もくじ■

巻の一　昔噺おいぼれ神様／巻の二　童話的小曲集／巻の三暁の方へ／巻の四　原子力潜水艦「ヲナガザメ」の性的な航海と自殺の唄／巻の五　亡命軍団のバラード／巻の六　春望小曲集／巻の七　晩春初夏小曲集／巻の八　「文明」と「文化」の論／巻の九　われらの時代の風景画・論／巻の十　昔噺聖なる狂人／巻の十一　天に声あり／巻の十二　世界は紙にも還元できる／巻の十三　朱夏小曲集／巻の十四　八月六日の小さな出来事／巻の十五　ヴォードヴィル　恋は曲者決まり文句は恋の宝島／巻の十六　残暑感懐集／巻の十七　毒物は強し／巻の十八　人生展望小曲集／巻の十九　小雪回想集／巻の二十　偽物礼讃　芭蕉の場合／巻の二十一　東西ひとり寝吟詠集／巻の二十二　偽物礼讃　女たちの場合／巻の二十三　赤ん坊の閧の声／巻の二十四　へんな断片／巻の二十五　朝の祈り／巻の二十六　中世風／巻の二十七　ウパニシャッド風／巻の二十八　ギヨエテ風／巻の二十九　長い前書きをもつ絵画論的な二つの詩／巻の三十　和蘭煙霞吟／巻の三十一　秋思篇／巻の三十二明治のこども　尋常小学教科書拾遺／巻の三十三　昭和のこども　またはファシズムと姉さん／巻の三十四　鬼気について／巻の三十五　東京挽歌／巻の三十六　四季のうた
□あとがき

■付記■

「あとがき」に初出に関する詳述あり。

故郷の水へのメッセージ

花神社　一九八九年　一四一頁　Ａ５判　二〇〇〇円

■造本■

上製　糸綴じ　カバー

■奥付■

■もくじ■

□ I
凧の思想／凧のうた

□ II
この世の始まり／誕生祭／悲しむとき／命綱／気ままな散歩／一〇日／はる　なつ　あき　ふゆ／海どりはいい／屋島のむかし——1平家の公達のうた　2源氏の武士のうた　3塩鮑の漁民のうた／海のまほろば／橋はつなぐ／島のくらし／ミチザネの讃岐

□ III
渡り鳥　かく語りき／星ものがたり　a／星ものがたり　b／微醺詩／あるオランダ詩人の印象／偶成／詠唱／少女とタケノコ／慶州旅情

□ IV
溜息と怒りのうた——I イラクサ男のうたへる　II 病める皇帝の祈りのうた　III 卑劣漢をののしるうた／詞書つき七五調小詩集

□ V
そのやうな女たちよ、どこにゐるのか——1　緑の女　2　青の女　3　銀の女　4　金の女／本は語る／火の霊がうたふ／故郷の水へのメッセージ／産卵せよ富士／昭和のための子守唄／あとがき・独白

□初出一覧

詩集　故郷の水へのメッセージ／初版第一刷　一九八九年四月一〇日／著者　大岡信／装釘　熊谷博人／発行者　大久保憲一／発行所　株式会社花神社　東京都千代田区猿楽町二-一二-五興新ビル六〇五／電話　二九一・六五六九／印刷所　信毎書籍印刷／製本所　松栄堂／用紙布　文化エージェント／一九八九年©Printed in Japan／ISBN 4-7602-1005-9 C0092

花神社　一九九二年　一三三頁　A5判　二三〇〇円

■造本■
上製　糸綴じ　カバー

■奥付■
詩集　地上楽園の午後／初版第一刷　一九九二年五月三〇日

地上楽園の午後

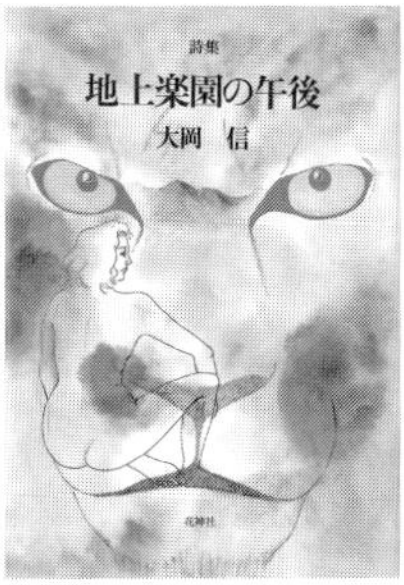

／著者　大岡信／装画　大岡亜紀／装釘　熊谷博人／発行者　大久保憲一／発行所　株式会社花神社《くわしんしゃ》　東京都千代田区猿楽町二―二―五　興新ビル六〇五　電話　三二九一・六五六九／印刷所　信毎書籍印刷／製本所　松栄堂／用紙布　文化エージェント／一九九二年 ©Printed in Japan／ISBN4-7602-1210-8

■もくじ■

わが養生訓／時間／人と静物／懐かしいんだよな　地球も／弥生人よ　きみらはどうして／山に登る／酒を買ひに／きさらぎ　弥生／箱舟時代／沖のくらし／世相四章／幸福な葉つぱの作者に／竹林孵卵／ハレー彗星独白／船焼き捨てし船長へ　追悼／友だちがまた一人死んだ／吉岡実を送ることば／ララバイ／地上楽園の午後／クレーのまちの遠景／クレーの店／私の机の一部である箱型のものに／ある戦争のイメージ／死の選択／ある塼塔／枝の出産／優しい威厳

□あとがき

□初出一覧

火の遺言

花神社　一九九四年　一二七頁　A５判　二四〇〇円

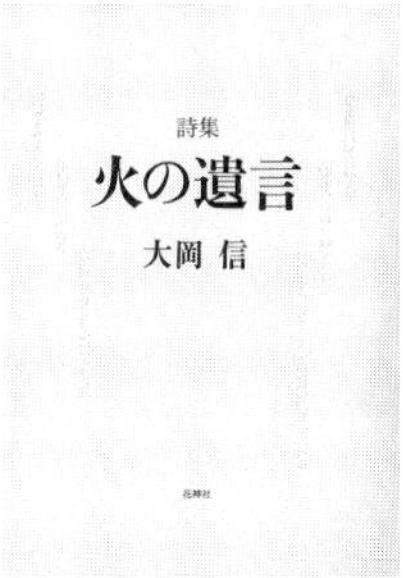

■造本■

上製　糸綴じ　カバー

■奥付■

詩集　火《ひ》の遺言《ゆいごん》／初版第一刷　一九九四年六月三〇日／著者　大岡信／装釘　熊谷博人／発行者　大久保憲一／発行所　株式会社花神社《くわしんしゃ》　東京都千代田区猿楽町二―二―五　興新ビル六〇五／電話　三二九一・六五六九／印刷所　信毎書籍印刷／製本所　松栄堂／用紙布　文化エージェント／一九九四年 ©

Printed in Japan／ISBN4-7602-1320-1　C0092
■もくじ■
私の祖先／私の孫／歌／禅僧のサンフランシスコ／隠せない／恋愛創造説／小銭／ある小さな詩のための素材断片／地平線／見つけた／ベルヴォワール・ホテル／火の遺言／エジプトの彫像は／女について
□画家と彫刻家に贈る
中谷千代子の動物園／浜口陽三のための光の船／浜口陽三のための四人のサクランボ／宮脇愛子のアーチ／福島秀子への小さな旅／多田美波　光を集める／金子國義のための少女三態／吾妻兼治郎と村井修のための七つの断片／安田侃　名づけ得ぬもの
□古今秀吟拝借歌仙
百合咲くやの巻／勝角力の巻／由来／もとうた
□あとがき
□初出一覧

光のとりで

花神社　一九九七年　一一七頁　A５判　二三〇〇円

■造本■
上製　糸綴じ　カバー
■奥付■
詩集　光《ひかり》のとりで／初版第一刷　一九九七年十一月三〇日／著者　大岡信／装釘　熊谷博人／発行者　大久保憲一／発行所　株式会社花神社《くわしんしゃ》　東京都千代田区猿楽町二―二―五　興新ビル六〇五　電話　三二九一・六五六九／印刷所　双美印刷（株）／製本所　松栄堂／用紙布　文化エージェント／一九九七年 ©
Printed in Japan／ISBN4-7602-1493-3　C0092
■もくじ■
□Ⅰ
ある青春／音楽がぼくに囁いた／クフモの室内楽／サウナと湖水／白桃の尻が／割れ目の秘密／くるみである私／音楽である私／ミズスマシと赤トンボ／だれに絵が／まだ使つたことのな

い言葉で書く〈セクハラ〉
□Ⅱ
□死んだ宮川淳を呼び出す独りごと／光のとりで　風の城／建設家と装飾霊
□Ⅲ
パスの庭で／詩／大崩壊／詩よ、来なさい／私設美術館／お伽ばなし／ありふれた話／故郷の地球にて／腐つた林檎／恋わづらひ／にんげんの裏表／大鼓（もくじママ：太鼓）の風景／からだといふ楽器／踊る男／踊る小島章司のデッサン／光と闇
□あとがき
□初出一覧
■付記■
「あとがき」に初出に関する詳述あり。

捧げるうた50篇

花神社　一九九九年　二五三頁　Ｂ６判　二〇〇〇円
■造本■
並製　無線綴じ　カバー
■奥付■
詩集　捧《ささ》げるうた　50篇《ぺん》／初版第一刷　一九九九年六月三〇日

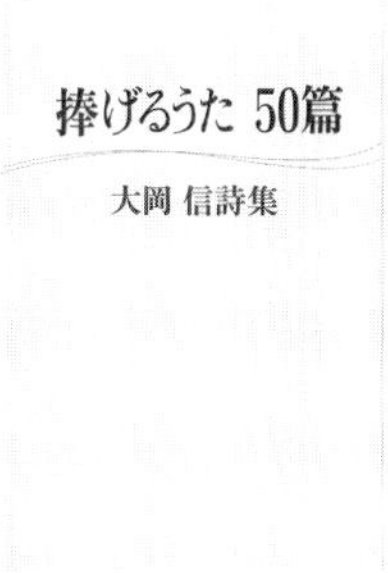

／著者　大岡信／装釘　熊谷博人／発行者　大久保憲一／発行所　株式会社花神社《かしんしゃ》　東京都千代田区猿楽町二―二―五　興新ビル六〇五　電話〇三・三二九一・六五六九／印刷所　双美印刷（株）／製本所　松栄堂／用紙布　文化エージェント／一九九九年 ©Printed in Japan／ISBN4-7602-1542-5 C0092
■もくじ■
木馬／春のために／神話は今日の中にしかない／地下水のように／詩人の死／肖像／調理室／マリリン／祝婚歌／会話の柴が燃えつきて／環礁／加納光於による六つのヴァリエーション／5つのヴァリエーション／地球人Tの四つの小さな肖像画／そのかみ／薤露歌／初秋午前五時白い器の前にたたずみ谷川俊太郎を思つてうたふ述懐の唄／サム・フランシスを夢みる／光のくだもの／春　少女に／虫の夢／星空の力／過ぎてゆく鳥／高井戸／サキの沼津／双眸／青年に／円盤上の野人／彎曲と感応四篇／水澄むや／霧のちまたに／コトノハノ　アヲゾラ／ハ

ルカナル　ヌマヅノナツノ／火の霊がうたふ／故郷の水へのメッセージ／幸福な葉つぱの作者に／船焼き捨てし船長へ　追悼／吉岡実を送ることば／私の孫／福島秀子への小さな旅／名づけ得ぬもの／牧神の行方／母を喪ふ／光のとりで　風の城／パスの庭で／からだといふ楽器／踊る男／音楽がぼくに囁いた／音楽である私／こほろぎ降る中で
□後日の註
□収録詩集一覧
□あとがき

■付記■
「後日の註」には、註に収まらない重要な記述がある。「あとがき」にその旨の詳述あり。

この詩集に「後日の註」として新たに書き加えたのは、一篇々々の詩の註釈として最小限役立つだろうと思われたことを書き綴ったものだが書いてみると、以前刊行した『詩への架橋《かきょう》』（岩波新書）の続篇のような内容になった。今までまったく書いたことのない話、たとえば私の母のことなどが、たくさん入っている。できるだけ詳細なデータを入れておきたかったので、可能な限り調べて書き入れた。（あとがきより）

世紀の変り目にしやがみこんで

思潮社　二〇〇一年　九六頁　Ａ５判　一八〇〇円

■造本■
上製　糸綴じ　カバー　装幀：森本良成

■奥付■
世紀《せいき》の変《かわ》り目《め》にしやがみこんで／著者　大岡信／発行者　小田久郎／発行所　株式会社　思潮社　〒一六二―〇八四二　東京都新宿区市谷砂土原町三―十五／電話　〇三（三二六七）八一五三（営業）・八一四一（編集）ＦＡＸ　〇三（三二六七）八一四二／振替〇〇一八〇―四―八一二一／印刷所　小林印刷株式会社／製本所　小高製本工業株式会社／発行日　二〇〇一年十月二十五日

■目次■
□I
FRAGMENTS／見る／動く／裂く／夢みる／では、静かに行かう、生ける友らよ／ゴルフ場の神経はげ／猿山が見える／巨乳伝説／現代道徳経／シャボン玉の唄／星から覗く地球
□II
こほろぎ降る中で——追悼　田村隆一／蜜蜂をたたへる／見えるものと見えないもの／光る花——前書きと詩／世紀の変り目にしやがみこんで／オケィジョナル・ポエム1／オケィジョナル・ポエム2／疾走する幻影の船／石が魚と化して／三島町奈良橋回想／雪童子
□初出紙誌一覧
□あとがき

旅みやげ　にしひがし

集英社　二〇〇二年　一四八頁　A5判　二七〇〇円
■造本■
上製　糸綴じ　カバー　装幀　多田進　装画　松林誠
■奥付■
詩集　旅《たび》みやげ　にしひがし／二〇〇二年一一月二〇日　第一刷発行／著者　大岡信《おおおかまこと》／発行者　谷山尚義／発行所　株式会社集英社　〒一〇一－八〇五〇　東京都千代田区一ツ橋二－五－一〇　電話　編集部（〇三）三二三〇－六一〇〇　販売部（〇三）三二三〇－六三九三　制作部（〇三）三二三〇－六〇八〇／印刷所　大日本印刷株式会社／製本所　加藤製本株式会社／©2002 Makoto OOKA, Printed in Japan／ISBN4-08-774570-8 C0092

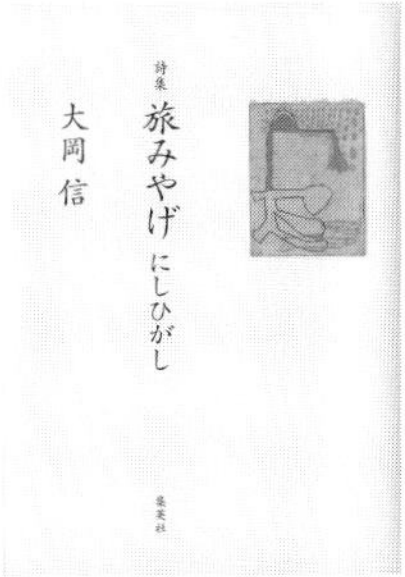

■もくじ■
ホテルといふところ／ホテル　また／グランド・キャニオン　北米／カスティリアの髪うるはしき女　スペイン／ソ連国境の室内楽祭　フィンランド／ニューヨークのマルティーヌ　北米／ヴェニスの画廊　北米／延時《イエンシー》さんの上海　中国／バルセローナ万華鏡　スペイン／ソフィー・タウベルの住んだ庭で　フランス／ルイーズの館《やかた》　デンマーク／「牡牛の墓《トムバ・ディ・トーリ》」にて　イタリア／座席ベルト／アンティーブ　エア・ガン絵画　南フラン

ス、パリ／「バルト海の娘」案内　フィンランド／キルナとトナカイ　スウェーデン／イルカに敬礼　オランダ、カナダ／パリ、地中海　わが病ひの地誌　南仏、パリ、日本／壺中の天想像裏のニホン

□あとがき

□初出一覧

■付記■

「あとがき」に、本詩集で採用されている四行ごとに一行置くという形式について、初出に関して、詳述あり。

鯨の会話体

花神社　二〇〇八年　一〇五頁　A5判　二二〇〇円

■造本■

上製　糸綴じ　カバー

■奥付■

詩集　鯨《くじら》の会話体《かいわたい》／第一刷　二〇〇八年四月二八日／著者　大岡信／装丁　熊谷博人／発行者　大久保憲一／発行所　株式会社花神《かしん》社　東京都千代田区猿楽町一—五—九　駿河ビル三〇二　〒一〇一—〇〇六四　電話　〇三（三二九一）六五六九／印刷所　信毎書籍印刷（株）／製本所　矢嶋製本／用紙　文化エージェント／©二〇〇八年 Printed in Japan／ISBN978-4-7602-1902-5　C0092

■もくじ■

□Ⅰ

鯨の会話体／くだもの／地球人の夢／偶成／地球を見下ろす／女がはじめて創られたとき／松は王者だ／女よ　輝きを秘めた色艶となれ／過去は棚田のやうに整頓されて／天地のるつぼ／出雲讃歌／前もつて知ることはできぬ

□Ⅱ

人は山河を背負ふ／たゆたふ命／上野公園寸描集／葉つぱの唄／ロンドンにて／はぐくむ命の川／なぎさの地球／言葉が夢の探索のギアに

□Ⅲ

ニーナさん／ヴィテブスクの夜空／萌え騰る八百の坊主頭よ／

武満徹を憶ふ／ハマグチの秘密／跳ぶ男／千日谷

櫂詩劇作品集

的場書房　一九五七年　二〇一頁　18.5×13.3 cm　三〇〇円

■造本■

上製　糸綴じ　カバー

■奥付■

櫂詩劇作品集　価三〇〇円／一九五七年九月一日発行©／著者代表　櫂の会　川崎洋／装幀立案者　谷川俊太郎／発行者　北川幸比古／発行所　的場書房　東京都千代田区神保町一の三　電話（二九）〇三二四　振替東京一一二二一六番／中沢印刷・協栄製本

■もくじ■

岸田衿子・まひるの星の物語／友竹辰・恋亦金男女関係／川崎洋・海に就いて／大岡信・声のパノラマ／寺山修司・忘れた領分／水尾比呂志・「長恨歌」より／谷川俊太郎・夕暮／茨木のり子・埴輪

あだしの

小沢書店　一九七二年　一六八頁　19.4×13.6 cm　九〇〇円

■造本■

上製　糸綴じ　函入り

■奥付■

あだしの／昭和四十七年七月二十五日第一刷発行／著者　大岡信©／発行者　小沢恒夫／発行所　株式会社小沢書店　東京都

千代田区富士見二—八—五／印刷　奥村印刷株式会社／製本加藤製本所／定価　九〇〇円

■もくじ■

あだしの／写楽はどこへ行った／覚書　十章ならびに付けたり一章

■付記■

「覚書　十章ならびに付けたり一章」には、本書収載舞台版「あだしの」のもととなったラジオ台本「あだしの」のための下書きなど詳述あり。

オペラ　火の遺言

朝日新聞社　一九九五年　九三頁　21×14cm　一八〇〇円

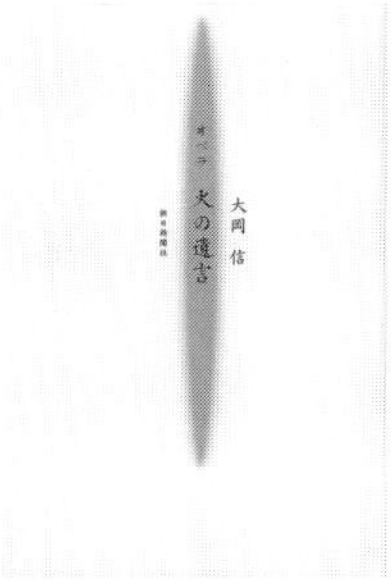

■造本■

上製　糸綴じ　カバー　装幀　加藤光太郎

■奥付■

オペラ　火《ひ》の遺言《ゆいごん》／一九九五年十一月一日　第一刷発行／著者大岡信／発行者　川橋啓一／印刷所　図書印刷／発行所　朝日新聞社　編集・書籍編集部　販売・書籍販売部　一〇四—一一　東京都中央区築地五—三—二　電話〇三—三五四五—〇一三一（代表）　振替〇〇一〇〇—七—一七三〇／(c) Makoto Ooka 1995／Printed in Japan／ISBN4-02-256902-6

■もくじ■

はじめに／第一幕／第二幕／解説（粟津則雄）／初演データ

■付記■

詩集『火の遺言』（一九九四年）とは別である。「はじめに」に詳述あり。

櫂・連詩

思潮社　一九七九年　二三〇頁　23.0×18.8 cm　二八〇〇円

■造本■
上製　糸綴じ　函入り

■奥付■
櫂・連詩／著者　櫂同人／発行者　小田久郎／発行所　株式会社思潮社　東京都新宿区市谷砂土原町三―十五　電話二六七―八一四一　振替東京八―八一二一／印刷所　第二整版／製本所　美成社／製函所　美濃羽製函／発行日　一九七九年六月一日／定価　二八〇〇円　一〇九二―一〇〇〇七―三〇一六／©1979, Group Kai

■もくじ■
第一回　截り墜つ浅葱幕の巻／第二回　迅速の巻／第三回　珊瑚樹の巻／執筆記録／第四回　鳥居坂の巻　乾　坤／第五回　雁来紅の巻　天　地／第六回　夢灼けの巻／執筆記録／第七回　アイウエオの母の巻／第八回　蒸し鮨の巻／執筆記録／第九回　大原女あざみの巻／第十回　一碧の巻／第十一回　湯の波の巻／執筆記録および刊行覚書
□連句・連詩の場から　大岡信
□座談会　連詩をめぐって　櫂同人

■付記■
「執筆記録《しゅひつのこころおぼえ》　および刊行覚書」には、連詩を始めることになったいきさつ、各回の創作日時・場所などの詳述がある。

歌仙

青土社　一九八一年　二〇六頁　四六判　一二〇〇円

■造本■
上製　糸綴じ　カバー

■奥付■
歌仙／©Seidosha, 1981／一九八一年二月五日印刷／一九八一

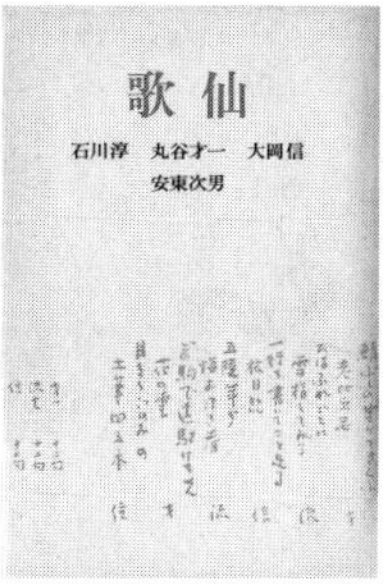
歌仙
石川淳　丸谷才一　大岡信
安東次男

年二月一五日発行　一〇九二一―二〇〇〇四八―三九七八／著者代表　安東次男／発行者　清水康／発行所　青土社　東京都千代田区神田神保町一―二九　市瀬ビル　〒一〇一　電話　二九一―九八三一（編集）二九四―七八二九（営業）／印刷所大日本印刷株式会社／製本所　美成社／表紙カバーは、大岡信執筆「鳥の道の巻」歌仙控帳より

■もくじ■

□歌仙
「新酒の巻」石川淳・安東次男・大岡信・丸谷才一
「だら〴〵坂の巻」丸谷才一・大岡信・安東次男
「鳥の道の巻」丸谷才一・安東次男・大岡信
□歌仙の世界
「新酒の巻について」石川淳・安東次男・大岡信・丸谷才一
「だらだら坂の巻について」丸谷才一・大岡信・安東次男
「鳥の道の巻について」丸谷才一・安東次男・大岡信

連詩　揺れる鏡の夜明け

筑摩書房　一九八二年　一〇〇頁　Ａ５判　三二〇〇円

英文併記

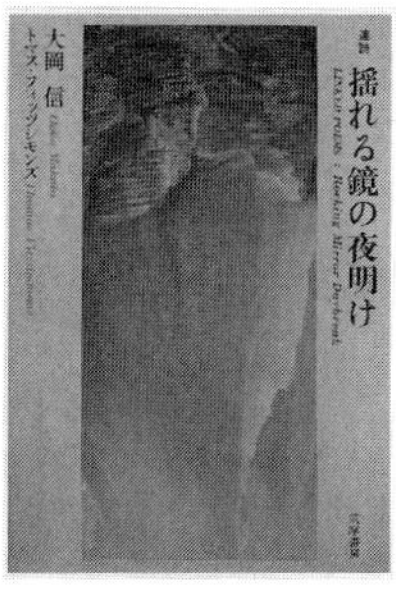

■造本■

フランス装　糸綴じ　函入り

■奥付■

連詩　揺れる鏡の夜明け　LINKED POEMS Rocking Mirror Daybreak／一九八二年十二月二十日　初版第一刷発行／著者大岡信　トマス・フィッツシモンズ／装幀者　加納光於／発行者　布川角左衛門／発行所　株式会社筑摩書房　東京都千代田区神田小川町二―八　電話　東京二九一―七六五一（営業）

二九四—六七一一（編集）郵便番号一〇一—九一　振替東京六—四一一二三／明和印刷・鈴木製本／©OOKA MAKOTO, THOMAS FITZSIMMONS／0092-80227-4604

■もくじ■

1　詩　POETRY／2　秋　AUTUMN／3　静寂　SILENCE／4　地平線　HORIZON／5　空　SKY／6　シヴァ神　SHIVA／7　影の中で　IN THE SHADOWS／8　木　TREE／9　老いたる静かなものたち　OLD QUIET ONES／10　赤ちゃん　NEWLY BORN BABE／11　皮膚なしには　WITHOUT ITS SKIN／12　未知の花の花びら　PETALS OF FLOWERS UNKNOWN／13　過ぎてゆく鳥　PASSING BIRD／14　銀河の流れ　GALACTIC STREAM／15　結晶を造るもの　CRYSTAL SHAPER／16　揺れる鏡　ROCKING MIRROR／17　澄んだ青い水　CLEAR BLUE WATER／18　大河ローヌ　THE MAJESTIC RIVER RHÔNE／19　膝のまはりに　AROUND ITS KNEES／20　文明が出会ふ谷間　A VALLEY WHERE CIVILIZATIONS MEET

□制作ノート（大岡信）

□連詩の経験（トマス・フィッツシモンズ）

酔ひどれ歌仙

青土社　一九八三年　一八七頁　四六判　一二〇〇円

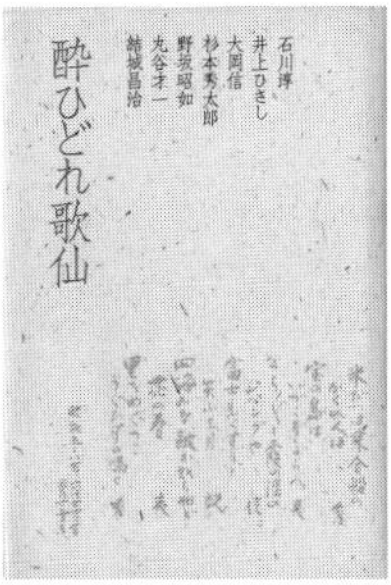

■造本■

上製　糸綴じ　カバー

■奥付■

酔ひどれ歌仙／©Seidosha, 1983 1092-400157-3978／一九八三年十月二十日印刷／一九八三年十一月十日発行／著者　石川淳　井上ひさし　大岡信　杉本秀太郎　野坂昭如　丸谷才一　結城昌治／発行者　清水康雄／発行所　青土社　東京都千代田区神田神保町一—二九　市瀬ビル　〒一〇一　電話　二九一—九八三一（編集）二九四—七八二九（営業）／印刷所　第一印刷所／製本所　小泉製本所／表紙カバー　大岡信執筆「雨の枝の巻」歌仙控帳より

■もくじ■

□歌仙

「市に五虎の巻」　石川淳・丸谷才一・結城昌治・野坂昭如・井上ひさし

「旅衣の巻」石川淳・杉本秀太郎・丸谷才一

「雨の枝の巻」大岡信・丸谷才一・石川淳・杉本秀太郎

□歌仙の世界

「市に五虎の巻」について　石川淳・丸谷才一・結城昌治・野坂昭如・井上ひさし

「旅衣の巻」について　石川淳・杉本秀太郎・丸谷才一

「雨の枝の巻」について　大岡信・丸谷才一・石川淳・杉本秀太郎

POETISCHE PERLEN Renshi
詩の真珠・連詩

フランツ・グレノ出版社　一九八六年　24.8×16.0 cm　定価表示なし

■造本■

上製　布貼表紙　糸綴じ　カバーなし　24×128 cm の紙八つ折り×四枚（連詩全文の印刷）を収めたボール紙封筒　すべてが函入り（上が空いた函）

■奥付■

Dieses vierteilige Leporello, geschrieben von Makoto Ooka, ist Bestandteil des Buches » POETISCHE PERLEN, Renshi. Ein Fünf-Tage-Ketten-Gedicht « von Hiroshi KAWASAKI, Karin KIWUS, Makoto OOKA und Guntram VESPER. Copyright © 1985 bei den Autoren. Alle Rechte für diese Ausgabe bei Greno Verlagsgesellschaft, Nördlingen.

■付記■

本書と次項『ヴァンゼー連詩』は、一九八五年六月にベルリンで行われた連詩について、日本とドイツで同時に発行されたもの。ドイツ版の方が、半年ほど早く出版された。

ヴァンゼー連詩

岩波書店　一九八七年　一〇〇頁　A5判　二三〇〇円

■造本■

上製　糸綴じ　カバー　装幀・装画　宇佐美圭司　カバー題字
　大岡信

■もくじ■

ヴァンゼー連詩　大岡信　カリン・キヴス　川崎洋　グントラム・フェスパー　／　エドゥアルト・クロッペンシュタイン
松下たゑ子訳

□創造的刺戟と遊びの精神を求めて　大岡信

□すべて初めてのことだった　――ヴァンゼーの思い出　川崎洋

□現代の連詩　エドゥアルト・クロッペンシュタイン　（松下たゑ子訳）

□著者紹介

■奥付■

ヴァンゼー連詩／一九八七年四月一七日　第一刷発行©／定価二三〇〇円／著者　大岡信　K・キヴス　川崎洋　G・フェスパー／発行者　緑川亨／発行所　株式会社　岩波書店　〒一〇一　東京都千代田区一ツ橋二―五―五　電話　〇三―二六五―四一一一　振替　東京　六―二六二四〇／印刷・精興社　製本・松岳社／Printed in Japan　ISBN4-00-000166-3

■奥付手前表示■

この二カ国語版は東京、岩波書店とネルトリンゲン、フランツ・グレノ出版社で同時に発行される。

ヴァンゼー連詩はベルリン・フェストシュピーレ主催の第三回世界文化祭、ホリツォンテ85の一環として、一九八五年六月一七日から二二日まで行われた。

詩人たちはベルリン文学コロキュウム館に集まった。

日本語からドイツ語への翻訳はエドゥアルト・クロッペンシュタインが行い、グントラム・フェスパーが加筆した。

ドイツ語から日本語への翻訳は松下たゑ子が行い、大岡信が加筆した。

ヨーロッパで連詩を巻く

岩波書店　一九八七年　二一七頁　四六判　一六〇〇円

■造本■

上製　糸綴じ　カバー　装幀　黒田征太郎

■奥付■

ヨーロッパで連詩を巻く

大岡 信

ヨーロッパで連詩を巻く／一九八七年四月一七日　第一刷発行
ⓒ／定価一六〇〇円／著者　大岡信／発行者　緑川亨／発行所　〒一〇一　東京都千代田区一ツ橋二―五―五　株式会社岩波書店　電話　〇三―二六五―四一一一　振替　東京　六―二六一二〇／印刷・法令印刷　製本・牧製本／Printed in Japan　ISBN4-00-002372-1

■もくじ
□Ⅰ　パリ、ベルリン
□Ⅱ　ヴァンゼー湖畔
□Ⅲ　ロッテルダム
□あとがき
■付記■
ベルリンでの連詩作品は、前項『ヴァンゼー連詩』として同時に発刊。本書は、ヨーロッパ諸国で行われた連詩の様子を雑誌で掲載したもののまとめである。

浅酌歌仙

集英社　一九八八年　二三六頁　四六判　一六〇〇円

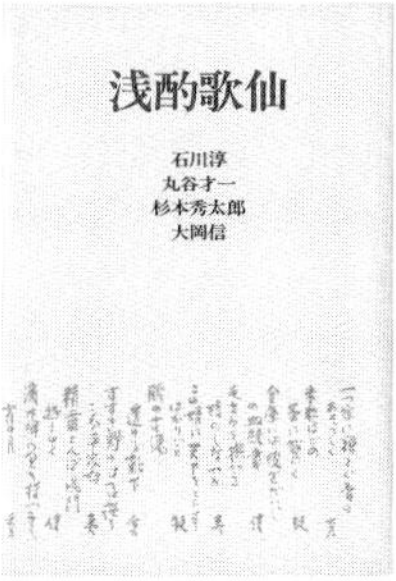

■造本■
上製　糸綴じ　カバー　表紙カバー　大岡信筆「紅葉の巻」歌仙控帳より　栞「歌仙の手引」
■奥付■
浅酌歌仙／一九八八年七月一〇日　第一刷発行／定価　一六〇〇円／著者　石川淳　丸谷才一　杉本秀太郎　大岡信／装丁者　吉岡実／発行者　堀内末男／発行所　株式会社集英社　東京都千代田区一ツ橋二―五―一〇　郵便番号一〇一―五〇　電話　出版部（〇三）二三〇―六一〇〇　販売部（〇三）二三

○―六三九三　製作課（○三）二三○―六○八○／印刷所　大日本印刷株式会社／©1988 I. ISHIKAWA, S. MARUYA, H. SUGIMOTO, M. OOKA／Printed in Japan　ISBN4-08-772658-4 C0092

■もくじ■

□歌仙

「初霞の巻」　石川淳・丸谷才一・大岡信

「紅葉の巻」　石川淳・丸谷才一・杉本秀太郎・大岡信

「夕紅葉の巻」　石川淳・丸谷才一・大岡信

「日永の巻」　丸谷才一・大岡信

□歌仙の世界

「初霞の巻」について　石川淳・丸谷才一・大岡信

「紅葉の巻」について　石川淳・丸谷才一・杉本秀太郎・大岡信

「夕紅葉の巻」について　石川淳・丸谷才一・大岡信

「日永の巻」について　丸谷才一・大岡信

ファザーネン通りの縄ばしご　ベルリン連詩

岩波書店　一九八九年　二一八頁　A5判　五六○○円

■造本■

上製　布貼表紙　糸綴じ　カセットテープ1巻付属　函入り

装幀：平野甲賀／独文併記：大岡信／福沢啓臣

■奥付■

ファザーネン通りの縄ばしご（カセットテープ付）／一九八九年三月二四日　第一刷発行©／定価五六○○円／著者　大岡信　谷川俊太郎　H・C・アルトマン　O・パスティオール／発行者　緑川亨／発行所　株式会社岩波書店　〒一○一　東京都千代田区一ツ橋二―五―五　電話　○三―二六五―四一一一　振替東京六―二六二四○／印刷・精興社　製本・松岳社／Printed in Japan ISBN4-00-002007-2

■もくじ■

ファザーネン通りの縄ばしご　ベルリン連詩

行ったり来たり　付け足し　オスカー・パスティオール／対話

による「あとがき」　大岡信・谷川俊太郎／翻訳者から一言　福沢啓臣／著訳者紹介
※本詩集は、ベルリン芸術祭の一環として一九八七年十一月三日－七日ベルリン文学館（西ベルリン）で巻かれた連詩の決定版である。会場で行われた朗読の録音テープとは若干の異同がある。

とくとく歌仙

文藝春秋　一九九一年　二九三頁　四六判　一四〇〇円

■造本■
上製　糸綴じ　カバー　装幀：宮川一郎
■奥付■
とくとく歌仙《かせん》／一九九一年十一月一日　第一刷／著者　丸谷才一　大岡信　井上ひさし　高橋治／発行者　豊田健次／発行所　株式会社文藝春秋　東京都千代田区紀尾井町三－二三　電話代表（〇三）三二六五－一二一一／印刷所　大日本印刷／製本所　加藤製本／©Saiichi Maruya Makoto Ōoka Hisashi Inoue Osamu Takahashi／1991 Printed in Japan ISBN4-16-345730-5
■もくじ■
「歌仙早わかり」　丸谷才一・大岡信
「菊のやどの巻」　丸谷才一・大岡信・井上ひさし
「大魚の巻」　大岡信・丸谷才一・高橋治
「加賀暖簾の巻」　高橋治・大岡信・丸谷才一
「ぶり茶飯の巻」　井上ひさし・大岡信・丸谷才一
「菊のやどの巻」について　丸谷才一・大岡信・井上ひさし
「大魚の巻」について　大岡信・丸谷才一・高橋治
「加賀暖簾の巻」について　高橋治・大岡信・丸谷才一
「ぶり茶飯の巻」について　井上ひさし・大岡信・丸谷才一

連詩　闇にひそむ光

岩波書店　二〇〇四年　一七三頁　A5判　一九〇〇円

■造本■
上製　糸綴じ　カバー

■奥付■
連詩　闇にひそむ光／二〇〇四年一一月二五日　第一刷発行／著者　大岡《おおおか》信《まこと》／発行者　山口昭男／発行所　株式会社岩波書店　〒一〇一－八〇〇二　東京都千代田区一ツ橋二－五－五　電話案内〇三－五二一〇－四〇〇〇　http://www.iwanami.co.jp/／印刷・三陽社　カバー・精興社　製本・三水舎／© Makoto Ooka 2004／ISBN 4-00-002532-5　Printed in Japan

■もくじ■
巻一　闇にひそむ光　谷川俊太郎／ウリ・ベッカー／高橋順子／ドゥルス・グリューンバイン／大岡信／（エドゥアルド・クロッペンシュタイン　松下たえ子）
巻二　千年という海　高橋睦郎／財部鳥子／大岡信／新藤涼子／北島／（是永駿　鄭民欽）
□座談　一　大岡信／高橋順子／谷川俊太郎／高橋睦郎
巻三　大流星群　大岡信／カイ・ニエミネン／高橋睦郎／ニルス＝アスラク・ヴァルケアパー（アイル）／木坂涼／（大倉純一郎）
巻四　ひらがなカタカナ　木坂涼／谷川俊太郎／白石かずこ／アーサー・ビナード／大岡信
巻五　水平線　四元康祐／ヘンク・ベルンレフ／大岡信／ウィレム・ファン・トールン／小池昌代／（近藤紀子）
□座談　二　大岡信／谷川俊太郎／木坂涼／アーサー・ビナード／小池昌代
□編者あとがき
□著訳者略歴

■付記■
『連詩　闇にひそむ光』は静岡県文化財団の協力を得て、一九九九年から二〇〇三年まで、毎年秋に静岡県で実施された連詩の、過去五年間の作品の一応の集成である。（編者あとがきより）

すばる歌仙

集英社　二〇〇五年　三三五頁　四六判　2200円

■造本
上製　糸綴じ　カバー

■奥付
すばる歌仙／二〇〇五年十二月十日　第一刷発行／著者　丸谷才一　大岡信　岡野弘彦／発行者　加藤潤／発行所　株式会社集英社　東京都千代田区一ツ橋二－五－一〇　郵便番号一〇一－八〇五〇　電話（〇三）三三三〇－六一〇〇（編集部）三三三〇－六三九三（販売部）三三三〇－六〇八〇（読者係）／印刷所　大日本印刷株式会社／ⓒ 2005 S. MARUYA, M. OOKA, H.OKano, Printed in Japan／ISBN4-08-774781-6 C0092

【もくじ】
歌仙
「神の留守の巻」　大岡信　丸谷才一
「花の大路の巻」　丸谷才一　大岡信
「葛のはなの巻」　岡野弘彦　大岡信
「二度の雪の巻」　岡野弘彦　丸谷才一
「こんにゃくの巻」　丸谷才一　岡野弘彦
「果樹園の巻」　大岡信　岡野弘彦
「夏芝居の巻」　大岡信　岡野弘彦　丸谷才一

歌仙の愉しみ

[岩波新書1121]　岩波書店　二〇〇八年　二三三頁　新書判　七八〇円

■造本
上製　糸綴じ　カバー

■奥付
歌仙の愉しみ　岩波新書　新赤版1121／二〇〇八年三月一九日　第一刷発行／著者　大岡信　岡野弘彦　丸谷才一／発行者　山口昭男／発行所　株式会社岩波書店　〒一〇一－八〇〇二　東京都千代田区一ツ橋二－五－五／案内　〇三－五二一〇－四〇〇〇　販売部〇三－五二一〇－四一一一／http://

歌仙の世界
「神の留守の巻について」　大岡信　丸谷才一
「花の大路の巻について」　丸谷才一　大岡信
「葛のはなの巻について」　岡野弘彦　大岡信
「二度の雪の巻について」　岡野弘彦　丸谷才一
「こんにゃくの巻について」　丸谷才一　岡野弘彦　大岡信
「果樹園の巻について」　大岡信　丸谷才一　岡野弘彦
「夏芝居の巻について」　大岡信　岡野弘彦　丸谷才一

www.iwanami.co.jp/　新書編集部〇三―五二一〇―四〇五四
http://www.iwanamishinsho.com/／印刷・三陽社　カバー・
半七印刷　製本・中永製本／©Makoto Ôoka, Hirohiko Okano
and Saiichi Maruya 2008／ISBN　978-4-00-431121-8
Printed in Japan

■もくじ■

□わたしたちの歌仙　丸谷才一
□鞍馬天狗の巻
□夜釣の巻
□YS機の巻
□ぽつねんとの巻
□大注連の巻
□焔星の巻
□海月の巻
□まつしぐらの巻
□歌仙の用語／歌仙季題配置表
□初出一覧

現代フランス詩人集1

書肆ユリイカ　一九五五年　三二六頁　18×12.5cm　四〇〇円

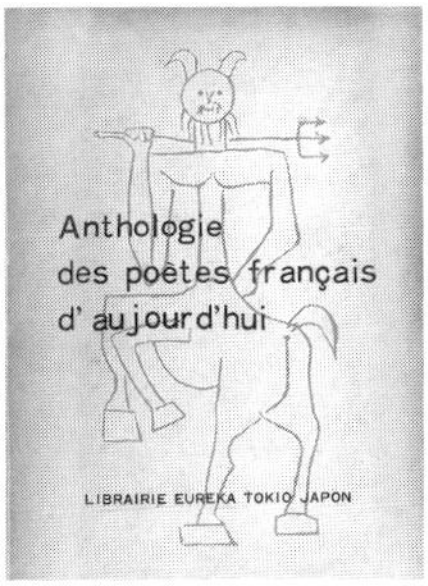

■造本■

上製　糸綴じ　函入り

■奥付■

現代フランス詩人集（1）四〇〇円／一九五五年一二月一五日発行／訳者　飯島耕一　大岡信　橋本一明　小海永二　平田文也　小内原文雄／発行者　伊達得夫／発行所　東京都新宿区上落合二～五四〇　書肆ユリイカ／電話（二九）〇二二六　振替東京一〇二七五一／藤田印刷・協栄製本

■もくじ■

□詩篇

ジュール・シュペルヴィエル　飯島耕一訳／ポール・エリュアール　大岡信訳／ルイ・アラゴン　橋本一明訳／アンリ・ミショオ　小海永二訳／ロベール・ガンゾ　平田文也訳／ユーゼーヌ・ギルヴィック　小内原文雄訳

□詩人論

ジュール・シュペルヴィエル論　飯島耕一／ポール・エリュアール論　大岡信／ルイ・アラゴン論　橋本一明／アンリ・ミショオ論　小海英二／ロベール・ガンゾ論　平田文也／ギルヴィック論　小内原文雄

■付記■

大岡信訳　ポール・エリュアール詩篇

花ばな／マックス・エルンスト／はじめに、荘厳と華麗への／生きている遺骨／悲しみの夜廻りのように／二滴の水のように／今この時／ルネ・マグリット／おまえは起つ／描かれた言葉／一九四三年十一月十二日の夢／大いなる旅／碑銘

世界名詩集大成5 フランスⅣ

平凡社　一九五九年　四三七頁　菊判

本　和田製本工業株式会社／本文用紙　北越製紙株式会社／表紙　望月株式会社

■もくじ■

解説

「はずむ球」（抄）ルヴェルディ著高村智訳／「風の泉」（抄）ルヴェルディ著高村智訳／「羅針盤」（抄）スーポー著江原順訳／「磁場」（抄）ブルトン＆スーポー著佐藤朔訳／「地の光」（抄）ブルトン著稲田三吉訳／「とける魚」（抄）ブルトン著稲田三吉訳／「白髪の拳銃」（抄）ブルトン著菅野照正訳／「シャルル・フーリエに捧げるオード」（全）ブルトン著菅野照正訳／「処女懐胎」（抄）ブルトン＆エリュアール著大岡信訳／「義務と不安」（全）エリュアール著大岡信訳／「愛すなわち詩」（全）エリュアール著安東次男訳／「詩と真実」42年（抄）エリュアール著安東次男訳／「ドイツ人の逢引きの地で」（抄）エリュアール著安東次男訳／「祝火」（抄）アラゴン著小島輝正訳／「上々機嫌」（抄）アラゴン著小島輝正訳／「迫害する被迫害者」（抄）アラゴン著橋本一明訳／「グレヴァン蝋人形館」（全）アラゴン著小島輝正訳／「神経の秤」（全）アルトー著清水徹訳／「詩篇」（抄）アルトー著篠田一士訳／「暗闇」（全）デスノス著清岡卓行訳／「愛なき夜ごとの夜」（全）デスノス著窪田般弥訳／「偉大な賭」（抄）ペレ

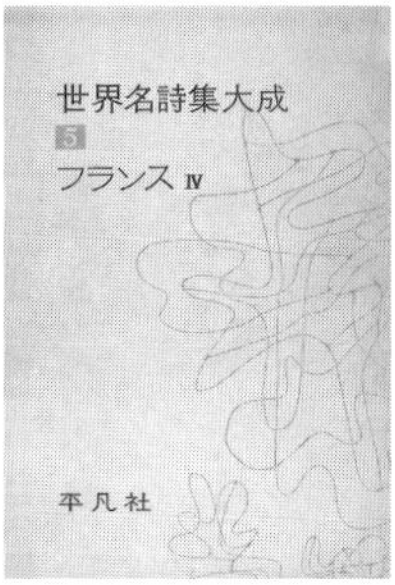

■造本■

上製　糸綴じ　布貼表紙　函入り

■奥付■

世界名詩集大成5　フランス篇Ⅳ　第十回配本　定価五〇〇円／昭和三四年一一月一〇日発行／訳者代表　安東次男（あんどうつぐお）／下中邦彦　東京都千代田区四番町四番地／印刷者　高橋慶蔵　東京都港区芝三田豊岡町八番地／発行所　株式会社平凡社　東京都千代田区四番町四番地／電話　九段（三三）九八一一〜五　振替・東京　二九六三九番／印刷　図書印刷株式会社／製

著江原順訳／「打ち手なき槌」（抄）シャール著橋本一明訳／「内壁と草原」（全）シャール著橋本一明訳／「反頭脳」（抄）ツァラ著伊藤晃訳／「近似的人間」（抄）ツァラ著江原順訳／「続・アフリカの印象」（抄）ルーセル著粟津則雄訳／「黒い詩・白い詩」（抄）ドーマル著清水徹訳／「夜は動く」（抄）ミショー著飯島耕一訳／「試煉――悪魔祓い」（抄）ミショー著小海永二訳／「土地なしジャン」（抄）ゴル著佐藤朔訳／「証人」（全）ジューヴ著池田一朗訳著粟津則雄訳／「レスピューグ」（全）ガンゾ著平田文也訳／「言語」（抄）ガンゾ著平田文也訳／「独房で作られた33のソネット」（全）カスー著谷長茂訳／「種子の樽」（抄）オーディベルティ著窪田般彌訳／「ギター万歳」（抄）オーディベルティ著窪田般彌訳／「ことば」（抄）プレヴェール著大岡信訳／「運命のとき」（抄）クノー著三輪秀彦訳／「物の味方」（抄）ポンジュ著佐藤朔訳／「生きる希い」（抄）ギルヴィック著栗田勇訳／「詩集」（抄）デュ・パン著柳沢和子訳／「なんじの守護者たちとともにのたたかい」（抄）エマニュエル著白井健三郎訳／『アンソロジー』デセーニュ他著伊藤晃他訳

□フランス詩史Ⅳ　安東次男

□詩篇目次

ジャム詩集

［ポケット版世界の詩人7］河出書房　一九六八年　二二一頁

17.5×11.5 cm　二九〇円

■造本■

並製　糸綴じ　カバー　しおり　本文イラスト：毛利やすみ

装幀　広瀬郁

■奥付■

ジャム詩集　ポケット版世界の詩人7／昭和四三年五月一〇日初版印刷／昭和四三年五月一〇日初版発行／訳者　大岡信／発行者　河出朋久／印刷者　和田彰三／発行所　株式会社　河出書房　東京都千代田区神田小川町三ー六／電話　東京二九二・三七一一大代表　振替口座東京一〇八〇二／印刷・東洋印刷　製本・凸版製本／定価二九〇円

■もくじ■
「暁の鐘から夕べの鐘まで」（一八九八）より／「桜草の喪」（一九〇一）より／その他の詩集より
□解説　フランシス・ジャム・詩と生涯　大岡信
□原詩
□年表

アラゴン／エリュアール／プレヴェール詩集

［世界詩人全集18］　新潮社　一九六八年　三三一頁　18.8×21.5 cm　五〇〇円

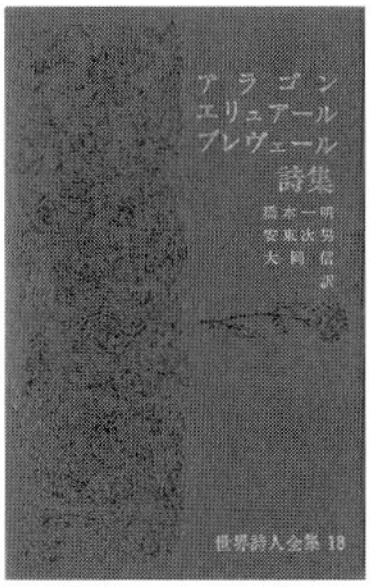

■造本■
上製　糸綴じ　布貼表紙　函入り　装画：村上芳正

■奥付■
世界詩人全集18／アラゴン　エリュアール　プレヴェール詩集／昭和四十三年十月十五日　印刷／昭和四十三年十月二十日　発行／価五〇〇円／訳者　橋本一明　安東次男　大岡信／発行者　佐藤亮一／発行所　株式会社新潮社　郵便番号一六二　東京都新宿区矢来町七一／電話　東京（二六〇）一一一一　振替東京八〇八／印刷所　大日本印刷株式会社／製本所　新宿加藤製本所／©Ichimei Hashimoto, Tsuguo Ando & Makoto Ooka 1968, Printed in Japan

■もくじ■
□アラゴン詩集／橋本一明訳
□エリュアール詩集／安東次男訳
□プレヴェール詩集／大岡信訳
□解説
□年譜

■付記■
大岡信訳プレヴェール詩篇
□ことば（パロール）
アリカンテ／私はいくたりも見た……／劣等生／カタツムリさん葬式へ行く／家族の唄／血まみれの唄／この愛《アムール》／手回しオルガン／書物のページ／朝の食事／鳥さしの唄／鳥の肖像を描

くには／美術学校／自由な街／巨きな赤い／仏作文／日蝕／赤い馬／最初の日／メッセージ／叙事詩／そして祭は続く／庭／夜のパリ／花束／バルバラ／平和についての演説／失われた時

□見世物《スペクタクル》

あかりを消して／父帰る／戦争／心こまやかなれば破壊をまねく／サンギーヌ／あの男ったらあたしのまわりをぐるぐるまわった／恋する二人／血と羽根／ナルシス異聞／祭

□雨とお天気

だまされた恋人たち／……するとき／おれは大人になった／どこへ行こうと、どこからこようと／枯葉（シャンソン）

■付記2■

全24巻

黒いユーモア選集　下巻

［セリ・シュルレアリスム1］　国文社　一九六九年　二六八頁

■造本■

上製　布貼表紙　糸綴じ　函入り
21.2×15 cm　一二〇〇円

■奥付■

セリ・シュルレアリスム　1／黒いユーモア選集　下巻／一九六九年一月二〇日初版発行／編著者　アンドレ・ブルトン／発行者　前島幸視／発行所　東京都豊島区南池袋一－一七－三／電話　九七一－四三七二　振替東京一九五〇五八／本文印刷　高島印刷／装本印刷　神光印刷／製本所　並木製本／装幀者　粟津潔

■もくじ■

ジャン＝ピエール・ブリッセ（高橋彦明訳）／オー・ヘンリー（平野幸仁訳）／アンドレ・ジッド（宗左近訳）／ジョン・ミリントン・シング（小浜俊郎訳）／アルフレッド・ジャリ（宮川明子訳）／レイモン・ルセール（嶋岡晨訳）／フランシス・ピカビア（宮川淳訳）／ギョーム・アポリネール（窪田般彌訳）／パブロ・ピカソ（曾根元吉訳）／アルチュール・クラヴァン（鈴木孝訳）／フランツ・カフカ（神品友子訳）／ジャコブ・ヴァン・ホッディス（桜木泰行訳）／マルセル・デュシャン（粟津則雄訳）／ハンス・アルプ（小海永二訳）／アルベルト・サビニオ（森乾訳）ジャック・ヴァシェ（波木居純一訳）／パンジャマン・ペレ（飯島耕一訳）／ジャック・リゴー（滝田文彦訳）／ジャック・プレヴェール（大岡信訳）／サルヴァドール・ダリ（塩瀬宏訳）／ジャン・フェリー（宮川明子訳）／レオノーラ・カリントン（有田忠郎訳）／ジゼール・プラシノス（阿部弘一訳）／ジャン＝ピエール・デュプレー（稲田三吉訳）

□あとがき　山中散生
□「セリ・シュルレアリスム」刊行に際して　編集委員
■付記■
編集委員　山中散生　窪田般彌　小海永二

黒いユーモア選集2

[河出文庫]　河出書房新社　二〇〇七年　三五四頁　A6版
九五〇円
■造本■
並製　無線綴じ　カバー　文庫
■奥付■
黒《くろ》いユーモア選集《せんしゅう》2／二〇〇七年八月一〇日　初版印刷／二〇〇七年八月二〇日　初版発行／著者　A・ブルトン／訳者　山中散生《やまなかちるう》、窪田般彌《くぼたはんや》、小海永二《こかいえいじ》　ほか／発行者　若森繁男／発行所　株式会社河出書房新社　〒一五一—〇〇五一　東京都渋谷区千駄ヶ谷二—三二—二／電話　〇三—三四〇四—八六一一（編集）　〇三—三四〇四—一二〇一（営業）／http://www.kawade.co.jp/／ロゴ・表紙デザイン　粟津潔／本文フォーマット　佐々木暁／印刷・製本　中央精版印刷株式会社／©2007 Kawade Shobo Shinsha, Publishers／Printed in Japan ISBN978-4-309-46291-2
■もくじ■
初版と同じ　加えて
□文庫版あとがき
□訳者略歴
■付記■
原タイトル：Anthologie de l'humour noir. 1940
一九六八年刊　国文社　アンドレ・ブルトン「黒いユーモア選集」を底本とし、新編集二分冊（1巻は二〇〇七年八月刊）の文庫にしたもの。

世界名詩集

[世界文学全集　別巻1]　河出書房新社　一九六九年　四七八頁　22.5×16 cm　九八〇円
■造本■
上製　糸綴じ　函入り
■奥付■
カラー版世界文学全集　別巻第1巻　世界名詩集／昭和四四年五月三〇日初版発行／訳者　手塚富雄　篠田一士　小笠原豊樹　大岡信　生野幸吉　他／装幀者　亀倉雄策／発行者　中島隆

之／印刷者　沢村嘉一／印刷　凸版印刷株式会社／発行所　株式会社河出書房新社　東京都千代田区神田小川町三の六／電話　東京（二九二）三七一一（大代表）・振替口座　東京一〇八〇二／0398-312401-0961／製本　加藤製本株式会社／製函　加藤製函印刷株式会社／本文用紙　三菱製紙株式会社／表紙　日本クロス工業株式会社

■もくじ■

□ギリシア・ラテン編
アルキロコス（呉茂一訳）サッポー（呉茂一訳）アナクレオーン（呉茂一訳）シモニーデース（呉茂一訳）カトゥルス（呉茂一、坪井光雄訳）ホラーティウス（呉茂一、国原吉之助、坪井光雄訳）ウェルギリウス（八木綾子訳）

□中世・ルネサンス編
F・ヴィヨン（佐藤輝夫訳）P・ロンサール（井上究一郎訳）J・ダン（篠田一士訳）W・シェイクスピア（吉田健一訳）ダンテ（平川祐宏訳）ハイヤーム（森亮訳）

□ロマン主義の風土編
V・ユゴー（栗田勇訳）G・バイロン（阿部知二訳）J・キーツ（出口泰生訳）W・ワーズワス（高橋康也訳）W・ブレイク（土居光知訳）P・シェリー（土岐恒二訳）E・A・ポウ（沢崎順之助訳）W・ホイットマン（木島始訳）J・ゲーテ（手塚富雄訳）F・ヘルダーリン（手塚富雄訳）H・ハイネ（高安国世訳）A・プーシキン（草鹿外吉訳）A・フェート（樹下節訳）I・ツルゲーネフ（神西清訳）M・レールモントフ（樹下節訳）F・チュッチェフ（樹下節訳）A・ミツケヴィッチ（樹下節訳）

□象徴主義の風土編
C・ボードレール（福永武彦訳）S・マラルメ（福永武彦訳）P・ヴェルレーヌ（橋本一明訳）A・ランボー（清岡卓行訳）C・ロートレアモン（栗田勇訳）W・B・イエーツ（尾島庄太郎訳）S・ゲオルゲ（生野幸吉訳）H・ホーフマンスタール（川村二郎訳）A・ブローク（神西清訳）

□現代編
P・ヴァレリー（粟津則雄訳）G・アポリネール（飯島耕一訳）J・シュペルヴィエル（安藤元雄訳）P・エリュアール（大岡信訳）L・アラゴン（橋本一明訳）A・ブルトン（清岡

卓行訳）J・プレヴェール（小笠原豊樹訳）T・S・エリオット（鮎川信夫訳）W・H・オーデン（中桐雅夫訳）D・トマス（羽矢謙一訳）D・H・ロレンス（松田幸雄訳）W・ウィリアムズ（片桐ユズル訳）E・パウンド（岩崎良三訳）B・ブレヒト（野村修訳）G・ベン（深田甫訳）G・トラークル（久保和彦訳）R・リルケ（生野幸吉訳）H・ヘッセ（高橋健二訳）V・マヤコフスキー（小笠原豊樹訳）S・エセーニン（峯俊夫訳）B・パステルナーク（稲田定雄訳）F・G・ロルカ（長谷川四郎訳）E・モンターレ（米川良夫訳）P・ネルーダ（長谷川四郎訳）

□収録詩人略伝

□解説　篠田一士

アンドレ・ブルトン集成3

人文書院　一九七〇年　三五一頁　四六判　一一〇〇円

■造本■

上製　布貼表紙　糸綴じ　函入り

■奥付■

アンドレ・ブルトン集成第3巻／一九七〇年九月十日発行／定価一一〇〇円／訳者　大岡信・阿部良雄他／発行者　渡辺睦久／発行所　人文書院　京都市下京区仏光寺通高倉西　電話　代表〇七五―三五一―三三九一　振替京都一一〇三／印刷　内外印刷株式会社／製本　坂井製本所

■もくじ■

慈悲の山　入沢康夫訳／地の光　入沢康夫訳／溶ける魚　大岡信訳／磁場　阿部良雄訳／私なんか忘れますよ　豊崎光一訳／すみませんが　豊崎光一訳

□解題　巌谷國士

■付記■

監修　瀧口修造

アンドレ・ブルトン集成4

人文書院　一九七〇年　四五四頁　四六判　一四〇〇円

■造本■
上製　布貼表紙　糸綴じ　函入り　装本：野中ユリ

■奥付■
アンドレ・ブルトン集成第4巻／一九七〇年十一月三十日発行／定価一四〇〇円／訳者　大槻鉄男　阿部良雄他／発行者　渡辺睦久／発行所　人文書院　京都市下京区仏光寺通高倉西　電話　代表〇七五－三五一－三三九一　振替京都一一〇三／印刷　内外印刷株式会社／製本　坂井製本所

■もくじ■
自由な結びつき　大岡信訳／白髪の拳銃　菅野昭正訳／ヴィオレット・ノジェール　大槻鉄男訳／水の空気　大槻鉄男訳／暗い洗濯場にて　大槻鉄男訳／一九三五－一九四〇　大槻鉄男訳／余白一杯に　大槻鉄男訳／蜃気楼　大槻鉄男訳／一九四〇－一九四三　大槻鉄男訳／総目録　大槻鉄男訳／震えるピン　大槻鉄男訳／外人びいき　大槻鉄男訳／シャルル・フーリエへのオード　菅野昭正訳／拾遺　大槻鉄男訳／星座　大槻鉄男訳／A音　大槻鉄男訳／作業中徐行せよ　大槻鉄男訳／処女懐胎　阿部良雄訳／解題　大槻鉄男／

■付記■
監修　瀧口修造

アンドレ・ブルトン集成3

［新装版］　人文書院　一九七六年　三五一頁　四六版　二四〇〇円

■付記■
初版一九七〇年九月十日の新装版。

アンドレ・ブルトン集成4

［新装版］　人文書院　一九七六年　四五四頁　四六版　二四〇〇円

■付記■
初版一九七〇年十一月三十日の新装版。

アントナン・アルトー全集1

現代思潮社　一九七一年　三二九頁　四六判　一四〇〇円

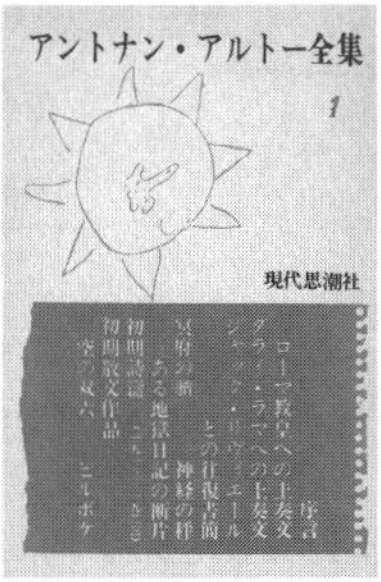

■造本■

上製　布貼表紙　糸綴じ　函入り　装幀　瀧口修造

■奥付■

アントナン・アルトー全集第1巻／粟津則雄　清水徹　大岡信　釜山健　篠沢秀夫　飯島耕一　豊崎光一訳／現代思潮社刊／一九七一年一〇月二五日初版／一四〇〇円定価／第一印刷株式会社本文印刷／広橋精版印刷株式会社・シルク・ホスピタル装本印刷／橋本製本所製本／株式会社現代思潮社　東京都文京区小日向一―二四―八／電話　代表（九四三）四四〇六　振替東京七二四四二　郵便番号一一二／0398-70001-1909©1971

■もくじ■

序言　清水徹訳／ローマ教皇への上奏文　清水徹訳／ダライ＝ラマへの上奏文　清水徹訳／ジャック・リヴィエールとの往復書簡　粟津則雄訳／冥府の臍《へそ》　大岡信訳／神経の秤――附・ある地獄日記の断片　清水徹訳／初期詩篇（一九一三―一九二三）　大岡信、釜山健訳／初期散文作品　篠沢秀夫訳／空の双六《トリク・トラック》　飯島耕一訳／ビルボケ　豊崎光一訳

□註

□解題（清水徹）

■付記■

責任編集　粟津則雄　清水徹

プレヴェール詩集　やさしい鳥

［詩の絵本4］偕成社　一九七七年　五三頁　18×15.8 cm　八八〇円

■造本■

上製　糸綴じ　カバー

■奥付■

詩の絵本4　プレヴェール詩集・やさしい鳥／一九七七年一〇

月　初版第一刷発行／大岡信・訳　渡辺則子・絵／発行者　今村廣／発行所　偕成社　東京都新宿区市ヶ谷砂土原町三－五　〒一六二　TEL(東京)二六〇－三二二一（代）振替・東京五－一三五二一番／印刷・小宮山印刷／製本　サンブック／NDC931 8798-809040-0904／© M. Ooka, N. Watanabe 1977／Published by KAISEI-SHA, Printed in Japan

■もくじ■

□本のあとに　大岡信

□収録作品

夜のパリ／サンギーヌ／恋する二人／鳥さしの唄／巨きな赤い／あかりを消して／朝の食事／枯葉（シャンソン）／血と羽根／……するとき／おれは大人になった／戦争／自由な街／仏作文／叙事詩／劣等生／鳥の肖像を描くには／カタツムリさん葬式へ行く／バルバラ

※以上の作品は新潮社版「世界詩人全集18」から、新たに訳者の大岡信先生の編集により収録したものです。

□ジャック・プレヴェールのプロフィール

世界名詩名訳集

［世界文学全集49］　学習研究社　一九七九年　五三八頁　四六判　定価表示なし

■造本■

上製　糸綴じ　函入り

■奥付■

世界文学全集（全50巻）49　世界名詩名訳集／昭和五四年四月一日　初版発行／編者　五木寛之　遠藤周作　尾崎秀樹　北杜

夫　三浦朱門／本文製作　有限会社一寸社／編集責任者　桜田満／発行者　古岡滉／発行所　株式会社学習研究社　東京都大田区上池台四—四〇—五　〒一四五　振替東京　八—一四二九三〇／電話　東京（七二〇）一一一一大代表／印刷　信毎書籍印刷株式会社　廣済堂印刷株式会社　株式会社精興社／製本　新宿加藤製本株式会社／本文用紙　本州製紙株式会社／表紙クロス　ダイニック株式会社／製函　永井紙器印刷株式会社／© GAKUSHU-KENKYUSHA, INC. 1979　Printed in Japan／Jacques PREVERT: "PAROLES"（extraits）／©Editions GALLIMARD, Paris／Japanese translation rights arranged through the Bureau des Copyrights Français, Tokyo.

■もくじ■

□名詩名訳アルバム
□訳詩集と私　大岡信
□訳詩集　45点収録（うち大岡信訳詩集もあり）
□訳者・原作者紹介　小川洋
□解説　吉武好孝

※本巻収録の訳詩集のうち『荒地』を除いて、すべて抄録です。

■付記■

大岡信訳詩集
ジャム七篇／エリュアール四篇／ブルトン一篇／プレヴェール六篇／ネルーダ一篇

フランシス・ジャム全集1

青土社　一九八一年　四六八頁　19×13.5 cm　三四〇〇円

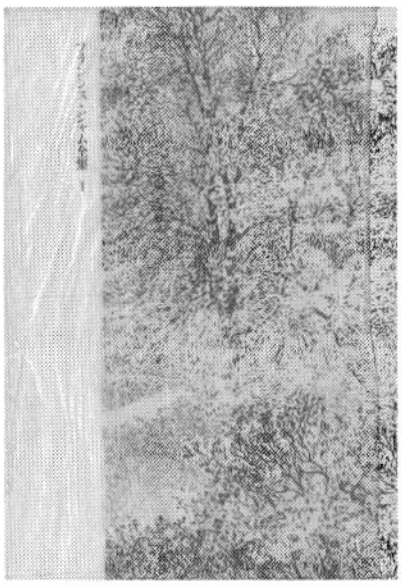

■造本■

上製　糸綴じ　布貼表紙　函入り

■奥付■

フランシス・ジャム全集　第一巻／©Seidosha, 1981／一九八一年五月二〇日印刷／一九八一年五月三〇日発行　0398-900310-3978／著者　フランシス・ジャム／訳者　大岡信　窪田般彌　手塚伸一／発行者　清水康雄／発行所　青土社　東京都千代田区神田神保町一—二九　市瀬ビル　〒一〇一／電話

二九一－一九八三（編集）二九四－七八二九（営業）／印刷所　東洋印刷／製本所　鈴木製本所／装幀　安野光雅

■もくじ■

□明けの鐘から夕べの鐘まで　大岡信／窪田般彌／手塚伸一訳

□桜草の喪　手塚伸一訳

□解説　手塚伸一著

■付記■

なお『明けの鐘から夕べの鐘まで』中、大岡信氏の訳出部分は、河出書房刊「ポケット版　世界の詩人　ジャム詩集」に拠った。（解説より）

□『明けの鐘から夕べの鐘まで』中の大岡信訳詩篇

ぼくが死んでいくとき……／家は薔薇でいっぱいに……／ぼくは驢馬が好きだ……／静かだ……／日曜の午後……／きょうは聖女ヴィルジニーの……／雨傘を手に……／ぼくは果樹園へ入っていった……／これらはみんな人間の……／ぼくは愛する、かつての日の……／むかしの海軍……／もしもあなたが……／食堂……／古い村は……／美しい陽を浴びて……／彼女は寄宿学校の生徒だ……／少女は色が白い……／ひとはいう、クリスマスには……／この百姓の息子は……／水は流れる……／百姓が、夕がた共進会から……／きみはヒースの上で裸に……／きみは裸になるだろう……／樹脂が流れる……／おまえは来るだろう……／正午の村……／あなたは手紙に書いてきた……／彼は土地を耕し……／秋が来た……／好きなの……／恋人よ、思い出しておくれ……／もうじき雪が……／恐ろしい光景だった……／驢馬は小さかった……／いつになったら島々に……／家に入る前に……／聞け、庭の……

タゴール著作集2　詩集Ⅱ

第三文明社　一九八四年　四七五頁　21.5×16.5 cm　五三〇〇円

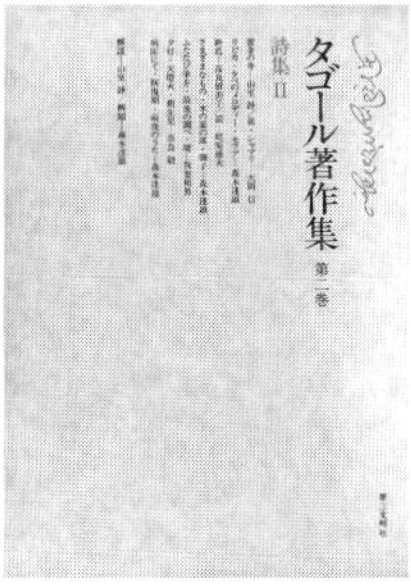

■造本■

上製　糸綴じ　布貼表紙　背革装　函入り

■奥付■

タゴール著作集／第二巻　詩集Ⅱ／一九八四年三月三十日　初

版第一刷発行／発行者　栗生一郎／発行所　株式会社第三文明社　東京都千代田区猿楽町二―五―四　〒一〇一／電話　〇三(二九四)八七三一　振替東京五―一一七八二三／印刷所　凸版印刷株式会社／製本所　株式会社　星共社／装幀者　菊池薫／ISBN4-476-04032-2

■もくじ■

□第一部　一九二〇年代詩集
黄金の舟　山室静訳／リピカ　森本達雄訳／夕べのメロディー　森本達雄訳／螢　大岡信訳／モファ　森本達雄訳
□第二部　一九三〇年代詩集
終焉　高良留美子訳／ふたたび筆を　我妻和男訳／さまざまなもの　森本達雄訳／御子《みこ》　森本達雄訳／最後の調べ　我妻和男訳／木の葉の皿　森本達雄訳／シャマリ　大岡信訳／境　我妻和男訳／夕灯《ゆうべのひかり》　奈良毅訳／天灯火　奈良毅訳／新生児《みどりご》　奈良毅訳
□第三部　一九四〇年代詩集
笛　蛯原徳夫訳／病床にて　森本達雄訳／恢復期　森本達雄訳／最後のうた　森本達雄訳
□訳注
□解題　森本達雄
□解説――老熟の後期詩集　山室静

■付記■

編集委員　山室静　野間宏　森本達雄　我妻和男
全11巻＋別巻

■付記2■

夕灯《ゆうべのひかり》　奈良毅訳／天灯火　奈良毅訳／新生児《みどりご》　奈良毅訳　は目次からは抜けていた

ジョン・アッシュベリー詩集

［アメリカ現代詩共同訳詩シリーズ4］　思潮社　一九九三年
二六五頁　19×13 cm　二四八〇円　英文併記

■造本■

並製　糸綴じ　カバー　装幀：芦澤泰偉

■奥付■

ジョン・アッシュベリー詩集／著者　ジョン・アッシュベリー／訳者　大岡信＋飯野友幸／発行者　小田久郎／発行所　株式会社思潮社　〒一六二　東京都新宿区市谷砂土原町三―十五／電話　〇三（三二六七）八一五三（営業）八一四一（編集）FAX八一四二　振替東京八―八一一二一／印刷所　文唱堂印刷／製本所　越後堂製本／発行　一九九三年五月一日

■もくじ■

〈木々〉（一九五六）から　木々／使用説明書

〈川と山〉（一九六六）から　川と山

〈春の二重の夢〉（一九七〇）から　唄／災い少なし／農具とカブハボタンのある風景／パラーガン

〈三つの詩〉（一九七二）から　システム（抜粋）

〈凸面鏡の中の自画像〉（一九七五）から　凸面鏡の中の自画像

〈屋形船の日々〉（一九七七）から　焼き絵／そして詩作如絵《ウト・ピクトウラ・ポエシス》が彼女の名前／詩とは何か／シリンガ

〈影の列車〉（一九八一）から　逆説と撞着／怖気《おぞけ》

〈波〉（一九八四）から　北の農場で／おなじみの歌／俳句三十七首／波

〈四月のガリオン船〉（一九八七）から　ヴォキャンソン／四月のガリオン船

□註

□アッシュベリー断面　大岡信

□「正しい想像を越えた真の真実」　飯野友幸

□――デイヴィッド・レーマンへのインタヴュー

□解説　飯野友幸

■付記■

アメリカ現代詩共同訳詩シリーズ

1　ジャック・ケルアック詩集　池澤夏樹＋高橋雄一郎訳

2　チャールズ・オルスン詩集　北村太郎＋原成吉訳

3　アドリエンヌ・リッチ詩集　白石かずこ＋渡部桃子訳

4　ジョン・アッシュベリー詩集　大岡信＋飯野友幸訳

5　ロバート・ブライ詩集　谷川俊太郎＋金関寿夫訳

「アッシュベリー断面」には大岡信とアッシュベリーとの交友、飯野友幸との共訳過程が詳述。

英語書名：Selected poems of John Ashbery

能・狂言集

［カラー版現代語訳日本の古典16］ 河出書房新社 一九七二年

三九六頁 23.5×16.5 cm 一二〇〇円

■造本■

上製 布貼表紙 糸綴じ 函入り

■奥付■

日本の古典16 能・狂言集／昭和四十七年四月十日 初版印刷／昭和四十七年四月二十五日 初版発行／訳者 田中澄江他／装幀者 亀倉雄策／発行者 中島隆之／発行所 株式会社河出書房新社 東京都千代田区神田小川町三丁目六番地 電話 東京（二九二）三七一一（大代表） 振替 東京一〇八〇二／印刷 凸版印刷株式会社／製本 加藤製本株式会社／製函 加藤製函印刷株式会社／本文用紙 本州製紙株式会社／クロス 日本クロス工業株式会社／定価 一二〇〇円／©1972／0393-334116-0961

■もくじ■

□能

□狂言

□作品鑑賞のための古典：「世阿弥・風姿花伝」「大蔵虎明・わらんべ草」大岡信訳

解説 木下順二／解題 三上慶子／注釈 池田弥三郎 三上慶子／挿画 森田曠平 広田多津 菊川多賀子

■付記■

責任編集 久松潜一・川端康成・円地文子・山本健吉・中村真一郎

和泉式部・西行・定家

［カラー版現代語訳日本の古典11］ 河出書房新社 一九七二年

三九六頁 23.5×16.5 cm 一二〇〇円

■造本■

上製 布貼表紙 糸綴じ 函入り

■奥付■

日本の古典11　和泉式部　西行　定家／昭和四十七年十月十五日　初版印刷／昭和四十七年十月三十日　初版発行／訳者　竹西寛子他／装幀者　亀倉雄策／発行者　中島隆之／発行所　株式会社河出書房新社　東京都千代田区神田小川町三丁目六番地　電話東京（二九二）三七一一（大代表）　振替東京一〇八〇二／印刷　凸版印刷株式会社／製本　加藤製本株式会社／製函　加藤製函印刷株式会社／本文用紙　本州製紙株式会社／クロス　日本クロス工業株式会社／定価　一二〇〇円／©1972／0392-334111-0961

■もくじ■

□和泉式部集（竹西寛子訳）／西行・山家集（宮柊二訳）／藤原俊成・長秋詠藻（大岡信訳）／藤原定家・拾遺愚草（塚本邦雄訳）　源実朝・金槐和歌集（山本健吉訳）／式子内親王集（辻邦生訳）／建礼門院右京大夫集（辻邦生訳）／小倉百人一首（池田弥三郎訳）

□作品鑑賞のための古典

後鳥羽院御口伝（久保田淳訳）／無名抄（抄）（鴨長明著　久保田淳訳）／鎌倉右大臣家集の始に記せる詞（賀茂真淵著　大久保淳訳）

□解説（佐々木幸綱）

■付記■

責任編集　久松潜一・川端康成・円地文子・山本健吉・中村真一郎

百人一首

［グラフィック版日本の古典　別巻1］　世界文化社　一九七五年　一六七頁　27.8×22.5 cm

■造本■

上製　糸綴じ　函入り　装幀・レイアウト：日下弘

■奥付■

日本の古典　別巻1　グラフィック版百人一首／発行所　株式会社世界文化社　〒一〇二　東京都千代田区九段北四―二―二九　電話　東京（〇三）二六二―五一一一（大代表）　振替東京一七三八六九／編集兼発行人　鈴木勤／印刷　共同印刷株

式会社／製本　小高製本工業株式会社／用紙　神埼製紙株式会社　山陽国策パルプ株式会社　日本紙業株式会社　千住製紙株式会社／製函　文京紙器株式会社／©一九七五

■もくじ■
□百人一首　大岡信訳
□代表歌人紹介〈小野小町・在原業平・菅原道真・紀貫之・和泉式部・清少納言・西行法師・式子内親王・藤原定家・後鳥羽院〉　大岡信
□歌かるたの歴史　関忠夫
□異種百人一首　伊藤嘉夫
□解説・百人一首　久保田淳
□歌人紹介
□図版目録
□索引

■付記■
編集委員　池田彌三郎・円地文子・尾崎秀樹・暉峻康隆・中村真一郎・吉行淳之介

百人一首

［講談社文庫］　講談社　一九八〇年　三〇〇、一〇頁　A6判　三八〇円

■造本■
並製　無線綴じ　カバー　文庫

■奥付■
百人一首／大岡信／昭和五五年一一月一五日第一刷発行／発行者　野間省一／発行所　株式会社講談社　東京都文京区音羽二―一二―二一　電話　東京（〇三）九四五―一一一一（大代表）　振替　東京　八―三九三〇／デザイン　亀倉雄策／製版　株式会社まゆら美研／印刷　東洋印刷株式会社／製本　株式会社千曲堂／©Makoto Ooka 1980／Printed in Japan／0192-316521-2253（0）／定価三八〇円
＊本書は『日本の古典　別巻1・グラフィック版　百人一首』（世界文化社、昭和五〇年刊）に、大幅な補筆改訂を加えて刊行するものです。

■もくじ■
□はじめに―『百人一首』とその「訳」について
□百人一首
□『小倉百人一首』を読む人のために
□索引……百首索引・全句索引・歌人名索引
□『小倉百人一首』関係地図

百人一首

［グラフィック版　特選日本の古典　別巻1］　世界文化社　一九八三年　一六七頁　22.5×18.5 cm　二二〇〇円

■造本■　■もくじ■
一九七五年版と同じ　ただし、サイズがこぶり。

■奥付■
特選日本の古典　別巻1　グラフィック版　百人一首／発行所　株式会社世界文化社　〒一〇二　東京都千代田区九段北四―二―二九／定価　二二〇〇円／電話　〇三（二六二）―五一一一（代表）／振替　東京一七三八六九／編集兼発行人　鈴木勤／印刷　共同印刷株式会社／製本　大観社製本株式会社／製函　文京紙器株式会社／© 一九八三　Printed in Japan

百人一首

［ビジュアル版日本の古典に親しむ2］　世界文化社　二〇〇五年　一九九頁　23.5×18.2 cm　二四〇〇円

■造本■
並製　糸綴じ　カバー

■奥付■
ビジュアル版　日本の古典に親しむ2　百人一首／発行日　二〇〇五年一二月一〇日　初版第一刷発行／発行人　小林公成／発行　株式会社世界文化社　〒一〇二―八一八七　東京都千代田区九段北四―二―二九　電話　〇三（三二六二）五一一八（編集部）　〇三（三二六二）五一一五（販売本部）／印刷　共同印刷株式会社／製本　株式会社大観社／©Sekaibunka-sha 2005 Printed in JAPAN／ISBN4-418-05223-2
※本文は一九七四年（原文ママ）に小社から刊行された『グラフィック版　日本の古典』第五巻「百人一首」が初出です。

【もくじ】
□第一部　歌聖たちの美意識、心の機微／（現代語訳百人一首）……第1首～50首……大岡信
□第二部　歌仙たちの四季の歌、恋の歌／（現代語訳百人一首）……第51首～100首……大岡信

□百人一首を彩る王朝歌人たちの人間関係
□「冷泉家」細見　藤原俊成、定家卿を先祖に持つ和歌の家
□百人一首【歌人事典】
□「ゆかりの地へ」アクセスデータ

鬼と姫君物語　お伽草子

［平凡社名作文庫11］　平凡社　一九七九年　二三四頁　A5変型判　一三〇〇円

■造本■
上製　糸綴じ　カバー　表紙・扉絵：平山英三　装丁・上野球

■奥付■
鬼と姫君物語／定価一三〇〇円／一九七九年二月二三日　初版第一刷発行／著者　大岡信／発行者　下中邦彦／発行所　株式会社平凡社　東京都千代田区四番町四の一　〒一〇二　電話東京（〇三）二六五－〇四五一（大代表）　振替　東京八－一九六三九／本文印刷　東洋印刷株式会社／表紙印刷　株式会社東京印書館／製本　和田製本工業株式会社／©大岡信　1979
Printed in Japan

■もくじ■
□はじめに
□一寸法師《いっすんぼうし》／鉢《はち》かづき／唐糸《からいと》そうし／梵天国《ぼんでんこく》／酒呑童子《しゅてんどうじ》／福富《ふくとみ》長者物語《ちょうじゃものがたり》
□おわりに

■付記■
全二〇巻

大岡信が語る「お伽草子」

［かたりべ草子1］　平凡社　一九八三年　二三〇頁　四六判　一二〇〇円

■造本■
並製　糸綴じ　カバー　カット：平山英三　装幀：菊地信義

■奥付■
大岡信が語る「お伽草子」/一九八三年一〇月七日 初版第一刷発行/著者 大岡信/発行者 下中邦彦/発行所 株式会社平凡社 東京都千代田区三番町五番地 〒一〇二 電話 東京(〇三)二六五—〇四五一 振替 東京八—二九六三九/印刷 東洋印刷株式会社/製本 和田製本工業株式会社/定価一二〇〇円/© 大岡信 1983 Printed in Japan
※この作品は一九七九年二月に『鬼と姫君物語——お伽草子』と題して平凡社から刊行されたものです
■もくじ■
初版と同じ
■付記■
新装版刊行にあたり、あとがきも新たに書き直した、と「あとがき」にあり。

おとぎ草子 遠いむかしのふしぎな話

〔岩波少年文庫3131〕 岩波書店 一九九五年 二四二頁 16.5×11.5 cm 六五〇円
■造本■
並製 無線綴じ カバー 少年文庫

■奥付■
遠いむかしのふしぎな話 おとぎ草子 岩波少年文庫3131/一九九五年六月八日 第一刷発行©/著者 大岡信《おおおかまこと》/発行者 安江良介/発行所 〒一〇一 東京都千代田区一ツ橋二—五—五/株式会社 岩波書店 電話 案内 〇三-五二一〇-四〇〇〇/印刷・三陽社 カバー・錦印刷 製本・田中製本/Printed in Japan/ISBN4-00-113131-5
■もくじ■
□一寸法師《いっすんぼうし》/浦島太郎《うらしまたろう》/鉢《はち》かづき/唐糸《からいと》そうし/梵天国《ぼんでんこく》/酒呑《しゅてん》童子《どうじ》/福富長者物語《ふくとみちょうじゃものがたり》
□あとがき
■付記■
『鬼と姫君物語』(一九七九年二月)平凡社→「かたりべ草子1」の『大岡信が語る お伽草子』平凡社(一九八三年一〇月)改版発行→岩波少年文庫で刊行されることになったのを機に、「浦島太郎」を新たに訳して加えた。(あとがきより)

おとぎ草子

〔岩波少年文庫576 新版〕 岩波書店 二〇〇六年 二四二頁 17.3×12.0 cm 六八〇円

■造本■

一九九五年の岩波少年文庫版と同じ

■奥付■

おとぎ草子　岩波少年文庫576／一九九五年六月八日　第一刷発行／二〇〇六年三月一六日　新版第一刷発行／著者　大岡信《おおおかまこと》／発行者　山口昭男／発行所　株式会社　岩波書店　〒一〇一—八〇〇二　東京都千代田区一ツ橋二—五—五　電話案内　〇三—五二一〇—四〇〇〇　http://www.iwanami.co.jp/　／印刷・三陽社／カバー印刷・NPC／製本・中永製本／©Makoto Ooka 2006　／　ISBN4-00-114576-6 Printed in Japan　／ NDC913 242p. 18 cm

■もくじ■

一九九五年の岩波少年文庫版と同じ

■あとがき■

一九九五年版と同じ

小倉百人一首

世界文化社　一九八〇年　二一二頁　15.8×12.0 cm　一四八〇円　Culture books

■造本■

上製　糸綴じ　布貼り表紙　函入り

■奥付■

小倉百人一首　大岡信／定価一四八〇円／昭和五五年一一月一日発行／発行人　鈴木勤／発行所　株式会社世界文化社　東京都千代田区九段北四—二—二九　〒一〇二（〇三）二六二—五一一一　振替東京一七三八六九／印刷　共同印刷株式会社／製本　中央精版印刷株式会社／用紙　三菱製紙株式会社　北越製紙株式会社　東洋クロス株式会社／1393-800501-3873／©1980

■もくじ■

□「こころよい美感の世界」（大岡信）
□現代語訳　小倉百人一首　大岡信
□歌かるたの美（大岡信）

□解説　小倉百人一首　久保田淳
□かるたの遊び方　伊藤秀文
□付・百人一首音別表　定まり字・索引

古今集・新古今集

［現代語訳日本の古典3］　学習研究社　一九八一年　一八〇頁　30.0×23.0 cm　二四〇〇円

■造本■
上製　糸綴じ　函入り

■奥付■
現代語訳　日本の古典3　古今集・新古今集　大岡信／一九八一年三月二八日　第一刷発行／定価　二四〇〇円／発行人　鈴木泰二／編集人　吉原俊一／発行所　学研（株式会社学習研究社）（〒一四五）東京都大田区上池台四丁目四〇番五号　電話　東京（〇三）七二〇－一一一一（大代表）　振替・東京八－一四二九三〇／印刷所　日本写真印刷株式会社　廣済堂印刷株式会社／用紙　三菱製紙株式会社　王子製紙株式会社／製本所　株式会社若林製本工場／©GAKKEN 一九八一 Printed in Japan

■もくじ■
□古今集
春歌上／春歌下／夏歌／秋歌上／冬歌／賀歌／離別歌／羇旅歌／物名／恋歌一／恋歌二／恋歌三／恋歌四／雑歌上／雑歌下／旋頭歌／俳諧歌／大歌所御歌／東歌
□新古今集
春歌上／春歌下／夏歌／秋歌上／秋歌下／冬歌／哀傷歌／羇旅歌／恋歌一／恋歌二／恋歌三／恋歌五／雑歌上／雑歌中／雑歌下／神祇歌／釈教歌
□仮名序の思想　大岡信
□特集口絵　書の美とこころ　神作光一
□解説　古今集・新古今集の世界　藤平春男
□エッセイ　春の形見――新古今集に寄せて　塚本邦雄
□古典の旅　古今・新古今の旅　吉岡勇

古今集・新古今集

52-4

＊本書は、一九八一年『現代語訳・日本の古典3／古今集・新古今集』のタイトルで、学習研究社から出版された作品を文庫化したものです。

■もくじ■

□古今集

□仮名序の思想
□歌人紹介
　紀貫之／凡河内躬恒／安倍仲麿／伊勢／俊成女／藤原定家／曽禰好忠／後鳥羽院／鴨長明／藤原俊成
□歌

春歌上／春歌下／夏歌／秋歌上／冬歌／賀歌／離別歌／羇旅歌／物名／恋歌一／恋歌二／恋歌三／恋歌四／雑歌上／雑歌下／旋頭歌／俳諧歌／大歌所御歌／東歌新古今集春歌上／春歌下／夏歌／秋歌／秋歌上／秋歌下／冬歌／哀傷歌／羇旅歌／恋歌一／恋歌二／恋歌三／恋歌五／雑歌上／雑歌中／雑歌下／神祇歌／釈教歌

□あとがき

【学研M文庫】学習研究社 二〇〇一年 二五三頁 A6判 五二〇円

■造本■
並製　無線綴じ　カバー　文庫

■奥付■
古今集・新古今集／大岡信／学研M文庫／平成一三年 二〇〇一年一二月二一日 初版発行／発行者 伊藤年一／発行所 株式会社学習研究社 東京都大田区上池台四—四〇—五 〒一四五—八五〇二／印刷・製本 中央精版印刷株式会社／©Makoto Ooka 2001 Printed in Japan ／ ISBN4-05-9020

■和歌と能
■古今・新古今歳時記小事典
■図版目録
■歌人紹介
　紀貫之／凡河内躬恒／安倍仲麿／伊勢／俊成女／藤原定家／曽禰好忠／後鳥羽院／鴨長明／藤原俊成
■付記
編集委員　井上靖　円地文子　尾崎秀樹　山本健吉

万葉集ほか

［少年少女古典文学館25］講談社　一九九三年　三〇九頁　A

5判　一七〇〇円

■造本■
上製　糸綴じ　カバー　装幀：菊地信義

■奥付■
少年少女古典文学館　第二十五巻　万葉集ほか／一九九三年四月二十六日第一刷発行／大岡信　著者／野間佐和子　発行者／株式会社講談社　発行所／東京都文京区音羽二―一二―二一郵便番号一一二―〇一電話　出版部〇三（五三九五）三五三五販売部〇三（五三九五）三六二五　製作部〇三（五三九五）三六一五／凸版印刷株式会社　印刷所／株式会社黒岩大光堂　製本所／©Makoto Ooka 1993／Printed in Japan／ISBN4-06-250825-7

■もくじ■
□記紀歌謡《ききかよう》・万葉集《まんようしゅう》ほか
平安時代《へいあんじだい》の和歌《わか》と歌謡
鎌倉《かまくら》時代の和歌
南北朝《なんぼくちょう》・室町《むろまち》時代の和歌と歌謡
江戸《えど》時代の和歌
□小倉《おぐら》百人一首《ひやくにんいつしゅ》
□この本に登場《とうじょう》する主な歌集《かしゅう》・歌謡集
□あとがきに代《か》えて　大岡信
□和歌・歌謡　初句《しょく》さくいん
□絵　林静一《はやしせいいち》

■付記■
監修　司馬遼太郎　田辺聖子　井上ひさし　編集委員：興津要　小林保治　津本信博

万葉集ほか

［21世紀版少年少女古典文学館24］　講談社　二〇一〇年　三〇九頁　四六判　一四〇〇円

■造本■
上製　糸綴じ　カバー

■奥付■
21世紀版　少年少女古典文学館　第二十四巻／万葉集《まんようしゅう》ほか／二

〇一〇年三月十七日第一刷発行／大岡信　著者／鈴木哲　発行者／株式会社　講談社／発行所　東京都文京区音羽二―十二―二十一　郵便番号一一二―八〇〇一電話　出版部〇三（五三九五）三五三五　販売部〇三（五三九五）三六二五　業務部〇三（五三九五）三六一五／凸版印刷株式会社　印刷所／島田製本株式会社　製本所／©Makoto Ooka 2010／Printed in Japan／ISBN978-4-06-282774-4

※本書は、少年少女古典文学館　第25巻『万葉集ほか』1993年刊をもとに再編集しました。

■もくじ■

初版と同じ

■あとがき■

初版と同じ

■付記■

監修　興津要、小林保治、津本信博編　司馬遼太郎、田辺聖子、井上ひさし

評論

現代詩試論

［ユリイカ新書　現代詩論シリーズ1］　書肆ユリイカ　一九五五年　一四四頁　小B6判　二〇〇円

■造本■

並製　糸綴じ　カバー　ピカソ「牧神」より　扉ウラ　父母に

■奥付■

現代詩試論／定価　二〇〇円／一九五五年六月一五日印刷発行／著者　大岡信／発行者　伊達得夫／発行所　書肆ユリイカ　東京都新宿区上落合二〜五四〇／電話（二九）〇二二六　振替東京一〇二七五一／錦製版印刷納

■もくじ■

現代詩試論／詩の必要／詩の条件／詩の構造／新らしさについて／詩観について／純粋について
□あとがき

■付記■

あとがきに初出に関する詳述あり。

現代詩試論

［双書種まく人3］　書肆ユリイカ　一九五六年　一四四頁　B6判　二三〇円

■造本■

並製　糸綴じ　カバー　ピカソ「牧神」より

■奥付■

双書「種まく人」3　現代詩試論／二三〇円／一九五六年二月二〇日発行／著者　大岡信／発行者　伊達得夫／発行所　東京都新宿区上落合二〜五四〇　書肆ユリイカ　振替東京一〇二七五一番／電話（二九）〇二二六／錦製版印刷納

■もくじ■

初版と同じ

■あとがき■

初版と同じ

こうしてつくられる

［詩の教室1］　飯塚書店　一九五七年　一九〇頁　小Ｂ５判　一八〇円

■造本■　並製　糸綴じ　カバー　カバー装幀：岡野益美　大岡信／木原孝一／黒田三郎／菅原克巳／関根弘　著

■奥付■
一九五七年三月一五日発行　詩の教室　¥一八〇／著者代表　関根弘　木原孝一／発行者　飯塚広／印刷　光陽印刷ＫＫ／飯塚書店　東京都豊島区駒込六―八四七　ＴＥＬ（九四）二〇八九　振替東京一三〇一四

■もくじ■
□第一課　抒情的な詩を作るために
□第二課　自然的・社会的な詩をつくるために
□第三課　さまざまなアイデアの詩をつくるために
□第四課　さまざまなスタイルの詩をつくるために
□第五課　詩人の出発

■付記■
大岡信担当箇所：第三課の「ロマンの詩について　春のために」／第五課の「素描」

外国の現代詩と詩人

［詩の教室3］　飯塚書店　一九五七年　一七五頁　小Ｂ５判　一八〇円

■造本■
並製　糸綴じ　カバー　カバー装幀：岡野益美

■奥付■
一九五七年五月三一日発行／詩の教室Ⅲ／¥一八〇／著者　大岡信　関根弘　吉本隆明／発行者　飯塚広／印刷　光陽印刷ＫＫ／飯塚書店　東京都豊島区駒込六―八四七　ＴＥＬ（九四）二〇八九　振替東京一三〇一四

■もくじ■
□第一課　イギリスの詩を理解するために
□第二課　アメリカの詩を理解するために
□第三課　フランスの詩を理解するために
□第四課　ドイツの詩を理解するために
□第五課　ソヴェトの詩を理解するために
□第六課　中国の詩を理解するために
□第七課　トルコの詩を理解するために

□第八課　スペインの詩を理解するために
□第九課　チリーの詩を理解するために
□第一〇課　外国の詩から何を学ぶか

■付記■

印刷では第一〇課しか執筆担当箇所が示されていないが、第一、三、四、五、七、八、九課には12箇所、大岡信による手書きで「大岡」と明示してある。

第一〇課　日本の詩と外国の詩……吉本隆明／めざめから自覚的めざめへ……大岡信／《現代の英雄》の変貌……関根弘

■付記2■

詩の教室全五巻／大岡信・木原孝一・黒田三郎・菅原克己・関根弘・吉本隆明／第Ⅰ巻　こうしてつくられる現代篇　第Ⅱ巻　近代詩から現代詩へ歴史篇　第Ⅲ巻　諸外国の現代詩人達外国篇　第Ⅳ巻　現代詩を三つつくる技巧篇　第Ⅴ巻　あなたも詩を創ろう　作詩篇

詩人の設計図

書肆ユリイカ　一九五八年　二三〇頁　Ｂ６判　四〇〇円

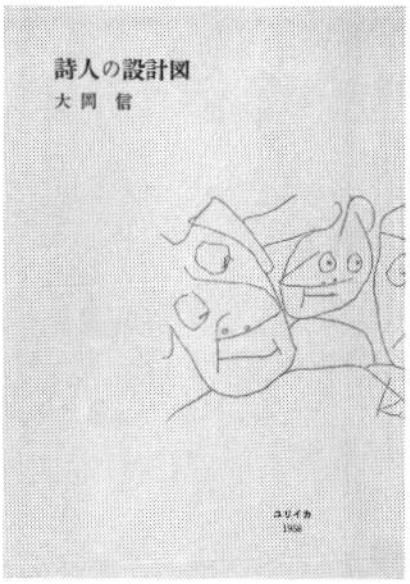

■造本■

上製　布貼表紙　糸綴じ　カバー（カバー：クレエ　表紙：ダリ）

■奥付■

大岡信／詩人の設計図／一九五八年五月一五日発行／東京都新宿区上落合二－五四〇　書肆ユリイカ　伊達得夫　振替　東京一〇二七五一／電話（二九）〇三二四／四〇〇円

■もくじ■

詩人の設計図／鮎川信夫ノート／メタフオアをめぐる一考察／中原中也論／小野十三郎論／立原道造論／エリユアール論／パウル・クレー／シユペルヴイエル論／シユルレアリスム／自動記述の諸相
□あとがき

芸術マイナス1　戦後芸術論

[現代芸術論叢書10]　弘文堂　一九六〇年　二七四頁　B6判
四五〇円

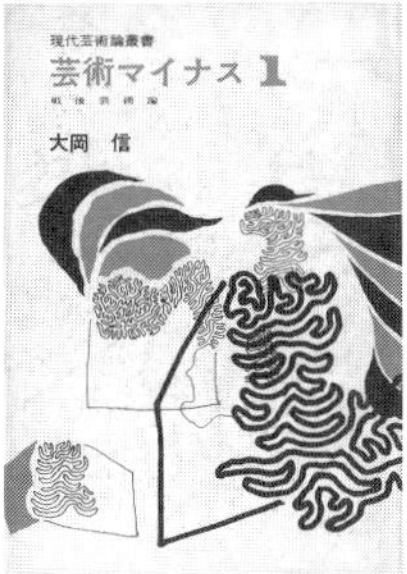

■造本■
上製　糸綴じ　カバー　装幀：伊原通夫

■奥付■
芸術マイナス一／昭和三五年九月五日　初版発行／定価四五〇円／著者　大岡信／発行者　山本饒／印刷者　西村英一／発行所　株式会社弘文堂　東京都千代田区神田駿河台三九〇九番／電話（二五一）七一八八（営業）／（新英印刷）徳住製本）

■もくじ■

疑問符を存在させる試み／芸術マイナス一／フォートリエ／写真の国のアリス／アンドレ・マルローの映画論／ケネス・パッチェン／エヴリマン氏／アメリカの沈黙
＊
現代詩のアクチュアリティ／あて名のない手紙／前衛のなかの後衛／シュルレアリスムの防衛／想像力の自律性をめぐって／詩の心理学素描／形式について／子どもの詩大人の詩
＊
戦後の詩／詩論批評　一九五七年
＊
詩人の青春と詩／関根弘『鉄――オモチャの世界』『狼が来た』／関根弘『水先案内人の眼』『抒情の論理』／『木原孝一詩集』／吉本隆明『抒情の論理』／寺田透『詩的なるもの』／谷川俊太郎詩集『愛について』／山本太郎詩集『歩行者の祈りの唄』／吉岡実詩集『僧侶』／嶋岡晨『巨人の夢』／飯島耕一の唄／岩田宏／飯島耕一詩集『他人の空』／『悪魔祓いの芸術論』／岩田宏詩集『いやな唄』／岸田衿子小論／東野芳明『グロッタの画家』／ジョルジュ・ユニエ『ダダの冒険』／江原順『見者の美学』／中江俊夫詩集『拒否』／清岡卓行詩集『氷った焔』

芸術マイナス1　戦後芸術論

〔再版〕　弘文堂　一九七〇年　二七四頁　B6判　六八〇円

■造本■

上製　糸綴じ　布貼表紙　カバー　装幀：加納光於　（表紙銀箔押し　見返し　トビラなども）

■奥付■

芸術マイナス1／昭和四五年一〇月一〇日　発行／定価六八〇円／著者　大岡信／発行者　鯉淵年祐／株式会社弘文堂　本社東京都千代田区神田駿河台四の四　電話（二五一）七一八六（代表）　郵便番号一〇一／営業所　東京都文京区関口一の一四―八　電話（二六〇）〇四二〇〜一　郵便番号一一二　振替東京五三九〇九番／秀峰美術社　井上製本

■もくじ■

初版と同じ　加えて

□新装にあたって新しいあとがき

■付記■

あとがきに初出に関する詳述あり。

抒情の批判　日本的美意識の構造試論

晶文社　一九六一年　三〇二頁　B6判　四三〇円

■造本■

上製　糸綴じ　函入り　装幀：今宮雄二　頭書「伊達得夫に」

■奥付■

抒情の批判　日本的美意識の構造試論／昭和三六年四月二〇日発行／著者　大岡信／発行者　中村勝哉／発行所　晶文社　東京都千代田区神田松住町12／電話（二九一）三八四一　振替東京六二七九九／定価　四三〇円

■もくじ■

昭和十年代の抒情詩——「四季」「コギト」その他／三好達治論／立原道造論／菱山修三論

□3

東洋詩のパタン／わたしのアンソロジー——日本の古典詩／新しい叙情詩の問題／言葉の問題

□4

新しい短歌の問題ⅠⅡⅢ／現代俳句遠望

□あとがき

■付記■

あとがきにユリイカ社主伊達得夫を悼む文章あり。

藝術と傳統

晶文社　一九六三年　三〇六頁　四六判　六八〇円

■造本■

上製本　糸綴じ　函入り　装幀：駒井哲郎

■奥付■

芸術と伝統／一九六三年六月一〇日　初版発行／定価　六八〇円／著者　大岡信／発行者　中村勝哉／発行所　株式会社晶文社　東京都千代田区松住町十二　振替口座東京六二七九九番　電話東京（二九一）三八四一番／印刷　中央精版印刷株式会社／製本　有限会社橋本製本工場／©1963 Makoto ÔOKA.
Printed in Japan

■もくじ■

□1

日本古典詩人論のための序章／人麻呂と家持／華開世界起　道元の世界／水墨画私観／『渡辺崋山』

□2

詩的伝統の裏にあるもの／金子光晴／西脇順三郎論／朔太郎問題／朔太郎の反語の意味するもの／『桐の花』周辺

□3

戦争前夜のモダニズム　新領土を中心に／戦争下の青年詩人たち／都市の崩壊と愛の可能性　戦後詩のある状態／曖昧さの美学　戦後詩試論／単独航海者の歌

□あとがき

眼・ことば・ヨーロッパ　明日の芸術

［美術選書］　美術出版社　一九六五年　二三四頁　A5判　五八〇円

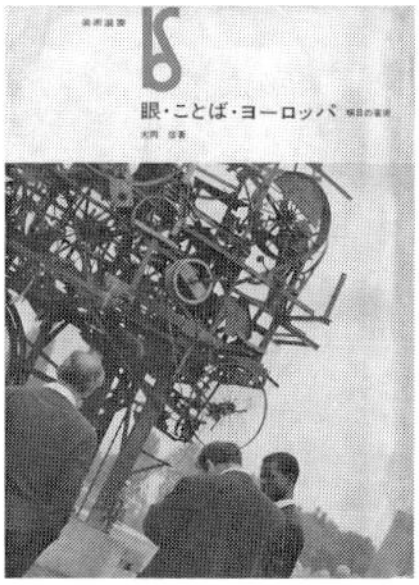

■造本■

並製　雁垂れ表紙　糸綴じ　表紙　ローザンヌ市で開かれたスイス全国博覧会に出品されたティンゲリーの作品。中央後向きがティンゲリー。裏表紙　フィリウー作「ポエム・オブジェ」。フィリウーの自室には彼自身の制作になるこの種のオブジェがいっぱい吊るさがっている。　表紙ウラ＋裏表紙ウラ　パリの街角で（撮影——松原潒）

■奥付■

眼・ことば・ヨーロッパ　明日の芸術／¥五八〇／著者　大岡信Ⓒ／発行者　大下正男／印刷　猪瀬印刷株式会社　株式会社同美印刷／製本　金子製本所／発行所　株式会社美術出版社／一九六五・二　一五・発行／東京都新宿区市谷本村町一五／電話（二六〇）二一五一　振替東京一六六七〇〇／担当　長田弘

■もくじ■

□1　眼・言葉・ヨーロッパ
ある対話　はじめに／手紙が説明する／テープ、テープ／食事・文化・戦争／ブーローニュの会話／RTFにて／テレビをめぐる小感想／日本の詩／インテルメッツォ　対話つづき／菅井汲／詩と劇の生れるところ／ある無名の仕事／芸術家は明日どこへゆくか　シェフェールの場合／抽象絵画と〈世界〉　スーラージュをめぐって／アルプ訪問　アルプ・ゾフィー・ツァラi／ゾフィー・タウベル　アルプ・ゾフィー・ツァラii／ツァラの死　アルプ・ゾフィー・ツァラiii／ヤンコ、そしてシャガール／パリの農夫／東は東／西は西／おお美わしの日々　ベケットとルノー／ナジャからミュリエルまで　またはその逆
□2　ポエム・アイズ
ピカソのミノタウロス／ヴォルス／サムのブルー／死んでゆくアーシル・ゴーキー
□3　芸術と自然
構成と不確定性の作家たち　シェフェール、ヴァザルリなど／

自然の復権　風景画から自然画へ／線が詩を書いている　カローとゴーキー／見える詩　エリュアール、ミショー、エルンストなど／機械の自由と人間の中の機械　ティンゲリー／眼の歩み　クレーの世界
□あとがき

超現実と抒情　昭和十年代の詩精神

［晶文選書］　晶文社　一九六五年　二八三頁　四六判　五八〇円

■造本■
並製　糸綴じ　雁垂れ
■奥付■
超現実と抒情――昭和十年代の詩精神／一九六五年十二月一日第一刷発行／定価　五八〇円／著者　大岡信／発行者　中村勝哉／発行所　株式会社　晶文社　東京都千代田区外神田二丁目一―四／電話（二五三）二〇九三　振替　東京六二七九九／印刷　第一印刷株式会社／製本　橋本製本所／装幀　平野甲賀／©一九六五
■もくじ■
□1
割れない卵――近代詩に関するいくつかの問題／超現実主義詩論の展開／戦争前夜のモダニズム――「新領土」を中心に／戦争下の青年詩人たち――モダニズムの黒い歌
□2
保田与重郎ノート――日本的美意識の構造試論／昭和十年代の抒情詩――「四季」「コギト」その他
□3
三好達治論／三好達治論補遺／中原中也――宿命的なうた／立原道造論――さまよいと決意／金子光晴論／西脇順三郎論
□あとがき
■付記■
あとがきに初出に関する詳述あり。
■付記2■
一九七七年二月二〇日刊の新装版あり。

文明のなかの詩と芸術

思潮社　一九六六年　三七〇頁　B6判　九八〇円

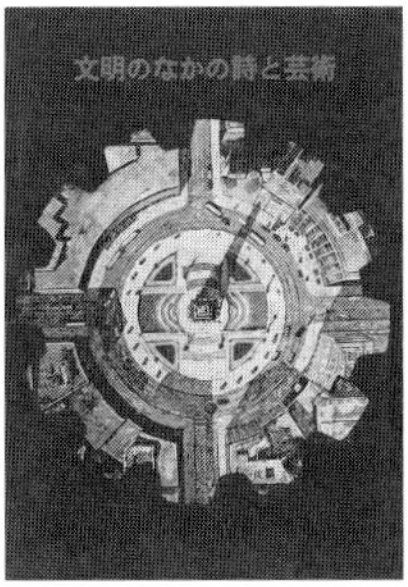

■造本
上製　糸綴じ　函入り　装幀：堀川正美　表紙装画：加納光於
■奥付
文明のなかの詩と芸術／定価　九八〇円／昭和四十一年三月十五日　第一刷発行／著者　大岡信 ⓒ 一九六六 Makoto Ohka ／発行所　東京都文京区本郷一丁目五の一七　思潮社／電話（八二二）七八八七、三三九一一八　振替東京八一二一／印刷者　宝印刷株式会社
■もくじ

□第一部　現代の芸術

批評について／美はどこにあるか／幻影の都市／泥について／"Cityscape into Art"／芸術・反芸術／環境としての芸術／性と絵画の関係／技術と自然／宣伝美術を考える／ダリ考／世俗化された地獄／森の魅惑（エルンスト）／フォンタナのヴィリリテ／サム・フランシスに沿って／音・人間（ケージ考）／JAZZ／武満徹の本／サイコロ考

第二部　現代の詩

覚書　一九六五年／時評一束　一九六二年／終末の思想と詩／創造的？／戦後の詩　[A・戦後詩人の出発／「荒地」グループ／「マチネ・ポエティック」その他／新しい世代の詩人］　[B・解説＝ユリイカ版『現代詩全集』第三巻の詩人たち］　[C・行方不明の詩人（前田耕一のこと）］／素描・現代の詩一九六三年　[ある「出版屋」の死／根をおろした〝伝説〟／旅に出たもうひとり／ことばの世界の探検／精神的冒険の記録／赤裸な感情の迫力／〝雪どけ〟文学の先駆者／注目される聴覚の復興／〝ことば〟との格闘／全体性の回復へ／新しい領域の確立へ／マスコミとの接触／短歌・俳句との交流］／小説についての空談／近代性と無秩序（ある解説）／あとがき

文明のなかの詩と芸術

［新装版］　思潮社　一九七〇年　三七〇頁　四六判　七八〇円

■付記■

初版あとがきの最終一文（初版装幀のための作品使用、装幀者への謝辞）だけ削除されている。

現代芸術の言葉

［晶文選書］　晶文社　一九六七年　一八八頁　四六判　五八〇円

■造本■

上製　糸綴じ　カバー

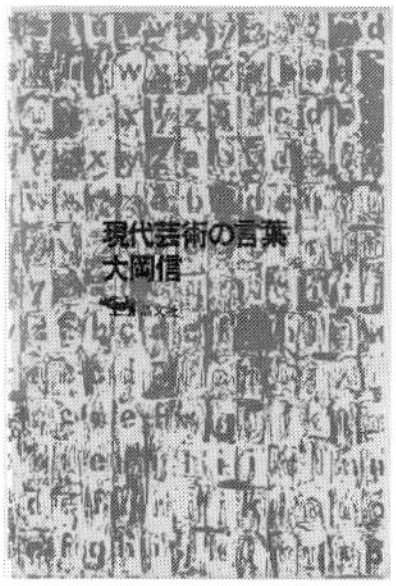

■奥付■

現代芸術の言葉／一九六七年九月二五日印刷／一九六七年九月三〇日発行／著者大岡信／発行者中村勝哉／発行所株式会社晶文社／東京都千代田区外神田二－一－四／電話東京二五三局二〇九三　振替東京六二七九九／印刷日本製版株式会社　製本橋本製本所　ブックデザイン平野甲賀／©一九六七年／定価　五八〇円

■もくじ■

言葉の現象と本質　はじめに言葉ありき／現代芸術批判　言葉を、もっと言葉を！／演劇とその「言葉」　現代演劇の夢と現実／眼の詩学　絵画の言葉／話し言葉と自動記述　シュルレアリスムをめぐる私的覚書／季節と形式　言葉の「進歩主義」を排す／芭蕉私論　言葉の「場」をめぐって

□あとがき

■付記■

あとがきに初出に関する詳述あり。

■付記2■

一九六九年二月刊第二刷から評論集シリーズの一つとして上製・函入りに。本文・組版の変更なし。

現代詩人論

［角川選書13］　角川書店　一九六九年　三二三頁　四六判　五六〇円

■造本■

並製　糸綴じ　カバー

■奥付■

角川選書13　現代詩人論／昭和四四年二月二〇日　初版発行／著作者　大岡信／発行者　角川源義／印刷者　中内佐光／発行所　株式会社角川書店　東京都千代田区富士見二－一三　振一九五二〇八　tel 東京（二六五）七一一一（大代表）　郵一〇二　暁印刷　宮田製本／Printed in Japan

■もくじ■

□現代詩の半世紀　序章

金子光晴／草野心平と高村光太郎／中原中也／吉田一穂

中野重治／小野十三郎／西脇順三郎／村野四郎／滝口修造

三好達治／立原道造／丸山薫／田中克巳

鮎川信夫／田村隆一／山本太郎／吉岡実／清岡卓行／飯島耕一と岩田宏／谷川俊太郎／前田耕

□あとがき

■付記■

あとがきに本書を編むまでの経緯、初出に関する詳述あり。

現代詩人論

［講談社文芸文庫］　講談社　二〇〇一年　四一五頁　A6判

一五〇〇円

■造本■

並製　無線綴じ　カバー　文庫　デザイン：菊地信義

■奥付■
現代詩人論《げんだいしじんろん》／大岡信《おおおかまこと》／©Makoto Ooka 2001／二〇〇一年二月一〇日第一刷発行／発行者　野間佐和子／発行所　株式会社講談社　東京都文京区音羽2－12－21　郵便番号112-8001
　電話　編集部（03）5395-3513　販売部（03）5395-3626
　製作部（03）5395-3615／デザイン　菊地信義／製版　豊国印刷株式会社／印刷　豊国印刷株式会社／製本　株式会社国宝社／Printed in Japan／ISBN4-06-198247-8
※一九六九年二月、角川選書13として刊行された『現代詩人論』を底本とし、多少ふりがなを加えた。
■もくじ■
初版と同じ　加えて左記のとおり
※初版「あとがき」の代わりに「著者から読者へ」
□著者から読者へ（大岡信）
□解説（三浦雅士）
□年譜
□著書目録
■付記■
あとがきに各詩人論を書いた頃のふり返り詳述あり。

蕩児の家系　日本現代詩の歩み

［現代の批評叢書2］　思潮社　一九六九年　二八三頁　四六判
九八〇円

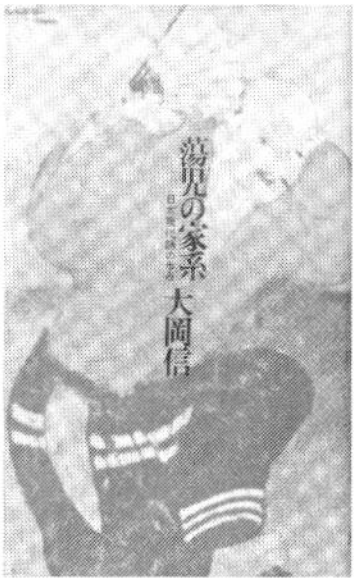

■造本■
並製　糸綴じ　カバー　装幀：田辺輝男
■奥付■
蕩児の家系――日本現代詩の歩み／一九六九年四月一日発行／著者　大岡信／発行人　小田久郎／発行所　思潮社　東京都文京区西片一―一四―一〇―一〇三／電話　東京八一二―七八八七・五七七七　振替東京八一二一一／印刷　宝印刷／製本　今泉誠文社／定価　九八〇円
■もくじ■
□大正詩序説

□昭和詩の問題
口語自由詩の運命／萩原と西脇　現代詩と自然主義について／宇宙感覚と近代意識　「歴程」、心平、光太郎／抒情の行方　伊東静雄と三好達治／守備の詩と攻勢の詩　村野、小熊その他
□戦後詩概観
はじめに／「俗」ということ／詩と詩でないものと／〈物憑き〉の思想について／感受性の祝祭の時代／「イエス！」と「ノオ！」と日常性と／言葉のエネルギー恒存原理／結び
□あとがき
■付記■
あとがきに初出について詳述あり。

蕩児の家系　日本現代詩の歩み

［新装版］　思潮社　一九七五年　二八三頁　四六判　一二〇〇円
■付記■
一九六九年四月一日刊の新装版

蕩児の家系　日本現代詩の歩み

［復刻新版　思潮ライブラリー］　思潮社　二〇〇四年　三〇〇頁　21.8×14.0 cm　付属資料一六頁　二八〇〇円
■造本■
上製　糸綴じ　カバー
■奥付■
蕩児の家系――日本現代詩の歩み　復刻新版／著者　大岡信／発行者　小田久郎／発行所　株式会社思潮社　一六二－〇八四二　東京都新宿区市谷砂土原町三－十五　電話〇三－三二六七－八一五三（営業）・八一四一（編集）　FAX 〇三－三二六七－八一四二　振替〇〇一八〇－四－八一一二一／印刷　凸版印刷株式会社／製本　小高製本工業株式会社／用紙　王子製紙／発行日　二〇〇四年七月二十日
■もくじ■
初版と同じ　加えて
□復刻新版あとがき
□解説　「危機のクリティック」野沢啓

肉眼の思想　現代芸術の意味

中央公論社　一九六九年　二六一頁　四六判　八八〇円

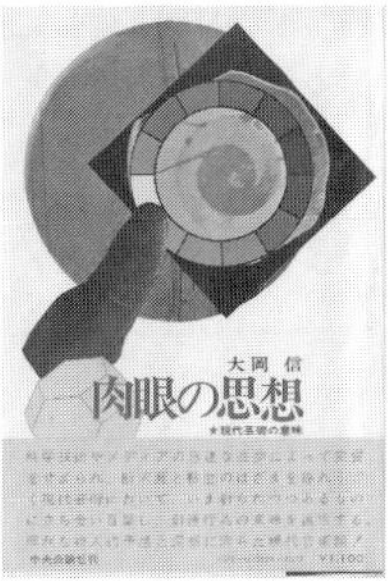

■造本■
上製　糸綴じ　カバー　装幀：加納光於
■奥付■
肉眼の思想　Ⓒ一九六九　検印廃止　定価　八八〇円／昭和四四年六月二五日印刷　昭和四四年六月三〇日発行／著者　大岡信　発行者　山越豊　印刷所　精興社／発行所　中央公論社　東京都中央区京橋二丁目一番地　振替東京三四番
■もくじ■
現代の創造　序にかえて／技術時代の美術／文学は救済でありうるか／日本語の中に独創性を求めて／イメージ時代の中のデザイン／舞台空間における時代の形象化／言語芸術には何が可能か／公衆はどこにいるのか／未来芸術への模索／現代芸術の中心と辺境／美術に国境はないか　〈ことば〉の普遍と特殊／季節と文明　日本画私観／現代のリリスム／武満徹をめぐる二、三の観察／三人の現代芸術家
□あとがき
■付記■
あとがきに初出に関する詳述あり。

肉眼の思想　現代芸術の意味

［中公文庫］　中央公論社　一九七九年　二八二頁　A6判　三二〇円
■造本■
並製　無線綴じ　カバー　文庫　表紙・扉　白井晟一
■奥付■
肉眼の思想　中公文庫　Ⓒ1979／昭和五十四年五月二十五日印刷／昭和五十四年六月十日発行／著者　大岡信／発行者　高梨茂／用紙　本州製紙／製版印刷　三晃印刷／カバー　トープロ／製本　小泉製本／発行所　中央公論社　〒一〇四　東京都中央区京橋二－八－七　振替東京二－三四／¥三二〇
■もくじ■
初版と同じ　加えて
□解説　飯島耕一

紀貫之

［日本詩人選7］　筑摩書房　一九七一年　二四三、四頁　B6判　七〇〇円

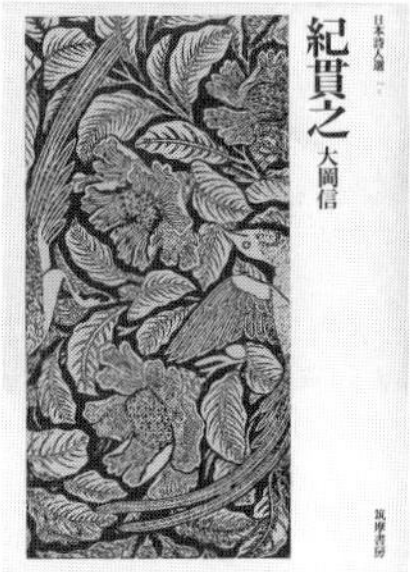

■造本■

上製　糸綴じ　布貼表紙　函入り

■奥付■

日本詩人選7　紀貫之／昭和四十六年九月二十五日　第一刷発行／著者　大岡信／発行者　竹之内静雄／発行所　株式会社筑摩書房　東京都千代田区神田小川町二ノ八／電話　東京二九一―七六五一（代表）振替東京四一二三郵便番号一〇一―九一／印刷　明和印刷　製本　鈴木製本／©一九七一　大岡信／（分類）1392（製品）13207（出版社）4604

■もくじ■

一　なぜ、貫之か／二　人はいさ心も知らず／三　古今集的表現とは何か／四　袖ひぢてむすびし水の／五　道真と貫之をめぐる間奏的な一章／六　いまや牽くらむ望月の駒／七　恋歌を通してどんな貫之が見えてくるか

□あとがき

□貫之略年譜

□貫之和歌索引

紀貫之

［ちくま文庫］　筑摩書房　一九八九年　二五九頁　A6判　五二〇円

■造本■

並製　無線綴じ　カバー　文庫

■奥付■

紀貫之／一九八九年九月二十六日　第一刷発行／著者　大岡信（おおおか・まこと）／発行者　関根栄郷／発行所　株式会社筑摩書房　東京都台東区蔵前二―六―四　〒一一一／電話　東京五六八七―二六八〇（営業）五六八七―二六七〇（編集）／

振替口座六―四一二三／装幀者　安野光雅／印刷所　中央精版印刷株式会社／製本所　中央精版印刷株式会社／©MAKOTO ŌOKA 1989 Printed in Japan／ISBN4―480―02343―7
C0195

■もくじ■

初版と同じ

言葉の出現

晶文社　一九七一年　二五九頁　四六判　八〇〇円

■造本■

上製　糸綴じ　カバー

■奥付■

言葉の出現／一九七一年一〇月二五日印刷／一九七一年一〇月三〇日発行／著者　大岡信／発行者　中村勝哉／発行所　株式会社晶文社　東京都千代田区外神田二―一―一二／電話　東京二五五局四五〇一（代表）・四五〇三（編集）　振替東京六二七九九／壮光舎印刷・美行製本／©Makoto Ôoka, 1971／定価八〇〇円／1095―3617―3091

■もくじ■

□Ｉ

現代詩の出発／現代詩と「言語空間」

□Ⅱ

言葉の出現／詩・言葉・人間／火をください／詩と詩人抄‥「子規の『病牀六尺』／立原道造を思う／三好達治の遠景／さつきはるばると／『ヨオロッパの世紀末』について／エリオット断想」

□Ⅲ

大岡昇平の無垢の夢／わが寺田透入門

□Ⅳ

短歌と俳句‥「歌のわかれ？／現代俳句についての私論／俳句や歌のこと／やぶにらみ韻律論／西東三鬼への小さな花束／富沢赤黄男――その「俳句」と「近代」／岡井隆――『土地よ痛みを負え』／島田修二――『花火と星』／佐佐木幸綱――『群黎』」

躍動する抽象

［現代の美術 8］ 講談社　一九七二年　一三五頁　27.5×21.5 cm　一五〇〇円

□ あとがき
□ 初出紙誌一覧

■ 付記 ■
カバー装画：宇佐美圭司「M・Oのために」一九六五―六六　表4に推薦文：上田三四二

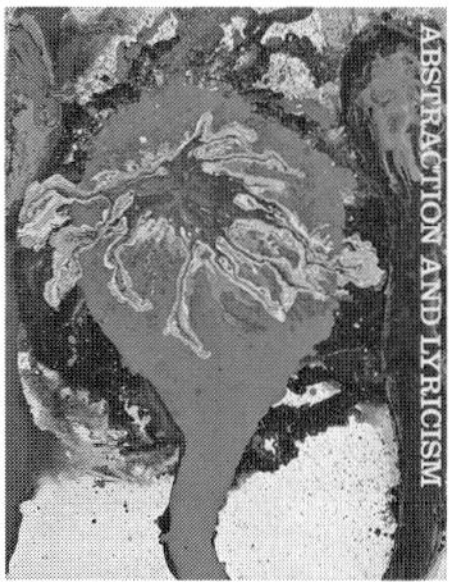

■ 造本 ■
上製　糸綴じ　函入り

■ 奥付 ■

現代の美術　art now〈全12巻・別1巻〉／第8巻　躍動する抽象〈第10回配本〉／一九七二年二月五日第1刷発行　定価一五〇〇円／編著　大岡信／撮影　高橋敏／装幀　粟津潔／発行者　野間省一／発行所　株式会社講談社　東京都文京区音羽二―一二―二一　郵便番号一一二／電話　東京〇三（九四五）一一一一（大代表）　振替　東京三九三〇／図版印刷　大日本印刷株式会社　凸版印刷株式会社　株式会社光村原色版印刷所／本文印刷　大日本印刷株式会社　株式会社光村原色版印刷所／用紙　三菱製紙株式会社／製本　和田製本工業株式会社／表紙　日本クロスKK／N.D.C. 708　136 pp. 27.5×21.5 cm　©KODANSHA 1972　Printed in Japan／1371―243580―2253 (0)

■ もくじ ■
□ はじめに
形の彼方の形を求めて／描くことの原型を求めて／「空間」概念の革新／風土と抽象／自然の拡張と深化／生の昂揚としての抽象絵画
□ 収録作品について
□ 作家別作品リスト

現代美術に生きる伝統

評論――102

新潮社　一九七二年　一八九頁　四六判　八五〇円

現代美術に生きる伝統
大岡信

多田美波の「光」／近藤弘明の「火」と「寂」／前田常作の「絵巻」／渡辺恂三のマニエリスム／清水九兵衛の鋳物／伊原通夫の建築彫刻／橿尾正次の紙の仮面／今井俊満の神話的昂揚／野間佳子の「自然」／平山郁夫の「源流遡行」／利根山光人の「ナイヴテ」／尼野和三の「他力」の思想
□苦悩とともにある歓喜　岡本太郎論
□菅井汲　あるいは洗練された野蛮
□あとがき
■付記1
箱彫刻作品　多田美波　カバー装画　菅井汲　写真撮影　野中昭夫　松藤庄平
■付記2
あとがきに初出に関する詳述あり。

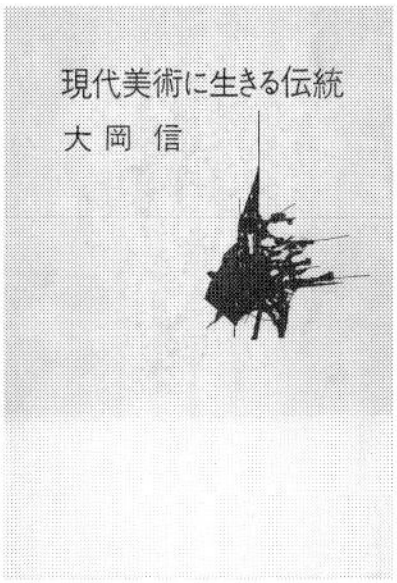

■造本
上製・糸綴じ・カバー
■奥付
現代美術に生きる伝統／定価八五〇円／昭和四十七年四月十五日／昭和四十七年四月二〇日　発行／著者　大岡信／
印刷／佐藤亮一／活版　凸版印刷株式会社／写真製版／口絵　錦明印刷株式会社／製本　学術写真製版所／製本　錦明製本
発行所　株式会社新潮社　郵便番号一六二　東京都新宿区矢来町七一　電話　東京（〇三）二六〇-一一一一　振替東京八〇八番／©Makoto Ōoka, Printed in Japan, 1972

■もくじ
□序にかえて
□現代作家のなかの伝統

たちばなの夢　私の古典詩選

新潮社　一九七二年　二三〇頁　四六判　八〇〇円

■造本
上製　布貼表紙　糸綴じ　カバー　装画：加納光於
■奥付
たちばなの夢——私の古典詩選——／©Makoto Ōoka Printed

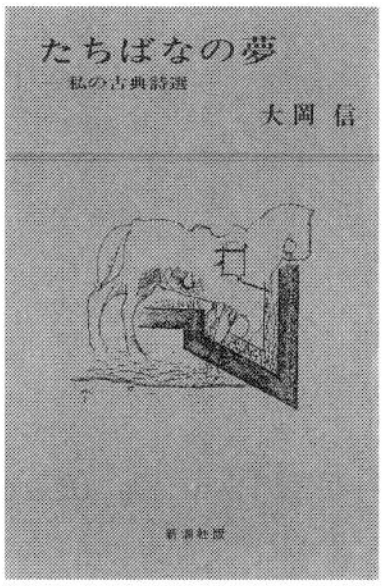

in Japan 1972／印刷　一九七二・一一・二〇／発行　1972.11. 25　定価　八〇〇円／著者　大岡信《おおおかまこと》／発行者　佐藤亮一／発行所　新潮社　郵便番号一六二　東京都新宿区矢来町71／電話　東京（〇三）二六〇―一一一一　振替東京八〇八／印刷所　株式会社　金羊社／製本所　神田加藤製本

■もくじ■

序にかえて――私の中の古典／万葉の青春悲歌――動乱の中の恋と死について／人麿のうた――挽歌と相聞歌について／憶良をめぐる二、三の妄想――知識人の詩について／旋頭歌の興趣――詩形の生命と運命について／古今集の新しさ――言語の自覚的組織化について／読人しらずのうた――歌の実用性と魔力との関係について／菅原道真の詩――漢詩と現代語について／伝承歌謡の魅力　その一――雑芸的なるものについて／伝承歌謡の魅力　その二――伝承にともなう崩れについて／夢のうたの系譜――多義的な「夢」の氾濫について／平家物語のこころ――死の描きかたについて／お伽草子――世俗性と芸術性について／松尾芭蕉――連衆の世界、一句の純粋性そのほかについて／貫之のゆかり――「合わす」ことについて

□掲載誌一覧

私の古典詩選

［同時代ライブラリー86］　岩波書店　一九九一年　二七〇頁
16.3×11.3 cm　九五〇円

■造本■

並製　無線綴じ　文庫　カバー・本扉デザイン：山田道弘

■奥付■

私の古典詩選　同時代ライブラリー86／一九九一年一一月一五日　第1刷発行©／著者　大岡信《おおおかまこと》／発行者　安江良介
発行所　株式会社岩波書店／〒101―02　東京都千代田区一ツ橋二―五―五／電話　〇三―三二六五―四一一一（案内）／編集協力：大宅尚美／印刷製本：精興社／Printed in Japan／
ISBN4-00-260086-6
※本書は新潮社刊『たちばなの夢―私の古典詩選』（一九七二年）を改題したものである。

■もくじ■

装飾と非装飾

晶文社　一九七三年　二三三頁　B6判　九八〇円

■造本■
上製　糸綴じ　ビニルカバー
■奥付■
装飾と非装飾／一九七三年八月二五日印刷／一九七三年八月三〇日発行／著者　大岡信／発行者　中村勝哉／発行所　株式会社晶文社　東京都千代田区外神田二-一-一二／電話　東京二五五局四五〇一（代表）・四五〇三（編集）振替東京六二七九／中央精版印刷・美行製本／ブックデザイン平野甲賀／© Makoto Ōoka, 1973

■もくじ■
□I
ロマン主義の領土——フランス・ロマン主義絵画を中心に／ギュスターヴ・モロー論——アラベスクへの愛／ユトリロの「白」／生の昂揚としての抽象絵画
□II
平家納経／水墨画私観／白穏瞥見／志賀直哉の美意識
□III
今日、芸術とは何か
■あとがき■
■付記■
あとがきに初出について詳述あり。

今日も旅ゆく・若山牧水紀行

［歴史と文学の旅21］平凡社　一九七四年　二〇七頁　四六判　九〇〇円

■造本■
上製　糸綴じ　カバー＋ビニルカバー　裏表紙写真：沼津市の狩野川河口付近　表紙写真：暮坂峠（群馬県）に立つ牧水の詩碑

■奥付■
歴史と文学の旅　今日も旅ゆく・若山牧水紀行／昭和四九年一〇月二八日　初版第1刷発行／著者　大岡信／発行者　下中邦彦／発行所　株式会社平凡社　東京都千代田区四番町四番地一　郵便番号一〇二　振替東京　二九六三九／電話　（〇三）ー二六五ー〇四五一／印刷　株式会社東京印書館　フォト印刷株式会社／製本　和田製本工業株式会社／© 大岡信
1974　Printed in Japan

■もくじ■
□今日も旅ゆく・若山牧水紀行
一　幾山河こえさりゆかば／二　女ありき／三　露ともならぬわが命かな／四　晶玉のかなしみとくるわの恋／五　旅にあらば命光ると／六　水源に憧れて
□コースガイド　若山牧水歌の旅路（宮崎県／千葉県／栃木県／群馬県／長野県／静岡県／沼津市）
□コラム　草軽軽便鉄道
□地図
□旅館案内
□あとがき

岡倉天心

［朝日評伝選］4　朝日新聞社　一九七五年　二九九頁　B6判　一二〇〇円

■造本■
上製　糸綴じ　カバー　装幀：多田進
■奥付■
岡倉天心　朝日評伝選4／大岡信著／昭和五十年十月十日初版印刷／昭和五十年十月十五日初版発行／定価　一二〇〇円／発行者　角田秀雄／発行所　朝日新聞社　東京・名古屋・大阪・北九州　東京都千代田区有楽町二―六―一　電話〇三（二一二）〇一三一（代）／印刷所　図書印刷／©1975 M. ŌOKA
0323-257004-0042
■もくじ■
序　五浦行／一　種子の中にある力、そして文章のこと／二　白い狐の幻影／三　道教の「虚」と創造の事業／四　宝石の声のひと
□あとがき
□年譜

岡倉天心

［朝日選書274］　朝日新聞社　一九八五年　三三九頁　四六判
一一〇〇円
■造本■
並製　無線綴じ　カバー
■奥付■
岡倉天心　朝日選書274／一九八五年二月二〇日　第1刷発行
定価　一一〇〇円／著者　大岡信／発行者　初山有恒／印刷所　図書印刷株式会社／発行所　朝日新聞社　〒一〇四　東京都中央区築地五―三―二／電話〇三（五四五）〇一三一（代表）／編集・図書編集室　販売・出版販売部　振替・東京〇―一七三〇／©M. ŌOKA 1985 Printed in Japan／装幀・多田進／
ISBN4-02-259374-1
■もくじ■
初版と同じ　加えて
□選書版あとがき
■付記■
選書版あとがきに、初版刊行後判明したことなど詳述あり。

子規・虚子

花神社　一九七六年　一九七頁　A5判　一六〇〇円
■造本■
上製　糸綴じ　函入り
■奥付■

子規《しき》・虚子《きょし》／初版第1刷　一九七六年六月二〇日／著者　大岡《おおおか》信《まこと》／装幀　著者／発行者　大久保憲一／発行所　株式会社花《か》神《しん》社　東京都千代田区猿楽町二－二－五　興新ビル六〇五／電話（二九一）六五六九／印刷所　工友会印刷所＋コーエー／製本所　今泉誠文社／用紙布　文化エージェント＋金池／1976年©Printed in Japan／0095-760104-1092

■もくじ■

□Ⅰ　病牀子規
子規文章讃／日本人の美と自然／鶏頭の十四五本も／神様が草花を染める時／子規と露伴の首都展望
□Ⅱ　虚子の句
1　碧梧桐と虚子／2　漱石と虚子の「俳体詩」／3　虚子の「連句論」／4　貫く棒の如きもの／5　「存問」のこころ／6　「おどろいて」の一語／7　「づんぶりと」の一語／8　微小なるものへの凝視／9　胡瓜の曲り具合／10　疑問形で終る句について／11　疑問形で終る句の特質／12　虚子の疑問形は乾坤をとらえる／13　「何色と問ふ黄と答ふ」の不思議／14　老年の艶／15　勤勉と若さ／16　虚子の絶吟
□あとがき
□初出一覧

■付記■

虚子論は毎日新聞社から刊行された『定本高濱虚子全集』全16巻の各巻月報に連載したもので、もとの題は「虚子俳句瞥見」といった。（あとがきより）

■付記2■

こののち一九八一年一月三〇日刊、一九八九年九月三〇日刊、二〇〇一年刊の新装版あり。

昭和詩史

思潮社　一九七七年　二七七頁　四六判　一二〇〇円

■造本■

上製・糸綴じ・カバー　カバー絵「叢林（詩壇）」西脇順三郎

■奥付■

昭和詩史／著者　大岡信／発行者　小田久郎／発行所　株式会社思潮社　東京都新宿区市谷砂土原町三－十五　電話（二六

七）八一四一　振替東京八—八一二二／印刷所　八光印刷／製本所　美成社／発行日　一九七七年二月一日／1092-200012-3016／©1977, Makoto Ooka

■もくじ■

□昭和詩史
一　昭和史の出発——未来派、ダダ、アナーキズム／二　新進詩人たち——同人雑誌全盛時代／三　プロレタリア詩／四　新しき詩精神《エスプリ・ヌーヴォ》——「詩と詩論」の時代／五　詩と現実とのはざまで——「詩・現実」とその周辺／六　危機意識と古典愛と——「コギト」の詩と思想／七　抒情詩派の結集——「四季」の詩人たち／八　根源的なものへむかって——「歴程」とその周辺／九　孤独のなかの成熟——その他の詩人たち／一〇　戦争のなかの詩——愛国詩と抵抗詩と
□昭和詩人論
宮沢賢治〔片カナ語の問題／「疾中」詩篇と「文語詩稿」と〕／西脇順三郎〔逞ましき時空渉猟者／『近代の寓話』前後／西脇さんの陽差し〕／三好達治〔「風狂」のうらおもて／出世作・晩年の作〕／丸山薫／田中冬二／立原道造／田中克己／蔵原伸二郎／菱山修三
□あとがき
□初出一覧

昭和詩史

〔新装版〕思潮社　一九八〇年　二七七頁　四六判　一五〇〇円

■付記■

一九七七年二月一日刊の新装版

昭和詩史

〔詩の森文庫005〕思潮社　二〇〇五年　一九三頁　小B6判　九八〇円

■造本■

並製　無線綴じ　カバー　新書

■奥付■

昭和詩史　運命共同体を読む／著者　大岡信／発行者　小田久郎／発行所　株式会社思潮社　一六二―〇八四二　東京都新宿区市谷砂土原町三―一五／電話〇三―三二六七―八一五三（営業）・八一四一（編集）ファクス〇三―三二六七―八一四二　振替〇〇一八〇―四―八一二一／印刷所　文昇堂＋モリモト印刷／製本所　川島製本／発行日　二〇〇五年一月一日

＊本書は一九七七年四月（ママ※一九七七／二の誤り）に刊行した『昭和詩史』を元版としました。

■もくじ■

初版と同じ　加えて

□解説「反「師系」文学の系譜」近藤洋太

現代文学・地平と内景

■造本■

朝日新聞社　一九七七年　二七六頁　四六判　一〇〇〇円

上製　糸綴じ　カバー　装幀　中島かほる

■奥付■

現代文学・地平と内景　定価一〇〇〇円／昭和五十二年五月三十一日初版第一刷／著者　大岡信／発行者　角田秀雄／発行所　東京・名古屋・大阪・北九州　朝日新聞社／東京都千代田区有楽町二―六―一　郵便番号一〇〇／電話・東京（〇三）二一二―〇一三一（代表）／印刷所　共同印刷株式会社／0095-254474-0042／©1977 M. ŌOKA

■もくじ■

□序詩　銀河とかたつむり
□一　1言葉あるいは日本語を論じた本いくつかをめぐって／2話し言葉の重要性をめぐって
□二　3短篇の見どころをめぐって／4児童文学作品から受けた感動をめぐって
□三　5長篇にえがかれた戦中の青春をめぐって／6文章における虚実ということをめぐって
□四　7随筆あるいは雑文の魅力をめぐって／8「事実」の作品と「想像」の作品をめぐって

□五　9旅行記の魅力を生むものをめぐって／10現代における風狂的なものをめぐって
□六　11女の成熟の紆余曲折をめぐって／12思索的な詩について、また萩原朔太郎論の盛況をめぐって
□七　13日本人の死生観、また荷風の生き方をめぐって／14「死」の形象化、「日常生活」の形象化をめぐって
□八　15金子光晴の死、また最近の詩集をめぐって／16現代における連句作品をめぐって
□九　17小説家による谷崎論の特質をめぐって／18文芸批評が過去を問うことの意味をめぐって
□十　19二人の対照的な新進作家をめぐって／20現代詩における「実験」の意味をめぐって
□十一　21小説における「観察」の意味をめぐって／22「自然」と「自我」の接点をめぐって
□十二　23小説における「時」の微妙な様相をめぐって／24小説、また音楽における「存在」と「時間」をめぐって
□十三　25小説における「伝記」をめぐって／26非日常や夢を題材とする作品をめぐって
□十四　27小説と批評に描かれた「近代日本」をめぐって／28妖気の小説、また話芸の小説をめぐって
□十五　29文章をつづる心得をめぐって／30「読んで楽しい」文学研究や文学史をめぐって
□十六　31平安歌謡の読みかたをめぐって／32文章や生活の「材質感」をめぐって
□十七　33イヴェントとしての「空間詩」をめぐって／34触覚的認識」の文学作品における増大をめぐって
□十八　35文学に現れた麻薬的感覚をめぐって／36渡航した娼婦たち、また「政治」と「文学」をめぐって
□十九　37女性の性と妖艶美をめぐって／38ある娘の苦悩の青春をめぐって
□二十　39幻の蝶の王を逐う心の渇きをめぐって／40南海の鮮烈な輪郭をもつ物語をめぐって
□二十一　41少年の「畏怖」と能楽の「自我の呻き」をめぐって／42小説の描写における抑制の意味をめぐって
□二十二　43「核時代」をとらえる想像力の戦いをめぐって／44詩がえがく悲劇的形象、劇が語る肉体の言語をめぐって
□二十三　45いくつかの近代詩人論の収穫をめぐって／46文学作品の「みずみずしさ」を生む力をめぐって
□二十四　47武田泰淳の死とその意味するものをめぐって／48「調べる」が「和べる」であることの意味をめぐって
□二十五　49中国への旅と「故郷」をめぐって／50過去への一瞥と、画家の遺著をめぐって
□索引
■付記■

本書は朝日新聞での連載「文芸時評」をまとめたもの。

詩への架橋

［岩波新書黄版12］ 岩波書店 一九七七年 二三九頁 新書判 二八〇円

■造本■

並製 無線綴じ カバー 新書

■奥付■

詩への架橋 岩波新書（黄版）12／一九七七年六月一〇日 第一刷発行©／二八〇円／著者 大岡《おおおか》信《まこと》／発行者 岩波雄二郎／発行所 〒一〇一 東京都千代田区一ツ橋二―五―五／株式会社 岩波書店 電話 〇三―二六五―四一一一 振替 東京六―二六二四〇／印刷・三陽社 製本・田中製本

■もくじ■

1 プロローグ シュメールの諺から茂吉の恋歌まで／2 敗戦と読書 「鬼の詞」の仲間たち／3 「愛」と「旅」と「死」の歌 若山牧水、釈迢空、窪田空穂／4 詩を書きはじめたころ 『春夫詩鈔』、『月に吠える』、ボードレール／5 ある選詩集のこと 中原中也、立原道造、十四行詩という詩形／6 西欧詩入門 『ドイツ詩集』、『英国の文学』、ラフォルグ、リルケ／7 愛誦した詩 萩原朔太郎、室生犀星、三好達治、「向陵時報」、中野重治／8 フランスの詩とフランス語 『月下の一群』のグールモンからブルトン、エリュアールまで／9 寄宿寮と教室の間で エリオット、万葉集、新古今集、そしてランボー／10 エピローグ 菱山修三、そして私自身
□引用詩書目一覧

明治・大正・昭和の詩人たち

新潮社 一九七七年 二六二頁 四六判 一五〇〇円

■造本■

上製 布貼表紙 糸綴じ 函入り

■奥付■

明治・大正・昭和の詩人たち／定価 一五〇〇円／印刷 昭和

五十二年七月二十日／発行　昭和五十二年七月二十五日／著者　大岡信（おおおかまこと）／発行者　佐藤亮一／発行所　株式会社新潮社　一六二東京都新宿区矢来町七一　振替東京四－八〇八／電話　業務部〇三（二六六）五一一一　編集部（二六六）五四一一／印刷所　三晃印刷株式会社／製本所　大口製本株式会社／©1977 Makoto Ôoka Printed in Japan

■もくじ■

森鷗外――「夢がたり」の妖しさ／夏目漱石――〈則天去私〉と漢詩の実景／上田敏――春の花には、遊蝶花／与謝野鉄幹――釘が降る、降る、鋲が降る／山村慕鳥――泥まみれ豚と眼《め》の噴水／犀星・暮鳥――〈抒情〉と〈思想〉／萩原朔太郎Ⅰ――〈故郷〉愛憎／萩原朔太郎Ⅱ――『猫町』の〈萩原風景〉と詩の出現／萩原朔太郎Ⅲ――くちづけかたく凍りて／竹久夢二――ロマネスク趣味から嘆きの深みへ／芥川龍之介――空みつ大和言葉の逆説／井上靖――〈詩〉を閉じこめる箱である詩／中村真一郎――押韻定型詩をめぐって／福永武彦――恍惚たる生と死の融合／川上澄生――人工世界の漂泊者
□あとがき

■付記■

あとがきに本書と『たちばなの夢』（一九七二）が一対である旨の記述あり。

うたげと孤心　大和歌篇

集英社　一九七八年　二八二頁　B6判　九八〇円

■造本■

上製　糸綴じ　カバー付き　さらにビニールカバー付き　装丁：竹内宏一

■奥付■

うたげと孤心──大和歌篇／一九七八年二月一三日　初版発行／著者　大岡信／発行者　堀内末男／発行所　株式会社集英社　一〇一東京都千代田区一ツ橋二─五─一〇／電話（〇三）二三〇─六三六一（出版部）（〇三）二三〇─六一七一（販売部）／印刷所　図書印刷株式会社／定価　九八〇円／©M. Ooka, 0095-772128-3041

■もくじ■

序にかえて／歌と物語と批評／贈答と機智と奇想／公子と浮かれ女／帝王と遊君／今様狂いと古典主義／狂言綺語と信仰

□あとがき

■付記■

「序にかえて」には本書に到るまでの古典詩歌論について、「あとがき」には初出について、それぞれ詳述あり。

うたげと孤心　大和歌篇

［同時代ライブラリー31］　岩波書店　一九九〇年　三三九頁

16.3×11.3 cm　九五〇円

■造本■

並製　無線綴じ　文庫　カバー・本扉デザイン　田淵裕一

■もくじ■

初版と同じ　加えて

□この本が私を書いていた──同時代ライブラリー版に寄せて

■奥付■

うたげと孤心　同時代ライブラリー31／一九九〇年八月一六日　第1刷発行Ⓒ／定価　九五〇円（本体　九二二円）／著者　大岡信《おおおかまこと》／発行者　安江良介／発行所　株式会社岩波書店　〒一〇一─〇二　東京都千代田区一ツ橋二─五─五／電話　〇三─三二六五─四一一一／編集協力：アルク出版企画／印刷製本：精興社／Printed in Japan／ISBN4-00-260031-9

※本著書は一九七八年二月集英社より刊行された。

■付記■

「この本が私を書いていた──同時代ライブラリー版に寄せて」では、初版刊行当時やそれ以降試みた連句・連詩にも言及し、「うたげと孤心」という主題について詳述している。

日本詩歌紀行

新潮社　一九七八年　三四二頁　四六判　一八〇〇円

■造本■

上製　布張表紙　糸綴じ　函入り　函写真：岩宮武二　デザイ

ン：荒田秀也

■奥付■
日本詩歌紀行《にほんしいかきこう》／定価　一八〇〇円／印刷　昭和五十三年十一月十日／発行　昭和五十三年十一月十五日／著者　大岡信（おおおかまこと）／発行者　佐藤亮一／発行所　株式会社新潮社　一六二東京都新宿区矢来町七一　振替東京四―八〇八／電話業務部〇三（二六六）五一一一　編集部（二六六）五四一一／印刷所　塚田印刷株式会社／製本所　大口製本株式会社／©1978 Makoto Ôoka Printed in Japan

■もくじ■
われは聖代の狂生ぞ／浪旧苔の鬚を洗ふ／丁丁丁丁／石のころび声／佐保神の別れかなしも／あけびの実は汝の霊魂／ゆきてかへらぬ／足駄はかせぬ雨のあけぼの／品かはりたる恋／逢ふとも宵のいなづま／暁の最初の母音／塔は是れ無極の塔／をとめらが插頭のために／壺のうちなる秋の日／あかつき胸の骨高し／影媛あはれ
□あとがき

■付記■
あとがきに初出について詳述あり。

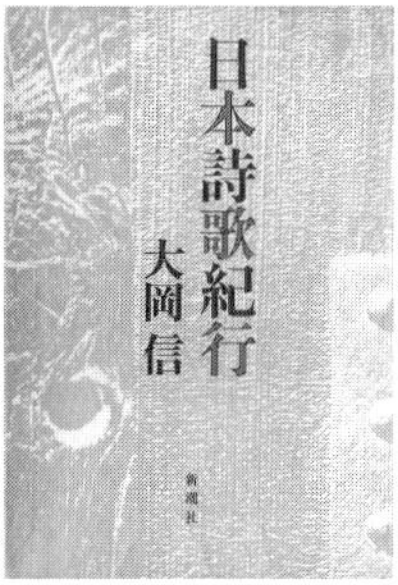

にほんご

福音館書店　一九七九年　一八六頁　A5判　一一〇〇円

■造本■
並製　雁垂れ　糸綴じ　函入り

■奥付■
にほんご／一九七九年一一月三〇日　初版発行／著者　安野光雅　大岡信　谷川俊太郎　松井直／発行　福音館書店　東京都

千代田区三崎町一—一—九（〒一〇一）／電話（〇三）二九二—三四〇一（代）振替口座　東京5-117645／製版・印刷　三美印刷株式会社

■もくじ■

《おはよう・こんにちは》／〈こんにちはのいろいろ〉／《はなす・きく》／《といかける・こたえる》／《きもち》／《ことばとからだ》／〈ろくおん〉／〈おぼえちゃおう〉1／《かく・よむ》／〈もじのいろいろ〉／《もじ》／〈はんこ〉／《ごめんね・ありがとう》／〈わるくち〉／《あなた・わたし》／《なまえ》／〈しりとり〉／〈おはなし〉1　ながいなのむすこ／《おとまねことば・ありさまことば》／〈おぼえちゃおう〉2／《もじのおと》／《ひらがな》／《ことばのしらべ》／〈おぼえちゃおう〉3／《し・うた》／〈おぼえちゃおう〉4／《おもいえがく》／〈おはなし〉2　あたまの　き／《もし》／《おめん》／《うそ》／〈おはなし〉3　うそつきの　ひつじかいの　こ／《ことばとこころ》／《ところ》／《みちじゅん》／《ちず》／《とき》／〈いちにち〉／《ことばさがし》／〈クロスワード・パズル〉／〈さかさことば〉／〈はんたいことば〉／〈なぞなぞ〉／《ことばのねっこ》／〈がいこくからきた　にほんご〉／《もじのねっこ》／《もじをかく》／《かぞえかた》／〈おぼえちゃおう〉5／《えことば・からだもじ》／〈おぼえちゃおう〉6／〈じしょ〉／〈おはなし〉4　イソップものがたり　より
□あとがき
□付記

詩の日本語

［日本語の世界11］中央公論社　一九八〇年　三五四頁　四六判　一八〇〇円

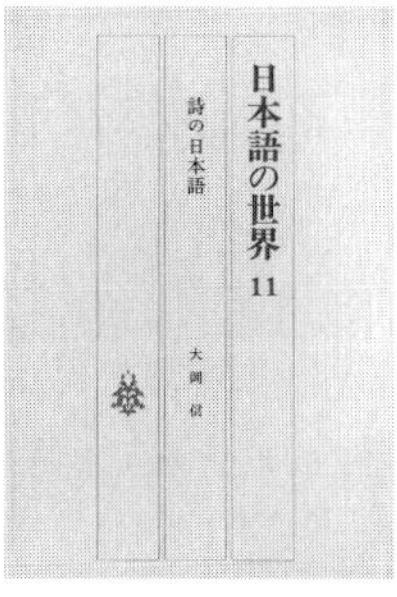

■造本■

上製　糸綴じ　函入り　月報あり　装幀：山高登

■奥付■

詩の日本語　日本語の世界11　定価一八〇〇円／昭和五十五年十一月十日　印刷／昭和五十五年十一月二十日　発行／著者

詩の日本語

[中公文庫] 中央公論新社 二〇〇一年 三九六頁 A6判
一〇四八円

■造本■
並製 無線綴じ カバー 文庫

■付記■
日本語の世界全16巻
編集・大野晋／丸谷才一
■付記2■
あとがきに本書における論点について、初出についてそれぞれ詳述あり。

□あとがき
□参考文献
□索引

■もくじ■
第一章 言葉における「文明開化」——訳詩の歴史が語るもの／第二章 日本詩歌の「変化」好み——移ろう「色」が語るもの／第三章 反俗主義と「色離れ」——内触覚重視が語るもの／第四章 恋歌の「自己中心性」——「ひとり寝」の歌が語るもの／第五章 美意識の「正系」と「傍系」——誇張・戯画化が語るもの／第六章 やまとうたの「徳」と「呪力」——「てにをは」の働きが語るもの／第七章 洗練の極の「アニミズム」——『古今集』仮名序が語るもの／第八章 日本詩歌の「象徴主義」——「幽玄」の思想が語るもの／第九章 詩の「広がり」と「深み」——博識否定が語るもの／第十章 詩歌の「うたげ」と「孤心」——「歌合」の判詞が語るもの／第十一章 謡いものの「優美」と「猥雑」——古今の歌謡が語るもの／第十二章 七五調と「思想」の表現——和讃形式が語るもの／第十三章 新体詩の「文学語」と「日常語」——叙事詩の命運が語るもの／第十四章 「言文一致」の夢と現実——明治の感傷詩と江戸の狂詩が語るもの／第十五章 詩歌の「革新」と「充実」——子規の歌が語るもの／第十六章 詩の「鑑賞」の重要性——一語の読み方が語るもの／終章 「詩の日本語」への一つの鍵——「花」の一語をめぐる伝統論

大岡信／発行者 高梨茂／印刷者 山元悟／発行所 中央公論社 〒一〇四 東京都中央区京橋二—八—七 振替東京二—三四／ⓒ一九八〇

■奥付■
詩(し)の日本語(にほんご)／二〇〇一年一月一〇日印刷／二〇〇一年一月二五日発行／著者 大岡信／発行者 中村仁／発行所 中央公論新社 〒一〇四—八三二〇 東京都中央区京橋二—八—七 TEL

現代の詩人たち 上

■奥付■
上製　糸綴じ　カバー
■造本■
青土社　一九八一年　三九五頁　四六判　二三〇〇円

■付記■
□文庫版あとがき
初版と同じ　加えて
■もくじ■
初版と同じ

■付記2■
『詩の日本語』（日本語の世界11）一九八〇年十一月　中央公論社刊　の文庫化
「文庫版あとがき」には初版で提起した問題につき刊行後20年の間の実践についてふれている。

〇三—三五六三—一四三一（販売部）〇三—三五六三—三六六四（編集部）振替〇〇一二〇—五—一〇四五〇八/©2001 CHUOKORON—SHINSHA, INC. /Makoto Ooka/本文・カバー印刷　三晃印刷　用紙　王子製紙　製本　小泉製本/ISBN 4-12-203772-7 C1181　Printed in Japan

---

現代の詩人たち　〈上〉／©Makoto Ooka, 1981／一九八一年五月二〇日印刷／一九八一年五月二九日発行／1092-400093-3978／著者　大岡信／発行者　清水康雄　青土社　東京都千代田区神田神保町一—二九　市瀬ビル　〒一〇一／電話　二九一—九八三一（編集）　二九四—七八二九（営業）／印刷所　大日本印刷／製本所　美成社／装幀　榎本和子

■もくじ■

石川啄木　空想の詩から「食ふべき詩」へ／室生犀星／佐藤春夫／高村光太郎　官能性と絶対志向と／川上澄生　哀歓の詩人／尾形亀之助寸感　底をつくということ／草野心平　天の思想／一九五二年二月の堀辰雄論／福永武彦『ある青春』『夜』『死と転生』／井伏鱒二の詩／中野重治　「のに」のこと／おもに金子光晴の散文のこと／大岡昇平　「無垢」と「小宇宙」への夢／吉田健一　荒地を越えて／菱山修三　現代詩史の中での

位置／瀧口修造　死と詩人／西脇順三郎　ヴィジョンと音／鮎川信夫　詩と詩論／田村隆一　形式と感情の質／石原吉郎の一篇をとって「墓」解読私案／安東次男「読み」と「作」の根本原理／吉野弘　初期詩篇論／入沢康夫『わが出雲・わが鎮魂』への各章対応を志す伴奏的称讃／辻井喬　孤独者の朝と夕べのうた／栗田勇『伝統の逆説』『サボテン』『現代の空間』／那珂太郎　出会いのころ／伊達得夫　書かなかった詩人　書いた編集者／重田徳『清代社会経済史研究』著者逸聞

□初出一覧

現代の詩人たち　下

青土社　一九八一年　三六八頁　四六判　二二〇〇円

■造本■

上製　糸綴じ　カバー

■奥付■

現代の詩人たち〈下〉／©Makoto Ooka, 1981／一九八一年五月二〇日印刷／一九八一年五月二九日発行／1092-400094-3978／著者　大岡信／発行者　清水康雄／発行所　青土社　東京都千代田区神田神保町一－二九　市瀬ビル　〒一〇一／電話　二九一－九八三一（編集）二九四－七八二九（営業）／印刷所　第一印刷所　大日本印刷／製本所　美成社／装幀　榎本和子

■もくじ■

谷川俊太郎「谷川俊太郎小論／「谷川俊太郎の詩で嫌いな一篇をあげてください」／芝生に立つフェルメール」／渋沢孝輔　詩集『越冬腑』から／飯島耕一　詩のありか／天沢退二郎『朝の河』を読む人のために／鈴木志郎康についての断片的なことば／吉増剛造　ワレヲ信ゼヨ、シカラズンバ／石牟礼道子　生命界のみなもとへ

東京大学学生の詩　1962／新しい詩的認識の誕生／詩壇時評　1969／埃が笑うまで　私にとってのシュルレアリスム／訳詩集と私／戦後詩1／戦後詩2／戦後詩3／死と再生——戦後詩の出発と展開／詩への希望／時代と感性

□あとがき

□人名索引

萩原朔太郎

［近代日本詩人選10］ 筑摩書房 一九八一年 二七九頁 B6判 一八〇〇円

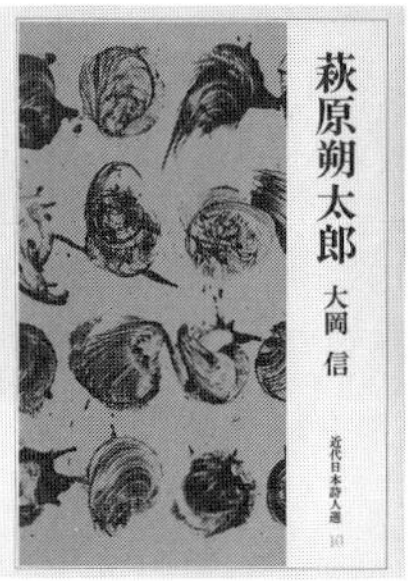

■造本■

上製 糸綴じ 函入り 函装画：加納光於《作品》1979 部分

■奥付■

萩原朔太郎 近代日本詩人選10／一九八一年九月二十五日 初版第一刷発行／著者 大岡信／発行者 布川角左衛門／発行所 株式会社筑摩書房 東京都千代田区神田小川町二ノ八 郵便番号一〇一―九一 電話〇三（二九一）七六五一（営業）〇三（二九四）六七一一（編集） 振替東京六―四一二三／印刷 明和印刷／製本 和田製本／©1981 Makoto Ooka 0392-13910-4604

■もくじ■

一 「夜汽車」まで／二 愛憐詩篇の行方／三 「浄罪詩篇」前後／四 大正初年の「光明讃仰」と朔太郎／五 『月に吠える』の秀作群と思想／六 『青猫』世界を徘徊するもの／七 「青猫以後」の詩と思想／八 『氷島』と晩年の思想

□年譜

□テキスト・参考文献

□あとがき

■付記■

近代日本詩人選全20巻

萩原朔太郎

［ちくま学芸文庫］ 筑摩書房 一九九四年 二九一頁 A6判

九〇〇円

■造本■

並製　無線綴じ　カバー　文庫

■奥付■

萩原朔太郎／一九九四年四月七日　第一刷発行／著者　大岡信（おおおか・まこと）／発行者　森本政彦／発行所　株式会社筑摩書房　東京都台東区蔵前二―六―四　〒一一一　振替東京六―四一二三／案内　〇四八―六五一―〇〇五三（サービスセンター）／装幀者　安野光雅／印刷所　株式会社精興社／製本所　株式会社積信堂／©MAKOTO ŌOKA 1994 Printed in Japan／ISBN4-480-08126-7 C0195

＊本書は一九八一年九月二十五日、筑摩書房より近代日本詩人選の一冊として刊行された。

■もくじ■

初版と同じ　加えて

□美貌の妹――文庫本あとがきにかえて

若山牧水　流浪する魂の歌

［中公文庫］中央公論社　一九八一年　一六一頁　A6判　二四〇円

■造本■

並製　無線綴じ　カバー　文庫　表紙・扉：白井晟一

■奥付■

若山牧水　中公文庫　© 1981／昭和五十六年八月二十五日印刷／昭和五十六年九月十日発行／著者　大岡信／発行者　高梨茂／製版印刷　三晃印刷／カバー　トープロ／用紙　本州製紙／製本　小泉製本／発行所　中央公論社　〒一〇四　東京都中央区京橋二―八―七　振替　東京二―三四／定価　二四〇円

■もくじ■

一　幾山河こえさりゆかば／二　女ありき／三　露ともならぬわが命かな／四　晶玉のかなしみとくるわの恋／五　旅にあらば命光ると／六　水源に憧れて／七　若山牧水の旅異聞／八　牧水の酒と死――稲玉医師の牧水臨終記

□解説　佐佐木幸綱

■付記■

本書の「幾山河こえさりゆかば」から「水源に憧れて」までは、『今日も旅ゆく――若山牧水紀行』（昭和四十九年十月、平凡社刊）により、「若山牧水の旅異聞」は『新刊ニュース』（昭和四十九年十一月号）、「牧水の酒と死」は『ユリイカ』（昭和四十九年九月号）に発表されたものである。（解説　佐佐木幸綱　より）

現世に謳う夢　日本と西洋の画家たち

中央公論社　一九八一年　一八一頁　A5判　二八〇〇円

■造本■

フランス装　糸綴じ　函入り　外函外題：駒井哲郎「鳥」

■奥付■

現世に謳う夢　定価二八〇〇円／昭和五十六年十二月十日　初版印刷／昭和五十六年十二月二十日　初版発行／著者　大岡信／発行者　高梨茂／本文印刷　株式会社精興社／図版印刷　日本写真印刷株式会社／発行所　中央公論社　〒一〇四　東京都中央区京橋二―八―七　振替　東京二―三四／Ⓒ一九八一

■もくじ■

レンブラントへの旅――内部の光と闇／ゴッホの遠近／ゴーギャンと画家の宿命――われら何処より来たるや／菱田春草の意味――時分の花からまことの葉へ／岡鹿之助の世界――典雅の底にひそむ反抗者の構築精神／駒井哲郎と銅版画――黒と白が生む深さ／南蛮屏風と近世の心――現世に謳う夢／日本の夜の絵画／日本風景画論

現世に謳う夢　日本と西洋の画家たち

［中公文庫］　中央公論社　一九八八年　二一五頁　A6判　四四〇円

■造本■

並製　無線綴じ　カバー　文庫

■奥付■

現世に謳う夢　中公文庫　Ⓒ 1988／昭和六十三年四月二十五日印刷／昭和六十三年五月十日発行／著者　大岡信／発行者　嶋中鵬二／製版印刷　三晃印刷／カバー　トープロ／用紙　本

州製紙／製本　小泉製本／発行所　中央公論社　〒一〇四　東京都中央区京橋二―八―七　振替　東京二―三四／ISBN4-12-201515-4／定価　四四〇円

■もくじ■

初版と同じ　加えて

□「解説」粟津則雄

■付記■

一九八一年十二月一〇日刊の文庫化。

加納光於論

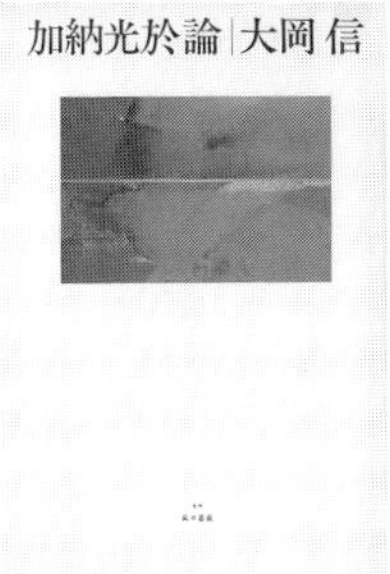

書肆風の薔薇　一九八二年　一一七頁　22.0×14.0 cm　二二〇〇円

■造本■

上製　糸綴じ　カバー　表紙装画：加納光於《囲いに沿って》一九八一―八二（部分）　カンヴァスに油彩　715.2×181.8 cm（四つのパネル）　造本・装幀：菊地信義

■奥付■

加納光於論／一九八二年四月二〇日初版第一刷印刷／一九八二年四月三〇日初版第一刷発行／著者　大岡信／©Makoto Ooka 1982 Impimé au Japon／発行者　鈴木宏／発行所　株式会社書肆　風の薔薇　横浜市港北区新吉田町九二八　〒二二三／電話〇四五―五三一―七二六九／定価　二二〇〇円／ISBN4-7952-7151-8／発売所　星雲社　東京都千代田区神田錦町三―六　〒一〇一／電話〇三―二九四―五八一八／本文印刷　第一印刷所／四色図版・カバー印刷　精興社／別丁単色図版印刷　方英社／製本　美成社

■もくじ■

□Ⅰ

加納光於による六つのヴァリエーション　加納光於に／霧のなかから出現する船のための頌歌　M・Kに捧ぐ／彎曲と感応　加納光於に／時のふくらみ、闇のなぞなぞ　《稲妻捕り》Elements のために

□Ⅱ

加納光於論　または《うち震える極限を無限に分割せよ》／

「胸壁にて」まで　加納光於論新考
□Ⅲ
もひとつの鏡　加納光於「MIRROR, 33」／PENINSULAR!　加納光於展／（加納は冬でも……）／『アララットの船あるいは空の蜜』由来記
□加納光於年譜
□あとがき

日本詩歌読本

三修社　一九八二年　二七八頁　四六判　一二〇〇円

■造本■
上製　糸綴じ　カバー

■奥付■
日本詩歌読本／昭和五十七年十月十日第一刷発行／著者　大岡信／発行者　前田完治／発行所　株式会社三修社　一一〇東京都台東区下谷一―五―三四／電話〇三―八四二―一七一一（営業）〇三―八四二―一六三二（編集）　振替東京九―七二七五八／印刷所　図書印刷株式会社／製本所　牧製本印刷株式会社／定価一二〇〇円／ISBN4-384-05004-6 C1092／©Makoto Ooka 1982 Printed in Japan

■もくじ■
第一章　詩歌の主題の時代的変化／第二章　独り寝のテーマについて／第三章　女性の恋歌Ⅰ　大伴坂上郎女と額田王／第四章　女性の恋歌Ⅱ　笠郎女と狭野茅上娘子／第五章　女性の恋歌Ⅲ　和泉式部／第六章　長歌と旋頭歌について／第七章　和歌の中の花／第八章　歌人《うたびと》の視点・その変遷／第九章　連句と歌謡
□あとがき

■付記■
あとがきに初出について詳述あり。

日本詩歌読本

［講談社学術文庫］　講談社　一九八六年　二七三頁　A6判
六八〇円

■造本■
並製　無線綴じ　カバー　文庫

■奥付■
日本詩歌読本／大岡信／昭和六一年一二月一〇日　第1刷発行／発行者　野間惟道／発行所　株式会社講談社　東京都文京区音羽二―一二―二一　〒一一二／電話・東京（〇三）九四五―一一一一（大代表）／装幀　蟹江征治／レイアウト　志賀紀子／印刷　株式会社廣済堂／製本　株式会社国宝社／©Makoto Ōoka 1986　Printed in Japan ／ISBN4-06-158767-6

■もくじ■
初版と同じだが、「学術文庫のためのまえがき」と、解説「日本詩歌の核心をつかむ視野と視点」……平井照敏が前後に付け加えられている。

■付記■
三修社版と内容は変わらないが、不備に気づいた場合に多少手を加えたところもあることを申し添える。

（学術文庫のためのまえがきより）

短歌・俳句の発見

読売新聞社　一九八三年　三三四頁　四六判　一五〇〇円

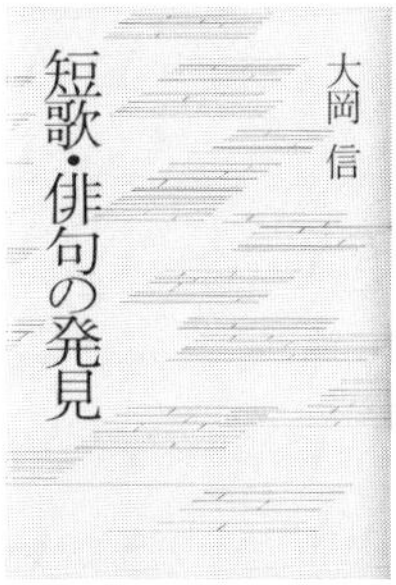

■造本■
上製　糸綴じ　カバー

■奥付■
短歌俳句の発見／昭和五十八年六月三十日　第一刷発行／定価一五〇〇円　0095-703550-8715／著者　大岡信　Makoto Ooka©1983／装幀者　熊谷博人／編集人　守屋健郎／発行人　加藤祥二／発行所　読売新聞社　〒一〇〇　東京都千代田区大手町一―七―一／〒五三〇　大阪市北区野崎町八―一〇／〒八〇二　北九州市小倉北区明和町一―一一／印刷所　図書印刷株式会社／製本所　寿製本株式会社

■もくじ■

□Ⅰ　短歌・俳句の発見
短歌・俳句の発見／新しい短歌の問題　Ⅰ／新しい短歌の問題　Ⅱ／新しい短歌の問題　Ⅲ
□Ⅱ　短歌と歌人
窪田空穂と私　「『和泉式部』という小冊子／私的なつながり」／會津八一『南京新唱』自序のこと／父・大岡博　「山にゆかむと／『春の鷺』まで」／窪田章一郎の歌／塚本邦雄　歌と歌論　「『夕暮の諧調』を読む／『日本人霊歌』再読」／岡井隆『人生の視える場所』の余白に／高安国世『一瞬の夏』を読む／現代歌集二十一冊／橋本喜典『黎樹』を読む／撥ね返る光のごときもの――石本隆一歌集『星気流』／相聞のうた・ひとりのうた――小野茂樹歌集／意識の夜の歌――高野公彦歌集『汽水の光』
□Ⅲ　俳句と俳人
加藤楸邨論　「『大きな耳』の論／孤心とエロス――楸邨短歌瞥見／句々交響」／山口誓子の俳句／三橋鷹女の俳句／永田耕衣の俳句／高柳重信の近作／赤尾兜子の世界　「前衛と伝統／『稚年記』を読む」／飯田龍太の世界　「明敏の奥にあるもの／『山の木』を読む／『涼夜』とその後」／宇佐美魚目の俳句／「遊び」の内景――川崎展宏の俳句／さかさ覗きの望遠鏡――大岡頌司の俳句／動きの微妙さ面白さ――飴山実の俳句／「非《とき》時《じく》」の世界の消息――中村苑子の俳句／自然を押してその窓を開く――広瀬直人の俳句／『海程合同句集』寸感／「鬼の詞」の作句者たち
□あとがき
□初出一覧

表現における近代　文学・芸術論集

岩波書店　一九八三年　三二六頁　四六判　一八〇〇円

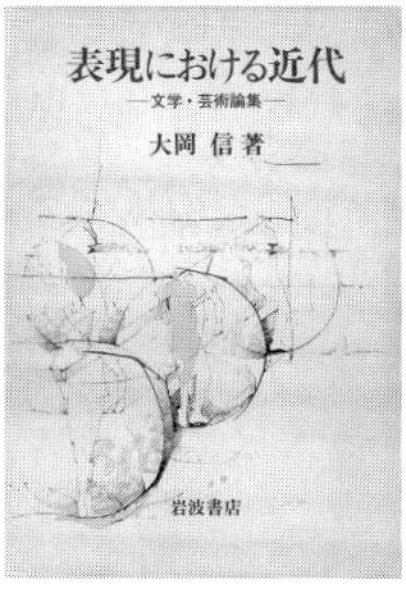

■造本■
上製　糸綴　函入り　装丁：宇佐美圭司

■奥付■
表現における近代／一九八三年八月一〇日　第一刷発行Ⓒ／定価　一八〇〇円／著者　大岡信《おおおかまこと》／発行者　緑川亨／発行所

株式会社岩波書店　〒一〇一　東京都千代田区一ツ橋二―五―五／電話〇三―二六五―四一一一　振替東京六―二六二四〇／印刷　三陽社　製本　松岳社／Printed in Japan

■もくじ■

□Ⅰ　創造の場
幸田露伴の東京論／創造的環境とはなにか――「中心と周縁」という主題をめぐって――
□Ⅱ　抒情の近代
新古今集との出会い／正岡子規の多産性が意味するもの／斎藤茂吉における近代――写生説を中心に――／釈迢空の歌の特性――「海やまのあひだ」について――
□Ⅲ　コスモスの鼓動
憂愁の滋味――岡倉天心の思想の特質――／波津子・天心・周造／天心とベンガルの女流詩人
□Ⅳ　〈中間者〉と道化
人ミナ道化ヲ演ズ――近代性の証人としての道化――／パゾリーニとはだれか「恐るべき〈中間者〉への渇望／死と〈天使〉の観念」／詩における「知性」と「感性」――ジョン・ダンの詩そのほか――
□初出一覧
□あとがき

日本語の豊かな使い手になるために

読む・書く・話す・聞く

太郎次郎社　一九八四年　二四三頁　四六判　一三〇〇円

■造本■

上製　糸綴じ　カバー

■奥付■

日本語の豊かな使い手になるために　読む、書く、話す、聞く／一九八四年七月十日初版印刷／一九八四年七月二十日初版発行／著者　大岡信／装丁者　粟津潔／発行者　浅川満／発行所　株式会社太郎次郎社　東京都文京区本郷五―三二―七　郵便番号一一三／電話〇三―八一五―〇六〇五（代）　振替東京五―一三七八四五／印刷所　壮光舎印刷株式会社・福音印刷株式

会社／製本所　ナショナル製本株式会社／定価　一三〇〇円／0036-0356-4456　©1984

■もくじ■

□はじめに——この本を読まれるかたへ

Ⅰ　ことばは知識ではなく、体験である／Ⅱ　ことばの教育の基礎を考える／Ⅲ　ことばが誕生するとき／Ⅳ　ことばの音とリズムの世界／Ⅴ　書くことと想像力

□おわりに

日本語の豊かな使い手になるために

話す・聞く・読む・書く

[講談社+α文庫]　講談社　一九九七年　三三八頁　A6判　七八〇円

■造本■

並製　無線綴じ　カバー　文庫

■奥付■

講談社+α文庫　日本語《にほんご》の豊《ゆた》かな使《つか》い手《て》になるために——話す・聞く・読む・書く／大岡信《おおおかまこと》／©Makoto Ohoka 1997／1997年八月二〇日第1刷発行／発行者　野間佐和子／発行所　株式会社講談社　東京都文京区音羽二—一二—二一　〒一一二—〇一／電話　出版部〇三—五三九五—三五二九　販売部〇三—五三九五—三六二六　製作部〇三—五三九五—三六一五／装画　渡部広明／デザイン　鈴木成一デザイン室／カバー印刷　凸版印刷株式会社／印刷　慶昌堂印刷株式会社／製本　有限会社中澤製本所／Printed in Japan　ISBN4-06-256213-8

＊この作品は一九八四年七月、太郎次郎社より刊行されたものを、文庫収録にあたり再編集しました。

■もくじ■

□文庫版まえがき

□この本を読まれるかたへ

□第一章　ことばは生きもの

ことばは知識ではない／ことばを体験する／心のうるおいが言語世界を育てる

□第二章　ことばはことばを超える

「話し・聞き」と「読み・書き」の違い／日本語とアイデンティティ

□第三章　ことばが誕生するとき

「ことば遊び」と「ことばのルール」／ことばの生命力／文章をどう読むか

□第四章　日本語はおもしろい

ことばのリズムと心の動き／声は人をあらわす／話しことば、書きことば

□第五章　文章を書くとき
どのように書きだすか／イメージをかきたてることば
□おわりに

■付記■
一九八四年七月二十日刊の再編集版。タイトル、もくじもかわっている。

日本語の豊かな使い手になるために
読む・書く・話す・聞く

［新装版］　太郎次郎社　二〇〇二年　二八六頁　Ｂ６判　一六〇〇円

■造本■
並製　糸綴じ　カバー

■奥付■
日本語の豊かな使い手になるために　読む、書く、話す、聞く／二〇〇二年七月十日新版第一刷印刷／二〇〇二年七月二十日新版第一刷発行／著者　大岡信／デザイン　箕浦卓　協力　日毛直美／発行者　浅川満／発行所　株式会社太郎次郎社　東京都文京区本郷五－三二－七　郵便番号一一三－〇〇三三／電話〇三－三八一五－〇六〇五　出版案内ホームページ http://www.tarojiro.co.jp/　eメール tarojiro@tarojiro.co.jp／印刷　モリモト印刷株式会社（本文印字と印刷）＋株式会社文化印刷（装丁）／製本　株式会社難波製本／ISBN4-8118-0667-0C0081／©Ooka makoto 2002, Printed in Japan

＊本書は、一九八四年初版本に著者自身による新版序文を加え、新装版として再刊されたものである。註などに若干の加筆・修正を行なったが、語られている内容については、各国の事情をふくめ、とくに改訂は行なわず、当時のままとした。

■もくじ■
初版と同じ　加えて
□新版序文　大岡信

ミクロコスモス瀧口修造

みすず書房　一九八四年　二四〇頁　四六判　一八〇〇円

■造本■

上製　糸綴じ　カバー　カバー：「詩人の肖像」瀧口修造、一九六二、145×129 mm／見返し：「詩人旅行必携」大岡信のために（リバティ・パスポート）、瀧口修造、一九六三、80×70 mm（トレーシング・ペーパー、八葉、左開き、左から右へ、上から下へ）

■奥付■

大岡信／ミクロコスモス瀧口修造／一九八四年一二月一四日印刷／一九八四年一二月二四日　発行／発行者　北野民夫／発行所　株式会社みすず書房　〒一一三　東京都文京区本郷三丁目一七—一五／電話　八一四—〇一三一（営業）　八一五—九一八一（本社）　振替東京〇—一九五一三二／本文・口絵印刷所　精興社／扉・表紙・カバー印刷所　栗田印刷／製本所　鈴木製本所／©1984 Misuzu Shobo／Printed in Japan／ISBN4-622-01586-2

■もくじ■

□瀧口修造アルバム

□1

瀧口修造入門

□2

対談：創ることと壊すことと／超現実主義詩論の展開／『余白に書く』の余白に／〈物憑き〉の思想について／瀧口修造との往復書簡／言語芸術には何が可能か／瀧口修造に捧げる一九六九年六月の短詩／『画家の沈黙の部分』／「手づくり諺」への旅／私の中の日本人／地球人Tの四つの小さな肖像画／瀧口修造氏のこと／西落合迷宮　瀧口修造追悼歌／瀧口修造覚え書／『余白に書く』の余白に／詩人瀧口修造／未知の孤立者瀧口修造／ある「変な考え」について

□あとがき

楸邨・龍太

花神社　一九八五年　二三七、二三三頁　四六判　一八〇〇円

加藤楸邨＊／うたげと孤心／加藤楸邨＊＊／「大きな耳」の論／孤心とエロス／句々交響／死の塔・書評／「折々のうた」ほか

＊

飯田龍太／明敏の奥にあるもの／『山の木』を読む／『涼夜』とその後／俳句・日本語・日本人　対談　飯田龍太・大岡信／「折々のうた」ほか＊＊

□はじめに
□楸邨・龍太句集目録
□初出一覧
■付記

こののち一九九〇年刊の新装版あり。

■もくじ■
©MAKOTO ŌOKA／製本・松栄堂　用紙・文化エージェント／0095-850102-1092／Printed in Japan

■奥付■
楸邨・龍太／一九八五年四月一〇日　初版1刷／定価　一八〇〇円／著者　大岡信／題字　著者／発行者　大久保憲一／発行所　株式会社花神社　東京都千代田区猿楽町二-二-五　興新ビル六〇五　〒一〇一／電話　東京・二九一-六五六九　振替　東京二一一九四九四九／印刷・信毎書籍印刷＋コーエー

■上製■
布貼表紙　糸綴じ　函入り

■造本■

万葉集

「シリーズ古典を読む21」　岩波書店　一九八五年　二六九頁　四六判　一八〇〇円

■造本■
上製　糸綴じ　カバー

■奥付■
万葉集／一九八五年四月三〇日　第1刷発行ⓒ／定価　一八〇

○円／著者　大岡信《おおおかまこと》／発行者　緑川亨／発行所　株式会社岩波書店　〒一〇一　東京都千代田区一ツ橋二—五—五／電話〇三—二六五—四一一一　振替東京六—二六二四〇／印刷・三陽社　製本・牧製本／Printed in Japan　ISBN4-00-004471-0

■もくじ■

□一　『万葉集』を読む前に

□二　時代の背景と『万葉集』

□三　初期万葉の時代

1．古典的ということ／2．あかねさす紫野／3．むらさきのにほへる妹／4．「人妻」の論／5．その他の秀歌

□四　近江朝の唐風文化と壬申の乱

1．やまとうたと漢詩の遭遇／2．壬申の乱あとさき／3．「おほきみ」讃美の背景

□五　皇子・皇女の歌

1．大津皇子の歌／2．大伯皇女の歌／3．志貴皇子の歌／4．但馬皇女と穂積皇子の歌

□六　柿本人麻呂

1．人麻呂像結びがたし／2．人麻呂——相聞の世界／3．人麻呂——挽歌の世界／4．人麻呂——旅のうた、そして枕詞

□七　柿本人麻呂歌集秀逸

1．「正述心緒」の歌の力／2．「寄物陳思」の歌の豊かな意味／3．相聞歌から俳諧歌へ

□八　人麻呂以後の歌人たち

1．憶良と「老」の歌の意味／2．大伴一族の文学的達成の意味／3．梅花の宴の論／4．貧窮問答の論

□あとがき

万葉集　古典を読む

［同時代ライブラリー274］　岩波書店　一九九六年　二七三頁

16.3×11.3 cm　一〇〇〇円

■造本■

並製　無線綴じ　文庫　カバー・本扉デザイン：谷村彰彦

■奥付■

古典を読む　万葉集　同時代ライブラリー274／一九九六年七月一五日　第1刷発行／著者　大岡信《おおおかまこと》／発行者　安江良介／発

行所　株式会社岩波書店／〒一〇一―〇二　東京都千代田区一ツ橋二―五―五／電話　案内〇三―五二一〇―四〇〇〇　営業部〇三―五二一〇―四一一一　同時代ライブラリー編集部〇三―五二一〇―四一三六／印刷・三陽社　カバー・精興社　製本・中永製本／©Makoto Ōoka 1996／ISBN4-00-260274-5／Printed in Japan

■もくじ■

初版と同じ　加えて

□同時代ライブラリー版あとがき

万葉集　古典を読む

［岩波現代文庫　文芸127］　岩波書店　二〇〇七年　二七〇頁

A6判　九〇〇円

■造本■

並製　無線綴じ　カバー　文庫

■奥付■

古典を読む　万葉集／二〇〇七年九月一四日　第1刷発行／著者　大岡《おおおか》信《まこと》／発行者　山口昭男／発行所　株式会社岩波書店

〒一〇一―八〇〇二　東京都千代田区一ツ橋二―五―五／電話　案内〇三―五二一〇―四〇〇〇　販売部〇三―五二一〇―四一一一　現代文庫編集部〇三―五二一〇―四一三六　http://www.iwanami.co.jp/／印刷・精興社　製本・中永製本／©Makoto Ōoka 2007／ISBN978-4-00-602127-6 Printed in Japan

■もくじ■

初版と同じ　加えて

□岩波現代文庫版あとがき

抽象絵画への招待

［岩波新書黄版301］　岩波書店　一九八五年　一八六頁　新書判

五八〇円

■造本■

■奥付

抽象絵画への招待　岩波新書（黄版）301／一九八五年五月二〇日　第一刷発行ⓒ／定価580円／著者　大岡信／発行者　緑川亨／発行所　〒101　東京都千代田区一ツ橋二─五─五　株式会社　岩波書店／電話　○三─二六五─四一一一　振替　東京　六─二六二四〇／印刷・精興社、半七写真印刷（口絵）／製本・田中製本／Printed in Japan

■もくじ■

芸術の意味／現代の抽象絵画／芸術と時代／回想的エピローグ

□あとがき

■付記■

『躍動する抽象』（講談社刊「現代の美術」第八巻、一九七二）は本書とも深い関係がある。（あとがきより）

■並製　無線綴じ　カバー　新書

窪田空穂論

■造本■
上製　糸綴じ　カバー

■奥付■

岩波書店　一九八七年　二六五頁　四六判　一八〇〇円

窪田空穂論／一九八七年九月二九日　第一刷発行ⓒ／定価　一八〇〇円／著者　大岡信／発行所　株式会社　岩波書店　〒101　東京都千代田区一ツ橋二─五─五　電話　○三─二六五─四一一一　振替　東京　六─二六二四〇／印刷・法令印刷／製本・牧製本／Printed in Japan　ISBN4-00-000436-0

■もくじ■

I

窪田空穂との出会い／空穂の世界──序説的な概観

II

窪田空穂の出発／空穂の受洗と初期詩歌／空穂歌論の構造／空穂の古典批評／空穂の長歌「捕虜の死」と大戦／長歌に見る歌人空穂の本質

III

空穂秀歌選一──長歌十五首／空穂秀歌選二──短歌百首

□あとがき 1987 盛夏

詩人・菅原道真 うつしの美学

岩波書店 一九八九年 二〇五頁 B6判 二三〇〇円

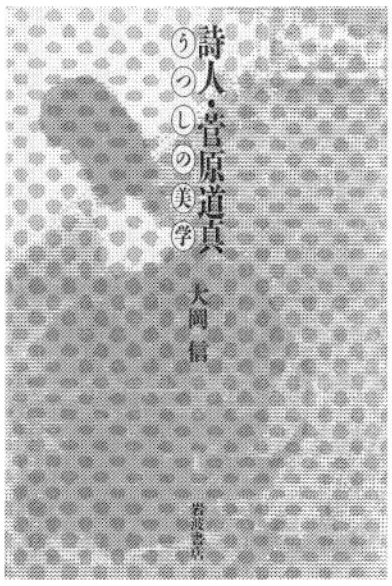

■造本
上製 糸綴じ カバー

■奥付
詩人・菅原道真／一九八九年八月三〇日 第一刷発行ⓒ／定価二三〇〇円（本体二二三三円）／著者 大岡信（おおおかまこと）／発行者 緑川亨／発行所 株式会社岩波書店 〒一〇一 東京都千代田区一ツ橋二―五―五／電話〇三―二六五―四二一一 振替 東京六―二六二四〇／印刷・凸版印刷／製本・松岳社／Printed in Japan／ISBN4-00-002671-2

■もくじ
□はじめに――うつし「序説」
I 菅家のうつしは和から漢へ――修辞と直情 修辞のこうべに直情やどる――修辞と直情 その二／III 詩人の神話と神話の解体――修辞と直情 その三／IV 古代モダニズムの内と外
□あとがき

詩人・菅原道真 うつしの美学

[岩波現代文庫 文芸136] 岩波書店 二〇〇八年 二〇六頁 A6判 九〇〇円

■造本
並製 無線綴じ カバー 文庫

■奥付
詩人・菅原道真――うつしの美学／二〇〇八年六月一七日 第1刷発行／著者 大岡信（おおおかまこと）／発行所 株式会社岩波書店 〒一〇一―八〇〇二 東京都千代田区一ツ橋二―五―五／案内〇三―五二一〇―四〇〇〇 販売部〇三―五二一〇―四一一一 現代文庫編集部〇三―五二一〇―四一三六／

http://www.iwanami.co.jp/／印刷　精興社／製本　中永製本／©Makoto Ôoka 2008／ISBN978-4-00-602136-8　Printed in Japan

■もくじ■

初版と同じ　加えて

□岩波現代文庫版あとがき

連詩の愉しみ

［岩波新書新赤版156］　岩波書店　一九九一年　二一四頁　新書判　五五〇円

■造本■

並製　無線綴じ　カバー　新書

■奥付■

連詩の愉しみ　岩波新書（新赤版）156／一九九一年一月二一日第一刷発行ⓒ／著者　大岡《おおおか》信《まこと》／発行者　安江良介／発行所　株式会社岩波書店　〒一〇一-〇二　東京都千代田区一ツ橋二-五-五　電話　〇三-三二六五-四一一一（案内）／印刷・理想社　製本・永井製本／Printed in Japan／ISBN4-00-430156-4

■もくじ■

□はじめの口上
一　連詩とはなにか
二　かえりみれば
三　さまざまな試み
四　英語でつくる連詩
□あとがき
□著者参加の海外連詩一覧

■付記■

「はじめの口上」では本書執筆の動機について、「あとがき」では初出について詳述あり。

あなたに語る日本文学史　古代・中世篇

大岡信 あなたに語る日本文学史 [古代・中世篇]

新書館　一九九五年　三一〇頁　四六判　二二〇〇円

I　政治の敗者はアンソロジーに生きる——「万葉集」／II　平安文化の表と裏——「古今和歌集」／III　詩歌の歴史は編纂者の歴史——「古今和歌六帖」／IV　奇想の天才源順——「伊勢物語」と「大和物語」／V　女たちの中世——建礼門院右京大夫と後深草院二条／VI　男たちの中世——俊成・西行・定家／□索引ならびに人物・作品小事典／□「巻末付録　日本文学史年表／国名・県名対照図／年号一覧（和暦・西暦対照表）

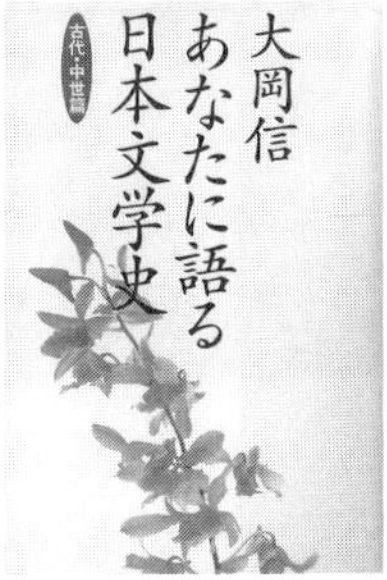

■造本■
並製　糸綴じ　カバー

■奥付■
あなたに語る日本文学史 [古代・中世篇]／一九九五年四月二十日　第一刷発行／著者　大岡信／発行　株式会社新書館　〒一一二　東京都文京区千石一─二一─七／電話〇三（三九四六）五三三一　振替　〇〇一四〇─七─五三七二三三（営業）〒一七四　東京都板橋区坂下一─二二一─一四／電話〇三（五九七〇）三八四〇／装幀　新書館デザイン室（SDR）／印刷　株式会社総研／製本　若林製本／Printed in Japan　ISBN4-403-21052-X

■もくじ■
□まえがき

あなたに語る日本文学史　近世・近代篇

新書館　一九九五年　二五三頁　四六判　二一〇〇円

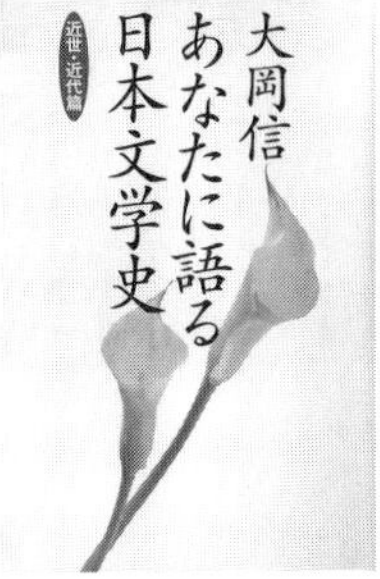

■造本■

並製　糸綴じ　カバー

■奥付■

あなたに語る日本文学史〔近世・近代篇〕／一九九五年四月二十日　第一刷発行／著者　大岡信／発行　株式会社新書館　〒一一三　東京都文京区千石一－二一－七／電話〇三（三九四六）五三三一　振替・〇〇一四〇－七－五三七二三／（営業）〒一七四　東京都板橋区坂下一－二二－一四／電話〇三（五九七〇）三八四〇／装幀　新書館デザイン室（SDR）／印刷　株式会社総研／製本　若林製本／Printed in Japan　ISBN4-403-21053-8

■もくじ■

Ⅰ　歌謡の本質的な面白さ――「梁塵秘抄」／Ⅱ　風俗の万華鏡――「閑吟集」から「唱歌」「童謡」まで／Ⅲ　良基も芭蕉もパスも――連歌・連句・レンガ／Ⅳ　「写生」は近代文学のかなめ――子規の道・紅葉の道

□あとがき

□索引ならびに人物・作品小事典

□〔巻末付録〕日本文学史年表／国名・県名対照図／年号一覧（和暦・西暦対照表）

あなたに語る日本文学史

〔新装版〕　新書館　一九九八年　五六二頁　四六判　二二〇〇円

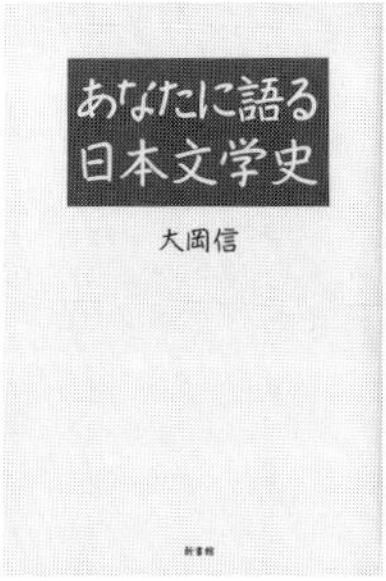

■造本■

上製　糸綴じ　カバー

■奥付■

あなたに語る日本文学史〔新装版〕／一九九八年十二月十五日　初版第一刷発行／著者　大岡信／発行　株式会社新書館　〒一一三－〇〇二四　東京都文京区西片二－一九－一八／電話〇三（三八一一）二八五一　振替　〇〇一四〇－七－五三七二三／（営業）〒一七四－〇〇四三　東京都板橋区坂下一－二二－一四／電話〇三（五九七〇）三八四〇／装幀　新書館デザイン室（SDR）／印刷　株式会社総研／製本　若林製本／

Printed in Japan　ISBN4-403-21066-X

■もくじ■

『あなたに語る――古代・中世篇』と『近世・近代篇』を一冊にまとめたもくじ、加えて

□新装版のためのまえがき

□新装版のためのあとがき

日本の詩歌　その骨組みと素肌

講談社　一九九五年　一九九頁　四六判　一六〇〇円

■造本■

上製　糸綴じ　カバー　装幀：大泉拓

■奥付■

日本《にほん》の詩歌《しいか》　その骨組《ほねぐ》みと素肌《すはだ》／一九九五年一一月一〇日　第1刷発行／著者　大岡信《おおおかまこと》／発行者　野間佐和子／発行所　株式会社講談社　東京都文京区音羽二―一二―二一／郵便番号一一二―〇一／電話　文芸図書第一出版部（〇三）五三九五―三五〇四　書籍第一販売部〇三―五三九五―三六二二　書籍製作部〇三―五三九五―三六一五／印刷所　凸版印刷株式会社／製本所　株式会社大進堂／©Makoto Ohoka 1995, Printed in Japan／ISBN4-06-207866-X

■もくじ■

一　菅原道真　詩人にして政治家／二　紀貫之と「勅撰和歌集」の本質／三　奈良・平安時代の一流女性歌人たち／四　叙景の歌／五　日本の中世歌謡

□あとがき

■付記■

本書はパリにある高等教育機関コレージュ・ド・フランスで行なった、連続講義テキスト。いきさつについてあとがきで詳述。

日本の詩歌　その骨組みと素肌

［岩波現代文庫　文芸97］　岩波書店　二〇〇五年　二一六頁

A6判　九〇〇円

■造本■

並製　無線綴じ　カバー　文庫

■奥付■

日本の詩歌——その骨組みと素肌／二〇〇五年一二月一六日第1刷発行／著者　大岡信《おおおかまこと》／発行者　山口昭男／発行所　株式会社岩波書店　〒一〇一—八〇〇二　東京都千代田区一ツ橋二—五—五　案内〇三—五二一〇—四〇〇〇　販売部〇三—五二一〇—四一一一　現代文庫編集部〇三—五二一〇—四一三六／http://www.iwanami.co.jp/／印刷　精興社／製本　中永製本／©Makoto Ôoka 2005／ISBN4-00-602097-X／Printed in Japan

■もくじ■

初版と同じ　加えて

□現代文庫版あとがき

■付記■

文庫版あとがきでは初版刊行後、コレージュ・ド・フランス講義の発案者ベルナール・フランク教授が逝去されたことを述べている。

生の昂揚としての美術

大岡信フォーラム　二〇〇六年　三三四頁　四六判　二〇〇〇円

■造本■

上製　糸綴じ　カバー

■奥付■

生《せい》の昂揚《こうよう》としての美術《びじゅつ》／二〇〇六年四月二五日　初版第1刷／著者　大岡信／発行　大岡信フォーラム　担当　芥川喜好／発売　株式会社花神社《かしんしゃ》　東京都千代田区猿楽町二—二—五　興新ビル六〇五　〒一〇一—〇〇六四　電話〇三—三二九一—六五六九　FAX〇三—三二九一—六五七四　振替〇〇一二〇—九—一九四九九四九／©MAKOTO ŌOKA／印刷製本・モリモト印刷株式会社／用紙・文化エージェント／ISBN4-7602-1845-9

C0070 Printed in Japan

■もくじ■

□Ⅰ

モンドリアンの初期絵画　ハーグ市立美術館にて／ミロとカタルーニャ／デュビュッフェ　既存の美学をこばむ「生《き》の芸術」　対談　瀧口修造／アルトゥングとアルトゥング財団／サム・フランシスをなつかしむ

□Ⅱ

生の昂揚としての抽象絵画

□Ⅲ

日本の前衛絵画側面観　北脇昇をめぐって／パリ「前衛芸術の日本展」印象／五〇年代の駒井哲郎と伊達得夫、そして私／津高和一「Ⅰ水と空気の捕捉者　津高和一個展／Ⅱ津高和一と山村徳太郎　西宮展覧会異聞」／岡本太郎「Ⅰ「対極主義」と「爆発」／Ⅱ走り書き風な太郎論」／イサムノグチ　彫刻の詩が立っている／多田美波の光の彫刻／菅井汲　一時間半の遭遇／宇佐美圭司「Ⅰ創造の現場から　対談　宇佐美圭司／Ⅱ宇佐美圭司への展望」／福島秀子を発見する／榎本和子の春のために／嶋田しづの新作／丹阿弥丹波子「Ⅰ丹波子さんと岩吉さんのこと／Ⅱ丹阿弥丹波子の白と黒」／秋野不矩「Ⅰ心から放散する光　秋野不矩展に寄せて／Ⅱ黄色の生命力」／曽宮一念素描淡彩展

□Ⅳ

村井修の写真　建築心象——竹中工務店の場合／菅原栄蔵という建築家／ポスター、デザイン、そして詩／柳宗悦

□あとがき

□初出一覧

詩人と美術家

大岡信フォーラム　二〇一三年　二九七頁　四六判　二〇〇〇円

■造本■

上製　糸綴じ　カバー

■奥付■

詩人《しじん》と美術家《びじゅつか》／二〇一三年五月一〇日　初版第1刷／著者大岡信／装丁　熊谷博人／発行　大岡信フォーラム　担当　芥川喜好／発売　株式会社花神社《かしんしゃ》　東京都千代田区猿楽町二－一－一六　下平ビル四〇二　〒一〇一－〇〇六四　電話〇三－三二九一－六五六九　FAX〇三－三二九一－六五七四　振替〇〇一二〇－九－一九四九四九／©MAKOTO ŌOKA／印刷・モリモト印刷株式会社／用紙・文化エージェント／製本・矢嶋製本／ISBN987-4-7602-1996-4 C0095

■もくじ■

□ I

瀧口修造の無頼の精神／瀧口修造の書斎／菅井汲が真にラジカルな理由／加納光於に学んだこと／「伝統」の救い主——岡本太郎／芹沢銈介礼讃

□ II

志村ふくみの染織／サム・フランシスの夢と現実／閑崎ひで女の舞台／嶋田しづの油彩／ミロのユーモア／イサム・ノグチの庭と彫刻／柚木沙弥郎の型染絵／観世家の三兄弟／利根山光人の壁画／勅使河原宏の造形空間／クリス・ブレズデルの尺八／宇佐美圭司の果敢と繊細／加山又造の伝統美革新／清水九兵衛のアルミ造形／宗廣力三の紬のドラマ／安野光雅の数奇の世界／堂本尚郎のヒツジとデコラの話／加藤唐九郎のナイーヴで巨きな世界／野崎一良の鋳物彫刻の存在感／宇佐美爽子・大岡信二人展広告のこと

□ III

緩やかに見つめる愉楽——中西夏之／今井俊満の新作／重田良一の世界／波と浄化の絵画——桑原盛行／蟻田哲の新作展のために／他者から見た磯崎新／岡鹿之助回想／山口長男——蒼空の鐘の音／前田の曼荼羅／極限を求めつづける——高山辰雄寸描／相沢常樹のために／フォルムと色彩を越えて——大築勇吏仁の絵画／絵によって描かれている画家——本宮健史のために／金子國義の美の世界／ヴァザレリ・ノート／光のしたたる絵画——ジョセフ・ラヴの絵について／石の彫刻とも調和する岡田輝の器と人となり／彩ふたり会——仕事の中に見つけた青春／宮田亮平さんとイルカたち／Kan kan of KAN／原理を感覚にかえしてやろう——戸村浩／現代社会のなかの芸術／肉体による精神的希求／万国博美術展——不易なる「かなたへ」

□ IV

エコール・ド・パリと私／ピカソとマチス／アルプ訪問／シャガール訪問／ティンゲリー訪問／カルロ・シニョリ訪問

□ 覚え書き

□ 初出一覧

ミロ

［世界名画全集　続巻15］　平凡社　一九六二年　九七頁　B5判　四八〇円

■造本■

上製　布貼り表紙　糸綴じ　函入り　装本　原弘

■奥付■

世界名画全集　続巻一五　定価四八〇円／昭和三七年八月一〇日　初版第一刷発行／用紙　本州製紙株式会社／製版・印刷本文・グラビア　東京印書館／表紙　望月株式会社／製本　和田製本工業株式会社／製函　永井紙器製作所／編集兼発行者　下中邦彦　東京都千代田区四番町四番地／印刷者　石川芳雄　東京都千代田区四番町四番地／発行所　株式会社平凡社　東京都千代田区四番町四番地　振替東京二九六三九番／電話　東京（三三一）九八一一番（代表）

■もくじ■

□「ホアン・ミロ　その人と芸術」大岡信
□「ミロの言葉」大岡信訳
□ミロ肖像　撮影・利根山光人
□ミロ年譜　大岡信編集
□図版目録

ポロック

［現代美術17］　みすず書房　一九六三年　八九頁（原色図版二〇頁共）　B5判　五〇〇円

■造本■

上製　布貼表紙　糸綴じ　カバー　月報あり

■奥付■

現代美術17　ポロック／全25巻　第2期　第2回配本／昭和三八年一一月二五日第1刷発行￥500／解説者　大岡信／発行者　北野民夫／発行所　みすず書房　東京都文京区春木町1－22／電話（八一一）〇九二八、〇八六三　振替東京一九五一三

二／原色版印刷　株式会社光村原色版印刷所／グラビヤ印刷　東京グラビヤ印刷株式会社／単色図版印刷　栗田印刷株式会社／挿図製版　株式会社大森写真製版所／本文印刷　株式会社理想社印刷所／表紙特織布　望月株式会社／用紙　三菱製紙株式会社／製本　株式会社鈴木製本所

■もくじ■

□ジャクスン・ポロック――あるいは〈進行形現在〉の発見――　大岡信

□図版

原色版／単色版／グラビヤ

□ポロック研究

ポロック「新しい空間」　アシュトン／わが友・ジャクスン・ポロック　オッソリオ／ジャクスン・ポロック小論　アロウェイ

ピカソ　芸術の秘密

［現代教養文庫476］　社会思想社　一九六四年　二二〇頁　A6判　二六〇円

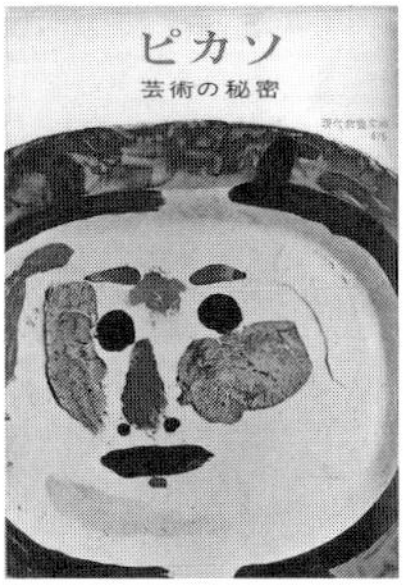

■造本■

並製　無線綴じ　カバー　文庫

■奥付■

現代教養文庫476　ピカソ――芸術の秘密――　©一九六四／昭和三九年五月三〇日　初版第1刷発行／¥二六〇／著者　大岡信他／発行者　土屋実／本文印刷　凸版印刷株式会社／カラー印刷　松栄堂印刷株式会社／写真製版　凸版印刷株式会社／製本所　横田製本株式会社／発行所　株式会社社会思想社　東京

都千代田区神田駿河台三－五　電話　代表（二〇一）二〇六七－八・九六四六　振替東京七一八一二

■もくじ■

□Ⅰ「人間ピカソ」……小川正隆

□Ⅱ「芸術のすべて」

美の変遷（野村太郎）／美の秘密（高階秀爾）／芸術と社会（坂崎乙郎）／版画・彫刻・陶器（小川正隆）

□Ⅲ「ピカソと二十世紀芸術」……大岡信

□Ⅳ「ピカソをめぐる評価」……宮川淳

□「ピカソ年譜」「参考文献」

クレー

［世界の美術24］　河出書房新社　一九六四年　図版九一頁　解説四六頁　17.8×16.3 cm　四八〇円

■造本■

上製　糸綴じ　カバー

■奥付■

世界の美術　24　第12回配本　クレー／定価　四八〇円／初版印刷　一九六四年九月一〇日／初版発行　一九六四年九月一八日／責任編集者　梅原龍三郎　岡鹿之助　富永惣一　嘉門安雄　岡本謙次郎／執筆者　大岡信／装幀　亀倉雄策／編集制作　株式会社座右宝刊行会　後藤茂樹／発行者　河出孝雄／印刷所　凸版印刷株式会社／製本所　中央精版印刷株式会社／アート本文紙　神埼製紙株式会社／同代理店　中井株式会社／上質本文紙　安倍川工業株式会社／代理店　株式会社大和屋洋紙店／発行所　株式会社河出書房新社／住所　東京都千代田区神田小川町三の八／TEL・二九一－三七二一／振替東京一〇八〇二／©一九六四

■もくじ■

最後の絵のメッセージ／リルケとクレーの天使／〈パスカル＝ナポレオン〉／幻想画家の深淵／その生いたち／イタリア旅行／〈ちいさな自我〉の自覚／黒と白の世界／ドローネーと〈青騎士〉／チュニジア旅行／色彩、建築、そして幻想／廃墟の時

ピカソ/レジェ

[世界の名画8] 学習研究社 一九六四年 図版六四頁 解説三九頁 19.7×20.7 cm 六八〇円

代の芸術／バウハウス以後／創造の心臓部にせまる

□年譜
□作品解説
■付記■
全25巻のうちの24

■造本■
上製 糸綴じ 函入り

■奥付■
世界の名画 全13巻／第1回配本 第8巻 ピカソ レジェ／発行 一九六四年十一月十五日 第1刷 定価六八〇円/責任編集者 富永惣一 今泉篤男 嘉門安雄 大岡信／発行者 古岡秀人/発行所 株式会社学習研究社 住所 東京都大田区池上町二六四 TEL（七二〇）一一一一 振替口座 東京一四二九三〇/印刷所 大日本印刷株式会社／製本所 大日本工業株式会社／用紙 三菱製紙株式会社 大日本セルロイド株式会社／布クロス 日本クロス工業株式会社／学研品名番号 62103 1964 ⓒ

■もくじ■
ピカソとレジェ／ピカソとその作品／レジェとその作品／解説／年譜／収録作品目録

ルソー／デュフィ

[世界の美術26] 河出書房新社 一九六五年 図版47枚解説46頁 17.8×16.3 cm

■造本■
上製　糸綴じ　カバー
■奥付■
世界の美術　26　第23回配本　ルソー、デュフィ／定価　四八〇円／初版印刷　一九六五年八月一〇日／初版発行　一九六五年八月一八日／責任編集者　梅原龍三郎　岡鹿之助　富永惣一　嘉門安雄　岡本謙次郎／執筆者　大岡信／装幀　亀倉雄策／編集制作者　株式会社座右宝刊行会　後藤茂樹／発行者　河出孝雄／印刷所　凸版印刷株式会社／製本所　中央精版印刷株式会社／アート本文紙　神埼製紙株式会社／同代理店　中井株式会社／上質本文紙　安倍川工業株式会社／代理店　株式会社大和屋洋紙店／発行所　株式会社河出書房新社　住所　東京都千代田区神田小川町三の六／TEL.　二九二―三七一一／振替東京一〇八〇二／©一九六五

■もくじ■
□ルソー
〈素朴画家〉の奇妙な恋／ルソーの謎／特異な幻想画家／不名誉な事件／メキシコ遠征伝説／アンデパンダン展出品／パリ万国博とルソー／エッフェル塔と異国風景／「洗濯船」の祝宴／夢と現実の魔術的一致
□デュフィ
幸福とよろこびの画家／デュフィと音楽／マティスの啓示／装飾芸術家デュフィ／「青の画家」／ラテン的フランスの魅惑
□作品解説
□年表
■付記■
全30巻のうちの26（クレー［世界の美術］一九六四年　と同じシリーズだが、全25巻から全30巻になっている）

クレー／カンディンスキー／ミロ

［現代世界美術全集10］　河出書房新社　一九六六年　一三九頁　25.0×23.0 cm　一二五〇円

■造本■

上製　布貼表紙　糸綴じ　函入り

■奥付■

現代世界美術全集　10／第9回配本　クレー，カンディンスキー，ミロ／定価　一二五〇円／初版印刷　一九六六年七月五日／初版発行　一九六六年七月一五日／責任編集者　梅原龍三郎／執筆者　近藤不二　大岡信　片山修三／装幀　亀倉雄策／編集制作　株式会社座右宝刊行会　後藤茂樹／発行者　河出朋久／印刷　凸版印刷株式会社／製本　中央精版印刷株式会社／製函　加藤製函印刷株式会社／多色本文紙　神埼製紙株式会社／代理店　中井株式会社／単色本文紙　安倍川工業株式会社／代理店　株式会社大和屋洋紙店／クロース　東洋クロス株式会社／発行所　株式会社河出書房新社／住所　東京都千代田区神田小川町三の六／TEL. 二九二一-三七一一／振替　東京一〇八〇二 ⓒ 一九六六

■もくじ■

□クレー　近藤不二
□カンディンスキー／ミロ　大岡信
□パウル・クレー
ゲルマン的資質／実在の探求と神秘主義／クレーと音楽
□ワシリー・カンディンスキー
抽象絵画の先駆者／明晰と神秘／独特の象徴主義／「即興的なもの」
□ホアン・ミロ
スペイン気質／匿名であること／絵画の詩人
□エピソード
□作品解説
□年表

エルンスト／ミロ／ダリ

［世界美術全集23］　河出書房新社　一九六八年　一二三頁
20.5×18.5cm　六九〇円

■造本■

上製　糸綴じ　函入り

■奥付■

L'Art du Monde 世界美術全集　23／第23回配本　エルンスト　ミロ　ダリ／定価　六九〇円／初版印刷　一九六八年九月五日／初版発行　一九六八年九月一五日／監修　梅原龍三郎　小林秀雄　富永惣一／執筆　大岡信／企画　片山修三／編集　株式会社座右宝刊行会　後藤茂樹／制作　株式会社河出アート・センター／印刷　凸版印刷株式会社／製本　和田製本工業株式会社／製函　加藤製函印刷株式会社／多色特漉アート紙　神埼製紙株式会社／代理店　中井株式会社／多色特漉上質紙　国策パルプ工業株式会社／代理店　東邦紙業株式会社／発行　河出書房新社　中島隆之／住所　東京都千代田区神田小川町三の六／TEL. 二九二―三七一一／振替　東京一〇八〇二／©一九六八

■もくじ■

①マックス・エルンスト②ホアン・ミロ③サルバドール・ダリ④作品解説⑤年表⑥図版目次⑦挿図目録

■付記■

帯に「昭和43年11月末日まで特価490円」の表記あり。

ジョルジュ・ブラック

［ファブリ世界名画集54］　平凡社　一九七〇年　図版一六頁／解説六頁　35.5×26.5 cm　三〇〇円

■造本■
並製　無線綴じ　雁垂れ表紙
■奥付■
ファブリ世界名画集／監修　アルベルト・マルチニ　富永惣一／Copyright©1965 by Fratelli Fabbri Editori, Milano／Text©1970 by Heibonsha Ltd., Publishers, Tokyo／Printed in Italy／発行　平凡社
■もくじ■

■付記■
表紙見返しにファブリ世界名画集シリーズ全60巻紹介あり。

ブラック／レジェ／モンドリアン／ドンゲン／ドローネ／ノルデ／キリコ／スーチン／デュビュッフェ／ポロック／ドスタール／マグリット

［ほるぷ世界の名画12　現代絵画の展開］　ほるぷ出版　一九七〇年　34.0×27.0cm

■造本■
厚紙二つ折りの間に作品カラー印刷挟み込み24セット（作家1人につき2点）　厚紙には作家・作品紹介印刷　クロス貼函入り　函カバー
■奥付■
監修：井上靖　岡鹿之助　富永惣一／責任編集：穴沢一夫、坂崎乙郎、高階秀爾／執筆者：大岡信／岡田隆彦／発行・株式会社ほるぷ出版／©by the HOLP SHUPPAN 1970／All reproduction rights reserved by S.P.A.D.E.M. & A.D.A.G.P.／Syndicat de Propriété Artistique, Paris／装幀・早川良雄
■付記■
全12巻の12
大岡信担当　ブラック、レジェ、デュビュッフェ、ノルデ

ボナール／マティス

［現代世界美術全集11］ 集英社 一九七二年 一四七頁 42.0×31.5 cm 四〇〇〇円

■造本■

上製 ビニルクロス貼表紙 糸綴じ 函入り 函・天地に布貼

装幀 後藤市三 目次・中扉構成 高田修地

■奥付■

現代世界美術全集 11 ボナール マティス／一九七二年一月五日 初版印刷／一九七二年一月二五日 初版発行／編集者 座右宝刊行会 後藤茂樹／発行者 陶山巖／発行所 株式会社集英社 東京都千代田区一ツ橋二―五―一〇／電話 東京（〇三）二六五―六一一一 振替 東京一五六五三 郵便番号一〇一／©1972 Shueisha Printed in Japan／ケース・カバー・表紙・本文印刷 大日本印刷株式会社／原色印刷 P.1～16、25～40 凸版印刷株式会社 P.17～24、41～80、89、90、115、116、125、126、135、136 大日本印刷株式会社／グラビア印刷 P.99～106 大日本印刷株式会社／用紙（原色アート） 三菱製紙株式会社（本文）王子製紙株式会社／製本 大日本製本株式会社 中央精版印刷株式会社 文勇堂製本工業株式会社

■もくじ■

□図版
□作家論「ボナールの生涯と芸術」「マティスの生涯と芸術」
大岡信
□記録「ボナールとその周辺」「マティスとその周辺」
□参考図版「ボナール」「マティス」
□自作を語る「ボナール」「マティス」大岡信翻訳
□作品解説「ボナール」「マティス」大岡信
□年表
□図版目録
□参考文献

■付記■

全18巻、第15回配本／（全巻予約特価三二〇〇円）

監修 梅原竜三郎、谷川徹三、富永惣一

ゴーギャン

［世界の名画10］ 中央公論社 一九七二年 一三三頁 33.0×26.0 cm 二八〇〇円（特価二四〇〇円）

■造本■

上製 糸綴じ 函入り

■奥付■

世界の名画10　ゴーギャン（第10回配本）／印刷　昭和四七年一〇月二一日／発行　昭和四七年一一月一〇日／編集委員　井上靖　高階秀爾／執筆　平山郁夫　大岡信　高階秀爾／製作　株式会社日本アート・センター　東京都千代田区神田神保町一丁目二五番地　郵便番号一〇一　電話　東京（〇三）二九四―三八九一（代）／発行所　中央公論社　東京都中央区京橋二丁目一番地　郵便番号一〇四　電話　東京（〇三）五六一―五九二一（代）　振替　東京三四／発行者　山越豊／印刷　大日本印刷株式会社　凸版印刷株式会社／製本　小泉製本株式会社　日本出版工業株式会社／製函　加藤製函印刷株式会社／用紙　王子製紙株式会社　神埼製紙株式会社　日本クロス工業株式会社／©1972 1371-460010-4622

■もくじ■

作品　I／タヒチとゴーギャン　平山郁夫／作品　II／作品解説　大岡信／近代絵画史10　高階秀爾／年表／作品目録／文献目録

■付記■

世界の名画　全24巻　シリーズ紹介

ゴーギャン

［カンヴァス世界の名画10］　中央公論社　一九七三年　九七頁　33 cm　一二〇〇円

■付記■

一九七二年一〇月二一日刊の新装版。

ゴーギャン

［新装カンヴァス版世界の名画10］　中央公論社　一九九四年　九七頁　34 cm　ゴーギャン　三八〇〇円

■付記■

一九七二年一〇月二一日刊の新装カンヴァス版。

マティス／デュフィ／ブラック

［新版ほるぷ世界の名画9］　ほるぷ出版　一九七三年　34.0×27.0 cm

■造本■

厚紙二つ折りの間に作品カラー印刷挟み込み24セット　厚紙には作家・作品紹介印刷　クロス貼函入り　函カバー

■奥付■

監修：井上靖　岡鹿之助　富永惣一／責任編集：穴沢一夫　坂崎乙郎　高階秀爾／執筆者：穴沢一夫　大岡信／発行・株式会社ほるぷ出版／©by the HOLP SHUPPAN 1973 All reproduction rights reserved by S. P. A. D. E. M. & A. D. A. G. P Syndicat de Propriété Artistique, Paris／装幀・早川良雄

■付記■

全16巻の9

大岡信担当　ブラック

絵画の青春

［原色版世界の名画9］　ほるぷ出版　一九八一年　一三六頁　37.0×29.7 cm　全15巻・別巻1セット定価一三五〇〇〇円

■造本■

上製　糸綴じ　布貼り表紙　函入り　図版貼り込み

■目次■

□絵画の青春

□マティス（原色図版／素描／人と作品）

□デュフィ（原色図版／素描／人と作品）

□ブラック（原色図版／素描／人と作品）

■奥付■

原色版世界の名画　9　絵画の青春／一九八一年八月一〇日初刷印刷　一九八一年一〇月七日　初刷発行／定価一三五〇〇〇円（全15巻・別巻1セット定価、各巻分売はいたしません）／発行人　中森蒔人／発行所　株式会社ほるぷ出版　東京都新宿区新宿二－一九－一三　サカゼンビル／電話　東京（〇三）三五四－七〇三一（代）　振替　東京九－四三五五〇　郵便番号一六〇／監修　井上靖・岡鹿之助・富永惣一／責任編集　穴沢一夫　坂崎乙郎　高階秀爾／執筆　穴沢一夫　大岡信　八重樫春樹／図版監修　株式会社座右宝刊行会／編集　株式会社三麗社／装幀・デザイン　伊藤政行

■付記■

大岡信担当　ブラック

レジェ／モンドリアン／ドローネ／ノルデ／マルク／キリコ／スーチン／マグリット

［新版ほるぷ世界の名画15］ ほるぷ出版 一九七三年 34.0×27.0 cm

■造本■

厚紙二つ折りの間に作品カラー印刷挟み込み24セット 厚紙には作家・作品紹介印刷 クロス貼函入り 函カバー

■奥付■

監修：井上靖 岡鹿之助 富永惣一／責任編集：穴沢一夫 坂崎乙郎 高階秀爾／執筆者：大岡信 岡田隆彦／発行・株式会社ほるぷ出版／©by the HOLP SHUPPAN 1973 All reproduction rights reserved by S. P. A. D. E. M. & A. D. A. G. P Syndicat de Propriété Artistique, Paris／装幀・早川良雄

■付記■

全16巻の15

大岡信担当 レジェ ノルデ

現代絵画の展開

［原色版世界の名画15］ ほるぷ出版 一九八一年 一五六頁 37.0×29.7 cm 全15巻・別巻1セット定価一三五〇〇〇円

■造本■

上製 糸綴じ 布貼り表紙 函入り 図版貼り込み

■目次■

□現代絵画の展開
□レジェ（原色図版／レジェの素描と〈コントラスト〉の理念／人と作品）
□モンドリアン（原色図版／モンドリアンの理論／人と作品）
□ドローネ（原色図版／ドローネの独自性／人と作品）
ノルデ（原色図版／ノルデの〈絵画にされなかった画像〉について／人と作品）
□マルク（原色図版／マルクの独自性／人と作品）
□キリコ（原色図版／キリコの転向／人と作品）
□スーチン（原色図版／スーチンの作風／人と作品）
□マグリット（原色図版／マグリットの方法／人と作品）

■奥付■

原色版世界の名画 15 現代絵画の展開／一九八一年八月一〇日 初刷印刷 一九八一年一〇月七日 初刷発行／定価 一三五〇〇〇円（全15巻・別巻1セット定価、各巻分売はいたしま

せん）／発行人　中森蒔人／発行所　株式会社ほるぷ出版　東京都新宿区新宿二−一九−一三　サカゼンビル／電話　東京（〇三）三五四−七〇三一（代）振替　東京九−四三五五〇郵便番号一六〇／監修　井上靖・岡鹿之助・富永惣一／責任編集　穴沢一夫　坂崎乙郎　高階秀爾／執筆　大岡信　岡田隆彦　八重樫春樹／図版監修　株式会社座右宝刊行会／編集　株式会社三麗社／装幀・デザイン　伊藤政行

■付記■

大岡信担当　レジェ　ノルデ

岡鹿之助

［日本の名画47］講談社　一九七三年　28頁　35.5×26.7 cm　四五〇円

■造本■

並製　無線綴じ　カバー

■もくじ■

〈人と作品〉岡鹿之助の世界——典雅の底にひそむ反抗者の構築精神　大岡信

■奥付■

日本の名画——47／岡鹿之助／昭和四十八年九月二十日第一刷発行／編著者　大岡信／発行者　野間省一／発行所　株式会社講談社　東京都文京区音羽二−一二−二一　郵便番号一一二／電話〇三−九四五−一一一一　振替東京三九三〇／印刷所　株式会社光村原色版印刷所／製本所　株式会社堅省堂／© KODANSHA 1973／NDC723, 267×355 mm／Printed in Japan／1371-270476-2253（0）／装幀−山口克巳

南蛮屏風

［平凡社ギャラリー4］平凡社　一九七三年　36.0×27.0 cm　四八〇円

■造本■

並製　無線綴じ　カバー

■もくじ■

現世に謳う夢　大岡信

■奥付■

平凡社ギャラリー4／南蛮屏風／昭和四八年一〇月二〇日初版第1刷発行／著者　大岡信／発行者　下中邦彦／発行所　株式会社平凡社　東京都千代田区四番町四　〒一〇二　振替　東京二九六三九／電話　東京二六五―〇四五一／印刷所　株式会社東京印書館／製本所　和田製本工業株式会社／Ⓒ平凡社1973／0070-255040-7600

ドガ

［新潮美術文庫25］　新潮社　一九七四年　93頁　20.0×13.0cm　六〇〇円

■造本■

並製　無線綴じ　カバー　文庫

■奥付■

新潮美術文庫25　ドガ／昭和四九年八月二〇日印刷／昭和四九年八月二五日発行／編者　日本アート・センター　東京都千代田区神田神保町一―二五　神保町会館　郵便番号・一〇一／電話・東京二九四―三八九一／発行者　佐藤亮一／発行所　株式会社新潮社　東京都新宿区矢来町七一　郵便番号・一六二／電話・業務部　東京二六六―五一一一　編集部　東京二六六―五四一一　振替・東京八〇八／印刷　大日本印刷株式会社／製本　大口製本印刷株式会社

■もくじ■

作品（解説：大岡信）／「室内の無限　ドガの人と作品」大岡信／年表：ドガとその時代

クレー

［新潮美術文庫50］　新潮社　一九七六年　九三頁　20.0×13.0 cm　六〇〇円

■造本■

並製　無線綴じ　カバー　文庫

■奥付■

新潮美術文庫50　クレー／昭和五一年五月二〇日印刷／昭和五一年五月二五日発行／編者　日本アート・センター　東京都千代田区神田神保町一－二五　神保町会館　郵便番号・一〇一　電話・東京二九四－三八九一／発行者　佐藤亮一／発行所　株式会社新潮社　東京都新宿区矢来町七一　郵便番号・一六二　電話・業務部　東京二六六－五一一一　編集部　東京二六六－五四一一　振替・東京八〇八／印刷　大日本印刷株式会社／製本　加藤製本印刷株式会社

■もくじ■

作品（解説：大岡信）／「幻想と覚醒　クレーの人と作品」大岡信／年表：クレーとその時代

レンブラント

［世界美術全集9］　小学館　一九七六年　一五七頁　20.0×15.5 cm　九八〇円

■造本■

上製　糸綴じ　カバー　窓あき函入り　装幀：後藤市三

■もくじ■

□エッセイ　内部の光と闇　大岡信
□評伝　レンブラント・ファン・レインの生涯　千足伸行
□作品解説　千足伸行
□コラム　十七世紀オランダ絵画の市民性　千足伸行
□年表　レンブラント―生涯と作品
□美術館案内　アムステルダム国立美術館　レンブラント・ハウス

■奥付■

世界美術全集　9　レンブラント／昭和五一年一一月一〇日初版第一刷発行／編集者　座右宝刊行会　後藤茂樹　東京都千代田区麹町三ノ二（相互第一ビル）郵便番号一〇二／電話〇三―二六二―三六六一／発行者　相賀徹夫／発行所　株式会社小学館　東京都千代田区一ツ橋二ノ三ノ一　郵便番号一〇一／電話　編集〇三―二三〇―五六二〇　製作〇三―二三〇―五三三三　販売〇三―二三〇―五七三九　振替　東京八―二〇〇番／印刷・製本　凸版印刷株式会社／Printed in Japan／©株式会社小学館　一九七六年

■付記■

発刊記念特価七五〇〇円（昭和五一年一二月三一日まで）

菱田春草

［日本の名画8］　中央公論社　一九七七年　一三四頁　33.0×26.0 cm　三二〇〇円

■造本■

上製　糸綴じ　函入り

■奥付■

日本の名画　8／菱田春草（第20回配本）／印刷　昭和五二年一月五日／発行　昭和五二年一月二五日／編集委員　井上靖　河北倫明　高階秀爾／執筆　大岡信　小池賢博　石割悠子　河北倫明／発行者　高梨茂／発行所　中央公論社　東京都中央区京橋二丁目一番地　郵便番号一〇四／電話　東京（〇三）五六

一―五九二一（代）　振替　東京二―三四／編集協力　株式会社日本アート・センター　東京都千代田区神田神保町一丁目二五番地　郵便番号一〇一　電話　東京（〇三）二九四―三八九一（代）／印刷　大日本印刷株式会社　凸版印刷株式会社　三晃印刷株式会社／製本　小泉製本株式会社　大観社製本株式会社／製函　三真堂印刷紙器株式会社／用紙　王子製紙株式会社　神崎製紙株式会社　ダイニック株式会社／©1977

■もくじ■

作品／時分の花からまことの葉へ――《落葉を中心に》――大岡信／評伝・作品解説　小池賢博・石割悠子／天心と日本美術院――近代日本絵画史8――河北倫明／参考文献／年表／作品目録

菱田春草

［カンヴァス日本の名画8］　中央公論社　一九七九年　一〇三頁　33 cm　一四五〇円

■付記■

一九七七年一月二五日刊の新装カンヴァス版。

クレーと現代絵画

［グランド世界美術25］　講談社　一九七七年　一四七頁　40.5×31.0 cm　四八〇〇円

■造本■

上製　糸綴じ　布貼表紙　布貼函

■奥付■

グランド世界美術（全25巻）／第25巻　クレーと現代美術（第21回配本）／一九七七年八月二〇日　第1刷発行　定価四八〇〇円／編集解説　大岡信／特別寄稿　飯島耕一／発行者　野間省一／発行所　株式会社講談社　東京都文京区音羽2―12―21　〒一一二／電話　東京（九五四）一一一一（大代表）　振替　東京八―三九三〇／図版印刷　株式会社光村原色版印刷所　凸版印刷株式会社　株式会社千代田グラビヤ印刷社／本文印刷　凸版印刷株式会社／製本　和田製本工業株式会社／製函　株式会社岡山紙器所／表紙　ダイニック工業株式会社／用紙　北越製紙株式会社　日本パルプ工業株式会社／N. D. C. 708 148 pp. 41 cm／©KODANSHA 1977 PRINTED IN JAPAN／1371-280257-2253 (0)

■もくじ■

はじめに／図版「深みへの潜入と高みへの憧れ／抽象へのさまざまな道／生の危機と危機の芸術／新たな造詣空間をめざし

て」／特別寄稿「クレーの子供部屋」飯島耕一／本文「二十世紀美術とは何か」大岡信／図版解説　大岡信／年表／図版リスト

ヴァトー

［カンヴァス世界の大画家18］　中央公論社　一九八四年　98頁　33.0×25.0 cm

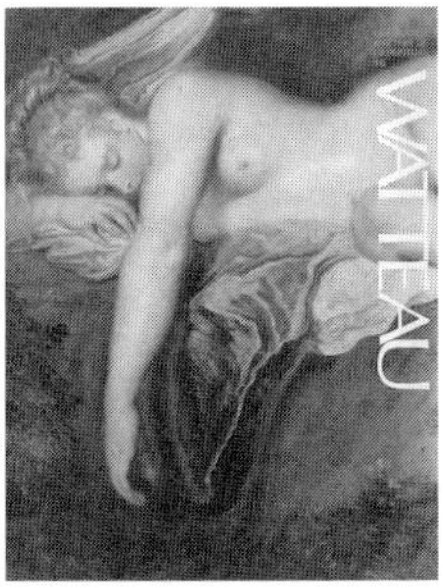

■造本■
並製　糸綴じ　カバー
■奥付■
カンヴァス世界の大画家18　ヴァトー／印刷　昭和59年7月10日　発行　昭和59年7月20日／編集委員　井上靖　高階秀爾／執筆　大岡信　池上忠治／編集協力　株式会社日本アート・センター　東京都千代田区神田神保町一丁目二五番地　郵便番号一〇一／発行所　中央公論社　東京都中央区京橋二丁目八番七号　郵便番号一〇四　振替　東京二―三四／発行者　嶋中鵬二／印刷　凸版印刷株式会社／製本　文勇堂製本工業株式会社／用紙　三菱製紙株式会社　王子製紙株式会社／©1984／ISBN4-12-401908-4
■もくじ■
□作品（1〜57）
□エッセイ　優雅の内なる世界――ヴァトーについて――大岡信
□画家論　雅宴の画家ヴァトー　池上忠治
□作品解説　池上忠治
□主要文献
□年譜
□作品目録

ゴッホ

［現代世界の美術5］　集英社　一九八五年　九九頁　31.0×

31.0cm　二八〇〇円

■造本■

上製　糸綴じ　ビニルカバー

■奥付■

アート・ギャラリー　現代世界の美術　全21巻／5　ゴッホGOGH／一九八五年四月一〇日　第1刷発行／編集委員　中山公男　東野芳明　大岡信／責任編集　池上忠治／発行者　堀内末男／発行所　株式会社集英社　〒一〇一　東京都千代田区一ツ橋二丁目五番一〇号　出版部（〇三）二三八―二八三一　販売部（〇三）二三〇―六一七一　製作課（〇三）二三八―二九六四／印刷所　凸版印刷株式会社／製本所　文勇堂製本工業株式会社　中央精版印刷株式会社／用紙　三菱製紙株式会社／©Shueisha 1985 Printed in Japan　ISBN4-08-550005-8 C0371

■もくじ■

□図版　解説　池上忠治

□ゴッホこの1点「医師ガシェの肖像」　池上忠治

□エッセイ「ゴッホという問い」　大岡信

□評伝「寒色の視線」　丹尾安典

□参考文献

□年表

□図版目録

ゴーギャン

［現代世界の美術4］　集英社　一九八六年　九九頁　31.0×31.0cm　二八〇〇円

■造本■

上製　糸綴じ　ビニルカバー

■奥付■

アート・ギャラリー　現代世界の美術　全21巻／4　ゴーギャン　GAUGUIN／一九八六年四月一〇日　第1刷発行／編集委員　中山公男　東野芳明　大岡信／責任編集　本江邦夫／発行者　堀内末男／発行所　株式会社集英社　〒一〇一　東京都千代田区一ツ橋二丁目五番一〇号　出版部（〇三）二三八―二八三一　販売部（〇三）二三〇―六一七一　製作課（〇三）二三八―二九六四／印刷所　大日本印刷株式会社／製本所　中央精版印刷株式会社　文勇堂製本工業株式会社／用紙　三菱製紙株式会社／©Shueisha 1986 Printed in Japan　ISBN4-08-550004-X C0371

■もくじ■

□図版　解説　本江邦夫

□ゴーギャンこの1点「イメージの楽園――我々はどこから来

たか？我々とは何か？我々はどこへ行くのか？」　本江邦夫
□エッセイ「高貴なるものの現存――ゴーギャンのタヒチ」
大岡信
□評伝「繊細な怪物」　本江邦夫
□参考文献
□年表
□図版目録

ギュスターヴ・モロー　夢のとりで

PARCO出版局　一九八八年　九五頁　AB版　三二〇〇円

■造本■
並製　無線　ビニルカバー
■奥付■
ギュスターヴ・モロー・夢のとりで／文・選　大岡信／撮影川田喜久治／ブックデザイン　中垣信夫＋島田隆／英訳　クリストファー・ブレィズデル／写真提供　ギュスターヴ・モロー美術館　オリオンプレス　大原美術館／発行人　増田通二／発行日　一九八八年一月一五日第1刷／発行所　株式会社PARCO出版局　東京都渋谷区宇田川町一五―一　Tel・〇三―四七七―五七五五／発売元　株式会社ACROSS／振替　東京八―一九二七八四／印刷・製本　凸版印刷株式会社／写植株式会社モリヤマ／定価　三二〇〇円／ISBN4-89194-165-0
C0071/3200E

大雅

［水墨画の巨匠11］　講談社　一九九四年　一〇九頁　31.0×23.5cm／三四〇〇円
■造本■
上製　糸綴じ　函入り　装幀　廣瀬郁　レイアウト　天野誠
■奥付■
水墨画の巨匠　第十一巻／大雅／一九九四年六月十六日　第一

刷発行／著者　大岡信　小林忠／発行者　野間佐和子／発行所　株式会社講談社　東京都文京区音羽二－一二－二一　郵便番号一一二〇－〇一　販売部〇三－五三九五－三六二四　製作部〇三－五三九五－三六一五／編集　株式会社第一出版センター　代表加藤勝久　東京都新宿区新小川町九－二五　日商ビル　郵便番号一六二　編集部　〇三－三二三五－三〇五一／印刷所　日本写真印刷株式会社／製本所　黒柳製本株式会社／製函所　株式会社岡山紙器所／©KODANSHA 1994 Printed in Japan／ISBN4-06-253931-4

■もくじ■

□作品
□逸話を超えて——大雅小論　大岡信
□「この一枚」瀟湘勝概図屏風　小林忠
□文人画の正統——池大雅の天真明朗　小林忠
□図版解説
□大雅年譜

随筆

彩耳記　文学的断章

[ユリイカ叢書]　青土社　一九七二年　二四二頁　A5変型判

九〇〇円

■造本■
上製　糸綴じ　ビニルカバーに印刷

■奥付■
彩耳記——文学的断章／ⓒSaijiki Printed in Japan 1972.／昭和四六年十二月二五日印刷／昭和四七年一月十五日発行／定価九〇〇円／著者　大岡信／発行者　清水康雄／印刷所　笠尾印刷株式会社／製本所　岩佐製本所／発行所　青土社　東京都千代田区神田錦町三-二〇錦町ビル　〒一〇一　電話　二九一—九八三二／装本　長尾信

■もくじ■

□I——運動の観念——盲目の透視力——光を通しては闇は見えない——言葉は類化する——全体と断面について——ブレイクの想像力をめぐって——想像の産物は明確な輪郭をもつ

□II——生活のコンスタンス——罪・信仰・絶望——不幸についてサガンは……なぜあらゆる旅行記はどこかへ帰還する……——下等感覚論——女は認識の対象か——「善き商人」さん

□III——造型か造形か——わたしはすべてに満足していますわ——西脇順三郎——女である詩人——大岡昇平——五月うす雪ほうじゃ——伝統は人のあたまかずだけ……

□IV——快活なことを書きたい——正岡子規——欄外文学から漢字制限まで——子規の「写生」は「妄想」と……大人たちはやってはこなかった。私は見張り番の役を……

□V——くさかげの名もなき花の——名前について『下学集』が語る——もしも私が美術史家であったなら——戦争と想像力——実験の時代——飯島耕一は「知力をつくして詩を書こう」という——色彩は〈絶対〉の〈形式〉

□VI——言葉は「伝達」しうるか——詩の言葉は渇きを激しくさせるために磨かれる——深さについて——音・色彩・距離——音楽は人間の死滅と同時に死滅する——音の魂——二つのスペインの詩と一つの呪文の詩

□VII——エリック・ギルの『衣裳論』——テイラーとドレスメ

イカー――男性と女性――素描とは「線で物をつくること」とギルはいう――子供に描かせる主題はできるだけむつかしくする……

□Ⅷ――「構造」ということばが流行している――朝永振一郎――「振動状態」をもつ素粒子――語はウエーヴイクルでは……――ティンゲリー――静止と運動――連続と不連続と浮遊性

□Ⅸ――シラーの腐った林檎――芥川は芭蕉の衆道について書く――田熊村竹田は武士の衆道について書く――屠赤瑣瑣録の手打ちの話、梅毒の話――竹田は艶書を書く――人間の生は一つの夢である……

□Ⅹ――子供の会話――負け男の呪文――シーシュポスの神話は未来譚なのだ――自然は自成することとしかできない――ミイラになりたい欲望とその方法――ダリ――どのように気狂いじみた行為にせよ――デーモン

□Ⅺ――女が複数の男に争われるとき――詩歌と豚の耳――アンドレ・ブルトンを訳してみて――詩の気圏では意外にも思いがけない恋愛――いくつかのフランスの単語――溶ける魚――日本語の腰の強さ――溶ける魚

□Ⅻ――その部屋は妙に柱が多い（四月十六日の夢）――ハンムラビ法典では外科医は下手をすると手を切りおとされる――上代日本の正妻と妾と――法律の制定者はつねに「男の隣人」だった

□XIII――眼でものをみるとき肉眼で見るのかそれとも機械で見るのか――サム・フランシス――寺田透の道元講義――「経歴」する有時――道元の言葉はランボーと……庭前ノ栢樹子――道元の物理学的影像

□XIV――「聞く」を論じて言語の静寂におよぶ――橘南谿がエレキテイルや顕微鏡を語る――微生物と仏の天眼――エル・グレコの肉体――D・H・ロレンスの主観的科学が夢みる偉大な象徴と神話

□XV――ジャン・ケロールがやってきた――「書くことがいったい何の役にたつ」――ケロールにかつて出した手紙の中から引用するいくつかの部分――ケロールからの返信

□XVI――家の作り方は夏を中心にすべきだ――五月十四日の夢――同時代の自然科学は人文科学に刻印を与える――うがいと鵜飼――ふんどし――カタギについてのいくつかの観察――カタギと番外地との関係

□XVII――吉岡実とパラピン――本は裸のままがいい――木更津沖のアオヤギ異変――自然界のバランス失調と人間の脳の「改良」思想――ロスタンの卓説と素人の疑い――マリファナ、LSDと梅毒とどっちが……

□XVIII――郷里の家の書斎で探しものをしていると――善知鳥はウトーとよむ――能のうなり声――トウテツ文の奸悪な顔相は

霊性を示す――実用性と様式について――ダダますます弁ず

□あとがき

彩耳記　文学的断章

［新版］　青土社　一九七五年　二四三頁　Ａ５判　一四〇〇円

■造本■

フランス装　糸綴じ　函入り　箱エッチング　著者　表紙文字　著者

■奥付■

彩耳記／©1975 Makoto Ooka／昭和五〇年四月二五日印刷／昭和五〇年五月一五日発行／定価　一四〇〇円　0090-300001-3978／著者　大岡信／発行者　清水康雄／発行所　青土社　東京都千代田区神田神保町一―二九　市瀬ビル　〒一〇一　（電）二九一―七〇七六　振替東京　一九二九五五／装幀　著者

■もくじ■

初版と同じ　加えて

□新版あとがき

彩耳記　文学的断章

［新装版］　青土社　一九七九年　二四〇頁　四六判　一四〇〇円

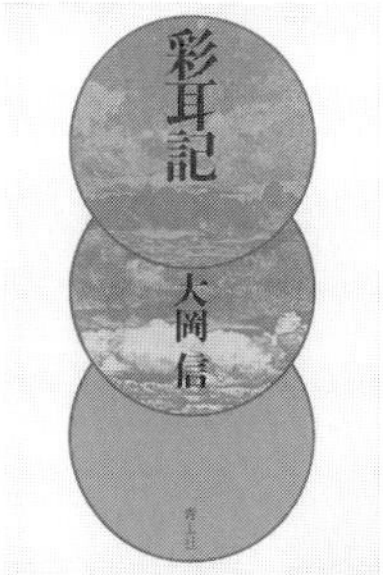

■造本■

上製　糸綴じ　カバー

■もくじ■

初版と同じ

■奥付■

彩耳記《さいじき》　文学的断章／©1979, Makoto Ooka／一九七九年八月二五日印刷／一九七九年九月一〇日発行／定価　一四〇〇円　0090-300011-3978／著者　大岡信／発行者　清水康雄／発行所　青土社　東京都千代田区神田神保町一－二九　市瀬ビル　〒一〇一　(電)〇三－二九一－九八三一　(振替)東京九－一九二九五五／印刷所　東陽印刷／製本所　美成社／装幀　奥野玲子　写真提供　NHK

狩月記　文学的断章

青土社　一九七三年　二七五頁　A5判　一二〇〇円

■造本■

フランス装　糸綴じ　函入り　表紙文字　著者

■奥付■

狩月記©1973　Printed in Japan／昭和四八年八月三〇日印刷／昭和四八年九月二五日発行／定価　一二〇〇円　0090-300002-3978／著者　大岡信／発行者　清水康雄／発行所　青土社　東京都千代田区西神田一ノ三ノ一三　山田ビル　(電)二九一－九八三一／装幀　大岡信

■もくじ■

□Ⅰ――絵は絵の中を経歴する――動詞現在形を愛用する詩――夢と現実のあいだに隙間がある――「空間」そして「中間者」――版画は人を偏執的にする――粒子の騒乱の雰囲気が――絵画と「号」いくらの思想

□Ⅱ――詩の翻訳は不可能か――ジンセイという言葉について考えてみる――私が石に蹴つまずくとき――言葉がその秩序によって無秩序を生みだす――ネルーダの詩「アマゾン」が好きだ

□Ⅲ――平井進さんの一周忌法要の日――たみさんは平井さんの骨を少しかじった――長崎の外人墓地の墓銘碑から――自分の死顔だけは見ることができない――子規の「死後」――白隠の大文字の「死」

□Ⅳ――辻まことの「風説について」――大槻文彦の「上毛温泉遊記」――草津の湯の「惚れちゃいけない湯もみの仲間」――一流の文法家が一流の文章家である場合もある――「睾丸に対して恥じる」

□Ⅴ――「偶詠」と「ポエジー・フュジティヴ」――私は相対主義を軽蔑しない――同義反覆こそ真理の表現――「文法家」たちの労作で満ちている――数学者T氏が語ったいくつか――カントールとマルクス

□Ⅵ――「陵辱」か「凌辱」か――「おしのける・おしわける」、すなわち「凌」――ヨーロッパ語の辞典と日本語の辞典――宮沢賢治の「氷窒素」について学者はいう――絵画の中の雲――色彩的思考と風土

□Ⅶ――適材適所という言葉――『建築の構造』について――『夜鶴庭訓抄』は気持のいい文章だ――有難そうな道徳訓話の背景にある実際的知識こそ大切だ――宮崎譲さんの色つきの絵巻物のような夢と詩集

□Ⅷ――光の受け皿には何を置くことにしよう――コンピューター組版という革命的な事態――印刷術は脱印刷へ――シャドウマスクの成功から始まる――人間が物に加工することを信じる――鉄眼版大蔵経

□Ⅸ――活版とは――光悦の活字板下は美しいから駄目だった――新聞活字と横組みと――ウィリアム・モリス――彫師は板木を動かさずに彫る――加納光於と『アララットの船』――合理性を尊ぶべし

□Ⅹ――詩と自然科学――ゴッホ――豊かすぎる理会力はその人間を殺すことがある――ゴッホとランボー――幸田露伴の雲の「いろいろ」――「万巻の書を読破するは胸に半箇の字無き所以なり」――三好達治

□Ⅺ――石川啄木が「手」について歌った――看護婦さんが「手」を語った――「毛」か「髪」か――グルモンの「毛」――吉岡実の「毛」――那珂太郎と天沢退二郎の「毛」――しら露や猟男の胸毛ぬるゝほど

□Ⅻ――「ことわざ」という言葉――古今集仮名序の「ことわざ」――辞書は満足すべき解釈をつげるか――宇佐見英治の「言葉のわざ」――柳田国男の「ことわざの話」――「今は実につまらないことで笑う」

□XIII――篠沢秀夫の年賀状――ふたたび「毛」――堀口大学の「毛」――「毛嫌い」を「気嫌い」と書くようになった――「菊判」とは何か――新聞の「聞」が「菊」に転じたという――隠語とその具象性

□XIV――「光こそ鑑照者をもっとも歓喜させる」――光を見るのではない、光によって見るのだ――光が記号になるときと、光が象徴になるときと――ファイニンガーの光の滲透性――画家の光学的関心の意味

□XV——ゴーガンは人生について書いた——「芥子詠んで黄河を越えき芥子を見ず」——ジャコメッティの最後の会話——「生きた頭を作りたくなった」——ゴッホは「絵が夢の中のようにやってくる」と書いた
□XVI——空地を見ていて——晶子の歌一首——「合」という字は面白い——戦うことと協調すること、すなわち「合」——大野晋の教示——「色合い」となぜいうのだろう——「空合い」となぜいうのだろう
□XVII——自作詩「木霊と鏡」のうち「春日」の章の推敲過程を七つの段階にわけて示す——各段階とも作者の修正部分を自筆で書きこむ——これを本の汚れと見まちがう読者もあらん——いくつかの固定的観念と詩
□XVIII——学生は「体験談」には興味をもつが「恋愛論」には飽きやすいのだ——スタンダールの恋愛論——ボードレールと大岡昇平——恋愛を芸術と同一次元で論じる——パスカル、エリオット、ヴェルハアラン
□XIX——「梅の木学問」という言葉は面白い——「わらんべ草」はいう——露伴の「圏外の歌」と「諺」の話——諺は五七調をあまり好かない——「わらんべ草」三十七段はバクチのうちかたを詳述する
□あとがき

狩月記　文学的断章

［革装版］青土社　一九七三年　二七五頁　A5判　一二〇〇円

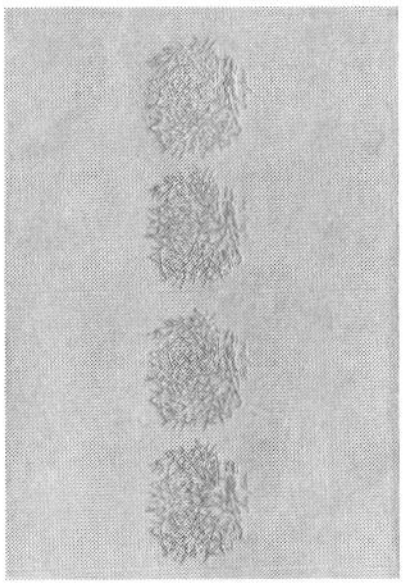

■造本■
革装版　糸綴じ　函入り
■奥付／もくじ／あとがき■
初版と同じ

狩月記　文学的断章

［新装版］青土社　一九七九年　二四八頁　四六判　一四〇〇

円

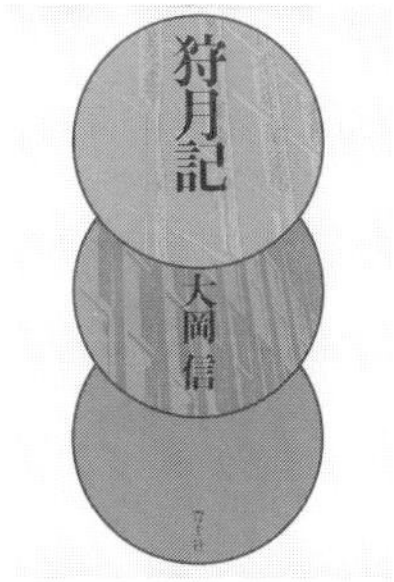

■造本■

上製　糸綴じ　カバー

■もくじ■

初版と同じ

■奥付■

狩《しゅ》月《げつ》記《き》　文学的断章／©1979, Makoto Ooka／一九七九年八月二五日印刷／一九七九年九月一〇日発行　0090-300012-3978／定価　一四〇〇円／著者　大岡信／発行者　清水康雄／発行所　青土社　東京都千代田区神田神保町一－二九　市瀬ビル　〒一〇一　（電）〇三－二九一－九八三一　（振替）東京九－一九二九五五／印刷所　東陽印刷／製本所　美成社／装幀　奥野玲子　写真　渡部弘

■付記■

初版あとがきの最終2段落（判型・装幀に関わる説明、お礼）が削除されたあとがきになっている。

星客集　文学的断章

青土社　一九七五年　二二五頁　A５判　一四〇〇円

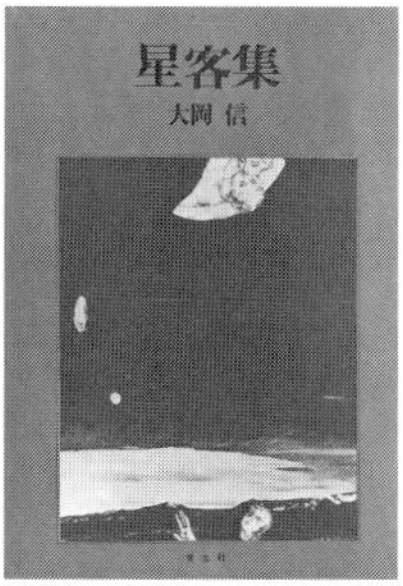

■造本■

フランス装　糸綴じ　函入り　表紙文字　著者

■奥付■

星客集／©1975　Makoto Ooka／昭和五〇年三月一〇日印刷／昭和五〇年三月二五日発行／定価　一四〇〇円　0090-300003-3978／著者　大岡信／発行者　清水康雄／印刷所　東徳／製本所　美成社／発行所　青土社　東京都千代田区西神

田一―三―一三　山田ビル　〒101（電）二九二―七〇七六　振替東京一九二九五五／装幀　著者

■もくじ■

□Ⅰ――伊勢物語の二姉妹――武蔵野のこころ――前田千寸と「紫のゆかり」の思想について――紫草の根は乾燥すると――「沁みる」感覚について――前田千寸先生は痩せて小柄な方だった

□Ⅱ――漱石の「一夜」、芥川の「奉教人の死」、ブレイクの詩――コンスタブルの絵の分子の輝きにうたれた――『印度童話集』で読んだ「誰が鬼に食はれたのか」――アルスの大事業――「地獄の諺」

□Ⅲ――武満徹の『音、沈黙と測りあえるほどに』の中に――日本語を英語に訳し、それを再び日本語に訳すとどういうことが見えてくるか――抽象語がかえって情動を刺戟するということ――会津八一の「印象」

□Ⅳ――中原中也の習字を見て――ピカソの字の筆相鑑定には驚いた――私は会津八一の書論を尊んでいる――明朝活字のよさについて――「字を書くこの手を習はなければいけない」と会津八一は言う

□Ⅴ――「のぞき」という欲望について――パゾリーニの映画は「のぞき」の趣向をこらしていたが――ジャン・タルディウの戯曲「鍵穴」は徹頭徹尾「のぞき」である――むかし訳しておいた「鍵穴」

□Ⅵ――贋作二題――その一、瀧口修三作の「裸婦」と称する真赤なにせものの話――「名前」が金になるために――その二、東野芳明が生れたばかりの赤ん坊の手紙を書いた――「便器」と言葉遊び

□Ⅶ――吉田一穂氏の告別式で金子光晴氏が語った――昔話のできる相手がまた一人いなくなった――吉田一穂と故郷――曽宮一念氏の文章に目玉が吸いこまれそうになった――靏見忠良氏の詩二篇

□Ⅷ――岡倉天心最晩年の一群の書簡による天心論その一――明治末年から大正初年の天心の環境――天心はカルカッタで美しい女流詩人と出会った――プリヤンヴァダ・デーヴィ夫人――天心書簡集の問題

□Ⅸ――岡倉天心最晩年の一群の書簡による天心論その二――「孤独の中に逃げこんで密かに祭をくりひろげるのです」――憂いに味付けされた甘美な魂の接近――母にして恋人なる一羽の巨鳥とともに

□Ⅹ――岡倉天心最晩年の一群の書簡による天心論その三――「話し言葉」は「魂の内面」をのぞかせる――「相逢如夢別経年」の詩とその英語訳の問題――最後の日々――風流な恋のうたが辞世だった

□Ⅺ――『三代実録』と菅原道真、藤原時平――国史の中に地

震の記録をひろう——陽成天皇の乱心——武徳殿近くに美婦人あらわれ、美男子に精感するも怪死す——大地震のあとは「不根の妖語」が頻発
□XII——川崎市に綜合理容室を出したO君の話——どうして私と知合ったか——腕のいい理髪師がロダンの本を読む——元ブランコ乗りディアーヌ・ド・リアス嬢の話——彼女はエリュアールのアミだった
□XIII——画家彫刻家によせる断章集——サム・フランシス——マックス・エルンスト——木内克の映画——小対話篇——山本鼎の一通の手紙——山本鼎は日本近代画家中の精彩ある手紙の書き手だろう
□あとがき

星客集　文学的断章

［新装版］　青土社　一九七九年　二〇二頁　四六判　一四〇〇円

■造本■
上製　糸綴じ　カバー

■もくじ■
初版と同じ

■奥付■
星客集《せいきゃくしゅう》　文学的断章／©1979, Makoto Ooka／一九七九年八月二五日印刷／一九七九年九月一〇日発行／定価　一四〇〇円　0090-300013-3978／著者　大岡信／発行者　清水康雄／発行所　青土社　東京都千代田区神田神保町一—二九　市瀬ビル　〒一〇一　（電）〇三—二九一—九八三一　（振替）東京九—一九二九五五／印刷所　東陽印刷／製本所　美成社／装幀　奥野玲子　写真　渡部弘

■付記■
初版のあとがきの最終2段落（装幀に関わる説明）が削除されたあとがきになっている。

年魚集　文学的断章

青土社　一九七六年　二五一頁　A5判　一四〇〇円

■造本■

フランス装　糸綴じ　函入り　表紙文字　著者

■奥付■

年魚集／©1976 Makoto Ooka／昭和五一年一月一〇日印刷／昭和五一年一月二〇日発行／定価　一四〇〇円　0090-300004-3978／著者　大岡信／発行者　清水康雄／印刷所　東徳／製本所　美成社／発行所　青土社　東京都千代田区神田神保町一－二九　市瀬ビル　〒一〇一　（電）二九二－七〇七六　振替東京一九二九五五／装幀　著者

■もくじ■

□I――自分が書いた推薦文を録しておきたい――日夏耿之助の晴朗――富永太郎の絵は世界を内面化する――片山敏彦の詩魂――三木露風の全詩集――西脇順三郎の全集と画家西脇順三郎の浴びる蒼い陽差し

□II――推薦文のつづき――高橋新吉の全詩集――校本宮澤賢治全集の特色――中国詩文選と漱石の漢詩について――増谷文雄訳正法眼蔵はありがたい――鮎川信夫著作集――壽岳文章氏の巨きな仕事を讃える

□III――餅つきをすると言うと人は不思議がる――イトウさんとヨコタさん――深大寺ソバのうまい店――再びツルさんのこと――アンヤンの詩およびテンガロン・ハットのこと――水尾比呂志も杵を持つ

□IV――ヒヨドリは小憎らしい鳥だ――オナガの悪声は面白い――レンギョウを食いドッグフードをむさぼるヒヨドリめ――加納夫人の説――川浪磐根の歌――ヒヨドリはどうして大したやつらしい

□V――重田徳が亡くなって――寺田透先生――わが詩「薤露歌」の由来――重田の回想に始まる「鬼の詞」の話――中学三年の八月に戦争が終った――本との意識的な出会いは敗戦とともに来るほかなかった

□VI――「鬼の詞」という題名――茨木清先生は見るからに処世に不器用な感じで――知識人作家の蛮勇的日本語論と復員兵茨木清の悲愴的読書論――「鬼の詞」と受験勉強――茨木童子作「堕落の唄」

□VII――南極越冬隊長星合君も「鬼の詞」だった――太田裕雄

のこと——「在りし日」——重田徳の俳句と山本有幸の詩は抜群だった——山本作「螢」のおどろき——小ロマン派の少年詩人を愛惜する

□Ⅷ——日野啓三を祝う集りでとんでもないものを見た——「ヴァンテ」という回覧雑誌があった——「くまさんあたしをたべないで」というガリ版雑誌とT・H嬢のこと——「宮内庁」会見記と創作「犬」

□Ⅸ——武満徹企画「今日の音楽」という催しでクセナキスを聴く——ジョン・ケージの小曲とキノコのこと——笛の唱歌(しょうが)を初めて聴いた——鳥のさえずりの多様さと日本音楽についての素人考え

□Ⅹ——若山牧水のことを調べている——沼津の稲玉医師の「若山牧水先生ノ病況概要」はすぐれた文章だ——牧水と酒と歿後三日目のある出来事——わが友百瀬医師の意見——長与博士と漱石解剖所見のこと

□Ⅺ——虫の声に秋を感じるのは日本人の特性か——角田忠信講師の貴重な研究と日本人の精神構造母音説——聴覚中枢における日本人の特性を自然音と言語音の認知の仕方に見る——日本人のロゴスとパトス

□Ⅻ——自然を記述することと説明することと——自然観の最も基本的な範疇は最も記述しにくい——記号と直観——絵がワカルということ——ゴーガンの「かぐわしき大地」によって絵の無限性を知った

□XIII——何度読んでも飽きない本とはどういう本か——過去の知識を受けつぐにもゼロから始める——人間の赤ん坊ほど無防備無力な赤ん坊はなかろう——人間は精神の作品を生産する——「幼年」を取戻す

□i——断章三題その一「文庫ばなし」——「エソボ物語」や「諷詠十二月」のこと——文庫本目録の「品切」品は今のうち買っておけ——書道の古典のこと——復刻してくれればいい文庫本のあれこれ少々

□ii——断章三題その二「トムさんばなし」——トムさんは戸村さん——立方体はぶどう酒の味がするとトムさんは言う——原理に手で触れようと同氏は言う——メビウス・ジャケット——遠山啓氏の工作鼓吹

□iii——断章三題その三「墓と死者ばなし」——深大寺裏の大銀杏・閻魔堂・波郷居士の墓・横山操さんの墓・開基上人の墓——植物園では人は睡たげに歩む——身近で人が亡くなって不意にゲーテを思った

□あとがき

年魚集　文学的断章

［新装版］　青土社　一九七九年　二三二頁　四六判　一四〇〇円

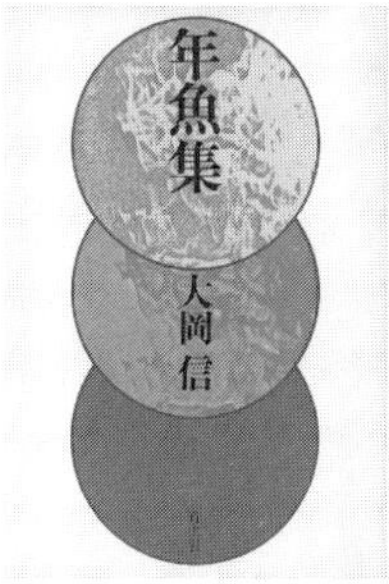

■造本■
上製　糸綴じ　カバー

■もくじ■
初版と同じ

■奥付■
年魚集《ねんぎょしゅう》　文学的断章／©1979, Makoto Ooka／一九七九年八月二五日印刷／一九七九年九月一〇日発行／定価　一四〇〇円　0090-300014-3978／著者　大岡信／発行者　清水康雄／発行所　青土社　東京都千代田区神田神保町一－二九　市瀬ビル　〒一〇一　（電）〇三－二九一－九八三一　（振替）東京九－一九二九五五／印刷所　東陽印刷／製本所　美成社／装幀　奥野玲子　写真　井上博道

■付記■
初版のあとがきの最終2段落（装幀に関わる説明）が削除されたあとがきになっている。

逢花抄　文学的断章

青土社　一九七八年　二二八頁　四六判　一四〇〇円

■造本■
上製　糸綴じ　カバー　※カバー　サム・フランシス。

■奥付■
逢花抄《ほうかしょう》／©1978 Makoto Ooka／昭和五三年一〇月二〇日印刷／昭和五三年一一月一日発行／定価　一四〇〇円／0090-300005-3978／著者　大岡信／発行者　清水康雄／印刷所　東陽印刷／製本所　美成社／発行所　青土社　東京都千代田区神田神保町一－二九　市瀬ビル　〒一〇一　（電）二九一－七〇七六　振替東京九－一九二九五五

■もくじ■
□I――「辞書について」という課題を出したが――大槻文彦の「言海」おくがきは明治の大文章の一つ――およそ、事業は、みだりに興すことあるべからず――祖父大槻玄沢――百科全書学派風の血脈

□Ⅱ――文彦は五歳で家学の漢学を学んだ――維新の動乱が青年期にぴったり重なって――「猫」という語を文彦はどう説明しているか――手づくりの辞書――文部省の役人として辞書の編纂にとりかかる

□Ⅲ――言葉の海のただなかに櫂緒絶えて――さるにても、興せる業は已むべきにあらず――語原の「足をつける」苦心談――文部省編輯局にひとり奇人がいる――ロンドン遊学の夢の挫折――椿事の出来

□Ⅳ――『言海』は自費出版だった――稿本の「下賜」――さまざまの障害――成功の期に近づきて妻と子の失せつる事――「ろ」の部をあければ「ろめい」（露命）――大虚槻（おほうそつき）先生の食言海

□Ⅴ――中原呉郎氏に一度だけ会ったことがある――中原福さんのこと――呉郎さんは一升瓶を鷲づかみにしてやってきた――中也はきちがいだったと思いますよ――中原呉郎氏の医師としての経歴――一周忌

□Ⅵ――中原呉郎著『海の旅路――中也・山頭火のこと他』、『中原呉郎追悼集』――福田寺の庵主さんと女性作家――立派な日本人になろう――兄弟の血縁――中原福さんから中原ふさえ夫人にあてた私信二通

□Ⅶ――一九五〇年代初頭における貧書生の頭の体操の記録――リルケ『ドゥイノの悲歌』仏語版「訳者ノート」の訳――ガブリエル・マルセルのリルケに関する講演冒頭部分の翻訳――文章の練習のために

□Ⅷ――日本の色というとまず何色を思い浮べるか――「匂ふ」という言葉――高村光太郎のエッセイ「触覚の世界」――藍に関する古歌はなぜ少ない――藍壺にきれを失ふ寒さかな――「実質的に」重要な色

□Ⅸ――染織家志村ふくみさんのこと――玉三郎のインタヴュー――自然から抽き出したものの素性の正しさ――桜の黒褐色の樹皮から、あのあえかな桜色が――まだ捨てたものではないな――一筋の紫

□Ⅹ――ローマの街は、死を日常的なものに感じさせる――あなたの詩、初期のものは抒情的だから、といわれて考えたこと――学生だったころに書いた「詩に関するノート（一）」――詩、音楽、建築について

□Ⅺ――『詩への架橋』に書き残したもの――誤訳が名訳になるとき――堀口大學の組詩「クレオパトラ」を想起する――有島武郎はホイットマンの詩の鼻を少々高めに作り変えた――あるふしぎな翻訳書

□Ⅻ――倉敷にて――ママカリという魚――吉田健一氏の訃報――不断に快活であろうとする意志――『ヨオロッパの世紀末』――訳詩集『葡萄酒の色』の詩の大半が、憂愁と悲傷をうたったものだったこと

□XIII──具体詩運動の推進者、新国誠一氏の死──視覚詩・音声詩・物体詩──遠眼鏡で見たコンクリート・ポエトリ国の横顔──フィリウーの詩集『基本日本語詩一〇〇〇』──『ポイポイ』は面白かった
□あとがき

逢花抄　文学的断章

［新装版］　青土社　一九七八年　二二八頁　四六判　一四〇〇円

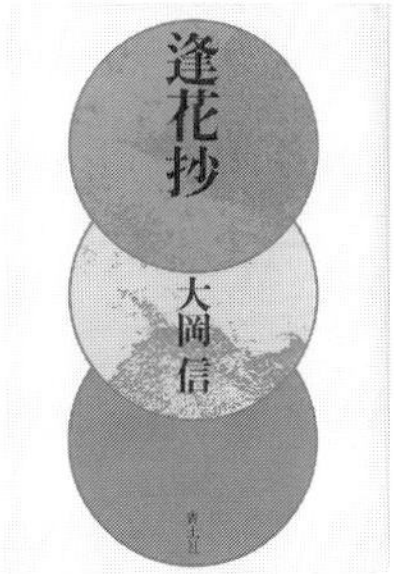

■造本■
上製　糸綴じ　カバー
■奥付■
初版と同じ
■もくじ■
初版と同じ
■付記■
初版のあとがきの最終段落の一部（サム・フランシスのカヴァー装画に関わる説明）が削除されたあとがきになっている。

宇滴集　文学的断章

青土社　一九八〇年　二二四頁　四六判　一四〇〇円

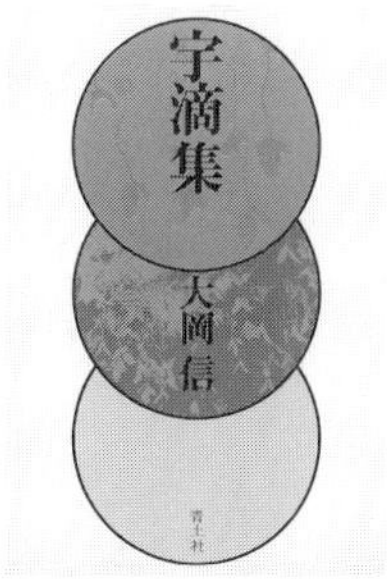

■造本■
上製　糸綴じ　カバー
■奥付■

宇滴集《うてきしゅう》　文学的断章／©1980, Makoto Ooka／一九八〇年八月五日印刷／一九八〇年八月一四日発行　0090-300016-3978／著者　大岡信／発行者　清水康雄／発行所　青土社　東京都千代田区神田神保町一―二九　市瀬ビル　〒一〇一　(電)二九一―九八三一(編集)二九四―七八二九(営業)／印刷所　東陽印刷／製本所　美成社／装幀　奥野玲子　写真　渡部弘

■もくじ■

□Ⅰ――画家を「廃業」した曾宮一念氏の「内観」の文章――靏見忠良氏の「見ている」詩――点字図書館で審査する――全盲の人の文章――点字の文体には共通の平静さがある――点字朗読を聴いた感動

□Ⅱ――いくつかの推薦文とそれへの自注――秋元松代の戯曲全集――底の方から火照っている夢の輝き――新潮日本古典集成とコロンブスの卵――古典初学の心得はスピードにあり――萩谷朴校注『枕草子』

□Ⅲ――大和の古寺をめぐる――東西の塔の一方は真中に心棒、他方はがらんどう――一人で書く文学史の魅力――キーン著『日本文学史』――堀辰雄全集――寺田透・評論第Ⅱ期――吉川幸次郎著『杜甫詩注』

□Ⅳ――寺田透氏の『義堂周信・絶海中津』受賞の件――自分の本を修正する――虚子の「づんぶりと」の句をめぐる失敗譚――平がな畏るべし――珍解にも慰めあり――「去年今年」の句――季語畏るべし

□Ⅴ――尾張国犬山の第十二代目城主成瀬正とし氏――『帰城』という句文集――中野重治の詩「たんぼの女」の作年代を「生徒」という言葉ゆえに誤った――『うたげと孤心』で「あ」という平がなにつまずいた

□Ⅵ――土門拳の『女人高野　室生寺』――「カメラの鬼に涙」――アウシュビッツで虐殺された少年たちの詩――「ゲットーには蝶々は住んでいない」――美術愛好家が半可通であることを強いられる時代

□Ⅶ――「座右の書」を問われて学生に答えたこと――読書人と読書家とそして読者――「装幀」について栃折さんが主張すること――「製本」について牧製本で聞いた回想談――本の糊・検印廃止その他の話

□Ⅷ――「古代エジプト展」の出陳作一点――太陽神崇拝の異端王アクンアトン――エジプト芸術は墳墓の芸術――アクンアトンの新様式彫刻のデカダンスの魅力――異端王の詩「太陽神讃歌」のすばらしさ

□Ⅸ――芸術には「発展」はあるが「進歩」はないという説について――日本古典芸能は「進歩」を黙殺した――古書復刻と小出樽重絵日記――原稿用紙と大学ノート――詩を書くときは白紙に万年筆で書く

□Ⅹ——冬といえば——薄い下着になって——「暖めてくれたただ一人の男なの」——美醜の相対性とアメリカ・インディアンの遺習——感性は秩序を愛する無秩序なるもの——ベル・カント嫌い——「旅への誘い」

□Ⅺ——高橋康也鸚鵡書簡、ただし英文——古典章句のパロディや本歌取り——立身出世譚「文正草子」の一個所だけは訳してみたかった——「言葉に花を咲かせる」こと——言葉が鸚鵡の悪声を引込めさせた

□Ⅻ——「小学校一年国語教科書私案」から『にほんご』まで——小学校初年級の子に読ませる詩がみつからない——北原白秋は児童詩普及に偉大な仕事をした——白秋好みの詩の語調は普及しすぎて古くなった

□ⅩⅢ——雑誌の「追悼号」を読むこと——能役者観世寿夫追悼——空気を裂いてのぼる笑い声——「トロイアの女」の寿夫——寿夫の舞った「芭蕉」を見て——本郷隆追悼——『石果集』の光と闇——『病牀六尺』

□ⅩⅣ——露伴随筆「王羲之」——万葉仮名「義之」を「てし」と訓読するのはなぜか——万葉人は高度の機知を楽しむ術を知っていた——契沖・真淵・宣長が「義之」を追いつめる——学者は時に探偵ホームズだ

□ⅩⅤ——吉備の人田村奎三さんの句集『吉備津』——大原美術館三十五周年記念行事の頃——わからない句を作るヘキと健康状態は関係がありそうだった——歩くのは観察するため、観察するのは句を作るため

□あとがき

流域紀行

朝日新聞社　一九七三年　三〇六頁　四六判　六八〇円

■もくじ■
（　）内は挿絵

隅田川　安岡章太郎（風間完）／木曾川　杉浦明平（鬼頭鍋三郎）／太田川　近藤芳美（丸木位里）／熊野川　大岡信（加納光於）／遠賀川　上野英信（山本作兵衛）／高瀬川　辻邦生（麻田鷹司）／最上川　真壁仁（小松均）／石狩川　吉村昭（片岡珠子）／吉野川　瀬戸内晴美（堀文子）／斐伊川　上田正昭（中村徳三郎）／信濃川　海音寺潮五郎（小野具定）

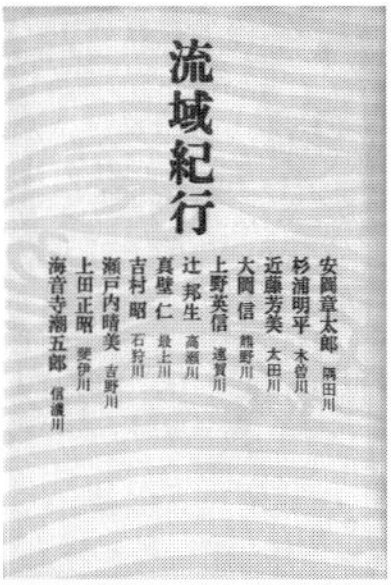

■造本
上製　糸綴じ　カバー　装幀：多田進

■奥付
流域紀行　六八〇円／昭和四十八年三月三十日　第一刷発行／編者　朝日新聞社／発行者　朝日新聞社　中村豊／印刷所　共同印刷株式会社／発行所　朝日新聞社　東京　名古屋　大阪　北九州／0095-254099-0042

＊この『流域紀行』は、朝日新聞・学芸欄の連載（昭和四十七年七月十二日〜十二月十九日）に、各筆者が加筆・訂正したものである。

流域紀行

［朝日選書69］　朝日新聞社　一九七六年　三〇四頁　四六判　六八〇円

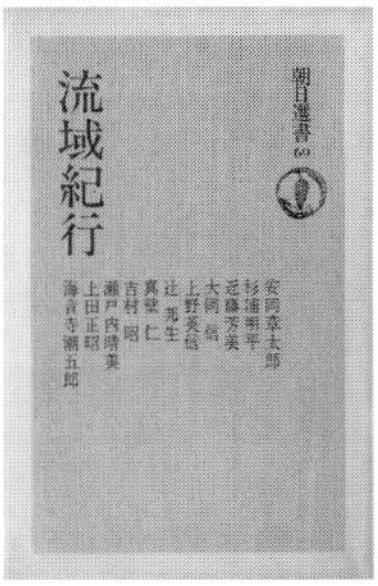

■造本■
並製　無線綴じ　カバー
■奥付■
流域紀行　朝日選書69／一九七六年八月二〇日　一刷発行／定価六八〇円／編者　朝日新聞社／発行者　角田秀雄／発行所　東京・名古屋・大阪・北九州　朝日新聞社　〒一〇〇　東京都千代田区有楽町二―六―一　〇三（二一二）〇一三一（代）振替・東京〇―一七三〇／印刷所　共同印刷株式会社／©1976 Asahishimbun　装幀・多田進　0395-259169-0042
■もくじ■
初版と同じ

風の花嫁たち　古今女性群像

草月出版　一九七五年　二三七頁　B6判　一六〇〇円
■造本■
上製　糸綴じ　カバー
■奥付■
風の花嫁たち／一九七五年四月二八日　初版第一刷発行／著者　大岡信／発行所　株式会社　草月出版　東京都渋谷区渋谷一―一―四　郵便番号一〇五／電話　東京（〇三）四〇七―一八六一・一八六四／印刷　大日本印刷株式会社／Ⓒ大岡信　一九七五
■もくじ■
マリリン・モンロー／ジャンヌ・モロー／エリザベス・テーラー／ジャクリーン・ケネディ／ジョーン・バエズ／ダリ夫人ガラ／シモーヌ・ヴェーユ／ルー・サロメ／ゾフィー・フォン・キューン／ゾフィー・タウベル・アルプ／和泉式部／巴／出雲のお国／おあむ／建礼門院右京大夫／北条政子／今泉みね／福田英子／佐々城信子／与謝野晶子／プリヤンヴァダ・デーヴィ／マリー・デュプレシス／アルマ・マーラー＝ウェルフェル／ヨハンナ・ファン・ゴッホ＝ボンゲル／キャサリン・マンスフィールド／シュザンヌ・ヴァラドン／キキ／マタ・ハリ／二人の女歌手／ニュッシュ・エリュアール／魚玄機／則天武后／預言者の妻たち／クサンチッペ

□あとがき

■付記■

あとがきに初出に関する詳述あり。

風の花嫁たち　古今女性群像

［現代教養文庫1208］　社会思想社　一九八七年　二二四頁

16.0×11.5 cm　四四〇円

■造本■

並製　無線綴じ　カバー　文庫

■奥付■

現代教養文庫1208　風の花嫁たち／一九八七年八月三〇日初版第一刷発行／著者　大岡信／発行者　小森田一記／発行所　株式会社社会思想社　東京都文京区本郷一の二五の二一　本社（〇三）八一三－八一〇一　営業（〇三）八一三－八一〇五　振替東京　六－七一八一二　〒一一三／ISBN4-390-11208-2　凸版印刷・小林共文堂／©Makoto Ooka 1987

Printed in Japan

■もくじ■

初版と同じ　加えて

□教養文庫のためのまえがき

本が書架を歩みでるとき

花神社　一九七五年　二一八頁　四六判　一四〇〇円

■造本■

上製　糸綴じ　布貼り表紙　函入り

■奥付■

本が書架を歩みでるとき／発行　一九七五年七月一〇日初版第一刷／著者　大岡信《おおおかまこと》／装幀　著者／外函写真　松原滲／発行者　大久保憲一／発行所　株式会社花神社《かしん》　東京都千代田区神田三崎町二－二－一三／電話　東京（二六一）五六二三／印刷所　工友会印刷所＋コーエー／製本所　今泉誠文社／用紙布文化エージェント＋金池／一九七五年 ©Printed in Japan

■もくじ■

□Ⅰ

青年になるころ読んだもの／読書遍歴／アンデルセンの一面／長篇の愉しみ／『ハムレット異聞』そのほか／『視覚の内面・八つの見える詩』／アウステルリッツの空／ファン・ゴッホの世界／『人それを呼んで反歌という』によせて／北原白秋没後二十五年／私の好きな文章／開かれた古典の世界／装幀・挿絵のことなど／紐と紙のこと

□Ⅱ

朝日新聞書評（1971/4〜1973/4）

幻視と変奏／純粋精神の系譜／どくろ杯／まっぷたつの子爵／美の呪力／海の瞳／数学は変貌する／善人は若死にをする／富士／音、沈黙と測りあえるほどに／宗祇／千すじの黒髪／夜の紅茶／たった一人の反乱／隠された十字架／後白河院／水中花／言葉なき歌／茂吉の歌　私記／言霊――明治・大正の歌人たち／棟方志功／ミッドワイフの家／後鳥羽院／斜面送春記／歌と逆に歌に／死の塔／ものを創る／中原中也／ゴヤ

□Ⅲ

伊達得夫・ユリイカ抄

寺田透・理智と情念（上）／詩のありか／和泉式部／源氏物語一面

安東次男・幻視者の文学／帰巣者の芸術／与謝蕪村／物の見えたる／画家との対話

吉本隆明・擬制の終焉

唐木順三・無常／日本人の心の歴史　補遺

山本健吉・大伴家持／漱石　啄木　露伴／行きて帰る

寿岳文章・和紙の旅／神曲　地獄篇

山崎正和・劇的なる日本人／鴎外　闘う家長

澁澤龍彦・幻想の画廊から

保田与重郎・日本の橋

中原中也・山羊の歌

生野幸吉・抒情と造型

粟津則雄・思考する眼／現代詩史

外山滋比古・近代読者論／日本語の論理

片桐ユズル・詩のことばと日常のことば

高階秀爾・ピカソ　剽窃の論理／現代美術

藤枝静男・空気頭／愛国者たち

大原富枝・海を眺める女

日野啓三・此岸の家

□あとがき

□初出一覧

□著作目録

■付記■

初版第二刷：1976/4/10　上製・糸綴じ・函入り・革装表紙

青き麦萌ゆ

［現代の視界2］　毎日新聞社　一九七五年　二七五頁　四六判　九八〇円

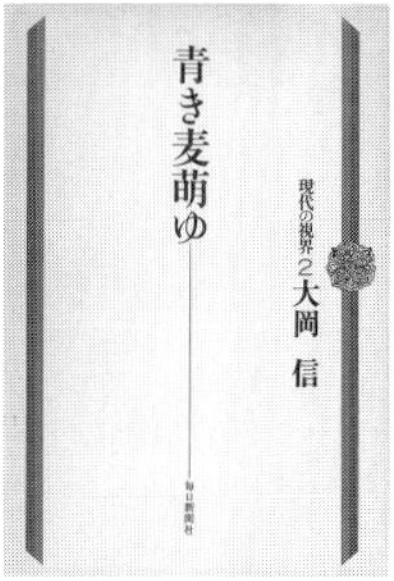

■造本■

並製　糸綴じ　がんだれ表紙　函入り　題字と扉のエッチング「まぶたの裏でみた風の夢」著者／装幀熊谷博人

■奥付■

現代の視界　2／青き麦萌ゆ　定価九八〇円／昭和五十年十一月三十日　印刷／昭和五十年十二月十日　発行／著者　大岡信《まこと》／編集人　桑原隆次郎／発行人　伊奈一男／発行所　毎日新聞社／〒一〇〇　東京都千代田区一ツ橋／〒五三〇　大阪市北区堂島上／〒四五〇　名古屋市中村区堀内町／〒八〇二　北九州市小倉北区紺屋町／図書印刷　大口製本／0095-557002-7904

■もくじ■

□時のめぐり

「瞬間」が「時間」ではないこと／月のめぐりの記「少しあらたまって／人それぞれの生れ月／青き麦萌ゆ／露の命／五月の危機／水無月の／夏の氷／夏の硯／死ね、そして成れ！／雨季の羊／種子を運ぶ／蝙蝠が消えて」／窓をのぞく

□言葉のうちそと

どうもまったくものすごく／語の履歴を気に病む／漢字の制限について／教育の国語・文学の国語／流行語・外来語について／仙人が碁をうつところ／好きな言葉はと問われて／考えられないものに触る／大槻玄澤のこと／語に出会う

□詩・歌・句

万葉の歌いくつか／無名の歌の魅力／私の中世／中世の精神の新しさ／古典を訳する／秋成の歌／「鬼の詞」のころ／三人の歌人／若山牧水の旅異聞／空穂の詩境／父の歌集／連句、その楽しみ／連句、その苦しみ、そして楽しみ／連句、そして連詩／芭蕉、蕪村、一茶の句いくつか／七七と五七五と／ある詩人の話／「こちらは詩人の……」

□創られたもの・創る人

山門三章／書と芸術性／秋艸道人のことなど／わたしの写楽／メード・イン・ジャパン／一枚の絵を前にして／岡鹿之助の世界／武満徹と私／駒井哲郎の世界

□また、時のめぐり

ある青春／寮生活よしなしごと／志賀直哉を読んだころ／椎名麟三追悼／満十年目の喜劇／ヒヨドリのころ／姿勢について

青き麦萌ゆ

［中公文庫］　中央公論社　一九八二年　二七四頁　A6判　三六〇円

■造本■

並製　無線綴じ　カバー　文庫　装幀・扉　白井晟一

■奥付■

青き麦萌ゆ　中公文庫　©一九八二／昭和五十七年三月二十五日印刷／昭和五十七年四月十日発行／著者　大岡信／発行者　高梨茂／整版印刷　三晃印刷　カバー　トープロ　用紙　本州製紙　製本　小泉製本／発行所　中央公論社　〒一〇四　東京都中央区京橋二―八―七　振替東京二―三四／定価　三六〇円

■もくじ■

初版と同じだが、Ⅲ章の「若山牧水の旅異聞」、Ⅳ章の「若山牧水の旅異聞」が収録されていない。

加えて日野啓三の解説

片雲の風　私の東西紀行

講談社　一九七八年　二三五頁　四六判　一一〇〇円

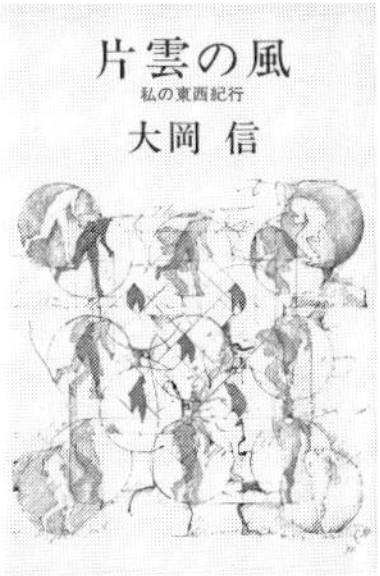

■造本■

上製　糸綴じ　カバー　装幀・本文カット：宇佐美圭司

■奥付■

片雲《へんうん》の雲　――私の東西紀行――／一九七八年五月二十六日第一刷発行／著者　大岡信／©Makoto Ooka 1978, Printed in Japan／発行者　野間省一／発行所　株式会社講談社　東京都文京区音羽二―一二―二一　郵便番号一一二／電話　東京〇三―

九四五―一一一一　振替東京八―三九三〇／印刷所　豊国印刷株式会社　製本所　黒柳製本株式会社／定価　一一〇〇円／0095-128935-2253（0）

■もくじ■

□Ⅰ

詩人たちの祝祭――ロッテルダム詩祭即事／ヨーロッパの馬「ロッテルダムの馬／エリュアールの馬」／バルセロナの光と風

□Ⅱ

中国の旅　「北京まで／序列の概念について／食事と買いもの／乗物と人々／城門の都市北京／故宮と日本の古都／漱芳斎にて／「夏《か》」のこと／「女帝」のこと／白い一頭の馬のこと／「柏」のこと／夜行列車の中で／日本のベストセラー小説のこと／漢字のこと／雲崗石窟のこと／西湖周辺／水と酒と石と刺繍のこと」

□Ⅲ

熊野川紀行／片雲の風――『おくのほそ道』紀行

□あとがき

ことばの力

花神社　一九七八年　二一三頁　四六判　一四〇〇円

■造本■

上製　糸綴じ　函入り

■奥付■

ことばの力《ちから》／一九七八年一〇月二〇日　初版一刷／定価一四〇〇円／著者　大岡信／装幀　著者／発行者　大久保憲一／発行所　株式会社花神《かしん》社　東京都千代田区猿楽町二―二―五　興新ビル六〇五　〒一〇一／電話　東京・二九一・六五六九　振替東京二―一九四九四九／印刷　工友会印刷所＋コーエー　© MAKOTO ŌKA／製本　今泉誠文社　用紙布　文化エージェント＋金池／0095-780110-1092　Printed in Japan

■もくじ■

言葉の力／文章読本如是我聞／漢字とかなのこと／いのちとリズム／移植／書のおどろき・書のたのしみ／辞書二題／歳時記について

＊

加藤楸邨／飯田龍太／秀句の条件を問われて／窪田章一郎／島田修二／詩人の短歌について／短歌とわたし

＊

『万葉集』とわたし／夜の鶴と仙家の霊鳥／狐のうそとまこと

□あとがき

□初出一覧

■付記■

一九八七年新装版あり。

アメリカ草枕

岩波書店　一九七九年　三一三頁　四六判　一四〇〇円

■造本■

上製　糸綴じ　カバー

※カバー写真（デッド・ホース・ポイントの展望台より）及び中扉カットは筆者。

■奥付■

アメリカ草枕／一九七九年一〇月一八日　第一刷発行ⓒ／定価一四〇〇円／著者　大岡信《おおおかまこと》／発行者　緑川亨／発行所　株式会社岩波書店　〒101　東京都千代田区一ツ橋二―五―五　電話〇三―二六五―四一一一　振替東京　六―二六二四〇／印刷・精興社　製本・松本製本

■もくじ■

一　プロローグ――旅のはじまり／二　一つの大洋　一つの茶碗――サンタ・モニカとロサンゼルス／三　一脚の椅子を砂漠で見た――西部をめぐる／四　石器のみやげと家族の集い――ユタ州の小さな町と大きな都市／五　芸術家たちと美術館――ニューヨーク、ケンブリッジ、ボストン／六　伝統は生きのびうるか――ニューヨーク、フィラデルフィア／七　ミシガン湖のほとりにて――シカゴ／八　日本語の沈黙と袈裟の詩人――サンタ・モニカ、サンフランシスコ／九　エピローグ――幸運な旅行者

詩とことば

花神社　一九八〇年　二一七頁　四六判　一四〇〇円

■もくじ

詩とことば／古典と現代詩／言葉と人格／最初に選んだ表現形式／詩と批評の根拠

＊

聞き書きとは編纂のこと／『うたげと孤心』について／連詩・連句の場から／歳時記のおもしろさ／短章七つ「泉よ よみがえれ」／負けるが勝ち／因縁ばなし／大正詩の中の科学と化学／奈良橋／もう一度行ってみたい／墓参り」

＊

本を読む　『文車日記』について／『空海の風景』について／『建礼門院右京大夫』について／言葉に花を咲かすこと／世阿弥の「花」／『万葉集』南限の歌

□あとがき
□初出一覧

■付記

『ことばの力』と一対という考えのもとに編まれた本なので、装幀も同書と一対のものとした。(あとがきより)

■奥付■

詩とことば／一九八〇年一〇月三〇日　初版一刷／定価一四〇〇円／著者　大岡信／装幀　著者／発行者　大久保憲一／発行所　株式会社花神社　東京都千代田区猿楽町二―二―五　興新ビル六〇五　〒一〇一　電話　東京・二九一―六五六九　振替　東京 二―一九四九四九／印刷　信毎書籍印刷＋コーエー○　MAKOTO ŌOKA／製本　今泉誠文社　用紙　文化エージェント／0095-800110-1092　Printed in Japan

詩の思想

花神社　一九八二年　二三五頁　四六判　一五〇〇円

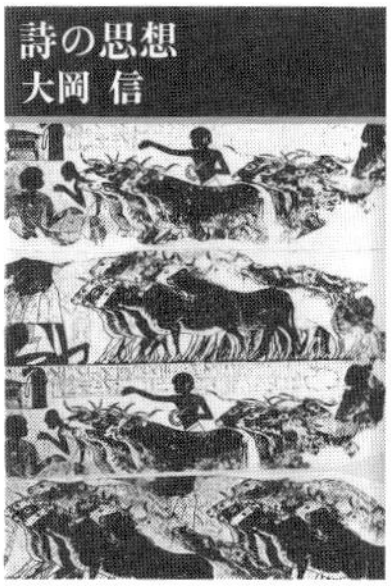

■造本■
上製　糸綴じ　カバー
■奥付■
詩《し》の思想《しそう》／一九八二年六月一〇日　初版一刷／定価一五〇〇円／著者　大岡信／装幀　著者／発行者　大久保憲一／発行所　株式会社花神社《かしん》　東京都千代田区猿楽町二－二－五　興新ビル六〇五　〒一〇一／電話　東京・二九一・六五六九　振替　東京二－一九四九四九／印刷・信毎書籍印刷＋コーエー　©MAKOTO ŌOKA／製本・美成社　用紙・文化エージェント／0095-850108-1092　Printed in Japan
■もくじ■
日本詩歌の読みとりかた／なぜ私は古典詩歌を読むか
＊
内村鑑三　地理の書・思想の書／タゴールの詩　そして岡倉天心／天心・プリャンヴァダ往復書簡のこと／柳宗悦　木喰発見の意味するもの
＊
悟りと表現　道元の和歌／絵巻誕生のころ／幻の世俗画　王朝屏風絵への空想／奈良歩き／神護寺まで／阿弥陀堂のほとりにて
＊
詩の風土としての伊豆／欧米折々の記／「車座」日本人
□あとがき
□初出一覧

人麻呂の灰　折々雑記

花神社　一九八二年　一八九頁　四六判　一二〇〇円

■造本■

上製　糸綴じ　カバー

■奥付■

人麻呂《ひとまろ》の灰《はい》——折々雑記／一九八二年一一月二五日　初版一刷／定価一二〇〇円／著者　大岡信／装幀　著者／発行者　大久保憲一／発行所　株式会社花神《かしん》社　東京都千代田区猿楽町二—二—五　興新ビル六〇五　〒一〇一／電話　東京・二九一・六五六九　振替　東京二—一九四九四九／印刷・信毎書籍印刷＋コーエー　©MAKOTO ŌOKA／製本・美成社　用紙・文化エージェント／0095-820128-1092　Printed in Japan

■もくじ■

□詩歌短章

旅のひとみ　牧水・古郷・波郷／窪田空穂の長歌／岩山の国で短歌をつくる／古典文学を読むために／わが短歌今昔／彼岸と富草／芭蕉と外国の人びと／ミズハナ

□本と雑誌

引込み思案の客だったころ／忘れられない本　高倉輝著『印度童話集』／自装も少しはやってみたい／友達の装幀／駒井哲郎ブックワークの驚き／雑誌と私

□推薦のことば

現代俳句を展望させる　『水原秋櫻子全集』／透明な梯子　『安西冬衛全集』／「たのしさ」の真実　『遠山啓著作集』／天才の本質的な活力　『石川啄木全集』／生けるものの純なる叫び『室生犀星全詩集』／装飾性と精神性の融合　『夏目漱石遺墨集』／気品ある率直さ　『与謝野晶子全集』／時みちて巨きな城が　『加藤楸邨全集』／現代を生きた芸術家　『観世寿夫著作集』／流露する命の大河　『會津八一全集』／吾は種子まく『渡辺一夫装幀集』

□舞台とスクリーン

潤色者のひとりごと／シナリオばなし／早稲田小劇場の利賀公演／叙事詩的、そして……／『ブリタニキュス』の日本語詞章

□造形する人々

ミスティックな空間　前田常作／かぞえきれない三十六の顔サム・フランシス／利根山光人のメキシコ／秘色の人志村ふくみ／ボナール色礼讃／シルクロードの平山郁夫／不敵に　かつ繊細に　宇佐美圭司／むかし詩画展にて　駒井哲郎／物腰に恋のある　加藤唐九郎

□人から人へ

丹波口から尼寺へ／国際詩祭見聞／志水楠男を悼む／ウィレム・ドレースマン寸描／言語を創造する人々

□日々折々

日本人であること／犬は見ている／夢の器／石の面／深大寺周辺／綴方から大学ノートまで／ドンドンとプール／百八十字の

コラム／植物園周辺／売られた系図／高等学校時代／私の卒業論文／渡し舟にはいい所がある／人麻呂の灰／蚊帳
□あとがき
□初出一覧

マドンナの巨眼

青土社　一九八三年　二四八頁　四六判　一四〇〇円

■造本■
上製　無線綴じ　カバー

■奥付■
マドンナの巨眼《きょがん》／©1983, Makoto Ooka 1095-400133-3978／一九八二年十二月二五日印刷／一九八三年一月一〇日発行／著者　大岡信／発行者　清水康雄／発行所　青土社　東京都千代田区神田神保町一―二九　市瀬ビル　〒一〇一／電話　二九一―九八三一（編集）二九四―七八二九（営業）／印刷所　第一印刷所／方英社／製本所　美成社／装画　駒井哲郎　カバー・「思い出」（一九四八）扉・「三匹の小魚」（一九五八）東京都美術館蔵

■もくじ■
□詩と歌謡
ニシムクサムライ／江戸随筆から／歌謡ファン／幻想嫌い・具体好き？／川上澄生の詩／福永さんの思い出
□教育・文字・書
「教育」と「成績」のあいだ／遠山啓と文学・芸術／活字のはなし／崇徳院、王羲之、空海の書
□東と西
胸中一本の道／ボストンの岡倉天心／くれなゐはうつろふものぞ／閑吟集の英訳／マドンナの巨眼
□むかしのノート
むかしのノート1／むかしのノート2／むかしのノート3
□あとがき

水都紀行
スウェーデン・デンマークとの出会い

筑摩書房　一九八四年　一八二頁　四六判　一六〇〇円

■造本■
上製　糸綴じ　カバー

■奥付■
水都紀行　スウェーデン・デンマークとの出会い／一九八四年一〇月三〇日初版第一刷発行／著者　大岡信／発行者　布川角左衛門／発行所　株式会社筑摩書房　東京都千代田区神田小川町二―八　〒一〇一―九一／電話　東京二九一―七六五一（営業）二九四―六七二一（編集）振替東京六―四一二三／印刷　星野精版　製本　積信堂／©Makoto Ooka, 1984／0095-81188-4604

■もくじ■
□スウェーデンとの出会い
出発まで／シンポジウム新情報／何をするか／エリザベートと昼食会／翻訳とは／アカデミーにて／ルンドクヴィストの詩三篇／講演と朗読／若き中国詩人の詩／ラップの土地　そして別れ
□ルイジアナの午後
クヌート・イェンセンと私／プラスチックの刺身など／三人のルイーズの館／私立美術館の理想とは
□エピローグ
クラウスとインゲ

うたのある風景

日本経済新聞社　一九八六年　二六四頁　四六判　一〇〇〇円

■造本■
上製　糸綴じ　カバー

■奥付■
うたのある風景／昭和六十一年九月二十二日　一刷／著者　大

うたのある風景

岡信 ©Makoto Ooka 1986／発行者　前田哲司／発行所　日本経済新聞社　東京都千代田区大手町一の九の五　〒一〇〇　電話　〇三—二七〇—〇二五一　振替東京三—五五一／印刷　奥村印刷　製本　牧製本　ISBN4-532-09426-7

■もくじ■

□うたのある風景

暦／紅梅白梅／朝の光／春雨／歌垣／旧制高校時代／夏は来ぬ／鵜飼／沙羅の木／小さな生物／おくの細道／地方文人／草／秋の気配／遊君の歌謡／秋風立つ／あえかなるもの／娘の結婚／沈黙の魅力／愛誦詩／朝霧／お西さま／しぐれ／月と酒／カラマツ／雪の後

□風のまにまに

キモノ考／年賀状ばなし／筆記具考／オペラばなし／死にかた考／雲鈴法師ばなし／辞世・絶筆考／「間」抜けばなし／ミドリ考／相撲ばなし／唱歌考／童謡考／春眠ばなし／「愉快」考／草笛ばなし／多作考／へなぶりばなし／若妻考／文字ばなし／うらばなし／産み分け考／ファド考／絵と心臓ばなし／合わす考

□心のふるさと

深大寺界隈／銀河運河／地方色／わが沼津／幼き日のこと／三嶋大社の夏祭り／箱根が私にくれたもの／不思議な縁／父親というもの／高橋は同級生、されど……／尺八を吹くアメリカ人／本屋さん／近代芸術家の書／新春のうた／マザー・グースのうた／朝の少女に捧げるうた／辞世の歌・龍馬の歌

□あとがき

人生の黄金時間

日本経済新聞社　一九八八年　二五三頁　四六判　一〇〇〇円

■造本■

上製　糸綴じ　カバー

■奥付■

人生の黄金時間／一九八八年十一月十七日　一版一刷／著者大岡信／©Makoto Ooka, 1988／発行者　広田耕司／発行所日本経済新聞社　東京都千代田区大手町一－九－五　〒一〇〇－六六／電話　番号（〇三）二七〇－〇二五一　振替番号東京三－五五五五／印刷・厚徳社　製本・大口製本／ISBN4-532-09476-3

■もくじ■

□無用な時間は黄金時間

冬の香り／不思議／占い二つ／雨男／ロッテルダムの一夜／歩測する井上靖／日本人と水／毛筆とエロスの論／エコール・ド・パリの哀愁／水甕を運ぶ人／美術館て何だろう／私の風景／モクセイ／富士山は水という事／時のかけはし／猫はこよなき無用もの

□詩歌の望遠鏡で星を見る

年をとる　それはおのが青春を／百人一首は百人のもの／紋切り型また楽しからずや／古代ピクニック／星を見る人／命なりけり　西行のうた／戦国武将の歌／石川啄木のユーモア／詩歌に見る日本の色／大伴旅人の梅花の宴／わたしの芭蕉／楸邨先生一面／花にうるほへ／短歌とわたし

□物の命を美に転じる

岡鹿之助回想／岡鹿之助の「遊蝶花」と「たき火」／芹沢銈介礼讃／宗廣力三の人と染織／志村ふくみの染織「生命の色／秘色の人」／加山又造　技術が精神を語る世界／平山郁夫寸感「平山郁夫の位置／人類の心の原郷を求めて」／金重道明陶板記／藤原雄　人と徳利の手ざわり

□あとがき

人生の黄金時間

［角川文庫］　角川書店　二〇〇一年　二五一頁　A6判　六四八円

■造本■

並製　無線綴じ　カバー　文庫

■奥付■

人生《じんせい》の黄金《おうごん》時間《じかん》／著者　大岡《おおおか》信《まこと》／角川文庫一一八九八／平成十三年三月二十五日　初版発行／発行者　角川歴彦／発行所株式会社角川書店　東京都千代田区富士見二－十三－三／電話　編集部（〇三）三二三八－八五五五　営業部（〇三）三二三八－八五二一　〒一〇二－八一七七　振替〇〇一三〇－九－

一九五二〇八／印刷所　暁印刷　製本所　コオトブックライン
／装幀者　杉浦康平／©Makoto OOKA 1988, 2001 Printed in
Japan／ISBN 4-04-346806-7 C0195

■もくじ■

初版と同じ　加えてあとがきのかわりに
□文庫版あとがき

■付記■

一九八八年十一月、日本経済新聞社から刊行された単行本を文庫化。
文庫版あとがきでは本書に登場した作家について詳述あり。

日本語相談　一

朝日新聞社　一九八九年　二四四頁　四六変型判　八八〇円
日本語相談一

■造本■

並製　無線綴じ　カバー　装幀：和田誠　本文レイアウト　内部隆

■奥付■

日本語相談　一／一九八九年三月二十五日　第一刷発行／著者
大野晋　丸谷才一　大岡信　井上ひさし／発行者　八尋舜右

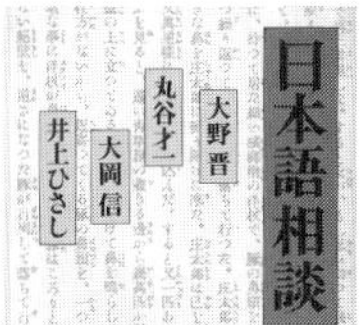

／発行所　朝日新聞社　〒一〇四－一一　東京都中央区築地五
－三－二／電話　〇三－五四五－〇一三一　振替　東京〇－一
七三〇　編集・図書編集室　販売・出版販売部／印刷所　図書
印刷／製本所　青柳製本／定価　八八〇円／©Susumu Ōno,
Saiichi Maruya, Makoto Ōoka, Hisashi Inoue 1989／Printed in
Japan　ISBN 4-02-255860-1

■もくじ■

略
□回答者座談会――あとがきにかえて

■付記■

「週刊朝日」一九八六年八月八日号～八七年七月二四日号での
四人の回答者による連載の単行本化。
日本語相談二：一九八七年七月三一日号～八八年九月二日号
日本語相談三：一九八八年九月九日号～八九年一〇月二〇日号
日本語相談四：一九八九年一〇月二七日号～九〇年十二月二八

日号
日本語相談五：一九九一年一月四・一一日号～九二年五月二九日号

大岡信の日本語相談

［朝日文芸文庫］朝日新聞社　一九九五年　二八八頁　Ａ６判　六〇〇円

■造本■

並製　無線綴じ　カバー　文庫　表紙・扉　神田昇和

■奥付■

大岡信の日本語相談　朝日文芸文庫／一九九五年一〇月一五日　第一刷印刷／一九九五年一一月一日　第一刷発行／著者　大岡信／発行者　川橋啓一／印刷製本　凸版印刷株式会社／発行所　朝日新聞社　〒一〇四－一一　東京都中央区築地五－三－二　電話　〇三（三五四五）〇一三一（代表）　編集＝書籍編集部　販売＝書籍販売部　振替　〇〇一七〇－七－一七三〇／©Makoto Ōoka 1995 Printed in Japan／ISBN4-02-264087-1

■もくじ■

なぜ日本精神で大和魂なのか／カンコクカン？　何だ、それ？／結婚式のスピーチの傾向と対策／「小一時間」は古くさいでしょうか／政治家の「遺憾」はイカン!?／やっぱ、ヤッパ、ヤッパシ／詩歌で造語をするときの心得／「ナスビ」は「方言だから誤り」ですか／伝統文化に由来する色名の不思議／読点入り、破調、句読法の短歌／作家の雅号の時代背景／なぜ、「どうして」を使うのか／日一日はヒヒトヒかヒイチニチか／なぜ、嘘は赤い色をしているのか／どうして詩を勉強させられるのか／現代人は繊細な感覚を失ったのか／和歌を数えるのに首を使うのは？／「いいかげん」は良いのか悪いのか／男より男性のほうが尊称では？／「ロマン」の本来の意味を知りたい／どうすれば上手に手紙が書けるか／花見酒はなぜ桜の樹の下でなのか／「陛下」など尊称になぜ下がつく？／外国固有名詞の漢字の当て方は？／「耳をそろえて」の耳って何ですか／歌枕＝地名にはどんな意味が？／「六」の字を軽んじてはいけません／「……したいと思います」は耳ざわり／欧米人の身振りの大きいわけは？／「なまぐささ」回避法にも時代の差／梅の花も花なのに、なぜか花は桜花／「落ちる」より降るが正しい雨や雪／お役所臭い！　新聞の「としている」表現／なぜないの？「今日は」の丁寧語／「頁」をページと読ませた奇妙な転用／自由詩が持つ散文と違う「不自由さ」／息をせよ　休息もせよ　わが息子／自信がないので逃げてる「感じ」／罪もないのにいじめられる桃の花／「だわな」は永田町方言「だわな」／「おいしい話」はまずくないか？／於茂志呂志、岩戸があいて面白し／辞書も「一定の」誤用は認めます／「ない」が逆に強い肯定を表す／「ご挨拶に代える」ものは……／「和歌」と「短歌」はどこが違う？／あなたの「ガ行」の発生はいかが？／証書や賞状に句読点がないわけ／「おめでとう！」に過去形はない／相手を呼ぶのにふさわしい言葉は／「アタラシ」は昔「アラタシ」だった／「ぶらんこ」はなぜ春の季語なのか／閑話休題《それはさておき》、ルビの発生を考える／接頭語ひとつで変わる言葉の妙味／「怒る」と「叱る」の微妙な違い／女性の敬称に「氏」ではおかしい？／「二の舞」は踏まないで演ずるもの／「素」をスと読むのとソと読むのでは／なぜ黒髪をみどりと表現するのか／「メニューのほう」にある曖昧な敬意／「書き上げた」のに「書き下ろし」とは／「多数」と「大量」の意味の違いは？／「こだわる」は寂しい心象／「旗色がよくない」の色はどんな色？／「ものすごくきれい」はおかしい？／花婿、花嫁の「花」はどんな意味？

□巻末座談会――大岡信氏に聞く　「折々のうた」と『万葉集』と『台湾万葉集』　井上ひさし・大野晋・丸谷才一

■付記■

「週刊朝日」一九八六年八月八日号～一九九二年五月二十九日号連載より抜粋して構成。単行本『日本語相談一～五』（一九八九年三月～一九九二年十一月　朝日新聞社刊）を回答者別に再編集。

大岡信の日本語相談

朝日新聞社　二〇〇二年　二八八頁　四六判　一三〇〇円

■造本■

並製　糸綴じ　カバー　装幀・装画　和田誠

■奥付■

大岡信《おおおかまこと》の日本語相談《にほんごそうだん》／二〇〇二年九月一日　第一刷発行／著者　大岡信／発行者　矢坂美紀子／発行所　朝日新聞社　編集・文芸部編集部　販売・出版販売部　〒一〇四―八〇一一　東京都中央区築地五―三―二　電話〇三―三五四五―〇一三一（代表）　振替　〇〇一九〇―〇―一五五四一四／印刷所　凸版印刷／©OOKA, Makoto 2002 Printed in Japan／ISBN 4-02-

257782-7

■もくじ■

朝日文芸文庫版と同じ

永訣かくのごとくに候

〔叢書死の文化11〕 弘文堂 一九九〇年 二二八頁 四六判 一五五〇円

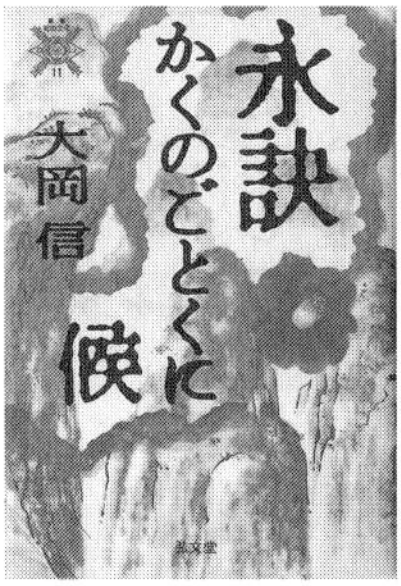

■造本■

上製 糸綴じ カバー

■奥付■

永訣かくのごとくに候 〔叢書死の文化11〕／平成二年三月三〇日 初版一刷発行／ⓒ著者 大岡信／発行者 鯉渕年祐／株式会社弘文堂 一〇一 東京都千代田区神田駿河台一の七―一三 TEL〇三（二九四）四八〇一 振替 東京 二―五三九〇九／印刷・図書印刷 製本・牧製本印刷／ISBN4-335-95025-X／Printed in Japan

■もくじ■

序 死ぬのはいつも他人／一 序章ふたたび／二 国木田独歩の涙／三 夏目漱石の白雲吟／四 芭蕉の夢の枯野の吟／五 芭蕉遺書、臨終、〝辞世考〟／六 『おくのほそ道』、その位置と意味／七 辞世の歌と句さまざま／八 永訣かくのごとくに候／九 正岡子規の最期／十 岡倉天心と魂の恋人

□あとがき

ひとの最後の言葉

〔ちくま文庫 お5―3〕 筑摩書房 二〇〇九年 二五一頁 A6判 八〇〇円

■造本■

並製 無線綴じ カバー 文庫

■奥付■

ひとの最後《さいご》の言葉《ことば》／二〇〇九年三月十日 第一刷／著者 大岡《おおおか》信《まこと》／発行者 菊池明郎／発行所 株式会社筑摩書房 東京都

詩をよむ鍵

大岡 信

講談社　一九九二年　三三三頁　四六判　二三〇〇円

■もくじ

I
日本の詩を読むために／車座社会に生きる日本人／翻訳の創造性——日本の場合／英文連詩集始末記／詩歌の森の散歩／季節と花

II
「いろ」の詩学／古典和歌を解くアリアドネの糸／絵巻物から本まで／『古今集』撰者の編集者魂／『小倉百人一首』を読む／俊成・定家ファミリー／星空のあわれ——女流日人のために／

■造本
上製　糸綴じ　カバー　装幀・装画　安野光雅

■奥付
詩をよむ鍵／発行日　一九九二年六月二十五日　第一刷／定価二三〇〇円／著者　大岡信／発行者　野間佐和子／発行所　株式会社講談社　〒一一二—〇一　東京都文京区音羽二—一二—二一　販売部〇三—五三九五—三六二二　製作部〇三—五三九五—三六一五／編集　株式会社第一出版センター　代表　加藤勝久　〒一六二　東京都新宿区新小川町九—二五　日商ビル編集部〇三—三二三五—三〇五一／印刷所　株式会社廣済堂／製本所　黒柳製本株式会社／©MAKOTO OOKA 1992 Printed in Japan／ISBN4-06-205763-8

■もくじ
初版と同じ　加えて
□文庫版あとがき
□解説「最後の　一瞬の　微笑」をめぐって　島薗進

■付記
『永訣かくのごとくに候』（弘文堂一九九〇年刊）の改題。

■造本
社／製本所　株式会社積信堂／装幀者　安野光雅／印刷所　明和印刷株式会社

台東区蔵前二—五—三　〒一一一—八七五五　振替〇〇—一六〇—一八—四一二三

ed in Japan／ISBN978-4-480-42583-6 C0195

©MAKOTO OOKA 2009 Printed in Japan

記終焉期のふたり／心の艶——枯山水と室町和歌に通底するもの／世界の中の芭蕉／蕎麦と俳諧と京俳壇——芭蕉における元禄時代の意味
□Ⅲ
高浜虚子とは誰か——一冊の入門書を通して見る／北原白秋——人工楽園への夢／萩原朔太郎——ああ都会！／萩原朔太郎——美貌の妹／竹久夢二の詩と絵／井伏鱒二——創造力の逸脱と現実主義と／詩人井上靖——主題と方法／井上靖——不逞なるもの／少年歌人井上靖について／吉田健一——うたげと孤心の人／瀧口修造と無頼の精神／木下順二の知盛卿／磯田光一素描／澁澤龍彦——少年のおもかげ永遠に
□初出一覧
□あとがき

■付記■

本書は、続いて今年七月に刊行される予定の芸術論集『美をひらく扉』と、いわば一対をなすことになるはずである。（あとがきより）

美をひらく扉

講談社　一九九二年　三一八頁　四六判　二三〇〇円

■造本■

上製　糸綴じ　カバー　装幀・装画：安野光雅

■奥付■

美をひらく扉／発行日　一九九二年八月五日　第一刷／定価二三〇〇円／著者　大岡信／発行者　野間佐和子／発行所　株式会社講談社　〒一一二—〇一　東京都文京区音羽二—一二—二一　販売部〇三—五三九五—三六二二　製作部〇三—五三九五—三六一五／編集　株式会社第一出版センター　代表　加藤勝久　〒一六二　東京都新宿区新小川町九—二五　日商ビル　編集部〇三—三二三五—三〇五一／印刷所　株式会社廣済堂／製本所　黒柳製本株式会社／©MAKOTO OOKA 1992　Printed in Japan／ISBN4-06-205764-6

■もくじ■

美を感じるとはどういうことか／美術品収集の意味――東京芸大コレクションをめぐって／日本のジャポニスムも面白い／書は命の舞踏だろう

□Ⅱ

フォーヴ――創造的なる想像力／ギュスターヴ・モローとモロー美術館／ゴッホという問い／ゴーギャン――高貴なるものの現存／道化を描くピカソ／エルンスト――無私の方法的実践／ジョアン・ミロ――大地と自由の証人／アンリ・ミショー――存在のアルファベットの探究／徴候の狩人サム・フランシス／一つの大洋　一つの茶碗――サム・フランシス（大岡信訳）

□Ⅲ

岡本太郎の「眼玉」／菅井汲――回想と展望／駒井哲郎の軌跡／駒井哲郎――晩期の仕事／吾妻兼治郎――「無」と「有」／柚木沙弥郎――清潔なる無所属／島田しづ――無窮動の詩を絵筆で／前田常作の曼荼羅／堂本尚郎のコスモス／高橋秀――エロスと自己消去の芸術／加納光於――色彩はミクロコスモスの皮膚／宇佐美圭司――人型から宇宙像へ／靉嘔――色の狩人／シルクロードの平山郁夫／勅使河原蒼風――書と彫刻／土方巽――キラキラ輝く泥田の言葉／志水楠男と南画廊

□掲載美術家略歴一覧

□初出一覧

□あとがき

■付記■

本書はつい先日刊行された『詩をよむ鍵』と一対をなしている。（あとがきより）

「忙即閑」を生きる

日本経済新聞社　一九九二年　二四六頁　四六判　一四〇〇円

■造本■

上製　糸綴じ　カバー

■奥付■

「忙即閑」を生きる／一九九二年八月二十一日　第一刷／著者　大岡信　©Makoto Ooka, 1992／発行者　田村祥蔵／発行所　日本経済新聞社　東京都千代田区大手町一―九―五　〒一〇〇

○―六六／電話番号　東京　（〇三）三二七〇―〇二五一　振替番号東京三―五五五／印刷・東光整版印刷　製本・大口製本／ISBN4-532-16067-7 Printed in Japan

■もくじ■

□忙即閑でありたい

忙即閑でありたい／古典というのは何だろう／みみっちく思える話／クラシックを聴く時／ロマネスクの土地で地酒を／日録風なCreative Credo／恥かしながら少年歌手／私が詩を書き始めたころ／初めて英語の本を読んだころ／外報部記者になったころ／筆で書くと気持がいい／静岡と私

□日本語と日本文化

日本文化とフランス人／「落丁」がうまる歓び／いま「編集者の時代」／時代の捌き手／いま日本語について考えるべきこと／文章とは／話し言葉・書き言葉／日本の水と紐育《ニューヨーク》の風／句成らずんば舌頭に千転せよ

□雨中の大噴水

フレーフレー／雨中の大噴水／紙が無い／和紙の危機と寿岳文章氏／風狂将軍足利義教の富士山詠／昌子と青邨と竹取物語／透明な文　絵の豊かさ／歓楽極まれば哀情また多し／いい女は女たちと共にある

□ものに生き　芸術を生きる

大悟の人の強靭な精神活動／八十過ぎて新しき詩人／「心の鏡」としての月／現代詩と能／万之丞讃／万作さん御慶／岡田輝の焼きものと私／舞うために生まれた人／雪の結晶体のように／レンズがスピリットの窓になっている／詩人画家サム・フランシス／死と再生／「ベルリン連詩」の一柳慧

□あとがき

□初出一覧

「忙即閑」を生きる

［角川文庫］　角川書店　二〇〇一年　二三四頁　A6判　六五〇円

■造本■

並製　無線綴じ　カバー　文庫

■奥付■

「忙即閑《ぼうそくかん》」を生《い》きる／大岡信《おおおかまこと》／角川文庫　一一七三／平成十三年十月二十五日　初版発行／発行者　角川歴彦／発行所　株式会社角川書店　東京都千代田区富士見二―十三―三／電話編集部（〇三）三二三八―八五五五　営業部（〇三）三二三八―八五二一　〒一〇二―八一七七　振替〇〇一三〇―九―一九五二〇八／印刷・製本　e-Book マニュファクチュアリング／装幀者　杉浦康平／©Makoto OOKA 1992 Printed in Japan／

光のくだもの

小学館　一九九二年　二三二頁　四六判　一五〇〇円

■もくじ■

一章　山は水　水は山——四季の移ろい

四季のことば／ときの詩／日本人と雨／ひとり寝の夜寒に恋物語

二章　書斎の散歩——折々雑感

紐とこころ／踊れる触れる生活／色彩の世界／彩ふたり／バルセロナの日本／ラヴェンダーと沈香木／校正は交差することと見つけたり／モーツァルトは吃驚させる／読書家・読書人になれない者の読書論／ファクス深夜便／猫の話・四篇（好きな話題）より——猫の歌　アディばなし　追悼アディ嬢　すごいな女はと思った話

三章　言葉の中で薫るもの——詩歌の光と影

梅に鶯　春の鶯／父　大岡博／光のくだもの／「虫の夢」について思い出すこと／好きな詩「懸崖」／黒田三郎さん／追悼　寺山修司／お別れの言葉　鮎川信夫様／弔辞　草野心平

■付記■

初版の「あとがき」の代わりに「文庫版あとがき」

初版と同じ

■もくじ■

日本経済新聞社から刊行された単行本を文庫化。

ISBN4-04-346807-5 C0195

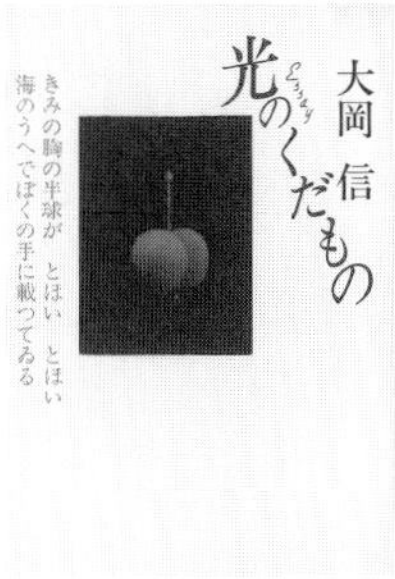

■造本■

上製　糸綴じ　カバー　装画：浜口陽三　装丁　林立人

■奥付■

光のくだもの／一九九二年一一月一〇日　初版第一刷発行 ©
Makoto Ōoka 1992／著者　大岡信／発行者　二見康生／発行所　小学館　〒一〇一‐〇一　東京都千代田区一ツ橋二‐三‐一／電話　編集　東京（〇三）三二三〇‐五三三三　販売　東京（〇三）三二三〇‐五一二二　業務　東京（〇三）三二三〇‐五七三九　振替　東京八‐二〇〇／印刷所　凸版印刷株式会社／Printed in Japan／ISBN4-09-387092-6

様／弔辞　井上靖先生
□あとがき
□初出一覧

人生の果樹園にて

小学館　一九九三年　二〇五頁　四六判　一四〇〇円

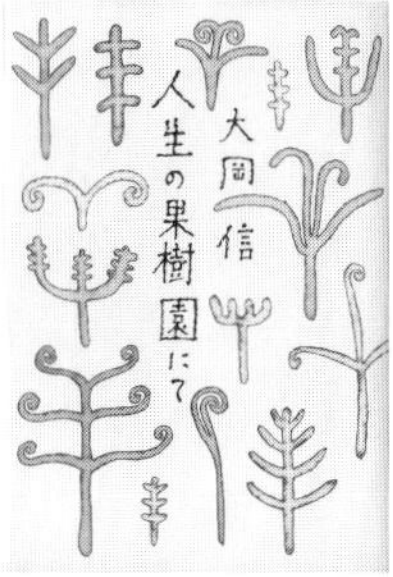

■造本■
上製　糸綴じ　カバー　装幀：望月通陽

■奥付■
人生の果樹園にて／一九九三年五月一〇日　初版第一刷発行
©Makoto Ōoka 一九九三／著者　大岡信／発行者　二見康生
／発行所　小学館　〒一〇一—〇一　東京都千代田区一ツ橋二
—三—一／電話　編集　東京（〇三）三二三〇—五一二二　業
務　東京（〇三）三二三〇—五三三三　販売　東京（〇三）三
二三〇—五七三九　振替　東京八—二〇〇／印刷所　凸版印刷
株式会社／Printed in Japan／ISBN4-09-387100-0

■もくじ■
□一章　ことばの輝き——日本語考
挨拶は珠玉のことば／朗読畏るべし／詩人がドラマを書くとき／近ごろの日本語は／シュウトメとギボ／吐く息・吸う息
□二章　恋のうた　酒のうた——詩歌展望
恋うたと色彩／季語は世につれ／飲みての後は散りぬともよし／独酌のうた／「花ある人」の花の来歴／病者の歌の生気／文化としての恋うた／遊女の恋うた／藤村の恋愛詩／『みだれ髪』が開いた詩歌の二十世紀
□三章　外からの風に吹かれて——文化案内
水が送るメッセージ／凧よ地球をまわれ／ハイクと俳句／パリの泥棒とポリス／〝ルイーズの館〟美術館／シャンソン歌手の人柄／遊びに金はかからない／自分の楽しみは自分で探す
□あとがき

一九〇〇年前夜後朝譚
近代文芸の豊かさの秘密

岩波書店　一九九四年　三四六頁　四六判　二六〇〇円

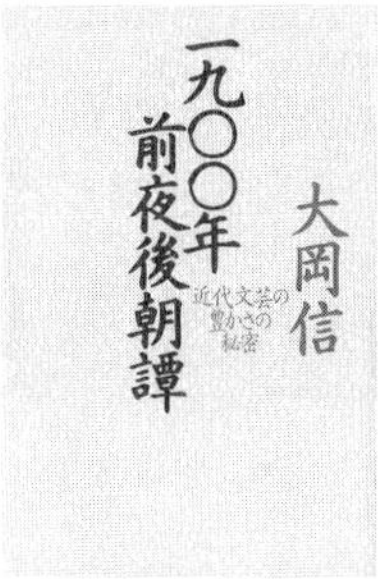

■造本■
上製　布貼表紙　糸綴じ　カバー　装幀：菊地信義

■奥付■
一九〇〇年前夜後朝譚／一九九四年十月二十一日　第一刷発行／定価　二六〇〇円（本体二五二四円）／著者　大岡信《おおおかまこと》／発行者　安江良介／発行所　株式会社岩波書店　〒一〇一―〇二　東京都千代田区一ツ橋二―五―五／電話　案内〇三―五二一〇―四〇〇〇／印刷・凸版印刷　カバー・半七印刷　製本・牧製本／©Makoto Ôoka 1994／ISBN4-00-002985-1　Printed in Japan

■もくじ■
序章　恋愛詩を通して歴史を覗く／Ⅰ　ヴィクトリア朝と幕末／Ⅱ　内村鑑三の「地理の宗教」／Ⅲ　知られざる近代――岡倉天心／Ⅳ　伝統定型詩と現代／Ⅴ　和歌――その「近代」と「前近代」／Ⅵ　詩歌における「子供」の意味／Ⅶ　ハイクが俳句に教えてくれる事／Ⅷ　なぜ日本の定型詩は短いのか（一）／Ⅸ　なぜ日本の定型詩は短いのか（二）／Ⅹ　本邦初期「ハムレット」公演始末／Ⅺ　野口米次郎とヨネ・ノグチ
□あとがき

光の受胎

小学館　一九九五年　二二一頁　四六判　一五〇〇円

■造本■
上製　糸綴じ　カバー
■奥付■
光の受胎／一九九五年一一月一〇日　初版第一刷発行　©Makoto Ōoka 1995／著者　大岡信／発行者　上野明雄／発行所　小学館　〒一〇一―〇一　東京都千代田区一ツ橋二―三―一／電話　編集　東京（〇三）三二三〇―五一二二　制作　東京（〇三）三二三〇―五三三三　販売　東京（〇三）三二三〇―五七三九　振替　〇〇一八〇―一―二〇〇／印刷所　凸版印刷株式会社／Printed in Japan／ISBN4-09-387173-6
■もくじ■

ことばが映す人生

小学館　一九九七年　二三二頁　四六判　一六〇〇円
■造本■
上製　糸綴じ　カバー　装幀：望月通陽
■奥付■

ことばが映す人生／一九九七年一一月二〇日　初版第一刷発行
©Makoto Ōoka 1997／著者　大岡信／発行者　上野明雄／
発行所　小学館　〒一〇一―〇一　東京都千代田区一ツ橋二―
三―一／電話　編集　東京（〇三）三二三〇―五一三一　制作
東京（〇三）三二三〇―五三三三　販売　東京（〇三）三二
三〇―五七三九　振替　〇〇一八〇―一―二〇〇／印刷所　凸
版印刷株式会社／Printed in Japan／ISBN4-09-387233-3

■もくじ■

□一章　文学の楽しみ
日本の詩歌百年をかえりみる／山本健吉の俳句論／〈絶筆宣言〉のこと――幸田文

□二章　美の変幻
往復書簡　粟津則雄×大岡信

□三章　知と文化
短章集〈ちょっとひとこと〉／二十一世紀を拓く――人の生き方、死に方／マケドニア日記――詩祭大賞を受けて

□四章　別れの言葉
芹沢幸治良氏を悼む／希望のうちに生きる能力／武満徹を考える／弔辞　岡田隆彦よ／飽くなき料理追跡者、辻静雄

□あとがき

□初出一覧

折々のうた

〔岩波新書黄版113〕　岩波書店　一九八〇年　一八九、二六頁
新書判　三二〇円

■造本■
並製　無線綴じ　カバー　新書
■もくじ■
春のうた／夏のうた／秋のうた／冬のうた／あとがき／作者略
歴（兼索引）
■奥付■
折々のうた／岩波新書（黄版）113／一九八〇年三月二一日　第
1刷発行Ⓒ／¥三二〇／著者　大岡信《おおおかまこと》／発行者　緑川亨／発
行所　株式会社岩波書店　〒一〇一　東京都千代田区一ツ橋二
－五－五／電話　〇三－二六五－四一一一　振替東京六－二六
二四〇／印刷・精興社／製本・永井製本

続 折々のうた

〔岩波新書黄版146〕　岩波書店　一九八一年　一九五、二九頁
新書判　三八〇円

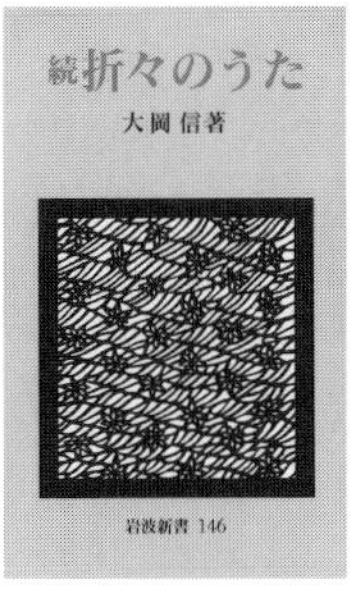

■造本■
並製　無線綴じ　カバー　新書
■もくじ■
春のうた／夏のうた／秋のうた／冬のうた／あとがき／作者略
歴（兼索引）

■奥付■

続　折々のうた／岩波新書（黄版）146／一九八一年二月二〇日第1刷発行©／¥三八〇／著者　大岡信《おおおかまこと》／発行者　緑川亨／発行所　株式会社岩波書店　〒一〇一　東京都千代田区一ツ橋二－五－五／電話　〇三－二六五－四一一一　振替東京六－二六二四〇／印刷・精興社／製本・永井製本

第三　折々のうた

〔岩波新書黄版226〕　岩波書店　一九八三年　一八八、二六頁

新書判　四三〇円

■造本■

並製　無線綴じ　カバー　新書

■もくじ■

春のうた／夏のうた／秋のうた／冬のうた／あとがき／作者略歴（兼索引）

■奥付■

第三　折々のうた／岩波新書（黄版）226／一九八三年四月二〇日　第1刷発行©／定価四三〇円／著者　大岡信《おおおかまこと》／発行者　緑川亨／発行所　株式会社岩波書店　〒一〇一　東京都千代田区一ツ橋二－五－五／電話　〇三－二六五－四一一一　振替東京六－二六二四〇／印刷・精興社／製本・永井製本／Printed in Japan

第四　折々のうた

〔岩波新書黄版261〕　岩波書店　一九八四年　一九〇、二五頁

新書判　四三〇円

■造本■

並製　無線綴じ　カバー　新書

■もくじ■

春のうた／夏のうた／秋のうた／冬のうた／あとがき／作者略歴（兼索引）

■奥付■

第四　折々のうた／岩波新書（黄版）261／一九八四年四月二〇日　第1刷発行ⓒ／定価四三〇円／著者　大岡信《おおおかまこと》／発行者　緑川亨／発行所　株式会社岩波書店　〒一〇一　東京都千代田区一ツ橋二―五―五　電話　〇三―二六五―四一一一　振替東京六―二六二四〇／印刷・精興社／製本・永井製本／Printed in Japan

第五　折々のうた

［岩波新書黄版333］　岩波書店　一九八六年　一九一、二五頁
新書判　四八〇円

■造本■
並製　無線綴じ　カバー　新書

■もくじ■
春のうた／夏のうた／秋のうた／冬のうた／あとがき／作者略歴（兼索引）

■奥付■
第五　折々のうた／岩波新書（黄版）333／一九八六年三月二〇日　第1刷発行ⓒ／定価四八〇円／著者　大岡信《おおおかまこと》／発行者　緑川亨／発行所　株式会社岩波書店　〒一〇一　東京都千代田区一ツ橋二―五―五　電話　〇三―二六五―四一一一　振替東京六―二六二四〇／印刷・精興社／製本・永井製本／Printed in Japan

第六　折々のうた

［岩波新書黄版370］　岩波書店　一九八七年　一九〇、二四頁
新書判　四八〇円

■造本■
並製　無線綴じ　カバー　新書

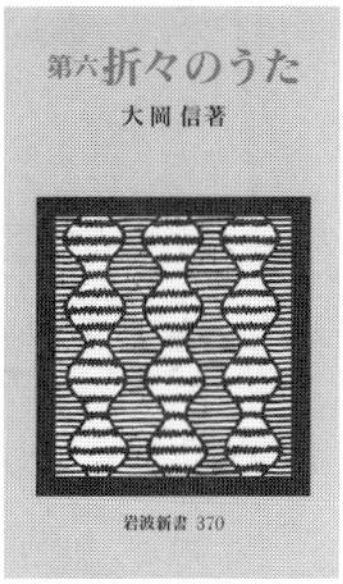

■もくじ■

■奥付■

第六　折々のうた／岩波新書（黄版）370／一九八七年四月二〇日　第1刷発行©／定価四八〇円／著者　大岡信《おおおかまこと》／発行者　緑川亨／発行所　株式会社岩波書店　〒一〇一　東京都千代田区一ツ橋二―五―五　電話　〇三―二六五―四一一一　振替東京六―二六二四〇／印刷・精興社／製本・永井製本／Printed in Japan／ISBN4-00-420370-8

第七　折々のうた

［岩波新書新赤版56］　岩波書店　一九八九年　一八九、二六頁

新書判　四八〇円

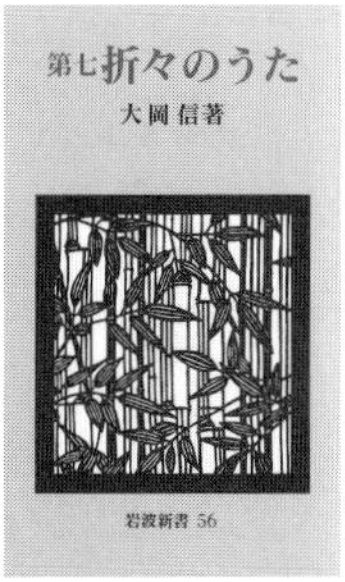

■造本■

並製　無線綴じ　カバー　新書

■もくじ■

■奥付■

第七　折々のうた／岩波新書（新赤版）56／一九八九年一月二〇日　第1刷発行©／定価四八〇円／著者　大岡信《おおおかまこと》／発行者　緑川亨／発行所　株式会社岩波書店　〒一〇一　東京都千代田区一ツ橋二―五―五　電話　〇三―二六五―四一一一　振替東京六―二六二四〇／印刷・精興社／製本・永井製本／Printed in Japan／ISBN4-00-430056-8

第八 折々のうた

［岩波新書新赤版111］ 岩波書店 一九九〇年 一九三、二五頁
新書判 五二〇円

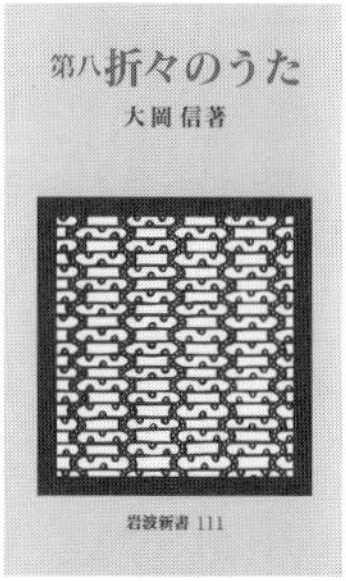

■造本■
並製 無線綴じ カバー 新書
■もくじ■
春のうた／夏のうた／秋のうた／冬のうた／あとがき／作者略歴（兼索引）
■奥付■
第八 折々のうた／岩波新書（新赤版）111／一九九〇年二月二〇日 第1刷発行ⓒ／定価五二〇円／著者 大岡《おおおか》信《まこと》／発行者 緑川亨／発行所 株式会社岩波書店 〒一〇一－〇二 東京都千代田区一ツ橋二－五－五 電話 〇三－二六五－四一一一 振替東京六－二六二四〇／印刷・精興社／製本・永井製本／Printed in Japan ／ISBN4-00-430111-4

第九 折々のうた

［岩波新書新赤版184］ 岩波書店 一九九一年 一八七、二五頁
新書判 五五〇円

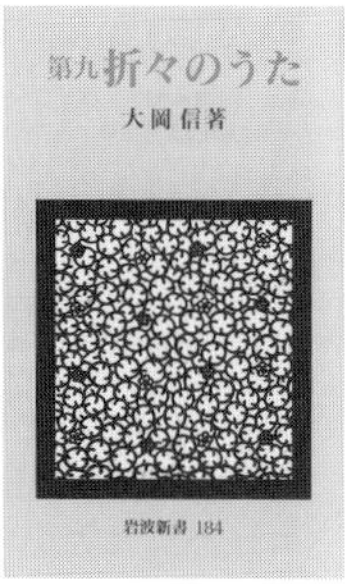

■造本■
並製 無線綴じ カバー 新書
■もくじ■
春のうた／夏のうた／秋のうた／冬のうた／あとがき／作者略

歴（兼索引）
■奥付■
第九　折々のうた／岩波新書（新赤版）184／一九九一年八月二一日　第1刷発行©／著者　大岡信《おおおかまこと》／発行者　安江良介／発行所　株式会社岩波書店　〒一〇一―〇二　東京都千代田区一ツ橋二―五―五／電話　〇三―三二六五―四一一一（案内）／印刷・精興社／製本・永井製本／Printed in Japan／ISBN4-00-430184-X

第十　折々のうた

[岩波新書新赤版246]　岩波書店　一九九二年　一八七、二三頁
新書判　五五〇円

■造本■
並製　無線綴じ　カバー　新書
■もくじ■
春のうた／夏のうた／秋のうた／冬のうた／あとがき／作者略歴（兼索引）
■奥付■
第十　折々のうた／岩波新書（新赤版）246／一九九二年九月二一日　第1刷発行©／著者　大岡信《おおおかまこと》／発行者　安江良介／発行所　株式会社岩波書店　〒一〇一―〇二　東京都千代田区一ツ橋二―五―五／電話　〇三―三二六五―四一一一（案内）／印刷・精興社／製本・永井製本／Printed in Japan／ISBN4-00-430246-3

折々のうた　総索引

[岩波新書新赤版247]　岩波書店　一九九二年　一二七、一一五頁　新書判　五〇〇円
■造本■
並製　無線綴じ　カバー　新書
■もくじ■
「折々のうた」の十四年――序にかえて――　大岡信／初句索

引／作者略歴（兼索引）

■奥付■

折々のうた総索引／岩波新書（新赤版）247／一九九二年九月二一日 第1刷発行ⓒ／著者 大岡信《おおおかまこと》／発行者 安江良介／発行所 株式会社岩波書店 〒一〇一－〇二 東京都千代田区一ツ橋二－五－五 電話 〇三－三二六五－四一一一（案内）／印刷・精興社／製本・永井製本／Printed in Japan／ISBN4-00-430247-1

折々のうた

［愛蔵版］ 岩波書店 一九九二年 四六判 一九八〇〇円（11冊セット定価）

■造本■

上製 布貼表紙 糸綴じ カバー セット函

一 一八九、二六頁／二 一九五、二九頁／三 一八八、二六頁／四 一九〇、二五頁／五 一九一、二五頁／六 一九〇、二四頁／七 一八九、二六頁／八 一九三、二五頁／九 一八七、二五頁／十 一八七、二三頁／総索引 二二七、一一五頁

■もくじ■

□総索引以外共通

春のうた／夏のうた／秋のうた／冬のうた／初句索引／作者略歴

■奥付■

折々のうた／［巻数］ （一一冊セット）／一九九二年九月二一日 第一刷発行ⓒ／セット定価 一九八〇〇円（本体 一九二二八円）／著者 大岡信《おおおかまこと》／発行者 安江良介／発行所 株式会社岩波書店 〒一〇一－〇二 東京都千代田区一ツ橋二－五－五／電話 〇三－三二六五－四一一一（案内）／印刷・精興社／製本・牧製本／Printed in Japan

■付記■

岩波新書『折々のうた』は多くの読者の期待に支えられて10冊目の刊行を迎えるに至った。この刊行を記念し、また読者のご要望に応え、総索引1巻を加えた美麗な愛蔵版をお届けする。限定2000部、一括セット販売のみ。（パンフレットより）

新編・折々のうた

［新編］ 朝日新聞社 一九八三年 二三五、二五頁 20.8×22.5 cm 二八〇〇円

■造本■

上製 糸綴じ カバー 扉題字：大岡信 装幀・本文構成：菊地信義＋岸顕樹郎

■もくじ■

春のうた／夏のうた／秋のうた／冬のうた／あとがき／作者略歴（兼索引）

■奥付■

新編 折々のうた／著者 大岡信／©Makoto Ooka 1983, Printed in Japan ／発行 一九八三年三月二〇日 第1刷／発行者 初山有恒／発行所 朝日新聞社 〒一〇四 東京都中央区築地五―三―二／電話 〇三―五四五―〇一三一／編集・図書編集室 販売・出版販売部／印刷所 凸版印刷株式会社／定価 二八〇〇円／0092-255063-0042

新編・折々のうた 第二

［新編］ 朝日新聞社 一九八五年 二三七、二三頁 20.8×22.5 cm 二八〇〇円

■造本■

上製 糸綴じ カバー 扉題字：大岡信 装幀・本文構成：菊地信義＋岸顕樹郎

■もくじ■

春のうた／夏のうた／秋のうた／冬のうた／あとがき／作者略歴（兼索引）

■奥付■

新編 折々のうた 第二／著者 大岡信 ©Makoto Ooka 1985, Printed in Japan ／発行 一九八五年三月一〇日 第1

刷／発行者　川口信行／発行所　朝日新聞社　〒一〇四　東京都中央区築地五—三—二／電話　〇三—五四五—〇一三一／編集・図書編集室　販売・出版販売部／印刷所　凸版印刷株式会社／定価　二八〇〇円／ISBN4-02-255310-3

新編・折々のうた　第三

［新編］　朝日新聞社　一九八七年　二四一、二一頁　20.8×22.5 cm　二九〇〇円

■造本■

上製　糸綴じ　カバー　扉題字：大岡信　装幀・本文構成：菊地信義＋岸顕樹郎

■もくじ■

■奥付■

新編　折々のうた　第三／著者　大岡信　©Makoto Ooka 1987, Printed in Japan／発行　一九八七年一二月二一日　第1刷／発行者　八尋舜右／発行所　朝日新聞社　〒一〇四—一一　東京都中央区築地五—三—二／電話　〇三—五四五—〇一三一　振替東京〇—一七三〇／編集・図書編集室　販売・出版販売部／印刷所　凸版印刷株式会社／定価　二九〇〇円／ISBN4-02-255784-2

新編・折々のうた 第四

［新編］ 朝日新聞社 一九九〇年 二四二、二一二頁 20.8×22.5 cm 三〇〇〇円

■造本■

上製 糸綴じ カバー 扉題字：大岡信 装幀・本文構成：菊地信義 芹澤泰偉 北島裕道

■もくじ■

春のうた／夏のうた／秋のうた／冬のうた／あとがき／作者略歴（兼索引）

■奥付■

新編 折々のうた 第四／著者 大岡信 ©Makoto Ooka 1990, Printed in Japan／発行 一九九〇年一〇月一〇日 第1刷／発行者 木下秀男／発行所 朝日新聞社 〒一〇四－一一 東京都中央区築地五－三－二／電話 〇三－五四五－〇一三一 振替東京〇－一七三〇／編集・図書編集室 販売・出版販売部／印刷所 凸版印刷／製本所 和田製本／ISBN4-02-255785-0

新編・折々のうた 第五

［新編］ 朝日新聞社 一九九四年 二四三、二一一頁 20.8×22.5 cm 三二〇〇円

■造本■

上製 糸綴じ カバー 扉題字：大岡信 装幀・本文構成：菊地信義 芹澤泰偉 岩崎美紀 本文画：須貝稔

■もくじ■

春のうた／夏のうた／秋のうた／冬のうた／あとがき／作者略歴（兼索引）

■奥付■

新編　折々のうた　第五／発行　一九九四年一一月一日　第1刷発行／著者　大岡信　©Makoto Ooka 1994　Printed in Japan／発行者　天羽直之／発行所　朝日新聞社　〒一〇四―一一　東京都中央区築地五―三―二／電話　〇三―三五四五―〇一三一（代表）　振替　〇〇一〇〇―七―一七三〇／編集　書籍第一編集室／販売　出版営業部／印刷所　凸版印刷／製本所　凸版印刷／写真　（株）キュウ・フォト・インターナショナル　高橋宣之／ISBN4-02-256800-3

新編・折々のうた1　一の上　春のうた・夏のうた

［朝日文庫］　朝日新聞社　一九九二年　二二〇、三三頁　A6判　七八〇円

■造本■
並製　無線綴じ　カバー　文庫　カバー装幀・挿画：安野光雅
表紙・扉：伊藤鑛治

■もくじ■
まえがき／春のうた／夏のうた／作者略歴（兼索引）

■奥付■
新編・折々のうた　1　朝日文庫／一九九二年一月一五日　第1刷印刷／一九九二年二月一日　第1刷発行／著者　大岡信／発行者　木下秀男／印刷製本　凸版印刷株式会社／発行所　朝

日新聞社　〒一〇四－一一　東京都中央区築地五－三－二／電話　〇三（三五四五）〇一三一（代表）／編集：図書編集室
販売：出版販売部　振替　東京〇－一七三〇／©Makoto Ooka
1983 Printed in Japan／ISBN4-02-260684-3

■付記■

『新編・折々のうた　一』（一九八三年、朝日新聞社刊）を二分冊にしたものの一冊。本シリーズのなりたちについて、「まえがき」に詳述あり。

新編・折々のうた2　一の下　秋のうた・冬のうた

［朝日文庫］　朝日新聞社　一九九二年　一九六、三三頁　A6判　七三〇円

■造本■

並製　無線綴じ　カバー　文庫　カバー装幀・挿画：安野光雅
　表紙・扉：伊藤鑛治

■もくじ■

秋のうた／冬のうた／単行本あとがき／作者略歴（兼索引）

■奥付■

新編・折々のうた　2　朝日文庫／一九九二年一月一五日　第1刷印刷／一九九二年二月一日　第1刷発行／著者　大岡信／発行者　木下秀男／印刷製本　凸版印刷株式会社／発行所　朝日新聞社　〒一〇四－一一　東京都中央区築地五－三－二／電話　〇三（三五四五）〇一三一（代表）　編集：図書編集室
販売：出版販売部　振替　東京〇－一七三〇／©Makoto Ooka
1983 Printed in Japan／ISBN4-02-260685-1

■付記■

『新編・折々のうた　一』（一九八三年、朝日新聞社刊）を二分冊にしたものの一冊。本シリーズのなりたちについては、朝日文庫『新編・折々のうた1』の「まえがき」に詳述あり。

「単行本あとがき」は、『新編　折々のうた』（一九八三、朝日新聞社刊）のあとがきと同じ。

新編・折々のうた3　二の上　春のうた・夏のうた

［朝日文庫］　朝日新聞社　一九九二年　二三一、三四頁　A6判　七八〇円

■造本■
並製　無線綴じ　カバー　文庫　カバー装幀・挿画：安野光雅
表紙・扉：伊藤鑛治

■もくじ■
まえがき／春のうた／夏のうた／作者略歴（兼索引）

■奥付■
新編・折々のうた　3　朝日文庫／一九九二年二月一五日　第1刷印刷／一九九二年三月一日　第1刷発行／著者　大岡信／発行者　木下秀男／印刷製本　凸版印刷株式会社／発行所　朝日新聞社　〒一〇四－一一　東京都中央区築地五－三－二／電話　〇三（三五四五）〇一三一（代表）　編集：図書編集室
販売：出版販売部　振替　東京〇－一七三〇／©Makoto Ooka
1985 Printed in Japan ／ISBN4-02-260686-X

■付記■
『新編・折々のうた　二』（一九八五年、朝日新聞社刊）を二分冊にしたものの一冊。本シリーズのなりたちについては、朝日文庫『新編・折々のうた1』の「まえがき」に詳述あり。

新編・折々のうた4　二の下　秋のうた・冬のうた

［朝日文庫］　朝日新聞社　一九九二年　一九四、二八頁　A6判　七一〇円

■造本■
並製　無線綴じ　カバー　文庫　カバー装幀・挿画：安野光雅
表紙・扉：伊藤鑛治

■もくじ■
秋のうた／冬のうた／単行本あとがき／作者略歴（兼索引）

■奥付■
新編・折々のうた　4　朝日文庫／一九九二年二月一五日　第1刷印刷／一九九二年三月一日　第1刷発行／著者　大岡信／発行者　木下秀男／印刷製本　凸版印刷株式会社／発行所　朝日新聞社　〒一〇四－一一　東京都中央区築地五－三－二／電話　〇三（三五四五）〇一三一（代表）／編集：図書編集室
販売：出版販売部　振替　東京〇－一七三〇／©Makoto Ooka
1985 Printed in Japan／ISBN4-02-260687-8

■付記■
『新編・折々のうた　二』（一九八五年、朝日新聞社刊）を二分冊にしたものの一冊。本シリーズのなりたちについては、朝日文庫『新編・折々のうた1』の「まえがき」に詳述あり。

「単行本あとがき」は、『新編　折々のうた　第二』（一九八五、朝日新聞社刊）のあとがきと同じ。

新編・折々のうた5　三の上　春のうた・夏のうた

［朝日文庫］　朝日新聞社　一九九二年　二〇一、三一頁　A6判　七六〇円

■造本■
並製　無線綴じ　カバー　文庫　カバー装幀・挿画：安野光雅
表紙・扉：伊藤鑛治

■もくじ■
まえがき／春のうた／夏のうた／作者略歴（兼索引）

■奥付■
新編・折々のうた　5　朝日文庫／一九九二年四月一五日　第1刷印刷／一九九二年五月一日　第1刷発行／著者　大岡信／

発行者　木下秀男／印刷製本　凸版印刷株式会社／発行所　朝日新聞社　〒一〇四―一一　東京都中央区築地五―三―二　電話　〇三（三五四五）〇一三一（代表）／編集：図書編集室
販売：出版販売部　振替　東京〇―一七三〇／©Makoto Ooka
1989 Printed in Japan／ISBN4-02-260688-6

■付記■

『新編・折々のうた　三』（一九八九年、朝日新聞社刊）を二分冊にしたものの一冊。本シリーズのなりたちについては、朝日文庫『新編・折々のうた1』の「まえがき」に詳述あり。

新編・折々のうた6　三の下　秋のうた・冬のうた

［朝日文庫］　朝日新聞社　一九九二年　一九二、二九頁　A6判　七三〇円

■造本■

並製　無線綴じ　カバー　文庫　カバー装幀・挿画：安野光雅
表紙・扉：伊藤鑛治

■もくじ■

秋のうた／冬のうた／単行本あとがき／作者略歴（兼索引）

■奥付■

新編・折々のうた　6　朝日文庫／一九九二年四月一五日　第1刷印刷／一九九二年五月一日　第1刷発行／著者　大岡信／発行者　木下秀男／印刷製本　凸版印刷株式会社／発行所　朝日新聞社　〒一〇四―一一　東京都中央区築地五―三―二　電話　〇三（三五四五）〇一三一（代表）／編集：図書編集室
販売：出版販売部　振替　東京〇―一七三〇／©Makoto Ooka
1989 Printed in Japan ／ISBN4-02-260689-4

■付記■

『新編・折々のうた　三』（一九八九年、朝日新聞社刊）を二分冊にしたものの一冊。本シリーズのなりたちについては、朝日文庫『新編・折々のうた1』の「まえがき」に詳述あり。

「単行本あとがき」は、『新編　折々のうた　第三』（一九八九、朝日新聞社刊）のあとがきと同じ。

新折々のうた1

［岩波新書新赤版357］ 岩波書店 一九九四年 一八三、二六頁

新書判 六二〇円

■造本■

並製 無線綴じ カバー 新書

■もくじ■

■奥付■

新折々のうた1／岩波新書（新赤版）357／一九九四年一〇月二〇日 第1刷発行／著者 大岡信《おおおかまこと》／発行者 安江良介／発行所 株式会社岩波書店 〒一〇一―〇二 東京都千代田区一ツ橋二―五―五 電話 案内〇三―五二一〇―四〇〇〇 営業部〇三―五二一〇―四一一一 新書編集部〇三―五二一〇―四〇五四／印刷・精興社 カバー・半七印刷 製本・永井製本／© Makoto Ôoka 1994／ISBN4-00-430357-5／Printed in Japan

新折々のうた2

［岩波新書新赤版415］ 岩波書店 一九九五年 一八八、二七頁

新書判 六二〇円

■造本■

並製 無線綴じ カバー 新書

■もくじ■

歴（兼索引）

■奥付■

新折々のうた２／岩波新書（新赤版）415／一九九五年一〇月二〇日　第１刷発行／著者　大岡信《おおおかまこと》／発行者　安江良介／発行所　株式会社岩波書店　〒一〇一－〇二　東京都千代田区一ツ橋二－五－五　電話　案内〇三－五二一〇－四〇〇〇　営業部〇三－五二一〇－四一一一　新書編集部〇三－五二一〇－四〇五四／印刷・精興社　カバー・半七印刷　製本・永井製本／
／ISBN4-00-430415-6／Printed in Japan

新折々のうた３

［岩波新書新赤版531］　岩波書店　一九九七年　一八九、二六頁

新書判　六四〇円

■造本■

並製　無線綴じ　カバー　新書

■もくじ■

春のうた／夏のうた／秋のうた／冬のうた／あとがき／作者略歴（兼索引）

■奥付■

新折々のうた３／岩波新書（新赤版）531／一九九七年一一月二〇日　第１刷発行／著者　大岡信《おおおかまこと》／発行者　大塚信一／発行所　株式会社岩波書店　〒一〇一－〇二　東京都千代田区一ツ橋二－五－五／電話　案内〇三－五二一〇－四〇〇〇　営業部〇三－五二一〇－四一一一　新書編集部〇三－五二一〇－四〇五四／印刷・精興社　カバー・半七印刷　製本・中永製本／
／ISBN4-00-430531-4／Printed in Japan

新折々のうた４

［岩波新書新赤版585］　岩波書店　一九九八年　一八九、二六頁

新書判　六四〇円

■造本■

並製　無線綴じ　カバー　新書

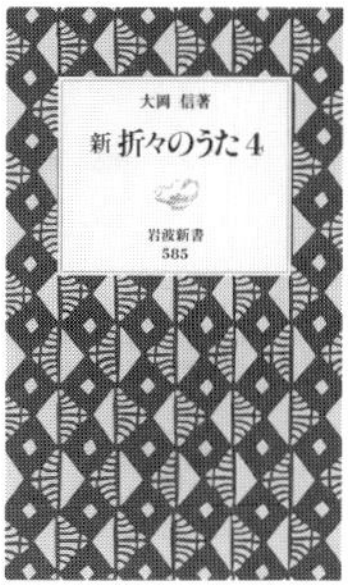

■もくじ■
春のうた／夏のうた／秋のうた／冬のうた／あとがき／作者略歴（兼索引）

■奥付■
新折々のうた4／岩波新書（新赤版）585／一九九八年一〇月二〇日 第1刷発行／著者 大岡信《おおおかまこと》／発行者 大塚信一／発行所 株式会社岩波書店 〒一〇一―八〇〇二 東京都千代田区一ツ橋二―五―五 電話 案内〇三―五二一〇―四〇〇〇 営業部〇三―五二一〇―四一一一 新書編集部〇三―五二一〇―四〇五四／印刷・精興社 カバー・半七印刷 製本・中永製本／©Makoto Ôoka 1998／ISBN4-00-430585-3／Printed in Japan

新折々のうた5

［岩波新書新赤版699］ 岩波書店 二〇〇〇年 一九〇、二五頁
新書判 六六〇円

■造本■
並製 無線綴じ カバー 新書

■もくじ■
春のうた／夏のうた／秋のうた／冬のうた／あとがき／作者略歴（兼索引）

■奥付■
新折々のうた5／岩波新書（新赤版）699／二〇〇〇年一一月二〇日 第1刷発行／著者 大岡信《おおおかまこと》／発行者 大塚信一／発行所 株式会社岩波書店 〒一〇一―八〇〇二 東京都千代田区一ツ橋二―五―五／電話 案内〇三―五二一〇―四〇〇〇 営業部〇三―五二一〇―四一一一 新書編集部〇三―五二一〇―四〇五四 http://www.iwanami.co.jp/／印刷・精興社 カバ

ー・半七印刷　製本・中永製本／©Makoto Ôoka 2000／ISBN4-00-430699-X／Printed in Japan

新折々のうた6

［岩波新書新赤版760］　岩波書店　二〇〇一年　一八九、二五頁
新書判　七〇〇円

■造本■
並製　無線綴じ　カバー　新書
■もくじ■
春のうた／夏のうた／秋のうた／冬のうた／あとがき／作者略歴（兼索引）
■奥付■
新折々のうた6／岩波新書（新赤版）760／二〇〇一年一一月二〇日　第1刷発行／著者　大岡《おおおか》信《まこと》／発行者　大塚信一／発行所　株式会社岩波書店　〒一〇一−八〇〇二　東京都千代田区一ツ橋二−五−五／電話　案内〇三−五二一〇−四〇〇〇　営業部〇三−五二一〇−四一一一　新書編集部〇三−五二一〇−四〇五四　http://www.iwanami.co.jp/／印刷・精興社　カバー・半七印刷　製本・中永製本／©Makoto Ôoka 2001／ISBN4-00-430760-0／Printed in Japan

新折々のうた7

［岩波新書新赤版865］　岩波書店　二〇〇三年　一八九、二五頁
新書判　七〇〇円

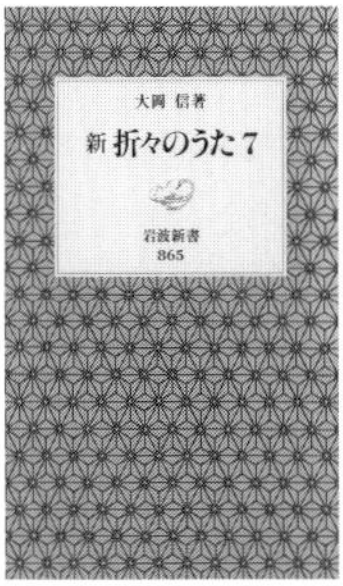

■造本■

並製　無線綴じ　カバー　新書

■もくじ■

■奥付■

新折々のうた7／岩波新書（新赤版）865／二〇〇三年一一月二〇日　第1刷発行／著者　大岡信《おおおかまこと》／発行者　山口昭男／発行所　株式会社岩波書店　〒一〇一―八〇〇二　東京都千代田区一ツ橋二―五―五／電話　案内〇三―五二一〇―四〇〇〇　販売部〇三―五二一〇―四一一一　新書編集部〇三―五二一〇―四〇五四　http://www.iwanami.co.jp/／印刷・精興社　カバー・半七印刷　製本・中永製本／©Makoto Ôoka 2003／ISBN4-00-430865-8／Printed in Japan

新折々のうた8

［岩波新書新赤版983］　岩波書店　二〇〇五年　一八八、二四頁

新書判　七〇〇円

■造本■

並製　無線綴じ　カバー　新書

■もくじ■

■奥付■

新折々のうた8／岩波新書（新赤版）983／二〇〇五年一一月一八日　第1刷発行／著者　大岡信《おおおかまこと》／発行者　山口昭男／発行所　株式会社岩波書店　〒一〇一―八〇〇二　東京都千代田区一ツ橋二―五―五　案内〇三―五二一〇―四〇〇〇　販売部〇三―五二一〇―四一一一　http://www.iwanami.co.jp/　新書編集部〇三―五二一〇―四〇五四　http://www.iwanamishinsho.com/／印刷・精興社　カバー・半七印刷　製本・中永製本／©Makoto Ôoka 2005／ISBN4-00-430983-2／Printed in Japan

新折々のうた9

［岩波新書新赤版1101］　岩波書店　二〇〇七年　一八四、二七頁
新書判　七〇〇円

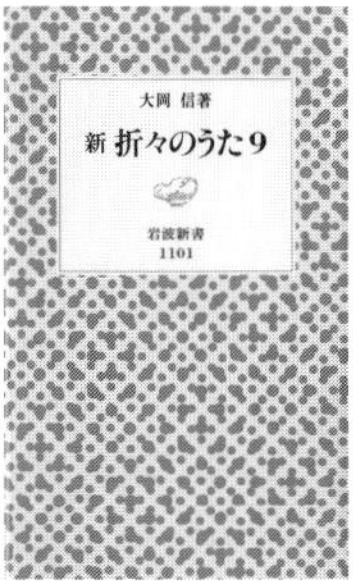

■造本■
並製　無線綴じ　カバー　新書
■もくじ■
春のうた／夏のうた／秋のうた／冬のうた／あとがき／作者略歴（兼索引）
■奥付■
新折々のうた9／岩波新書（新赤版）1101／二〇〇七年一〇月一九日　第1刷発行／著者　大岡信《おおおかまこと》／発行者　山口昭男／発行所　株式会社岩波書店　〒一〇一―八〇〇二　東京都千代田区一ツ橋二―五―五　案内〇三―五二一〇―四〇〇〇　販売部〇三―五二一〇―四一一一　http://www.iwanami.co.jp/　新書編集部〇三―五二一〇―四〇五四　http://www.iwanamishinsho.com/／印刷・精興社　カバー・半七印刷　製本・中永製本／©Makoto Ōoka 2007／ISBN978-4-00-431101-0／Printed in Japan

新折々のうた　総索引

［岩波新書新赤版1102］　岩波書店　二〇〇七年　一四四、一二九頁　新書判　六六〇円

■造本■

並製　無線綴じ　カバー　新書

■もくじ■

〝折々のうた〟と連句の骨法／初句索引／作者略歴（兼索引）

■奥付■

新折々のうた総索引／岩波新書（新赤版）1102／二〇〇七年一〇月一九日　第1刷発行／著者　大岡信《おおおかまこと》／発行者　山口昭男／発行所　株式会社岩波書店　〒一〇一－八〇〇二　東京都千代田区一ツ橋二－五－五　案内〇三－五二一〇－四〇〇〇　販売部〇三－五二一〇－四一一一　http://www.iwanami.co.jp/
新書編集部〇三－五二一〇－四〇五四　http://www.iwanamishinsho.com/／印刷・精興社　カバー・半七印刷　製本・中永製本／／ISBN978-4-00-431102-7／Printed in Japan

■付記■

「〝折々のうた〟と連句の骨法」は、富士通での講演。『《折々のうた》の世界』（一九八一）に初出。

折々のうた三六五日　日本短詩型詞華集

岩波書店　二〇〇二年　三八七、六頁　B6判　二六〇〇円

■造本■

上製　糸綴じ　函入り　函・扉画：大野俊明　本文カット〈日本の文様〉

■奥付■

折々のうた　三六五日　日本短詩型詞華集／二〇〇二年一二月一〇日　第1刷発行／著者　大岡信《おおおかまこと》／発行者　大塚信一／発行所　株式会社岩波書店　〒一〇一－八〇〇二　東京都千代田区一ツ橋二－五－五／電話　案内　〇三－五二一〇－四〇〇〇　http://www.iwanami.co.jp/／印刷・精興社　製本・牧製本／／ISBN4-00-022372-0／Printed in Japan

■もくじ■

一月／二月／三月／四月／五月／六月／七月／八月／九月／十月／十一月／十二月

□あとがき
□索引

精選折々のうた　日本の心、詩歌の宴　上

朝日新聞社　二〇〇七年　三八六頁　四六判　三〇〇〇円

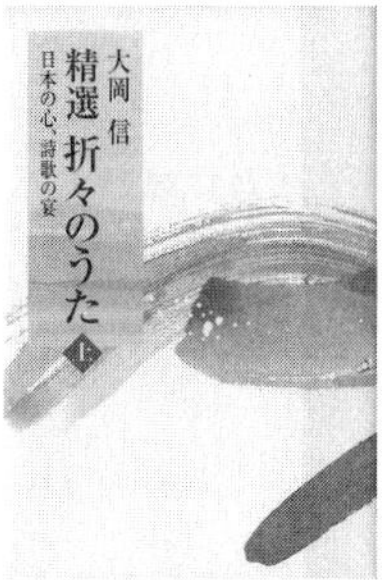

■造本■
上製　糸綴じ　カバー　装丁：熊谷博人

■奥付■
精選　折々のうた　日本の心、詩歌の宴　上／二〇〇七年七月三〇日　第1刷発行／著者　大岡信／発行者　宇留間和基／発行所　朝日新聞社　〒一〇四－八〇一一　東京都中央区築地五－三－二／電話　〇三－三五四五－〇一三一（代表）　編集・書籍編集部　販売・出版販売部　振替〇〇一九〇－〇－一五五四一四／印刷所　加藤文明社／©OOOKA Makoto 2007／ISBN978-4-02-250295-7

■もくじ■
大空のもと／萌え出づる春／夏来る／あやめもしらぬ恋／秋の夕暮／骨まで凍てて／いよよ華やぐ／年々歳々
□あとがき

■付記■
朝日新聞の連載「折々のうた」（一九七九年一月二五日～二〇〇七年三月三一日）から二一〇〇回分を選び、再構成したもの。

精選折々のうた　日本の心、詩歌の宴　中

朝日新聞社　二〇〇七年　三五五、三一頁　四六判　三〇〇〇円

■造本■
上製　糸綴じ　カバー　装丁：熊谷博人

■奥付■
精選　折々のうた　日本の心、詩歌の宴　中／二〇〇七年七月三〇日　第1刷発行／著者　大岡信／発行者　宇留間和基／発

行所　朝日新聞社　〒一〇四―八〇一一　東京都中央区築地五―三―二／電話　〇三―三五四五―〇一三一（代表）　編集・書籍編集部　販売・出版販売部　振替〇〇一九〇―〇―一五五四一四／印刷所　加藤文明社／©OOOKA Makoto 2007／ISBN978-4-02-250306-0

■もくじ■

虹の断片／咲くやこの花／郭公鳴く／妹待つと／柿くへば／こほれる雪の／しづけき伴侶／言葉ってものは

□作者略歴（兼索引）

■付記■

朝日新聞の連載「折々のうた」（一九七九年一月二五日～二〇〇七年三月三一日）から二一〇〇回分を選び、再構成したもの。

精選折々のうた　日本の心、詩歌の宴　下

朝日新聞社　二〇〇七年　三八五頁　四六判　三〇〇〇円

■造本■

上製　糸綴じ　カバー　装丁：熊谷博人

■奥付■

精選　折々のうた　日本の心、詩歌の宴　下／二〇〇七年七月三〇日　第1刷発行／著者　大岡信／発行者　宇留間和基／発行所　朝日新聞社　〒一〇四―八〇一一　東京都中央区築地五―三―二／電話　〇三―三五四五―〇一三一（代表）　編集・書籍編集部　販売・出版販売部　振替〇〇一九〇―〇―一五五四一四／印刷所　加藤文明社／©OOOKA Makoto 2007／ISBN978-4-02-250307-7

■もくじ■

垂乳根の母／夏痩せて／美しき誤算／菊抛げ入れよ／濁流だ濁流だ／自分の感受性くらい／氷らんとする／春の鳥な鳴きそ

□初句索引

■付記■

朝日新聞の連載「折々のうた」（一九七九年一月二五日〜二〇〇七年三月三一日）から二一〇〇回分を選び、再構成したもの。

わが愛する詩　わたしのアンソロジィ

思潮社　一九六八年　三一九頁　Ｂ６判　八八〇円

■造本■

上製　糸綴じ　カバー　装幀：清水俊彦

■奥付■

わが愛する詩――わたしのアンソロジー／著者　金子光晴　黒田三郎　中桐雅夫　鮎川信夫　関根弘　那珂太郎　山本太郎　茨木のり子　吉野弘　飯島耕一　大岡信　堀川正美　岩田宏　高良留美子　富岡多恵子　三木卓／一九六八年四月一日　第一刷発行／発行者　小田久郎／発行所　株式会社思潮社　東京都文京区西片一―一四―一〇―一〇三／電話　東京（八一二）七八八七、五七七七　振替東京八一二一一／印刷　宝印刷／製本　岩佐製本／本文用紙　日本紙業／装本用紙　特殊用紙ほか／定価八八〇円／Ⓒ一九六八

■もくじ■

□「巨人伝説」山本太郎

□「たれか謂ふわが詩を詩と」大岡信

琴歌譜／古事記／心の著く所なき歌／和泉式部（十一首）／西行（六首）／定家（一首）／梁塵秘抄／たれか謂ふわが詩を詩と＝良寛

□「アンソロジイ偶感」那珂太郎

□「日本の恋唄から」茨木のり子

□「愛の偉力」岩田宏

□「昭和二十二・三年の詩集」飯島耕一

□「僕の好きだったことのある詩篇」金子光晴

□「はかない原形」黒田三郎

□「現代詩との出合い」鮎川信夫

□「アンソロジーの必要と困難さ」中桐雅夫

□「内面の少年」堀川正美

□「戦後世代のクリストファー・ロビン」三木卓

□「詩をどうぞ」吉野弘

□「さまざまなうたを」富岡多恵子

□「わたしの好きな五つの詩」高良留美子

□「わが愛する詩（わたしのアンソロジー）について」関根弘

忘れえぬ詩　わが名詩選

［詩の森文庫Ｅ10］思潮社　二〇〇六年　一七二頁　新書判
九八〇円

■造本■
並製　無線綴じ　カバー　新書
■奥付■
詩の森文庫　Ｅ10／忘れえぬ詩　わが名詩選／著者　大岡信
那珂太郎　飯島耕一　岩田宏　堀川正美　三木卓／発行者　小田久郎／発行所　株式会社思潮社　一六二－〇八四二　東京都新宿区市谷砂上原町三－一五／電話　〇三－三二六七－八一五三（営業）・八一四一（編集）　ファクス　〇三－三二六七－八一四二　振替〇〇一八〇－四－八一二一／印刷所　オリジン印刷／製本所　川島製本／発行日　二〇〇六年九月三〇日
■もくじ■
□たれか謂ふわが詩を詩と　大岡信
□アンソロジイ偶感　那珂太郎
□昭和二十二・三年の詩集　飯島耕一
□愛の威力　岩田宏
□内面の少年　堀川正美
□戦後世代のクリストファー・ロビン　三木卓
■付記■
『わが愛する詩』思潮社（一九六八）を底本に新編集。初版とほぼ同じだが、大岡信の「のちの思い」などそれぞれの作家に付記あり。
「たれか謂ふわが詩を詩と」掲載内容
琴歌譜／古事記／心の著く所なき歌／和泉式部／西行／定家／梁塵秘抄／良寛「たれか謂ふわが詩を詩と」／のちの思い

恋の歌

［詩歌日本の抒情３］講談社　一九八五年　二六〇頁　四六判

一四〇〇円

■造本■
上製　糸綴じ　函入り　月報あり（飯田龍太・大岡信対談）
菊地信義装丁　竹内敏信函写真

■奥付■
恋の歌　詩歌日本の抒情3／定価　一四〇〇円／昭和六十年七月十日第一刷発行／著者　大岡信／装丁　菊池信義／発行者　野間惟道／発行所　株式会社講談社　〒一一二　東京都文京区音羽二―一二―二一／電話　東京（〇三）九四五―一一一一（大代表）／編集　株式会社講談社出版研究所　代表　長谷川喜市　〒一一二　東京都文京区小日向四―六―一九　共立会館／電話　東京（〇三）九四三―二六一三／印刷所　凸版印刷株式会社／製本所　黒柳製本株式会社／Ⓒ大岡信　一九八五年　Printed in Japan／ISBN4-06-180843-5 (0)

■もくじ■
□はじめに
一　古代の恋のうたに、たとえば／二　万葉時代の恋のうたに、たとえば／三　王朝の恋のうたに、たとえば／四　歌謡の恋のうたに、たとえば／五　江戸俳諧の恋の句に、たとえば／六　近代の恋のうたに、たとえば
□あとがき
□詩歌索引

■付記■
「詩歌日本の抒情」全8巻。飯田龍太・大岡信通巻編集。第3巻が大岡著。

春のうた

［うたの歳時記1］　学習研究社　一九八六年　一六三頁　菊判　一三〇〇円

■造本■
上製　糸綴じ　カバー　両見返しに大岡信の書　編集協力：深瀬サキ　装幀　岡村元夫

■奥付■
大岡信書きおろし　うたの歳時記（全5巻）／第1巻　春のう

た／一九八六年二月二十七日　第一刷発行／定価一三〇〇円／著者　大岡信／発行人　児山敬一／発行所　株式会社学習研究社　〒一四五　東京都大田区上池台四丁目四〇番五号　電話東京（〇三）七二六―八一一一　振替東京八―一四二九三〇／印刷所　大日本印刷株式会社／製本所　株式会社若林製本工場／©GAKKEN 1986 Printed in Japan　ISBN4-05-101726-5

■もくじ■

※カラー口絵での詩歌選、エッセイ執筆、うた選　大岡信

□春風はるかぜ

カラー口絵（梅　大岡信詩）／エッセイ「春風」／春風と初春のうた

□花はな

カラー口絵（海はまだ　大岡信詩）／エッセイ「花」／花と仲春のうた

□若草わかくさ

カラー口絵／エッセイ「若草」／若草と晩春のうた

□雛祭ひなまつり

カラー口絵（水底吹笛　大岡信詩）／エッセイ「雛祭」／雛祭と春の行事のうた

□鶯うぐいす

カラー口絵／エッセイ「鶯」／鶯と春の生きもののうた

□春のうた詞華集　大岡信選二〇〇篇

□エッセイ「春を待つ」生方たつゑ

□エッセイ「眼つむれば」波多野爽波

□エッセイ「西行の鶯」佐佐木幸綱

□うたの旅　春のうた　木村利行

□人名索引

夏のうた

［うたの歳時記2］学習研究社　一九八六年　一六四頁　菊判　一三〇〇円

■造本■

上製　糸綴じ　カバー　両見返しに大岡信の書　編集協力　深瀬サキ　装幀　岡村元夫

■奥付■

大岡信書きおろし　うたの歳時記（全5巻）／第2巻　夏のうた／一九八六年五月三十日　第一刷発行／定価一三〇〇円／著者　大岡信／発行人　児山敬一／発行所　株式会社学習研究社

〒一四五　東京都大田区上池台四丁目四〇番五号　電話　東京（〇三）七二六―八一一一　振替東京八―一四二九三〇／印刷所　大日本印刷株式会社／製本所　株式会社若林製本工場／

©GAKKEN 1986 Printed in Japan　ISBN4-05-101727-3

■もくじ■

※カラー口絵での詩歌選、エッセイ執筆、うた選　大岡信

□時鳥ほととぎす

カラー口絵（朝の少女に捧げるうた　大岡信詩）／エッセイ「時鳥」／時鳥と初夏のうた

□五月雨さみだれ

カラー口絵（夏日　大岡信詩）／エッセイ「五月雨」／五月雨と仲夏のうた

□海山うみやま

カラー口絵／エッセイ「海山」／海山と晩夏のうた

□夏祭なつまつり

カラー口絵（夏の終り　大岡信詩）／エッセイ「夏祭」／夏祭と夏の行事のうた

□蝉せみ

カラー口絵／エッセイ「蝉」／蝉と夏の生きもののうた

□春のうた詞華集　大岡信選二〇〇篇

□エッセイ「夏木立」金子兜太

□エッセイ「夏の髪」安永路子

□エッセイ「夏の海」川崎洋

□うたの旅　夏のうた　木村利行

□人名索引

秋のうた

［うたの歳時記3］　学習研究社　一九八五年　一六三頁　菊判　一三〇〇円

■造本■
上製　糸綴じ　カバー　両見返しに大岡信の書　編集協力　深瀬サキ　装幀　岡村元夫
■奥付■
大岡信書きおろし　うたの歳時記（全5巻）／第3巻　秋のうた／一九八五年九月二十八日　第一刷発行／定価一三〇〇円／著者　大岡信／発行人　鈴木泰二／発行所　株式会社学習研究社　〒一四五　東京都大田区上池台四丁目四〇番五号　電話東京（〇三）七二六－八一一一　振替東京八－一四二九三〇／印刷所　大日本印刷株式会社／製本所　株式会社若林製本工場／©GAKKEN 1985 Printed in Japan　ISBN4-05-102197-1
■もくじ■
※カラー口絵での詩歌選、エッセイ執筆、うた選　大岡信
□秋風あきかぜ
カラー口絵／エッセイ「秋風」／秋風と初秋のうた
□月つき
カラー口絵（痛み　大岡信詩）／エッセイ「月」／月と仲秋のうた
□紅葉もみじ
カラー口絵（水樹府　大岡信詩）／エッセイ「紅葉」／紅葉と晩秋のうた
□七夕たなばた
カラー口絵／エッセイ「七夕」／七夕・秋祭・秋の花のうた
□虫の音むしのね
カラー口絵／エッセイ「虫の音」／虫の音と秋の動物によせるうた
□秋のうた詞華集　大岡信選
□エッセイ「万葉の秋」近藤芳美
□エッセイ「心づくしの秋」窪田章一郎
□エッセイ「島の颱風」野澤節子
□うたの旅　秋のうた　木村利行
□あとがき
□人名索引

冬のうた

[うたの歳時記4]　学習研究社　一九八五年　一六三頁　菊判

一三〇〇円

刷所　大日本印刷株式会社／製本所　株式会社若林製本工場／©GAKKEN 1985 Printed in Japan　ISBN4-05-101729-X

■もくじ■

※カラー口絵での詩歌選、エッセイ執筆、うた選　大岡信

□時雨しぐれ

カラー口絵／エッセイ「時雨」／時雨と初冬のうた

□雪ゆき

カラー口絵（閑　大岡信詩）／エッセイ「雪」／雪と仲冬のうた

□氷こおり

カラー口絵／エッセイ「氷」／氷と晩冬のうた

□正月しょうがつ

カラー口絵（暁府　大岡信詩）／エッセイ「正月」／正月と新しい年のうた

□鴨かも

カラー口絵／エッセイ「鴨」／鴨と冬の生きもののうた

□春のうた詞華集　大岡信選二〇〇篇

□エッセイ「六花燦爛」塚本邦雄

□エッセイ「三つの冬」斎藤史

□エッセイ「俳句における冬の季節感」鷹羽狩行

□うたの旅　冬のうた　木村利行

□人名索引

■造本■

上製　糸綴じ　カバー　両見返しに大岡信の書　編集協力　深瀬サキ　装幀　岡村元夫

■奥付■

大岡信書きおろし　うたの歳時記（全5巻）／第4巻　冬のうた／一九八五年十二月一日　第一刷発行／定価一三〇〇円／著者　大岡信／発行人　鈴木泰二／発行所　株式会社学習研究社　〒一四五　東京都大田区上池台四丁目四〇番五号　電話　東京（〇三）七二六—八一一一　振替東京八—一二九三〇／印

恋のうた人生のうた

［うたの歳時記５］ 学習研究社 一九八六年 一六三頁 菊判 一三〇〇円

■造本■

上製 糸綴じ カバー 両見返しに大岡信の書 編集協力：深瀬サキ 装幀：岡村元夫

■奥付■

大岡信書きおろし うたの歳時記（全５巻）／第５巻 恋のうた 人生のうた／一九八六年八月一日 第一刷発行／定価一三〇〇円／著者 大岡信／発行人 児山敬一／発行所 株式会社学習研究社 〒一四五 東京都大田区上池台四丁目四〇番五号 電話 東京（〇三）七二六―八一一一 振替東京八―一四二九三〇／印刷所 大日本印刷株式会社／製本所 株式会社若林製本工場／©GAKKEN 1986 Printed in Japan ISBN4-05-101730-3

■もくじ■

※カラー口絵での詩歌選、エッセイ執筆、うた選 大岡信

□朝影にわが身はなりぬ カラー口絵（春のために 大岡信詩）／エッセイ「和泉式部」／暗中に手さぐりで求めるあくがれのうた20篇

□余り言葉のかけたさに カラー口絵／エッセイ「建礼門院右京大夫」／動乱の世に一途の想いをかけた帰らぬ恋のうた20篇

□春みじかし何に不滅の カラー口絵（きみはぼくのとなりだつた 大岡信詩）／エッセイ「与謝野晶子」／行動の中に己れを見つめる激しい恋のうた20篇

□あかあかと一本の道 カラー口絵／エッセイ「正岡子規」／人生の此岸と彼岸を見きわめる生命のうた20篇

□幾山河越えさり行かば カラー口絵（ライフ・ストーリー 大岡信詩）／エッセイ「石川啄木」／生活の極限に置かれた者のおどけの機微20篇

□恋のうた人生のうた詞華集 大岡信選二〇〇篇

□エッセイ「恋唄のデザイン」 岡井隆

明治・大正・昭和詩歌選

[少年少女日本文学館8] 講談社 一九八七年 三六二頁 A5変型判 一四〇〇円

□エッセイ 「夢のかよい路」 尾崎左永子
□エッセイ 「雑歌」の中から 島田修二
□うたの旅 恋のうた人生のうた 木村利行
□人名索引

一四〇〇円／昭和六十二年九月二十一日 第一刷発行／編者 大岡信／発行所 株式会社講談社 東京都文京区音羽二-十二-二十一 郵便番号一一二 電話 東京（〇三）九四五-一一一一（大代表）©明治・大正・昭和詩歌選／印刷 株式会社廣済堂／製本 黒柳製本株式会社／昭和六十二年／ISBN4-06-188258-9

■もくじ■

詩
自然／地理／動物／植物／社会／生活／愛／人間
短歌
自然／地理／動物／植物／社会／生活／人間
俳句
自然／動物／植物／社会／生活
随筆──山本健吉
解説──浅井清
収録作家略歴
収録作品索引

■付記■
「少年少女日本文学館」全二四巻

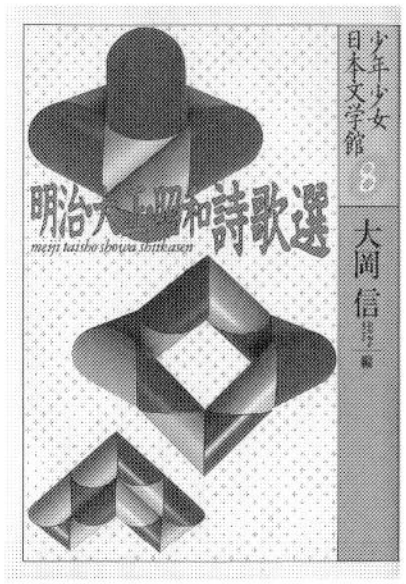

■造本
上製 糸綴じ カバー
■奥付
少年少女日本文学館 第八巻 明治・大正・昭和詩歌選／定価

声でたのしむ　美しい日本の詩
和歌・俳句篇

岩波書店　一九九〇年　一九二頁　20.0×16.0 cm　一四〇〇円

■造本■
上製　糸綴じ　カバー　函入り　装幀　安野光雅　付属資料（録音ディスク二枚　ホルダー入）外箱入「和歌・俳句篇」「近・現代詩篇」に分冊刊行　全八八〇〇円

■奥付■
声でたのしむ美しい日本の詩　和歌・俳句篇／一九九〇年六月七日　第一刷発行ⓒ／定価一四〇〇円（本体一三五九円）／編者　大岡《おおおか》信《まこと》　谷川《たにかわ》俊《しゅん》太郎《たろう》／発行者　安江良介／発行所　株式会社岩波書店　〒一〇一－〇二　東京都千代田区一ツ橋二－五－五／電話　〇三－二六五－四一一一／印刷・精興社　製本・牧製本／Printed in Japan ISBN4-00-000823-4

■もくじ■
□はじめに：大岡信　一九九〇・四「和歌・俳句篇」「近・現代詩篇」ともに同じ
□古典和歌／近代短歌／歌謡・連句／近世俳句／近代俳句
□あとがき：谷川俊太郎　一九九〇・四「和歌・俳句篇」「近・現代詩篇」ともに同じ
□索引

■付記■
本書では、古代から現代までの和歌・俳句・歌謡・連句の中から、声で読むという観点に立って、三四六の作品を選んだ。

声でたのしむ　美しい日本の詩
近・現代詩篇

岩波書店　一九九〇年　一九四頁　20.0 × 16.0cm　一四〇〇円

■造本■

上製　糸綴じ　カバー　函入り　装幀：安野光雅　付属資料（録音ディスク２枚　ホルダー入）外箱入「和歌・俳句篇」「近・現代詩篇」に分冊刊行　全八八〇〇円

■奥付■

声でたのしむ美しい日本の詩　近・現代詩篇／一九九〇年六月七日　第一刷発行Ⓒ／定価一四〇〇円（本体一三五九円）／編者　大岡信《おおおかまこと》　谷川俊《たにかわしゅん》太郎《たろう》／発行者　安江良介／発行所　株式会社岩波書店　〒一〇一－〇二　東京都千代田区一ツ橋二－五－五／電話　〇三－二六五－四一一一／印刷・精興社　製本・牧製本／Printed in Japan ISBN4-00-000824-2

■もくじ■

□はじめに：大岡信　一九九〇・四「和歌・俳句篇」「近・現代詩篇」ともに同じ

もくじ略

□あとがき：谷川俊太郎　一九九〇・四「和歌・俳句篇」「近・現代詩篇」ともに同じ

■付記■

※本書では、明治以降の近・現代詩の中から、声で読むという観点に立って、七二の作品を選んだ。（凡例より）

※注記は和歌・俳句篇を大岡、近・現代詩篇を谷川が担当しました（まえがきより）

※「はる・なつ・あき・ふゆ」大岡信も掲載。

声でたのしむ　美しい日本の詩
和歌・俳句篇　ＣＤ

■奥付■

大岡信　谷川俊太郎編／声でたのしむ　美しい日本の詩　和歌・俳句篇　ＣＤ／朗読：松本幸四郎　平井澄子／収録作品三四六篇（古典和歌一一〇／近代短歌九四／歌謡・連句二三／近世俳句五〇／近代俳句69）／ISBN4-00-250003-9／定価三〇〇〇円

声でたのしむ　美しい日本の詩　近・現代詩篇　ＣＤ

岩波書店　一九九〇年　20.0×16.0 cm　三〇〇〇円

■奥付■

大岡信　谷川俊太郎編／声でたのしむ　美しい日本の詩　近・現代詩篇　ＣＤ／朗読：岸田今日子　橋爪功／収録作品七二篇／定価三〇〇〇円／ISBN4-00-250004-7

四季歌ごよみ　春

［ワインブックス］　学習研究社　一九九二年　一九一頁　小B6判　一二〇〇円

■造本■

上製　糸綴じ　カバー

■奥付■

ワインブックス　四季歌ごよみ　春／一九九二年三月二五日第一刷発行／著者　大岡信／編集人　細川正博／発行人　高木俊雄／発行所　株式会社学習研究社　〒一四五　東京都大田区上池台四－四〇－五　ＴＥＬ〇三（三七二六）八一一一（代表）振替　東京八－一四二九三〇／印刷所　株式会社太洋社／©Makoto Ooka 1992 Printed in Japan／ISBN4-05-105751-8

■もくじ■

春風《はるかぜ》／花《はな》／若草《わかくさ》／雛祭《ひなまつり》／鶯《うぐいす》

□春のうた詞華集

□フォト・イメージ　春のうた

四季歌ごよみ　夏

［ワインブックス］　学習研究社　一九九一年　一八七頁　小B6判　一二〇〇円

■造本■

上製　糸綴じ　カバー
■奥付■
ワインブックス　四季歌ごよみ　夏／一九九一年六月二〇日第一刷発行／著者　大岡信／編集人　児山敬一／発行人　佐藤昭／発行所　株式会社学習研究社　〒一四五　東京都大田区上池台四―四〇―五　ＴＥＬ〇三（三七二六）八一一一（代表）
振替　東京八―一四二九三〇／印刷所　共同印刷株式会社／
／ISBN4-05-105747-X
■もくじ■
時鳥《ほととぎす》／五月雨《さみだれ》／海山《うみやま》／夏祭《なつまつり》／蝉《せみ》
□夏のうた詞華集
□フォト・イメージ　夏のうた

四季歌ごよみ　秋

［ワインブックス］　学習研究社　一九九一年　一八七頁　小B6判　一二〇〇円
■造本■
上製　糸綴じ　カバー
■奥付■
ワインブックス　四季歌ごよみ　秋／一九九一年九月一〇日第一刷発行／著者　大岡信／編集人　佐藤昭／発行人　高木俊雄／発行所　株式会社学習研究社　〒一四五　東京都大田区上池台四―四〇―五　ＴＥＬ〇三（三七二六）八一一一（代表）
振替　東京八―一四二九三〇／印刷所　サンメッセ株式会社
／／ISBN4-05-105749-6

■もくじ■
秋風《あきかぜ》／月《つき》／紅葉《もみじ》／七夕《たなばた》／虫《むし》の音《ね》
□秋のうた詞華集
□フォト・イメージ　秋のうた

四季歌ごよみ　冬

［ワインブックス］　学習研究社　一九九一年　一八八頁　小B

6判　一二〇〇円

■造本■
上製　糸綴じ　カバー

■奥付■
ワインブックス　四季歌ごよみ　冬／一九九一年一二月二〇日第一刷発行／著者　大岡信／編集人　佐藤昭／発行人　高木俊雄／発行所　株式会社学習研究社　〒一四五　東京都大田区上池台四―四〇―五　TEL〇三（三七二六）八一一一（代表）振替　東京八―一四二九三〇／印刷所　三晃印刷株式会社／© Makoto Ooka 1991 Printed in Japan／ISBN4-05-105750-X

■もくじ■
時雨《しぐれ》／雪《ゆき》／氷《こおり》／正月《しょうがつ》／鴨《かも》
□冬のうた詞華集
□フォト・イメージ　冬のうた

四季歌ごよみ　恋

［ワインブックス］　学習研究社　一九九一年　一八八頁　小B6判　一二〇〇円

■造本■
上製　糸綴じ　カバー

■奥付■
ワインブックス　四季歌ごよみ　恋／一九九一年六月二〇日第一刷発行／著者　大岡信／編集人　児山敬一／発行人　佐藤昭／発行所　株式会社学習研究社　〒一四五　東京都大田区上池台四―四〇―五　TEL〇三（三七二六）八一一一（代表）

振替　東京八―一四二九三〇／印刷所　共同印刷株式会社／©Makoto Ooka 1991 Printed in Japan／ISBN4-05-105748-8

■もくじ■

□恋
和泉式部《いずみしきぶ》――あくがれ尽きぬ魂の渇き／建礼門院《けんれいもんいん》右《う》京大夫《きょうのだいぶ》――かえらぬ昔への悲歌の結晶／与謝野晶子《よさのあきこ》――時を超える夫と妻の相聞歌
□人生
正岡子規《まさおかしき》――肉体の苦と精神の至美の世界と／石川啄木《いしかわたくぼく》――創意とユーモアに生きる歌
□恋のうた人生のうた詞華集
□フォト・イメージ　恋のうた
□フォト・イメージ　人生のうた

名句歌ごよみ　春

［角川文庫一〇九五〇］　角川書店　一九九九年　二八六頁　A
6判　六二九円

■造本■
並製　無線綴じ　カバー　文庫

■奥付■
名句《めいく》　歌《うた》ごよみ　春《はる》／大岡信《おおおかまこと》／角川文庫一〇九五〇／平成十一年三月二十五日　初版発行／発行者　角川歴彦／発行所　株式会社角川書店　東京都千代田区富士見二―十三―三　電話編集部（〇三）三二三八―八四五一　営業部（〇三）三二三八―八五二一　〒一〇二―八一七七　振替〇〇一三〇―九―一九五二〇八／印刷所　暁印刷　製本所　本間製本／装幀者　杉浦康平／©Makoto OOKA 1999 Printed in Japan／ISBN4-04-346801-6　C0192
※本書は一九九二年三月に学習研究社から刊行された『四季歌ごよみ〈春〉』に新たに書き下ろしたものを加えて再編集しました。

■もくじ■

春風《はるかぜ》／花《はな》／若草《わかくさ》／雛祭《ひなまつり》／鶯《うぐいす》／芭蕉について立派だと思うこと
□句歌索引

名句歌ごよみ　夏

［角川文庫一一〇四〇］　角川書店　一九九九年　二七六頁　A
6判　六六〇円

■造本■
並製　無線綴じ　カバー　文庫

■奥付■
名句《めいく》　歌《うた》ごよみ　夏《なつ》／大岡信《おおおかまこと》／角川文庫一一〇四〇／平成十一年五月二十五日　初版発行／発行者　角川歴彦／発行所　株式会社角川書店　東京都千代田区富士見二―十三―三　電話編集部（〇三）三二三八―八四五一　営業部（〇三）三二三八―八五二一　〒一〇二―八一七七　振替〇〇一三〇―九―一九五二〇八／印刷所　新興印刷　製本所　文宝堂／装幀者　杉浦康平／©Makoto OOKA 1999 Printed in Japan／ISBN4-04-346802-4　C0192

※本書は一九九一年六月に学習研究社から刊行された『四季歌ごよみ〈夏〉』に新たに書き下ろしたものを加えて再編集しました。

■もくじ■
不如帰《ほととぎす》／五月雨《さみだれ》／海山《うみやま》／夏祭《なつまつり》／蟬《せみ》／牧水が立派だと思うこと
□句歌索引

名句歌ごよみ　秋

［角川文庫一一一三八］　角川書店　一九九九年　二八〇頁　A6判　六六七円

■造本■
並製　無線綴じ　カバー　文庫

■奥付■
名句《めいく》　歌《うた》ごよみ　秋《あき》／大岡信《おおおかまこと》／角川文庫一一一三八／平成十一年八月二十五日　初版発行／発行者　角川歴彦／発行所　株式会社角川書店　東京都千代田区富士見二―十三―三　電話編集部（〇三）三二三八―八四五一　営業部（〇三）三二三八―八五二一　〒一〇二―八一七七　振替〇〇一三〇―九―一九五二〇八／印刷所　新興印刷　製本所　コオトブックライン／装幀者　杉浦康平／©Makoto OOKA 1999 Printed in Japan／ISBN4-04-346803-2　C0192

※本書は一九九一年九月に学習研究社から刊行された『四季歌ごよみ〈秋〉』に新たに書き下ろしたものを加えて再編集しました。

■もくじ■
秋風《あきかぜ》／月《つき》／紅葉《もみじ》／七夕《たなばた》／虫《むし》の音《ね》／子規が立派だと思うこと
□句歌索引

名句歌ごよみ　冬・新年

［角川文庫一一二六〇］　角川書店　二〇〇〇年　二五二頁　A6判　六四八円

■造本■

並製　無線綴じ　カバー　文庫

■奥付■

名句《めいく》　歌《うた》ごよみ　冬《ふゆ》・新年《しんねん》／大岡信《おおおかまこと》／角川文庫一一二六〇／平成十二年二月二十五日　初版発行／発行者　角川歴彦／発行所　株式会社角川書店　東京都千代田区富士見二―十三―三／電話　編集部（〇三）三二三八―八五五五　営業部（〇三）三二三八―八五二一　〒一〇二―八一七七　振替〇〇一三〇―九―一九五二〇八／印刷所　新興印刷　製本所　本間製本／装幀者　杉浦康平／©Makoto OOKA 2000 Printed in Japan／ISBN4-04-346804-0　C0192

※本書は一九九一年十二月に学習研究社から刊行された『四季歌ごよみ〈冬〉』に新たに書き下ろしたものを加えて再編集しました。

■もくじ■

時雨《しぐれ》／雪《ゆき》／氷《こおり》／正月《しょうがつ》／鴨《かも》

□句歌索引

名句歌ごよみ　恋

［角川文庫一一四九二］　角川書店　二〇〇〇年　二六六頁　A6判　六四八円

■造本■

並製　無線綴じ　カバー　文庫

■奥付■

名句《めいく》　歌《うた》ごよみ　恋《こい》／大岡信《おおおかまこと》／角川文庫一一四九二／平成十二年五月二十五日　初版発行／発行者　角川歴彦／発行所　株式会社角川書店　東京都千代田区富士見二―十三―三／電話　編集部（〇三）三二三八―八五五五　営業部（〇三）三二三八―八五二一　〒一〇二―八一七七　振替〇〇一三〇―九―一九五二〇八／印刷所　新興印刷　製本所　コオトブックライン／装幀者　杉浦康平／©Makoto OOKA 2000 Printed in Japan／ISBN4-04-346805-9　C0192

※本書は一九九一年六月に学習研究社から刊行された『四季歌ごよみ〈恋〉』に単行本未収録の講演録四篇を加えて再編集しました。

■もくじ■

和泉式部《いずみしきぶ》――あくがれ尽きぬ魂の渇き／建礼門院右京大夫《けんれいもんいんうきょうのだいぶ》――かえらぬ昔への悲歌の結晶／与謝野晶子《よさのあきこ》――時を超える夫と妻の相聞歌／正岡子規《まさおかしき》――肉体の句と精神の至美の世界と／石川啄木《いしかわたくぼく》――創意とユーモアに生きる歌／人のみどり　自然の緑／唱和する心／日本文学と女性／日本文学の自然観

□句歌総索引

私の万葉集㈠

［講談社現代新書1170］　講談社　一九九三年　二四三頁　新書判
六六〇円

■造本■
並製　無線綴じ　カバー　新書

■奥付■
私の万葉集（一）／一九九三年一〇月二〇日第一刷発行／著者大岡信　©Makoto Ooka 1993／発行者　野間佐和子　発行所　株式会社講談社　東京都文京区音羽二丁目一二―二一　郵便番号一一二―〇一／電話（編集部）〇三―五三九五―三五二一（販売部）〇三―五三九五―三六二六（製作部）〇三―五三九五―三六一五／装幀者　杉浦康平＋赤崎正一／印刷所　凸版印刷株式会社　製本所　株式会社大進堂／ISBN4-06-149170-9　Printed in Japan

■もくじ■
□はしがき
巻一／巻二／巻三／巻四

■付記■
PR誌「本」（講談社）の一九九二年一月号～一九九三年二月号の連載を収める。

私の万葉集㈡

［講談社現代新書1171］　講談社　一九九四年　二〇三頁　新書判
六四〇円

■造本■
並製　無線綴じ　カバー　新書
■奥付■
私の万葉集（二）／一九九四年四月二〇日第一刷発行／著者大岡信　©Makoto Ooka 1994／発行者　野間佐和子　発行所株式会社講談社　東京都文京区音羽二丁目一二－二一　郵便番号一一二－〇一／電話（編集部）〇三－五三九五－三五二一（販売部）〇三－五三九五－三六二六　（製作部）〇三－五三九五－三六一五／装幀者　杉浦康平＋赤崎正一／印刷所　凸版印刷株式会社　製本所　株式会社大進堂／ISBN4-06-149171-7　Printed in Japan
■もくじ■

■付記■
ＰＲ誌「本」（講談社）一九九三年三月号～一九九四年一月号の連載を収める。

私の万葉集㈢

［講談社現代新書1172］　講談社　一九九五年　二四九頁　新書判
六五〇円

■造本■
並製　無線綴じ　カバー　新書
■奥付■
講談社現代新書　1172／私《わたし》の万葉集《まんようしゅう》（三）／一九九五年一〇月二〇日第一刷発行／著者　大岡信《おおおかまこと》　©Makoto Ooka 1995／発行者　野間佐和子　発行所　株式会社講談社　東京都文京区音羽二丁目一二－二一　郵便番号一一二－〇一／電話（編集部）〇三－五三九五－三五二一　（販売部）〇三－五三九五－三六二六　（製作部）〇三－五三九五－三六一五／装幀者　杉浦康平＋赤崎正一／印刷所　凸版印刷株式会社　製本所　株式会社大進堂／Printed in Japan／ISBN4-06-149172-5
■もくじ■

巻八／巻九／巻十／巻十一／巻十二
□あとがき
■付記■
PR誌「本」（講談社）一九九四年二月号〜一九九五年六月号の連載を収める。

私の万葉集(四)

［講談社現代新書1173］ 講談社 一九九七年 一七五頁 新書判 六四〇円

■造本■
並製 無線綴じ カバー 新書
■奥付■

講談社現代新書 1173／私《わたし》の万葉集《まんようしゅう》（四）／一九九七年一月二〇日第一刷発行／著者 大岡信《おおおかまこと》 ©Makoto Ooka 1997／発行者 野間佐和子 発行所 株式会社講談社 東京都文京区音羽二丁目一二―二一 郵便番号一一二―〇一／電話（編集部）〇三―五三九五―三五二一（販売部）〇三―五三九五―三六二六（製作部）〇三―五三九五―三六一五／装幀者 杉浦康平＋赤崎正一／印刷所 凸版印刷株式会社 製本所 株式会社大進堂／Printed in Japan／ISBN4-06-149173-3

■もくじ■
巻十三／巻十四／巻十五／巻十六
□あとがき
■付記■
PR誌「本」（講談社）一九九五年七月号〜一九九六年七月号の連載を収める。

私の万葉集(五)

［講談社現代新書1174］ 講談社 一九九八年 二〇八頁 新書判 六四〇円

■造本■
並製 無線綴じ カバー 新書

■奥付■
講談社現代新書　１１７４／私《わたし》の万葉集《まんようしゅう》（五）／一九九八年一月二〇日第一刷発行／著者　大岡信　©Makoto Ooka 1998／発行者　野間佐和子　発行所　株式会社講談社　東京都文京区音羽二丁目一二―二一　郵便番号一一二―八〇〇一／電話（編集部）〇三―五三九五―三五二一（販売部）〇三―五三九五―三六二六（製作部）〇三―五三九五―三六一五／装幀者　杉浦康平＋赤崎正一／印刷所　凸版印刷株式会社　製本所　株式会社大進堂／Printed in Japan／ISBN4-06-149174-1

■もくじ■
巻十七／巻十八／巻十九／巻二十
□あとがき

■付記■
ＰＲ誌「本」（講談社）一九九六年八月号〜一九九七年一二月号の連載を収める。

現代詩の鑑賞101

新書館　一九九六年　二三四頁　Ａ５変型判　一四〇〇円
Literature handbook
執筆：大岡信　高橋順子　野村喜和夫　三浦雅士　八木忠栄

■造本■
並製　無線綴じ　カバー無し

■奥付■
現代詩の鑑賞101／一九九六年九月二五日　初版発行／編者　大岡信／発行　株式会社新書館　〒一一三　東京都文京区西片二―一九―一八／電話（〇三）三八一一―二八五一　振替〇〇一四〇―七―五三七二三／（営業）〒一七四　東京都板橋区坂下

一―二二一―一四／電話（〇三）五九七〇―三八四〇　FAX（〇三）五九七〇―三八四七／装幀　SDR（新書館デザイン室）／製版・印刷　株式会社精興社／製本　真光社製本所／Printed in Japan　ISBN4-403-25017-3

■もくじ■

□詩人別・五十音順目次
□作品別・五十音順目次
□読者諸賢に編者から　大岡信
□現代詩の鑑賞101
□詩人略歴
□執筆者別・担当項目一覧
□執筆者紹介

■付記■

大岡信担当　鮎川信夫・石垣りん・吉本隆明

■付記2■

一九九八年二月に新装版あり。

北米万葉集　日系人たちの望郷の歌

［集英社新書］　集英社　一九九九年　二四六頁　新書判　七〇〇円

■造本■

並製　無線綴じ　カバー　新書

■奥付■

北米万葉集《ほくべいまんようしゅう》／一九九九年一二月六日　第一刷発行　集英社新書〇〇〇二F／著者　大岡信《おおおかまこと》／発行者　小島民雄／発行所　株式会社集英社　東京都千代田区一ツ橋二―五―一〇　郵便番号一〇一―八〇五〇／電話　〇三―三二三〇―六三九一（編集部）〇三―三二三〇―六三九三（販売部）〇三―三二三〇―六〇八〇（制作部）／装幀　原研哉／印刷所　凸版印刷株式会社　大日本印刷株式会社／製本所　加藤製本株式会社／©Ōoka Makoto 1999／Printed in Japan　ISBN4-08-720002-7　C0292

■もくじ■

□『北米万葉集』矛盾した心のねじれを歌う　大岡信

百人百句

講談社　二〇〇一年　三八二頁　四六判　一八〇〇円

- I　昭和七年〜昭和十一年
- II　昭和十二年〜昭和十六年
- III　昭和十七年〜昭和二十年
- IV　昭和二十一年以降
- 北米移民史関連年表
- 編者あとがき
- 参考資料

■造本■
上製　糸綴じ　カバー

■奥付■
百人百句／二〇〇一年一月十八日　第一刷発行／著者　大岡信／発行者　野間佐和子／発行所　株式会社講談社　東京都文京区音羽二―一二―二一　郵便番号一一二―八〇〇一　販売部〇三―五三九五―三六二二　製作部〇三―五三九五―三六一五／編集　株式会社第一出版センター　代表笹川隆　東京都新宿区新小川町九―二五　日商ビル　郵便番号一六二―〇八一四　編集部〇三―三二三五―三〇五一／デザイン　赤崎正一／印刷所　株式会社精興社／製本所　和田製本工業株式会社／©大岡信　Makoto Ohoka 2001, Printed in Japan／ISBN4-06-208222-5

■もくじ■
- まえがき
- 春／夏／秋／冬／新年・無季
- あとがき
- 近世俳人系譜・現代俳人系譜
- 俳人索引
- 初句索引

おーいぽぽんた

声で読む日本の詩歌166

福音館書店　二〇〇一年　一九二頁　23.2×16.5cm／［別巻］一〇五頁　22.8×16.5 cm　二四〇〇円（セット）

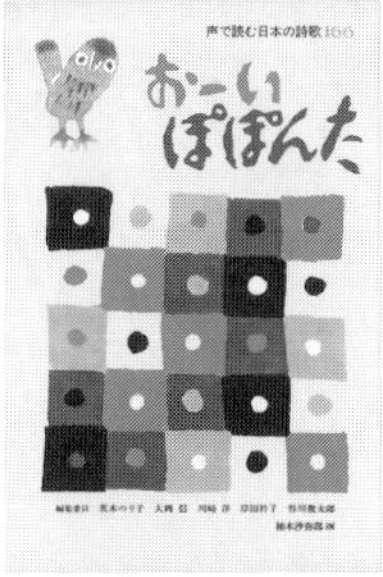

■造本■

上製　糸綴じ　／［別巻］並製　糸綴じ　二冊セット函入り

■奥付■

声で読む日本の詩歌一六六　おーい　ぽぽんた／二〇〇一年四月二五日　初版発行／編集委員　茨木のり子　大岡信　川崎洋　岸田衿子　谷川俊太郎／画家　柚木沙弥郎／装丁　辻村益朗／発行　株式会社福音館書店　郵便番号一一三－八六八六　東京都文京区本駒込六丁目六番三号／電話　販売部（〇三）三九四二－一二二六　編集部（〇三）三九四二－二七八〇／印刷　精興社／製本　積信堂／ISBN4-8340-1734-6／http://www.fukuinkan.co.jp/

■奥付■［別巻］

声で読む日本の詩歌一六六／おーい　ぽぽんた――俳句・短歌鑑賞／二〇〇一年四月二五日　初版発行／著者　大岡信／画家　柚木沙弥郎／装丁　辻村益朗／発行　株式会社福音館書店　郵便番号一一三－八六八六　東京都文京区本駒込六丁目六番三号／電話　販売部（〇三）三九四二－一二二六　編集部（〇三）三九四二－二七八〇／印刷　精興社／製本　積信堂／ISBN4-8340-1735-4／Text©Makoto Ohoka 2001／Illustrations©Samiro Yunoki 2001／http://www.fukuinkan.co.jp/

■もくじ■

略

■付記■

他の編集者とともに【若い読者へのメッセージ】がある。

星の林に月の船

声で楽しむ和歌・俳句

［岩波少年文庫131］　岩波書店　二〇〇五年　二二二、七頁

17.2×12.3 cm　六四〇円

■造本■
並製　無線綴じ　カバー　少年文庫　さし絵：柴田美佳

■奥付■
星の林に月の船――声で楽しむ和歌・俳句――　岩波少年文庫
131／二〇〇五年六月一六日　第一刷発行／著者　大岡信《おおおかまこと》／
発行者　山口昭男／発行所　株式会社岩波書店／〒一〇一―八
〇〇二　東京都千代田区一ツ橋二―五―五／電話案内〇三―五
二一〇―四〇〇〇／http://www.iwanami.co.jp/／印刷・三陽社
カバー印刷・ＮＰＣ　製本・中永製本／©Makoto Ôoka
2005／ISBN　4-00-114131-0　Printed in Japan

■もくじ■
星の林に月の船――『万葉集』から／都ぞ春の錦《にしき》なりける――
『古今《こきん》和歌集』『新古今《しんこきん》和歌集』から／舞へ舞へかたつぶり――
中世の詩歌《しいか》／鼠《ねずみ》のなめる隅田川《すみだがわ》――江戸の詩歌《しいか》／柿《かき》くへば鐘《かね》が
鳴るなり――明治《めいじ》以降《いこう》の詩歌《しいか》
□作者さくいん
□初句さくいん

著作集

ジャンル「著作集」は、刊行順ではなく、巻号順に並べている。あとがき、巻末談話の内容が多少前後しているので、この点を留意されたい。なお、刊行順は次のとおりである。

『大岡信著作集』
第11巻→第8巻→第4巻→第5巻→第1巻→第2巻→第10巻→第3巻→第12巻→第6巻→第15巻→第7巻→第13巻→第14巻→第9巻

『日本の古典詩歌』
第3巻→第2巻→第4巻→第5巻→第1巻→別巻

大岡信著作集1

青土社　一九七七年　五七五頁　四六判　二四〇〇円

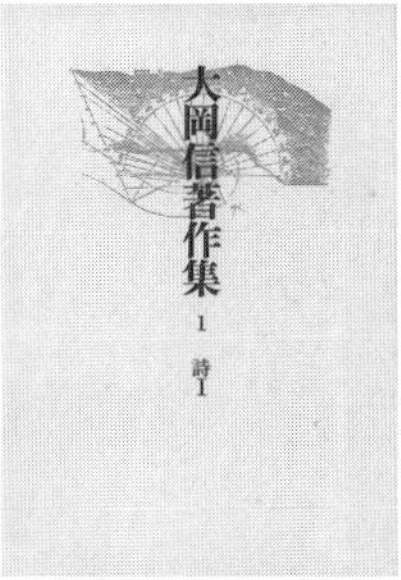

■造本■

上製　糸綴じ　函入り　月報あり

■奥付■

大岡信著作集　第一巻／©1977, Seidosha／昭和五二年六月五日印刷／昭和五二年六月二五日発行／定価　二四〇〇円　0390-900105-3978／著者　大岡信／発行者　清水康雄／印刷所　東徳／製本所　美成社／発行所　青土社　東京都千代田区神田神保町一ノ二九　市瀬ビル　〒一〇一　（電）（〇三）二九一―七〇七六　振替東京九―一九二九五五／題字　瀧口修造　装画　加納光於

■もくじ■

記憶と現在／物語の人々／声のパノラマ／転調するラヴ・ソング／宇宙船ユニヴェール号／わが詩と真実／献呈詩集／水の生理／わが夜のいきものたち

〈滴々集1〉

裏のない世界／私の夢―引張る私が引張っている／わが前史／次代の書き手？

『記憶と現在』あとがき／エッセー風のモノローグ（『わが詩と真実』付録）

□異物を抱え込んだ詩（談）

□初出紙誌単行本刊行目録

大岡信著作集2

青土社　一九七七年　五四八頁　四六判　二四〇〇円

■造本■

上製　糸綴じ　函入り　月報あり

■奥付■

大岡信著作集　第二巻／©1977, Seidosha／昭和五二年七月五日印刷／昭和五二年七月二五日発行／定価　二四〇〇円

大岡信著作集 2 詩II

■もくじ■

写楽はどこへ行った（ラジオ作品）/化野（ラジオ作品）/彼女の薫る肉体/あだしの（舞台作品）/イグドラジルの樹（ステレオドラマ）/砂の嘴　まわる液体/透視図法―夏のための/あさき夢みし（シナリオ）/遊星の寝返りの下で〈滴々集2〉

「あだしの」「写楽はどこへ行った」覚書　十章ならびに付けたり一章/シナリオ、特に言葉について/シナリオばなし/自詩自註「あかつき葉っぱが生きている」

□綜合詩集・ノート/綜合詩集・増補新版へのあとがき

0390-900106-3978／著者　大岡信／発行者　清水康雄／印刷所　東徳／製本所　美成社／発行所　青土社　東京都千代田区神田神保町一ノ二九　市瀬ビル　〒一〇一　（電）（〇三）二九二―七〇七六　振替東京九―一九二九五五／題字　瀧口修造／装画　加納光於

大岡信著作集 3 詩III 劇詩

青土社　一九七七年　五五八頁　四六判　二四〇〇円

□台詞のこと、共同制作のことなど（談）
□初出紙誌単行本刊行目録

■造本■
上製　糸綴じ　函入り　月報あり

■奥付■
大岡信著作集　第三巻　©1977, Seidosha／昭和五二年九月五日印刷／昭和五二年九月二五日発行／定価　二四〇〇円
0390-900108-3978／著者　大岡信／発行者　清水康雄／印刷所　東徳／製本所　美成社／発行所　青土社　東京都千代田

区神田神保町一ノ二九　市瀬ビル　〒一〇一　（電）（〇三）二九二一―七〇七六　振替東京九―一九二九五五／題字　瀧口修造／装画　加納光於

■もくじ■

悲歌と祝祷／青き麦（短歌）／水底吹笛（初期詩篇）／フランシス・ジャム抄／ポール・エリュアール抄／アンドレ・ブルトン抄／ブルトン　エリュアール処女懐胎抄／アントナン・アルトー抄／ジャック・プレヴェール抄／ロベール・フィリウー抄／小さな星座

〈滴々集3〉

自詩自註――「霧のなかから出現する船のための頌歌」／詩集を読むことについて／スペイン現代詩に関する四つのエスキース

□一語一語の重み（談）

□初出紙誌単行本刊行目録

大岡信著作集4

青土社　一九七七年　五四二頁　四六判　二四〇〇円

■造本■

上製　糸綴じ　函入り　月報あり

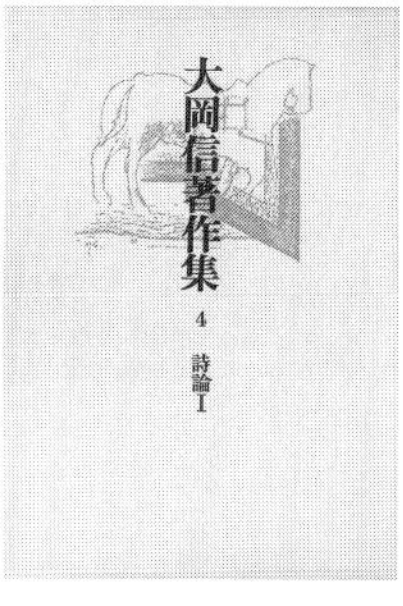

■奥付■

大岡信著作集　第四巻／©1977, Seidosha／昭和五二年四月五日印刷／昭和五二年四月二五日発行／定価　二四〇〇円　0390-900103-3978／著者　大岡信／発行者　清水康雄／印刷所　東徳／製本所　美成社／発行所　青土社　東京都千代田区神田神保町一ノ二九　市瀬ビル　〒一〇一　（電）（〇三）二九二一―七〇七六　振替東京九―一九二九五五／題字　瀧口修造

装画　加納光於

■もくじ■

現代詩試論／詩人の設計図／芸術マイナス1　戦後芸術論抄／夏目漱石論　修善寺吐血以後

〈滴々集4〉

窓に光を　戦歿学生の手記について／伝統そのほか／文学者と社会　漱石の場合

『現代詩試論』あとがき／『詩人の設計図』あとがき／『芸術

マイナス1』あとがき
□詩を確かめるために（談）
□初出紙誌単行本刊行目録

大岡信著作集5

青土社　一九七七年　五七四頁　四六判　二四〇〇円

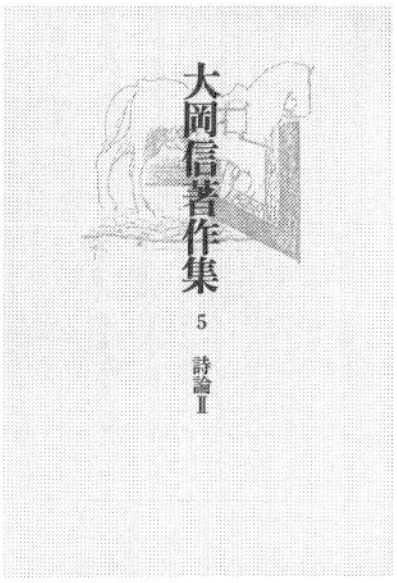

■造本■
上製　糸綴じ　函入り　月報あり
■奥付■
大岡信著作集　第五巻／©1977, Seidosha／昭和五二年五月五日印刷／昭和五二年五月二五日発行／定価　二四〇〇円
0390-900104-3978／著者　大岡信／発行者　清水康雄／印刷所　東徳／製本所　美成社／発行所　青土社　東京都千代田区神田神保町一ノ二九　市瀬ビル　〒一〇一　（電）（〇三）二九二—七〇七六　振替東京九—一九二九五五／題字　瀧口修造／装画　加納光於
■もくじ■
抒情の批判　日本的美意識の構造試論／芸術と伝統／超現実と抒情　昭和十年代の詩精神　抄
〈滴々集　5〉
保田與重郎著『現代畸人伝』／神保光太郎詩集『陳述』／『中原中也全集』／伊達得夫のこと
『抒情の批判』あとがき／『芸術と伝統』あとがき／『超現実と抒情』あとがき
□日本的美意識の構造を探る（談）
□初出紙誌単行本刊行目録

大岡信著作集6

青土社　一九七七年　五一七頁　四六判　二四〇〇円
■造本■
上製　糸綴じ　函入り　月報あり
■奥付■

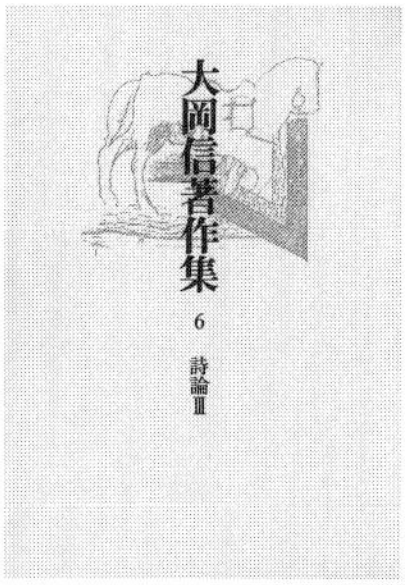

大岡信著作集　第六巻／©1977, Seidosha／昭和五二年一一月五日印刷／昭和五二年一一月二五日発行／定価　二四〇〇円　0390-900110-3978／著者　大岡信／発行者　清水康雄／印刷所　東徳／製本所　美成社／発行所　青土社　東京都千代田区神田神保町一ノ二九　市瀬ビル　〒一〇一　（電）（〇三）二九二―七〇七六　振替東京九―一九二九五五／題字　瀧口修造／装画　加納光於

■もくじ■

文明のなかの詩と芸術　抄／現代芸術の言葉　抄／言葉の出現

〈滴々集6〉

寺田透著『表現の思想』／寺田透と『正法眼蔵』／寺田透著『道元の言語宇宙』／日本語をどうするか　現代短歌と現代の詩／近代の短歌と詩

□『言葉の出現』あとがき

□出合いから生まれる要素（談）

□初出紙誌単行本刊行目録

大岡信著作集7

青土社　一九七八年　五二〇頁　四六判　二八〇〇円

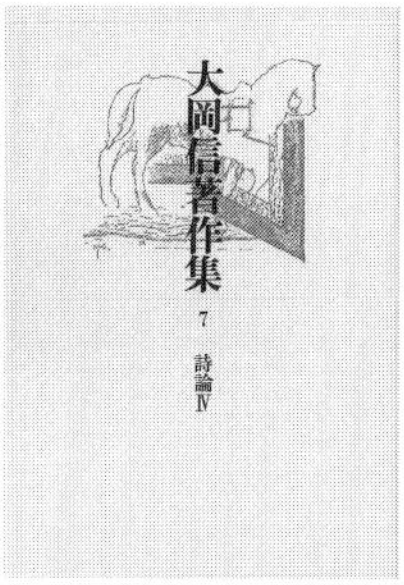

■造本■

上製　糸綴じ　函入り　月報あり

■奥付■

大岡信著作集　第七巻／©1978, Seidosha／昭和五三年一月二〇日印刷／昭和五三年一月三一日発行／定価　二八〇〇円　0390-900112-3978／著者　大岡信／発行者　清水康雄／発行所　青土社　東京都千代田区神田神保町一ノ二九　市瀬ビル　〒一〇一　（電）（〇三）二九二―七〇七六　振替東京九―一

九二九五五／印刷所　東徳／製本所　美成社／題字　瀧口修造
／装画　加納光於

■もくじ■

蕩児の家系　日本現代詩の歩み／現代詩人論　抄
〈滴々集7〉
水に入るごとくに／吉野弘論／谷川俊太郎小論
『蕩児の家系』あとがき／『現代詩人論』あとがき
□詩史を書くということ（談）
□初出紙誌単行本刊行目録

大岡信著作集8

青土社　一九七七年　四八五頁　四六判　二四〇〇円

■造本■

上製　糸綴じ　函入り　月報あり

■奥付■

大岡信著作集　第八巻／©1977, Seidosha／昭和五二年三月五日印刷／昭和五二年三月二五日発行／定価　二四〇〇円
0390-900102-3978／著者　大岡信／発行者　清水康雄／印刷所　東徳／製本所　美成社／発行所　青土社　東京都千代田区神田神保町一ノ二九　市瀬ビル　〒一〇一　（電）（〇三）二九二―七〇七六　振替東京九―一九二九五五／題字　瀧口修造
／装画　加納光於

■もくじ■

紀貫之／たちばなの夢　私の古典詩選
〈滴々集8〉
古代歌謡私記／中古文学私記／新古今集を読んだころ／開かれた古典の世界『日本詩人選』
『紀貫之』あとがき
□古典と私（談）
□初出紙誌単行本刊行目録

大岡信著作集9

青土社　一九七八年　五三四頁　四六判　二八〇〇円

■造本■

上製　糸綴じ　函入り　月報あり

■奥付■

大岡信著作集　第九巻／©1978, Seidosha／昭和五三年四月二〇日印刷／昭和五三年四月三〇日発行／定価　二八〇〇円　0390-900115-3978／著者　大岡信／発行者　清水康雄／発行所　青土社　東京都千代田区神田神保町一ノ二九　市瀬ビル　〒一〇一　(電)(〇三)二九一―七〇七六　振替東京九｜一九一九五五／印刷所　東徳／製本所　美成社／題字　瀧口修造／装画　加納光於

■もくじ■

今日も旅ゆく・若山牧水紀行／岡倉天心／子規・虚子
〈滴々集9〉
詩人としての天心
「今日も旅ゆく・若山牧水紀行」あとがき／「岡倉天心」あとがき／「子規・虚子」あとがき
□牧水、天心、子規、虚子について（談）
□初出紙誌単行本刊行目録

大岡信著作集10

青土社　一九七七年　四九三頁　四六判　二四〇〇円

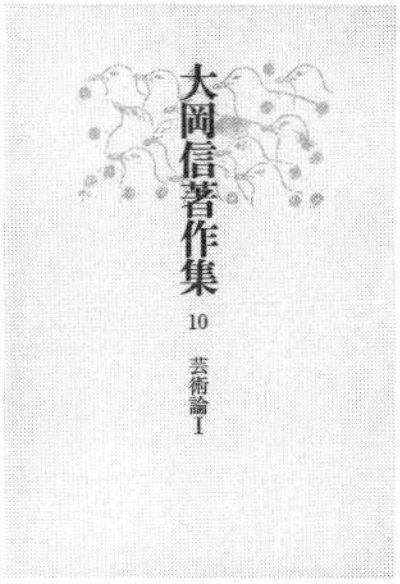

■造本■
上製　糸綴じ　函入り　月報あり
■奥付■
大岡信著作集　第十巻／©1977, Seidosha／昭和五二年八月五日印刷／昭和五二年八月二五日発行／定価　二四〇〇円
0390-900107-3978／著者　大岡信／発行者　清水康雄／印刷所　東徳／製本所　美成社／発行所　青土社　東京都千代田区神田神保町一ノ二九　市瀬ビル　〒一〇一　（電）（〇三）二九二―七〇七六　振替東京九―一九二九五五／題字　瀧口修造／装画　加納光於
■もくじ■
芸術マイナス1　戦後芸術論　抄／文明のなかの詩と芸術　抄／現代芸術の言葉　抄／スクリーンからもらった言葉／舞台を歩む夢と現実
〈滴々集10〉
力へのアメリカ的な夢／私のアメリカ／親しい現代絵画〈クレーからフォンタナまで二十一人展〉より／展覧会めぐり　抄／想像的空間のありか／非実用主義のすすめ／半可通ということ／国産美術輸出の思想について／画家のことばについて　アルプ、ジャコメッティその他／美術とビッグ・ビジネスについて　CBSの場合／時代遅れの必要　グラフィック・デザインについて
『文明のなかの詩と芸術』あとがき／『現代芸術の言葉』あとがき
□芸術と〈ことば〉（談）
□初出紙誌単行本刊行目録

大岡信著作集11

青土社　一九七七年　五六六頁　四六判　二四〇〇円

■造本■
上製　糸綴じ　函入り　月報あり
■奥付■
大岡信著作集　第十一巻／©1977, Seidosha／昭和五二年二月五日印刷／昭和五二年二月二五日発行／定価　二四〇〇円

大岡信著作集 12

青土社　一九七七年　五一一頁　四六判　二四〇〇円

■造本■

上製　糸綴じ　函入り　月報あり

□初出紙誌単行本刊行目録

『眼・ことば・ヨーロッパ』『肉眼の思想』あとがき

『眼・ことば・ヨーロッパ』『肉眼の思想』のころ（談）

■もくじ■

〈滴々集　11〉

眼・ことば・ヨーロッパ／肉眼の思想

魔と愉楽／基本日本語詩1000　ロベール・フィリウー　大岡信訳／菅井さんの話／菅井汲との対話／作られなかった私設美術館／小劇場への期待

0390-900101-3978／著者　大岡信／発行者　清水康雄／印刷所　東徳／製本所　美成社／発行所　青土社　東京都千代田区神田神保町一ノ二九　市瀬ビル　〒101（電）（〇三）二九二ー七〇七六　振替東京九ー一九二九五五／題字　瀧口修造／装画　加納光於

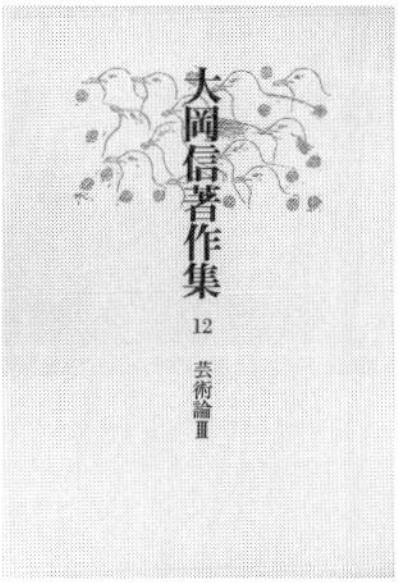

■奥付■

大岡信著作集　第十二巻／©1977, Seidosha／昭和五二年一〇月五日印刷／昭和五二年一〇月二五日発行／定価　二四〇〇円　0390-900109-3978／著者　大岡信／発行者　清水康雄／印刷所　東徳／製本所　美成社／発行所　青土社　東京都千代田区神田神保町一ノ二九　市瀬ビル　〒101（電）（〇三）二九二ー七〇七六　振替東京九ー一九二九五五／題字　瀧口修造／装画　加納光於

■もくじ■

〈滴々集12〉

装飾と非装飾／現代画家論

現代世界の芸術・美術／日本的創造の特性　古今集、絵巻など

『装飾と非装飾』あとがき

芸術の根源的な要素（談）

大岡信著作集13

青土社　一九七八年　五二七頁　四六判　二八〇〇円

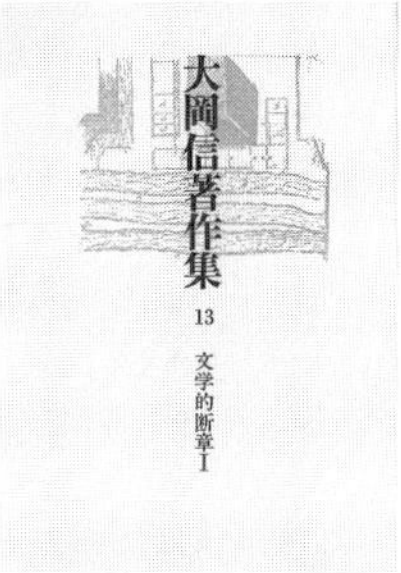

■造本■

上製　糸綴じ　函入り　月報あり

■奥付■

大岡信著作集　第十三巻／©1978, Seidosha／昭和五三年二月二〇日印刷／昭和五三年二月二八日発行／定価　二八〇〇円
0390-900113-3978／著者　大岡信／発行者　清水康雄／発行所　青土社　東京都千代田区神田神保町一ノ二九　市瀬ビル
〒一〇一　（電）（〇三）二九一―七〇七六　振替東京九―一九二九五五／印刷所　東徳／製本所　美成社／題字　瀧口修造／装画　加納光於

■もくじ■

大岡信著作集14

青土社　一九七八年　四五九頁　四六判　二八〇〇円

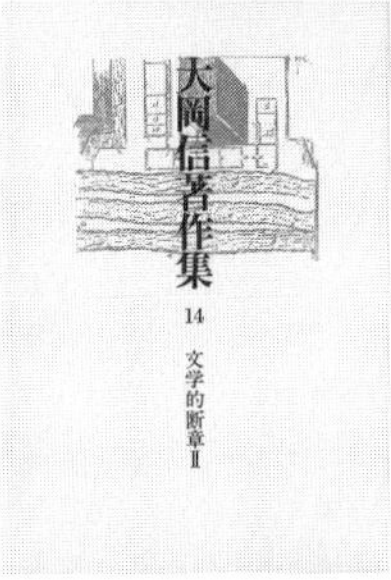

■造本■

大岡信著作集 15

青土社 一九七七年 五〇二頁 四六判 二八〇〇円

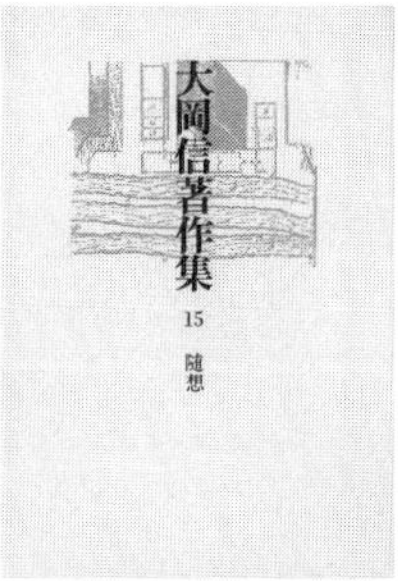

■造本■
上製 糸綴じ 函入り 月報あり

■奥付■
大岡信著作集 第十五巻／©1977, Seidosha／昭和五二年一二月五日印刷／昭和五二年一二月二五日発行／定価 二八〇〇円 0390-900111-3978／著者 大岡信／発行者 清水康雄／発行所 青土社 東京都千代田区神田神保町一ノ二九 市瀬ビル 〒一〇一 (電) (〇三) 二九二—七〇七六 振替東京九—一二九二五五／題字 瀧口修造／装画 加納光於

■もくじ■
風の花嫁たち 古今女性群像／青き麦萌ゆ／熊野川〈滴々集15〉

大岡信著作集 14

■造本■
上製 糸綴じ 函入り 月報あり

■奥付■
大岡信著作集 第十四巻／©1978, Seidosha／昭和五三年三月二五日印刷／昭和五三年三月三一日発行／定価 二八〇〇円 0390-900114-3978／著者 大岡信／発行者 清水康雄／発行所 青土社 東京都千代田区神田神保町一ノ二九 市瀬ビル 〒一〇一 (電) (〇三) 二九二—七〇七六 振替東京九—一二九二九五五／印刷所 東徳／製本所 美成社／題字 瀧口修造／装画 加納光於

■もくじ■
星客集 文学的断章／年魚集 文学的断章〈滴々集14〉
床屋さんと装幀のこと／『山本鼎の手紙』のこと／ものをつくること／大原美術館の変貌／アンケート 新「文庫百選」のうち「十選」
『星客集』あとがき 『年魚集』あとがき
□尊敬する人たち、好きな人たち（談）

藤尾とその他の女たち　漱石のヒロイン／女は女、男は……
「女性・その自負と偏見」展のこと／常識／銀座の夜から夜明けまで／筆勢は人の心操行跡　毎日書道展を見て（一九六五）／書には流露するものを　毎日書道展を見て（一九六九）
『風の花嫁たち』あとがき
□女性について書くのは難しい（談）
□初出紙誌単行本刊行目録

万葉集を読む

［日本の古典詩歌1］　岩波書店　二〇〇〇年　五九七頁　四六判　五八〇〇円

■造本■
上製　糸綴じ　函入り　装幀：代田奨

■奥付■
日本の古典詩歌一　万葉集を読む　（第五回配本　全五巻別巻一）／二〇〇〇年一月二十七日　第一刷発行／著者　大岡信《おおおかまこと》／発行者　大塚信一／発行所　株式会社岩波書店　〒一〇一－八〇〇二　東京都千代田区一ツ橋二－五－五／電話　案内　〇三－五二一〇－四〇〇〇／印刷・精興社　函・半七印刷　製本・牧製本／©Makoto Oooka 2000／ISBN4-00-026391-9
Printed in Japan

■もくじ■
万葉集／私の万葉集（抄）／日本古典詩人論のための序章　他／日本古典詩人論のための序章——万葉集の見方について／人麻呂と家持／旋頭歌の興趣——詩形の生命と運命について
□あとがき
□出典一覧

古今和歌集の世界

［日本の古典詩歌2］　岩波書店　一九九九年　六四一頁　四六判　五八〇〇円

■造本■

上製　糸綴じ　函入り　装幀：代田奨

■奥付■
日本の古典詩歌二　古今和歌集の世界（第二回配本　全五巻別巻二）／一九九九年七月九日　第一刷発行／著者　大岡信《おおおかまこと》／発行者　大塚信一／発行所　株式会社岩波書店　〒一〇一－八〇〇二　東京都千代田区一ツ橋二－五－五／電話　案内　〇三－五二一〇－四〇〇〇／印刷・精興社　函・半七印刷　製本・牧製本／©Makoto Oooka 1999／ISBN4-00-026392-7
Printed in Japan

■もくじ■
紀貫之／古今和歌集を読む　四季の歌　恋の歌／歌と物語と批評「うたげと孤心」和歌篇一／贈答と機知と奇想「うたげと孤心」和歌篇二／公子と浮かれ女「うたげと孤心」和歌篇三
□あとがき
□出典一覧

歌謡そして漢詩文

［日本の古典詩歌3］　岩波書店　一九九九年　四〇一頁　四六判　四四〇〇円

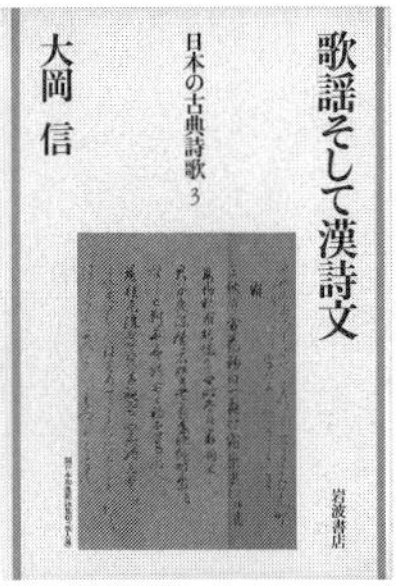

■造本■
上製　糸綴じ　函入り　装幀：代田奨

■奥付■
日本の古典詩歌三　歌謡そして漢詩文（第一回配本　全五巻別巻二）／一九九九年五月一〇日　第一刷発行／著者　大岡《おおおか》信《まこと》／発行者　大塚信一／発行所　株式会社岩波書店　〒一〇一－八〇〇二　東京都千代田区一ツ橋二－五－五／電話　案内　〇三－五二一〇－四〇〇〇／印刷・精興社　函・半七印刷　製本・牧製本／©Makoto Oooka 1999／ISBN4-00-026393-5
Printed in Japan

■もくじ■
□歌謡
日本の中世歌謡――「明るい虚無」の背景をなすもの／帝王と遊君（「うたげと孤心」歌謡編一）／今様狂いと古典主義（「うたげと孤心」歌謡編二）／狂言綺語と信仰（「うたげと孤心」

歌謡編三）／謡いものの「優美」と「猥雑」――古今の歌謡が語るもの／和讃形式が語るもの
□詩人・菅原道真
修辞と直情　その一／修辞と直情　その二／修辞と直情　その三／古代モダニズムの内と外
□「花」の一語をめぐる伝統論
□あとがき
□出典一覧

詩歌における文明開化

［日本の古典詩歌4］　岩波書店　一九九九年　四六四頁　四六判　五一〇〇円

■造本■
上製　糸綴じ　函入り　装幀　代田奨

■奥付■
日本の古典詩歌四　詩歌における文明開化　（第三回配本　全五巻別巻一）／一九九九年九月十日　第一刷発行／著者　大岡《おおおか》信《まこと》／発行者　大塚信一／発行所　株式会社岩波書店　〒一〇一－八〇〇二　東京都千代田区一ツ橋二－五－五／電話　案内〇三－五二一〇－四〇〇〇／印刷・精興社　函・半七印刷　製本・牧製本／©Makoto Oooka 1999／ISBN4-00-026394-3
Printed in Japan

■もくじ■
□正岡子規――五つの入口
第一講　子規の生い立ちと素養／第二講　子規の俳句――月並調の是非／第三講　子規の和歌／第四講　『病牀六尺』など、晩年の随筆／第五講　書き抜きと初期随筆／正岡子規略年譜
□詩歌の近代
漱石――「則天武后」と漢詩の実景／紅葉の俳諧／幸田露伴『一国の首都』／内村鑑三の「地理の宗教」／知られざる近代――岡倉天心
□詩の日本語
言葉における「文明開化」――訳詩の歴史が語るもの／新体詩の「文学語」と「日常語」――叙事詩の命運が語るもの／「言

文一致」の夢と現実――明治の感傷詩と江戸の狂詩が語るもの
／詩歌の「革新」と「充実」――子規の歌が語るもの
□あとがき
□出典一覧

詩人たちの近代

［日本の古典詩歌5］岩波書店　一九九九年　六二七頁　四六判　五八〇〇円

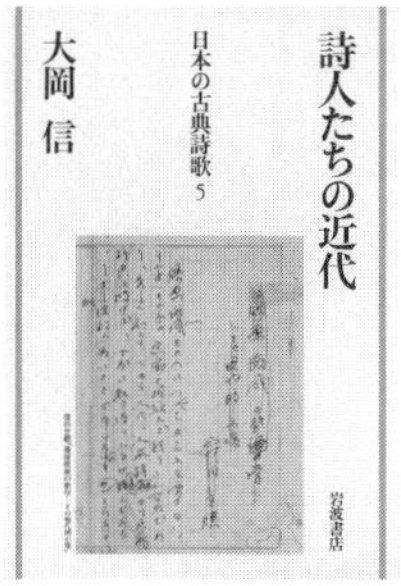

■造本■
上製　糸綴じ　函入り　装幀：代田奨
■奥付■
日本の古典詩歌五　詩人たちの近代　（第四回配本　全五巻別巻一）／一九九九年十一月十日　第一刷発行／著者　大岡信《おおおかまこと》／発行者　大塚信一／発行所　株式会社岩波書店　〒一〇一―八〇〇二　東京都千代田区一ツ橋二―五―五／電話　案内　〇三―五二一〇―四〇〇〇／印刷・精興社　函・半七印刷　製本・牧製本／©Makoto Ooka 1999／ISBN4-00-026395-1
Printed in Japan
■もくじ■
□I　近代詩史を書く
日本近代詩の流れ　詩論の展開
昭和詩の問題
口語自由詩の運命／萩原と西脇　現代詩と自然主義について／宇宙感覚と近代意識　「歴程」、心平、光太郎／抒情の行方　伊東静雄と三好達治／守備の詩と攻勢の詩　村野、小熊その他
保田與重郎ノート　日本的美意識の構造試論
東洋詩のパタン
□II　俳句の近代
大正の俳句／虚子の句
□III　窪田空穂論
窪田空穂との出会い／空穂の世界　序説的な概観／窪田空穂の出発／空穂の受洗と初期詩歌／空穂歌論の構造／空穂の古典批評／空穂の長歌「捕虜の死」と大戦／長歌に見る歌人空穂の本質

□あとがき
□出典一覧

詩の時代としての戦後

［日本の古典詩歌別巻］岩波書店　二〇〇〇年　四三三頁　四六判　四八〇〇円

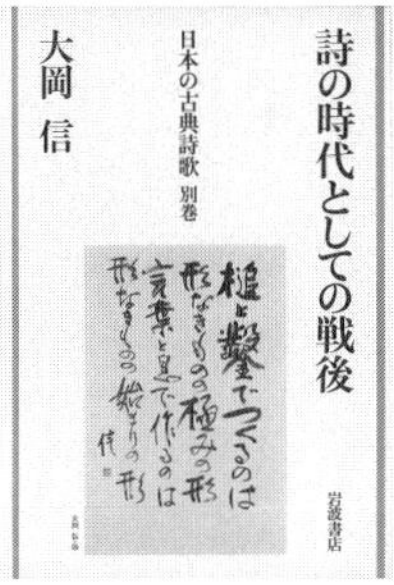

■造本■
上製　糸綴じ　函入り　装幀：代田奨

■奥付■
日本の古典詩歌　別巻　詩の時代としての戦後（最終回配本　全五巻　別巻一）／二〇〇〇年三月二十四日　第一刷発行／著者　大岡信《おおおかまこと》／発行者　大塚信一／発行所　株式会社岩波書店　〒一〇一―八〇〇二　東京都千代田区一ツ橋二―五―五／電話　案内　〇三―五二一〇―四〇〇〇／印刷・精興社　函・半七印刷　製本・牧製本／©Makoto Oooka 2000／ISBN4-00-026396-X　Printed in Japan

■もくじ■
□I世界把握、死生観をめぐって
悟りと表現――道元の和歌／華開世界起――道元の世界／中心は周縁　周縁は中心／死生観私見／終末の思想と詩／死の描きかたについて――平家物語のこころ／芭蕉の「時世」考／崋山の遺書
□II日本詩歌論の方へ
日本詩歌論への一つの瀬踏み／日本詩歌の読みとりかた／詞華集を編む／「うつし」序説／美意識の「正系」と「傍系」――誇張と戯画化が語るもの
□III言葉の力
移植――言葉の普遍性について／言葉の力／朗読会／日本近代詩の風景／現代詩の出発／言語芸術には何が必要か／近代性と無秩序――ある解説／季節と形式――言葉の「進歩主義」を排す
□あとがき
□出典一覧

大岡信詩集

［現代詩文庫24］　思潮社　一九六九年　一六〇頁　四六判　一二〇〇円

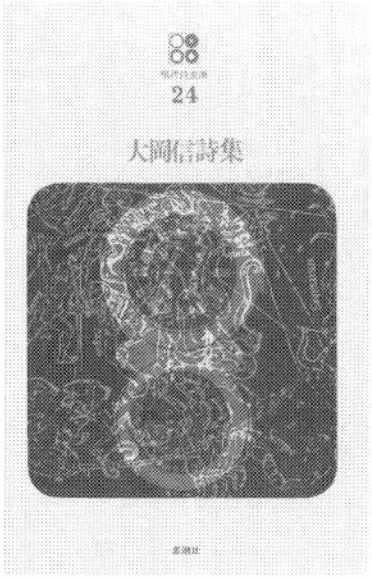

■造本■
並製　無線綴じ　ビニールカバー　装幀：国東照幸

■奥付■
現代詩文庫　24　大岡信／発行　一九六九年七月十五日第一刷／著者　大岡信／発行者　小田久郎／発行所　株式会社思潮社　東京都新宿区市谷砂土原町三―十五／電話　東京（二六七）八一四一（代）／振替東京八―八一二一／印刷　八光印刷／製本　岩佐製本／1392-101024-3016

■もくじ■
□〈方舟〉から
夏のおもひに／水底吹笛／木馬
□詩集〈記憶と現在〉から
青春／夢のひとに／うたのように1／うたのように2／うたのように3／額のエスキース／青空／夜の旅／人間たちと動物たちと／一九五一年降誕祭前後／春のために／神話は今日の中にしかない／生きる／可愛想な隣人たち／夢はけものの足どりのように　ひそかにぼくらの屋根を叩く／地下水のように／詩人の死／二人／ある季節のための証言／いたましい秋／翼あれ風　おおわが歌／物語の朝と夜／帰還／Presence
□〈転調するラヴ・ソング〉から
さわる／声／転調するラヴ・ソング／死に関する詩的デッサンの試み／捧げる詩篇
□詩集〈わが詩と真実〉から
静物／家族／大佐とわたし／お前の沼を／マリリン
□〈物語の人々〉から
少年時
□〈声のパノラマ〉から
声のパノラマ
□〈水の生理〉から
クリストファー・コロンブス

□〈献呈詩集〉から
死んでゆくアーシル・ゴーキー／環礁
□〈わが夜のいきものたち〉から
守護神／心にひとかけらの感傷も／ことばことば／わが夜のいきものたち／地名論
□詩論　純粋について
□日記抄
□作品論　大岡信論　渡辺武信
□詩人論　信のこと　東野芳明

大岡信詩集

［限定版］　五月書房　一九七五年　一九五頁　A6判　三〇〇〇円

■造本■
上製　糸綴じ　革装　布張函入（夫婦函）

■奥付■
大岡信詩集／著者　大岡信／昭和五拾年九月参拾日発行／発行者　竹森久次／発行所　株式会社五月書房　東京都千代田区三崎町弐丁目八番地弐号／電話　弐六弐局四四九拾番／振替　東京参参九四参番／印刷所　依田印刷　正文社／用紙・山陽国策パルプ／製函所・ダイヤ商会／製本所・凸版印刷製本所／定価参千円

■もくじ■
□〈方舟〉
夏のおもひに／水底吹笛／朝の少女に捧げるうた／木馬／方舟
□記憶と現在
青春／夏のひとに／うたのように　1／うたのように　2／うたのように　3／青春／岩の人間／夜の旅／さむい夜明け／一九五一年降誕祭前後／春のために／神話は今日の中にしかない／生きる／可愛想な隣人たち／詩人の死／男　あるいは　アメリカ／遅刻／物語の朝と夜
□〈転調するラヴ・ソング〉
おはなし／鳥／さわる
□わが詩と真実
静物／家族／大佐とわたし／お前の沼を／礁湖にて／マリリン

□〈水の生理〉
海はまだ／水の生理／炎のうた
□〈わが夜のいきものたち〉
守護神／心にひとかけらの感傷も／ことばことば／春の鏡／薔薇・旗・城／石と彫刻／地名論
□透視図法――夏のための
あかつき葉っぱが生きている／榛名みやげ／壜とコップのある
■付記■
奥付は函にあり。
限定壱千部のうち本書は第一五号

新選大岡信詩集

［新選現代詩文庫108］　思潮社　一九七八年　一四四頁　四六判
五八〇円
■造本■
並製　無線綴じ　ビニールカバー　装幀：国東照幸
■奥付■
新選・現代詩文庫108　大岡信／発行　一九七八年一月十日　初版第一刷／著者　大岡信／発行者　小田久郎／発行所　株式会社思潮社　東京都新宿区市谷砂土原町三―十五／電話　東京（二六七）八一四一（代）／振替東京八―八一二一／印刷　凸版印刷株式会社／製本　凸版印刷株式会社／1392-101108-3016

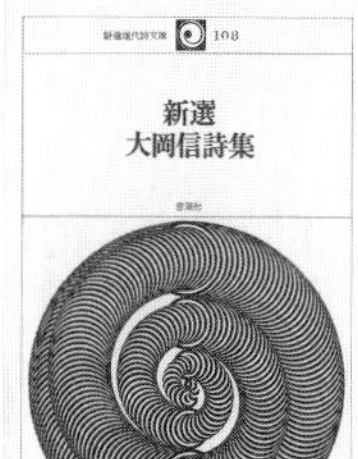

■もくじ■
□詩集〈記憶と現在〉から
岩の人間／さむい夜明け／生誕の朝／男　あるいは　アメリカ／肖像
□詩集〈わが詩と真実〉から
環礁にて
□〈大岡信詩集〉から
海はまだ／水の生理／花　Ⅰ／花　Ⅱ／炎のうた／ヴォルス／石と彫刻家
□詩集〈透視図法――夏のための〉から
あかつき葉っぱが生きている／榛名みやげ／壜とコップのある／透視図法――夏のための／接触と波動／告知

□詩集〈遊星の寝返りの下で〉から
咒《じゅ》／彼女の薫る肉体／螺旋都市
□詩集〈悲歌と祝祷〉から
祷／冬／朝・卓上静物図譜／風の説／死と微笑／光の弧／水の皮と種子のある詩／豊饒記／和唱達谷先生五句／薤露歌／初秋午前五時白い器の前にたたずみ谷川俊太郎を思つてうたふ述懐の唄／霧のなかから出現する船のための頌歌／四季の木霊／声が極と極に立ちのぼるとき言語が幻語をかたる／少年
□詩論　言葉の出現
□詩人論　大岡信「悲歌と祝祷」吉田健一
□解説　大岡信あるいは霧のための頌歌　今井裕康

朝の頌歌

［ジュニア・ポエム双書53］　銀の鈴社　一九八九年　九五頁
A5判　一〇〇〇円

■造本■
上製　糸綴じ　カバー　葉祥明絵

■奥付■
朝の頌歌／平成元年七月二〇日初版発行／定価一〇三〇円／著者　大岡信Ⓒ／発行　銀の鈴社　〒一〇一　東京都千代田区西神田二―三―二　ハタノビル2F　電話　〇三（二六五）五七一七／発売　教育出版センター　〒一〇一　東京都千代田区神田神保町二―四六　電話　〇三（二三九）五四三八　FAX　〇三（二六一）六四一九／ISBN4-7632-4259-8 C8092 P1030E

■もくじ■
□Ⅰ章　宇宙
朝の頌歌《ほめうた》／春のために／花Ⅰ／花Ⅱ／ライフ・ストーリー／夜の歌／夏の訪れ／親しい子らに贈る詩／これらはみんな人間の……／冬／さむい夜明け／生きる／炎《ほのお》のうた／水の生理
□Ⅱ章　心
少年時／ある不運なこどもの恋歌《こいうた》／明るくて寂《さび》しい人に／額のエスキース／サキの沼津《ぬまづ》／魚歌府／朝の少年に捧げるうた／うたのように　1／うたのように　2／うたのように　3／方船《はこぶね》／平和と言葉を
□Ⅲ章　そよぐ言《こと》の葉《は》

鶴《つる》／みだれ／ながめ／水鳥／片思い／おもかげ／月を前に

誕生祭

［現代詩人コレクション］　沖積舎　一九九〇年　一〇三頁　A5判　九八〇円

■造本■
並製　糸綴じ　カバー　ビニルカバー　装釘・藤林省三

■奥付■
誕生祭　現代詩人コレクション／一九九〇年十二月三十一日発行／著者　大岡信／発行人　沖山隆久／発行所　株式会社沖積舎　東京都千代田区神田神保町一－五二　郵便番号一〇一／電話　〇三－二九一－五八九一／振替東京三－一七七六三二／好文印刷＋互恵印刷／松栄堂／ISBN4-8060-0532-0 ©1092

■もくじ■
水底吹笛　三月幻想詩／青春／神話は今日の中にしかない／マリリン／海はまだ／炎のうた／ことばことば／地名論／壜とコップのある／咒／冬／風の説／はじめてからだを／春　少女に／脳府／空府／双眸／私といふ他人／ライフ・ストーリー／渓声の山色／人生論／詩とはなにか1／詩とはなにか2／「文明」と「文化」の論／東京に帰つた／ギョエテ風／誕生祭／悲しむとき／星ものがたりa／星ものがたりb／老いたる静かなものたち／昔　多くの日本人は……／コウモリの発する音波は……／チベットの僧院の……／大きな海を見ながら……
□私が詩を書き始めた頃「文語七五調で詩を書き始めた頃のこと」　大岡信

続・大岡信詩集

［現代詩文庫131］　思潮社　一九九五年　一五八頁　四六判　一二〇〇円

■造本■
並製　無線綴じ　ビニールカバー　装幀：芦澤泰偉

■奥付■

現代詩文庫131　続・大岡信／発行　一九九五年七月十日　初版第一刷／著者　大岡信／発行者　小田久郎／発行所　株式会社思潮社　〒162東京都新宿区市谷砂土原町三―十五　電話　東京（三二六七）八一五三（営業）八一四一（編集）八一四二（FAX）　振替〇〇一八〇―四―八一二一／印刷　凸版印刷株式会社／製本　株式会社越後堂製本／ISBN4-7837-0899-1
0392

■もくじ■

□詩集〈記憶と現在〉から
岩の人間／さむい夜明け／生誕の朝／男　あるいは　アメリカ／肖像
□詩集〈わが詩と真実〉から
環礁にて
□〈大岡信詩集〉から
海はまだ／水の生理／花　Ⅰ／花　Ⅱ／炎のうた／ヴォルス／石と彫刻家
□詩集〈透視図法――夏のための〉から
あかつき葉っぱが生きている／榛名みやげ／壜とコップのある／透視図法――夏のための／接触と波動／告知
□詩集〈遊星の寝返りの下で〉から
咒《じゅ》／彼女の薫る肉体／螺旋都市
□詩集〈悲歌と祝祷〉から
祷／冬／朝・卓上静物図譜／風の説／死と微笑／光の弧／水の皮と種子のある詩／豊饒記／和唱達谷先生五句／薤露歌／初秋午前五時白い器の前にたたずみ谷川俊太郎を思つてうたふ述懐の唄／霧のなかから出現する船のための頌歌／四季の木霊／声が極と極に立ちのぼるとき言語が幻語をかたる／少年
□詩論　言葉の出現
□詩論　詩における「知性」と感性
□詩人論　大岡信「悲歌と祝祷」吉田健一
□解説　大岡信あるいは霧のための頌歌　三浦雅士

■付記■

『新選現代詩文庫108』（一九七八）を新装改訂増補したもの。

続続・大岡信詩集

［現代詩文庫153］ 思潮社 一九九八年 一五八頁 四六判 一二〇〇円

■造本■

並製 無線綴じ ビニールカバー 装幀：芦澤泰偉

■奥付■

現代詩文庫153 続続・大岡信／発行 一九九五年八月一日 初版第一刷／著者 大岡信／発行者 小田啓之／発行所 株式会社思潮社 〒一六二−〇八四二東京都新宿区市谷砂土原町三−十五／電話 東京（三二六七）八一五三（営業）八一四一（編集）八一四二（ＦＡＸ）／振替〇〇一八〇−四−八一二一／印刷 凸版印刷株式会社／製本 株式会社越後堂製本／ISBN4-7837-0922-X C0392

■もくじ■

□詩集〈春 少女に〉から

□1

丘のうなじ／星空の力／はじめてからだを／そのとき きみに出会つた／空気に腰掛けはあつた？／きみはぼくのとなりだつた／馬具をつけた美少女／光のくだもの／稲妻の火は大空へ／春 少女に

□2

虫の夢／人は流体ゆゑの／ギリシアのザクロ／神の生誕／いつも夢にみる女／詩と人生／銀河とかたつむり／げに懐かしい曇天

□詩集〈水府 みえないまち〉から

□1

調布 Ⅰ／暁府／調布 Ⅲ／調布 Ⅳ／調布 Ⅴ

□2

霊府／水樹府／銀座運河／南極軌道／西落合迷宮——瀧口修造悼歌

□3

調布 Ⅵ／調布 Ⅶ——ある日 自我に言ふ／豆州三島／蛍火府／サキの沼津／黙府

□4
脳府——あしたはあしたの風　ですか／詩府／空府／調布　Ⅷ——某婦人に呈す／水府／孤濤府／調布　Ⅸ／加州黙契

□詩集〈草府にて〉から

□Ⅰ
詩の原理／双眸／私といふ他人／時間／わがひと　a／わがひと　b／ライフ・ストーリー／山羊を飼ふ——わが十五歳／青年に

□Ⅱ
美術館へ／外は雪／谿声の山色

□Ⅲ
草原歌／雌雄／秋の乾杯／草府にて／わらべうた／人生論

□詩集〈詩とはなにか〉から

□Ⅰ
詩とはなにか

□Ⅲ
ヒストリー／文と人生／怒つて書いた十八行／松竹梅

□詩集〈ぬばたまの夜、天の掃除器せまつてくる〉から
巻の一　昔噺おいぼれ神様／巻の四　原子力潜水艦「ヲナガザメ」の性的な航海と自殺の唄／巻の五　亡命軍団のバラード／巻の十四　八月六日の小さな出来事／巻の十九　小雪回想集／巻の二十四　へんな断片／巻の二十五　朝の祈り／巻の二十七　ウパニシャッド風／巻の二十八　ギョエテ風／巻の三十四　鬼気について／巻の三十五　東京挽歌／巻の三十六　四季のうた

□詩論・エッセイ
□芸術の存在理由
□いま、連詩の意味——創造的刺戟と遊びの精神を求めて
□車座社会に生きる日本人
□瀧口修造と無頼の精神
□耳学問、句読点、朗読

□詩人論・作品論
□金太郎飴とことばの力　野沢啓
□「荒び」への詩学　城戸朱理
□詩人五衰——転生する大岡信　永原孝道

大岡信全詩集

思潮社　二〇〇二年　一七五六頁　B5判　付属資料：三二頁（19 cm）　二五〇〇〇円

■造本■
上製　糸綴じ　函入り　装幀：菊地信義

■奥付■

大岡信全詩集／著者　大岡信／発行者　小田久郎／発行所　株式会社　思潮社　〒一六二—〇八四二　東京都新宿区市谷砂土原町三—十五　電話〇三（三二六七）八一五三（営業）・八一四一（編集）　FAX〇三（三二六七）八一四二　振替〇〇一八〇—四—八一二一／印刷所　株式会社　文昇堂／製本所　小高製本工業株式会社／発行日　二〇〇二年十一月十六日

■もくじ■

□『記憶と現在』1956

夜の旅

青春／だるい夢／夢のひとに／有明け／うたのように　1／うたのように　2／うたのように　3／額のエスキース／青空／岩の人間／街は夢みるように／壊れた街／二十歳／夜の旅／人間たちと動物たちと／さむい夜明け／沈む／一九五一年降誕祭前後

春のために

春のために／神話は今日の中にしかない／生きる／可哀（初出詩集では「愛」の表記）想な隣人たち／夢はけものの足どりのようにひそかにぼくらの屋根を叩く／地下水のように／詩人の死／痛み／二人／生誕の朝

証言

ある季節のための証言／いたましい秋／この島の上で／道標

記憶と現在

男　あるいは　アメリカ／遅刻／手／翼あれ　風　おおわが歌／肖像／六月／メキシコの顔／物語の朝と夜／帰還／Présence／あとがき

□「水底吹笛（初期詩篇）」1947—1952

春暮／憂愁／夏の訪れ／柿に寄せて／幻想／虻／朝の頌歌《ほめうた》／森／夜の歌／夏のおもひに／夢の散策／喪失／心象風景／ある夜更けの歌／青春／水底吹笛／湿潤／寧日／西湖詩篇／水脈／懸崖／暗い夜明けに／のぼる／海と夫人／朝／ねずみ／朝の少女に捧（初出詩集では「献」の表記）げるうた／明るくて寂しい人に／木馬／氾濫／鳴りひびくしじまの底／峠／夢みる風景／方舟／知られぬものへの讃歌／夜の九つの言葉／しずくの空

□「転調するラヴ・ソング」1954—1959

静けさの中心／青年の新世紀／おはなし／鳥／さわる／声／愛することはすばらしい／転調するラヴ・ソング／背中の生きも

の／冬の太陽／樹々のあいだで／調理室／議論／死に関する詩的デッサンの試み／捧げる詩篇

□『わが詩と真実』1962

静物／わが詩と真実／家族／悪い習慣／冬／大佐とわたし／お前の沼を／礁湖にて／心中で生き残った青年と帰らない旅に出た娘について三面記事が語らなかったいくつかのうた／マリリン／エッセー風のモノローグ

□「物語の人々」1954―1959

少年時／眼／怪物／平野にて／さわぐ鳥／物語の人々／いくつもの顔

□「声のパノラマ」1956

声のパノラマ

□「水の生理」1960―1967

海はまだ／真珠とプランクトン／ブルース／水と女／ぼくは別の夜をうたうだろう／クリストファー・コロンブス／水の生理／地図／春の内景／花　I／花　II／炎のうた

□「献呈詩集」1957―1967

祝婚歌／会話の柴が燃えつきて／ピカソのミノタウル（初出ではロ）ス／ヴォルス／死んでゆくアーシル・ゴーキー／サムのブルー／5つのヴァリエーション／環礁／FRAGMENTS／加納光於による六つのヴァリエーション／ひとりの腹話術師が語った／カテドラル

□「わが夜のいきものたち」1961―1967

守護神／ある男の肖像／心にひとかけらの感傷も／裸か（ママ）の風景／ことばことば／春の鏡／花と地球儀／夢の水底から噴きあがる夢／薔薇・旗・城／悲歌／わが夜のいきものたち／石と彫刻家／地名論

ノート

□『彼女の薫る肉体』1971

彼女の薫る肉体

□『砂の嘴　まわる液体』1972

加納光於による六つのヴァリエーション／粒子と被膜／風の説（風の説　秋のなかの秋の女　一九七〇年・秋）／霧のなかから出現する船のための頌歌

□『透視図法――夏のための』1972

I

あかつき葉っぱが生きている／榛名みやげ／夜が雷管をもって／壜とコップのある／風景・恋する少年のいる／不能・恋する青年のいる／王城・黙秘する塵のいる／親しき者の幼き日への遠望／わたしは月にはいかないだろう／夏の終り／秋景武蔵野地誌／瀧口修造に捧げる一九六九年六月の短詩

II

透視図法――夏のための／接触と波動／告知

□『遊星の寝返りの下で』1975

咒《じゅ》／彼女の薫る肉体／地球人Tの四つの小さな肖像画／きらきら／言ってください　どうか／螺旋都市

□『悲歌と祝祷』1976

Ⅰ

祷／冬／朝・卓上静物図譜／凪の説

Ⅱ

渡る男／死と微笑／燈台へ！／光の弧／花と鳥にさからつて

Ⅲ

水の皮と種子のある詩／豊穣記／和唱達谷先生五句／とこしへの秋のうた／血沼壮士《ちぬをとこ》挽歌《ばんか》／そのかみ／薤露歌《かいろか》

Ⅳ

初秋午前五時白い器の前にたたずみ谷川俊太郎を思つてうたふ述懐の唄／サム・フランシスを夢みる／霧のなかから出現する船のための頌歌／四季の木霊／声が極と極に立ちのぼるとき言語が幻語をかたる

Ⅴ

少年

増補新版へのあとがき

□『春　少女に』1978

1

丘のうなじ／星空の力／はじめてからだを／そのとき　きみに出会つた／空気に腰掛けはあつた？／きみはぼくのとなりだつた／馬具をつけた美少女／光のくだもの／稲妻の火は大空へ／春　少女に

2

虫の夢／人は流体ゆゑの／ギリシアのザクロ／神の生誕／いつも夢にみる女／詩と人生／銀河とかたつむり／彩耳／狩月／星客／年魚／げに懐かしい曇天

□『水府　みえないまち』1981

1

調布Ⅰ／調布Ⅱ／暁府／調布Ⅲ／調布Ⅳ／漣府／調布Ⅴ

2

霊府／高井戸／水樹府／熱国鳥府／春府冗語／銀河運河／南極軌道／西落合迷宮／倫敦懸崖

3

調布Ⅵ／調布Ⅶ／豆州三島／螢火府／裾野禽獣／サキの沼津／魚歌府／黙府／砂紋府／夕陽府

4

脳府／胡乱《うろん》府／詩府／韻府／空府／調布Ⅷ／水府／孤禱府／調布Ⅸ／加州黙契

エピローグ

□『連詩　揺れる鏡の夜明け』1982

1　詩　POETRY／2　AUTUMN　秋／3　静寂　SILENCE／4　HORIZON　地平線／5　空　SKY／6　SHIVA　シヴァ

神／7　影の中で　IN THE SHADOWS／8　TREE　木／9　老いたる静かなものたち　OLD QUIET ONES／10　NEWLY BORN BABE　赤ちゃん／11　皮膚なしには　WITHOUT ITS SKIN／12　PETALS OF FLOWERS UNKNOWN　未知の花の花びら／13　過ぎてゆく鳥　PASSING BIRD／14　GALACTIC STREAM　銀河の流れ／15　結晶を造るもの　CRYSTAL SHAPER／16　ROCKING MIRROR　揺れる鏡／17　澄んだ青い水　CLEAR BLUE WATER／18　THE MAJESTIC RIVER RHÔNE　大河ローヌ／19　膝のまはりに　AROUND ITS KNEES／20　A VALLEY WHERE CIVILIZATIONS MEET　文明が出会ふ谷間

制作ノート（大岡信）

連詩の経験——アメリカの詩人として（トマス・フィッツシモンズ）

□『草府にて』1984

Ⅰ

詩の原理／双眸／ヒトのあめつち／私といふ他人／時間／わがひと　a／わがひと　b／七夕恋歌／筆府の日日／ライフ・ストーリー／山羊を飼ふ／青年に

Ⅱ

美術館へ／彫像はかく語つた／円盤上の野人／時のふくらみ、闇のなぞなぞ／彎曲と感応　四篇（外は雪・谿声の山色・世界を描くに必要な条件・観想曲）

Ⅲ

草原歌／多古鼻感情旅行／雌雄／秋の乾杯／草府にて／わらべうた／詩が人を生かす夢／人生論／一九八四年一月の詩

あとがき

□『詩とはなにか』1985

序詩

Ⅰ

詩とはなにか1／詩とはなにか2／詩とはなにか3／詩とはなにか4／詩とはなにか5／詩とはなにか6／詩とはなにか7／詩とはなにか8／詩とはなにか9／詩とはなにか10／詩とはなにか11／詩とはなにか12／詩とはなにか13／詩とはなにか14／詩とはなにか15——星のばあい／詩とはなにか16——風のばあい／詩とはなにか17——雨のばあい／詩とはなにか18（——霧のばあい：初出では表記アリ）／詩とはなにか19／詩とはなにか20／詩とはなにか21／詩とはなにか22——ウィリアム・Sに倣つて／詩とはなにか23——遊行人（初出では「上人」）に倣つて／詩とはなにか24——詩の制作＝解読　こころえ

Ⅱ

詩語／異本　かきのもとの　ひとまろ　かしう／万葉試訳集／もんきり型／雪月花

Ⅲ

戯言／朋輩よ地球はさむい／ヒストリー／戦場の愛のうた／文と人生／謝まつて書いた六行／怒つて書いた十八行／閑／松竹梅

付・万葉試訳集資料

あとがき

□『ぬばたまの夜、天の掃除器せまってくる』1987

巻の一　昔噺おいぼれ神様／巻の二　童話的小曲集／巻の三　暁の方へ／巻の四　原子力潜水艦「ヲナガザメ」の性的な航海と自殺の唄／巻の五　亡命軍団のバラード／巻の六　春望小曲集／巻の七　晩春初夏小曲集／巻の八　「文明」と「文化」の論／巻の九　われらの時代の風景画・論／巻の十　昔噺聖なる狂人／巻の十一　天に声あり／巻の十二　世界は紙にも還元できる／巻の十三　朱夏小曲集／巻の十四　八月六日の小さな出来事／巻の十五　ヴォードヴィル　恋は曲者決まり文句は恋の宝島／巻の十六　残暑感懐集／巻の十七　毒物は強し／巻の十八　人生展望小曲集／巻の十九　小雪回想集／巻の二十　偽物礼讃――芭蕉の場合／巻の二十一　東西ひとり寝吟詠集／巻の二十二　偽物礼讃――女たちの場合／巻の二十三　赤ん坊の閧の声／巻の二十四　へんな断片／巻の二十五　朝の祈り／巻の二十六　中世風／巻の二十七　ウパニシャッド風／巻の二十八　ギョエテ風／巻の二十九　長い前書きをもつ絵画論的な二つの詩／巻の三十　和蘭煙霞吟／巻の三十一　秋思篇／巻の三十二　明治のこども　尋常小学教科書拾遺／巻の三十三　昭和のこども　またはファシズムと姉さん／巻の三十四　鬼気について／巻の三十五　東京挽歌／巻の三十六　四季のうた

あとがき

□『故郷の水へのメッセージ』1989

Ⅰ

この世の始まり／誕生祭／悲しむとき／命綱／気ままな散歩／凧の思想／凧のうた

Ⅱ

はる　なつ　あき　ふゆ／海どりはいい／屋島のむかし／海のまほろば／橋はつなぐ／島のくらし／ミチザネの讃岐

Ⅲ

渡り鳥　かく語りき／星ものがたり　a／星ものがたり　b／微醺詩／あるオランダ詩人の印象／偶成／詠唱／少女とタケノコ／慶州旅情

Ⅳ

溜息と怒りのうた／詞書つき七五調小詩集

Ⅴ

そのやうな女たちよ、どこにゐるのか／本は語る／火の霊がうたふ／故郷の水へのメッセージ／産卵せよ富士／昭和のための子守唄

あとがき・独白

□『地上楽園の午後』1992

わが養生訓／時間／人と静物／懐かしいんだよな　地球も／弥生人よ　きみらはどうして／山に登る／酒を買ひに／きさらぎ　弥生／箱舟時代／沖のくらし／世相四章／幸福な葉つぱの作者に／竹林孵卵／ハレー彗星独白／船焼き捨てし船長へ　追悼／友だちがまた一人死んだ／吉岡実を送ることば／ララバイ／地上楽園の午後／クレーのまちの遠景／クレーの店／私の机の一部である箱型のものに／ある戦争のイメージ／死の選択／ある塼塔／枝の出産／優しい威厳

あとがき

□『火の遺言』1994

私の祖先／私の孫／歌／禅僧のサンフランシスコ／隠せない／恋愛創造説／小銭／ある小さな詩のための素材断片／地平線／見つけた／ベルヴォワール・ホテル（リュシュリコン）／火の遺言／エジプトの彫像は／女について

画家と彫刻家に贈る

中谷千代子の動物園／浜口陽三のための光の船／浜口陽三の四人のサクランボ／宮脇愛子のアーチ／福島秀子への小さな旅／多田美波　光を集める／金子國義のための少女三態／吾妻兼治郎と村井修のための七つの断片／安田侃　名づけ得ぬもの

古今秀吟拝借歌仙

百合咲くやの巻／勝角力の巻／由来／もとうた

＊

牧神の行方／母を喪ふ

あとがき

□『オペラ　火の遺言』一九九五

はしがき／第一幕／第二幕／初演データ

『光のとりで』一九九七

Ⅰ

ある青春／音楽がぼくに囁いた／クフモの室内楽／サウナと湖水／白桃の尻が／割れ目の秘密／くるみである私／音楽である私／ミズスマシと赤トンボ／だれに絵が／まだ使つたことのない言葉で書く〈セクハラ〉

Ⅱ

死んだ宮川淳を呼び出す独りごと／光のとりで　風の城／建築家と装飾霊

Ⅲ

パスの庭で／詩／大崩壊／詩よ、来なさい／私設美術館／お伽ばなし／ありふれた話／故郷の地球にて／腐つた林檎／恋わづらひ／にんげんの裏表／太鼓の風景／からだといふ楽器／踊る男／踊る小島章司のデッサン／光と闇

あとがき

□『捧げるうた　50篇』1999

木馬／春のために／神話は今日の中にしかない／地下水のよう

に／詩人の死／肖像／調理室／マリリン／祝婚歌／会話の柴が燃えつきて／環礁／加納光於による六つのヴァリエーション／5つのヴァリエーション／地球人Tの四つの小さな肖像画／そのかみ／薤露歌《かいろか》／初秋午前五時白い器の前にたたずみ谷川俊太郎を思つてうたふ述懐の唄／サム・フランシスを夢みる／光のくだもの／春　少女に／虫の夢／星空の力／過ぎてゆく鳥／高井戸／サキの沼津／双眸／青年に／円盤状の野人／彎曲と感応　四篇／水澄むや／霧のちまたに／コトノハノ　アヲゾラ／ハルカナル　ヌマヅノナツノ／火の霊がうたふ／故郷の水へのメッセージ／幸福な葉つぱの作者に／船焼き捨てし船長へ　追悼／吉岡実を送ることば／私の孫／福島秀子への小さな旅／名づけ得ぬもの／牧神の行方／母を喪ふ／光のとりで　風の城／パスの庭で／からだといふ楽器／踊る男／音楽がぼくに囁いた／音楽である私／こほろぎ降る中で

後日の註

あとがき

□『世紀の変り目にしやがみこんで』2001

I

FRAGMENTS／見る／動く／裂く／夢みる／では、静かに行かう、生ける友らよ／ゴルフ場の神経はげ／猿山が見える／巨乳伝説／現代道徳経／シャボン玉の唄／星から覗く地球

II

こほろぎ降る中で——追悼　田村隆一／蜜蜂をたたへる／見えるものと見えないもの／光る花——前書きと詩／世紀の変り目にしやがみこんで／オケィジョナル・ポエム　1／オケィジョナル・ポエム　2／疾走する幻影の船／石が魚と化して／三島町奈良橋回想／雪童子

あとがき

□年譜

□解題

□著作目録

大岡信詩集

［自選］岩波書店　二〇〇四年　一五六頁　四六判　二〇〇〇円

■造本■上製　糸綴じ　カバー

■奥付■

大岡信詩集　自選／二〇〇四年一一月二五日　第一刷発行／著者　大岡信《おおおかまこと》／発行者　山口昭男／発行所　株式会社岩波書店　〒一〇一－八〇〇二　東京都千代田区一ツ橋二－五－五／電話　案内〇三－五二一〇－四〇〇〇／http://www.iwanami.co.jp/

印刷・理想社　カバー・NPC　製本・中永製本／©Makoto Ooka 2004／ISBN4-00-022380-1　Printed in Japan

■もくじ■

夏のおもひに／水底吹笛　三月幻想詩／朝の少女に捧げるうた／木馬／方舟／青春／有明け／うたのように　1／うたのように　2／うたのように　3／二十歳／一九五一年降誕祭前後──朝鮮戦争の時代／春のために／神話は今日の中にしかない／地下水のように／肖像／さわる／静物／マリリン／少年時／海はまだ／花　Ⅱ／炎のうた／石と彫刻家／地名論／あかつき葉っぱが生きている／わたしは月にはいかないだろう／咒／光の弧／和唱達谷先生五句／薤露歌／少年／丘のうなじ／はじめてからだを／光のくだもの／春　少女に／虫の夢／人は流体ゆゑの／神の生誕／調布　Ⅰ／調布　Ⅸ／銀座運河／蛍火府／サキの沼津／孤禱府／双眸／人生論／凧の思想／はる　なつ　あき　ふゆ／星ものがたり　a／星ものがたり　b／時間／箱舟時代／枝の出産／優しい威厳／光と闇／三島町奈良橋回想／雪童子／延時《イエンシー》さんの上海　中国
□あとがき
□初出一覧

詩・ことば・人間

［講談社学術文庫］　講談社　一九八五年　二七八頁　A6判　六八〇円

■造本■
並製　無線綴じ　カバー　文庫
■奥付■
詩・ことば・人間／大岡信／昭和六〇年二月一〇日　第一刷発行／発行者　山本康雄／発行所　株式会社講談社　東京都文京区音羽二―一二―二一　〒一一二　電話・東京（〇三）九四五―一一一一（大代表）　振替・東京8-3930／装幀　蟹江征治／レイアウト　志賀紀子／印刷　株式会社廣済堂／製本　株式会社国宝社／©Makoto Ōoka 1985　Printed in Japan／ISBN4-06-158672-6

■もくじ■
□学術文庫のためのまえがき
□I
言葉の力／文章読本如是《にょぜ》我聞《がもん》／漢字とかなのこと／いのちとリズム
□II
移植――言葉の普遍性について／書のおどろき・書のたのしみ／辞書二題／私の文章修業――綴方から大学ノートまで
□III
詩と言葉／言葉と人格／現代芸術批判――言葉をもっと言葉を！
□IV
言葉に花を咲かすこと――御伽草子の表現的特徴について／詩・言葉・人間／言葉の現象と本質――はじめに言葉ありき
□初出一覧
□解説……粟津則雄

詩歌ことはじめ

【講談社学術文庫】 講談社 一九八五年 三四五頁 A6判 八四〇円

■もくじ■
□詩歌と思想の根を求めて——序にかえて
□I
日本詩歌の読みとりかた——『折々のうた』断章/なぜ私は古典詩歌を読むか——『折々のうた』拾遺/短歌とわたし/詩人の短歌について
□II
歳時記のおもしろさ/万葉集とわたし/夜の鶴と仙家の霊鳥/狐のうそとまこと
□III
幻の世俗画——王朝屏風絵への空想/柳宋悦——木喰発見の意味するもの/悟りと表現——道元の和歌/世阿弥の「花」
□IV
秀句の条件を問われて/連詩・連句の場から/詩と批評の根拠——七つの断片と一つの詩/古典と現代詩
□初出一覧

■造本 並製 無線綴じ カバー 文庫
■奥付
詩歌ことはじめ/大岡信/昭和六〇年八月一〇日 第一刷発行
/発行者 野間惟道/発行所 株式会社講談社 東京都文京区音羽二—一二—二一 〒一一二/電話（〇三）九四五—一一一一（大代表）/装幀 蟹江征治/レイアウト 志賀紀子/印刷 株式会社廣済堂/製本 株式会社国宝社／©Makoto Ōoka 1985 Printed in Japan/ISBN4-06-158699-8
※本書は、花神社刊『詩の思想』『ことばの力』『詩とことば』の中から選んだ論文をもとに新しく編成したものです。（学術文庫編集部）

ことのは草

世界文化社 一九九六年 三〇二頁 A5判 二〇〇〇円

■造本■
上製　糸綴じ　カバー
■奥付■
ことのは草《ぐさ》／一九九六年一月二〇日　初版第一刷発行／著者大岡信／発行者　鈴木勤／発行　株式会社世界文化社　〒一〇二　東京都千代田区九段北四―二―二九／電話　〇三（三二六二）五一一一（代表）／印刷　中央精版印刷株式会社／製本中央精版印刷株式会社／©Makoto Ōoka 1996 Printed in Japan／ISBN4-418-96502-5
■もくじ■
□I
日本人の「詩」好き／芭蕉の国際性／『伊勢』と『大和《やまと》』一つの読み方／冷泉《れいぜい》家の蔵の中には／世阿弥の「花」
□II
〈折々のうた〉拾遺／「中世歌謡」を見直す――対談者・司馬遼太郎
□III
日本近代詩の風景／貧相な人間に陥らないために／真の国際化のために／情報化時代の「詩」を問う／情報化時代の相互理解
□IV
漱石――「則天去私」と漢詩の実景／牧水――源泉への憧れ／よみがえる若山牧水／草野心平と昭和詩／荒地を越えて――吉田健一追悼／瀧口修造覚え書き／瀧口修造の書斎／卵形の生と死――吉岡実《みのる》追悼／響き合わせた句と句／筆墨のエロス／井上靖先生――弔辞／山本健吉氏を悼む／不思議な縁／『雲をよぶ』を編んで／曽宮一念《そみやいちねん》　百一歳の創造的生涯／岡鹿之助の〈たき火〉／冷静な狂熱の人　加山又造／エコール・ド・パリと私／ピカソとマチス
□V
夜ざくら妖艶／ひきさかる／命すなわち水／私の風景／水の中なるわが故郷／崎田宗夫さん／朝の少女に捧げるうた／心まっすぐな女性の出現／書斎記／忙即閑でありたい／「床《ゆか》」礼讃
□あとがき

ぐびじん草

世界文化社　一九九六年　三一七頁　A5判　二〇〇〇円

■造本■
上製　糸綴じ　カバー

■奥付■
ぐびじん草／一九九六年七月一日　初版第一刷発行／著者　大岡信／発行者　鈴木勤／発行　株式会社世界文化社　〒一〇二　東京都千代田区九段北四―二―二九／電話　〇三（三二六二）五一一一（代表）／印刷　中央精版印刷株式会社／製本　中央精版印刷株式会社／©Makoto Ōoka 1996 Printed in Japan／ISBN4-418-96509-2

■もくじ■
□I
ことばは生きている／いのちの言葉――〈折々のうた〉五十選／言葉の力／秀句の条件を問われて
□II
芭蕉の「時世」考／正岡子規の最期／崋山の遺書
□III
日本文学の勘どころ／紀貫之《きのつらゆき》と子規／車座社会に生きる日本人／かな書きの詩人たち／翻訳の創造性――日本の場合
□IV
耳学問、句読点、朗読／大伴家持《おおとものやかもち》の位置と意味／藤中将実《とうのちゅうじょうさね》方朝臣《かたあそん》のまぼろし／芭蕉と京都／拙者の文に致すべく候／いま、連詩の意味／日本語の力／詩・言葉・人間／情報化社会の生き方／芸術の存在理由／現代芸術批判／現代の独創性とは何か
□V
書は命の舞踏だろう／書のおどろき・書のたのしみ／書を前にして／水墨画私観／逸話を超えて――大雅《たいが》小論
□あとがき

しのび草　わが師わが友

世界文化社　一九九六年　三七四頁　A5判　二二〇〇円

■造本■
上製　糸綴じ　カバー

■奥付■

しのび草《ぐさ》　わが師　わが友／一九九六年一一月一日　初版第一刷発行／著者　大岡信／発行者　鈴木勤／発行　株式会社世界文化社　〒一〇二　東京都千代田区九段北四―二―二九／電話〇三（三二六二）五一一一（代表）／印刷　中央精版印刷株式会社／製本　中央精版印刷株式会社／©Makoto Ōoka 1996　Printed in Japan／ISBN4-418-96522-X

■もくじ■

□I

武満徹よ　さようなら／武満徹と私／武満徹の本／菅井汲《くみ》を悼む／菅井汲が真にラジカルな理由／瀧口修造の無頼《ぶらい》の精神／瀧口修造さん／吉田健一「ヨオロッパの世紀末」／楸邨《しゅうそん》先生　一面／楸邨と筆墨《ひつぼく》の世界／谷川俊太郎が詩を変えた／ふたりだけの物語／駒井哲郎《てつろう》が畏敬《いけい》した先人たち／詩人の笑い声　飯島耕一／辰《たつ》さん　その詩と真実

□II

芭蕉にとっての旅／漱石と私／漱石・虚子・朗読／友だち――青年漱石・青年子規／尾崎紅葉の俳句／露伴の「眼」と「心」／白秋清韻《せいいん》

□III

金子光晴論／吉田一穂《いっすい》と「ふるさと」／三好達治さん／三好達治の日本語表現／詩人の肖像　丸山薫・田中冬二・立原道造／特別な詩人　福永武彦／黒田三郎　二題／黒田さんとの小さな思い出／北村太郎さん／飯田龍太の世界／「雲母《うんも》」終刊の伝えるもの／前登志夫の歌集『縄文紀』／寺山修司からの便り

□IV

歌仙に遊ぶ夷齋《いさい》先生／芹沢先生へ　お別れの言葉／辻邦生との旅／渋澤龍彦　少年のおもかげ永遠に／山本健吉が求めたもの／山本さんのヒント／学者と歌人のあいだ　中西進さん／伊達《だて》得夫《とくお》の『ユリイカ抄』／「群像」に書いて下さい／〝名編集者〟高田宏ゆえのよき仕事／志水楠男《しみずくすお》を悼む

□V

「おまえのために」とサムはいった／生命の色　志村ふくみの染織／岸惠子という人／佐治玄鳥句集『自然薯《じねんじょ》』のこと／お女《か》将《み》真砂女《まさじょ》は俳人／水甕座のひと　辻静雄さん／ミズハナ？　ミズバナ？――芥川比呂志異聞／一柳慧《いちやなぎとし》が追い続けるもの／雪の結晶体のように――閑崎《かんざき》ひで女《じょ》の舞い／閑崎清女《せいじょ》のために／

三つ児の魂　辻井喬・素描／島田しづの絵とは／石の声を聞く　安田侃／加納光於に学んだこと／目と遊ぶ　利根山光人の壁画・宇佐美圭司の色彩・清水九兵衛のアルミ造形・宗廣力三の紬のドラマ・安野光雅の数奇の世界・藤原雄の焼き物の温かみ／岡田輝と私　井田照一・野崎一良

□Ⅵ

寺田先生の『眼蔵』講座／寺田透と道元の言語宇宙／追悼　寺田透／現代の隠士　寺田透／窪田空穂との機縁／空穂先生の恵み／窪田空穂論／父・歌人　大岡博／大岡博のこと　山にゆかんと・『春の鷺』まで

□あとがき

みち草

世界文化社　一九九七年　三六二頁　A5判　二一〇〇円

■造本■

上製　糸綴じ　カバー

■奥付■

みち草／一九九七年六月一日　初版第一刷発行／著者　大岡信／発行者　鈴木勤／発行　株式会社世界文化社　〒一〇二　東京都千代田区九段北四-二-二九／電話　〇三（三二六二）五一一八（編集部）　〇三（三二六二）五一一五（販売部）／印刷　中央精版印刷株式会社／製本　中央精版印刷株式会社／ⓒ Makoto Ōoka 1997 Printed in Japan／ISBN4-418-97514-4

■もくじ■

□〈口絵〉私の非「美学」

□Ⅰ

俳人漱石／漱石の俳句／明治の青春──子規・漱石・虚子・碧梧桐・俊成・定家ファミリー／『小倉百人一首』について／道元の悟りと表現／伝統を受け継ぐ力──『万葉集』の驚異／書の古典に想う

□Ⅱ

歳時記について／歳時記のルーツ　その一／歳時記のルーツ　その二／歳時記のルーツ余聞──屏風絵と屏風歌／季語は世につれ／江戸と歳時記／ことのは抄　蛙・蝶・桃の花・若草・蝉・杜若・立秋・天の川・秋風・花野・凩・水鳥・枯蘆・恋・

老い・ことば・文芸
□Ⅲ
日本人と雨／日本人と花／花の人　人の花／草合《くさあわせ》について／「鶴」の見方／「いろ」の詩学／「夢」のうたの系譜
□Ⅳ
当世「孝行息子」気質《かたぎ》／餅つく面々／私だけの空間／贋作／硯由来／ばんごはん／ヒヨドリ／猫の手術
□Ⅴ
よしなしごと
文部省唱歌／甘えの理論／新人／頭の手仕事／若さの情熱／モンザエモン／創造的思考力／俳句の心臓は何／無名であること／朔太郎と社会主義／春夫の手紙／青春の暗さ／本作りの文化史／情報化《ば》け社会／泣きましょう／添削《てんさく》と自己表現／個人雑誌に敬礼／二人のウェルテル／肩書と値段／工業デザイン／暑さと涼しさ／短歌を作るとき／明治七年の記事
しごとの周辺
くしゃみ／追い出しコンパ／多けりゃいいのか／漱石熱のころ／手前勝手
□あとがき

しおり草

世界文化社　一九九八年　三三二頁　A5判　二二〇〇円

■造本■

上製　糸綴じ　カバー

■奥付■

しおり草《ぐさ》／一九九八年二月一日　初版第一刷発行／著者　大岡信／発行者　小林弘明／発行　株式会社世界文化社　〒一〇二—八一七六　東京都千代田区九段北四—二—二九／電話　〇三（三二六二）五一一八（編集部）　〇三（三二六二）五一一五（販売部）／印刷　中央精版印刷株式会社／製本　中央精版印刷株式会社／©Makoto Ōoka 1998 Printed in Japan／ISBN4-418-98503-4

■もくじ■

□〈口絵〉私のタカラモノ
□Ⅰ
日本文化の特色／雪月花　特に花／和歌と日本人の美意識——対談者・丸谷才一
□Ⅱ
曖昧《あいまい》さの美学——戦後詩試論／短歌・俳句の発見／短詩型の明日／イメージの追求
□Ⅲ
昭和の名句百選
□Ⅳ
昭和短歌『折々のうた』百首選
□Ⅴ
青春の本　その一／青春の本　その二／文庫ばなし／風巻景次郎著『中世の文学伝統』／私の好きな文章——橘南谿《たちばななんけい》著『東西遊記』／橘南谿著『東西遊記』を読む／橘南谿著『東西遊記』と私／今泉みね述『名ごりの夢』雑感／諏訪春雄・日野龍夫編『江戸文学と中国』／本の旅　梅原猛著『隠された十字架——法隆寺論』・井上靖著『後白河院』・丸谷才一著『後鳥羽院』・小西甚一《じんいち》著『宗祇《そうぎ》』・唐木順三著『無常』・安東次男著『与謝蕪村』・保田与重郎著『日本の橋』・『ファン・ゴッホ書簡全集』ほか・中原中也《ちゅうや》著『山羊《やぎ》の歌』・武満徹著『音、沈黙と測りあえるほどに』／小林秀雄著『芸術随想』／ドナルド・キーン著『日本文学の歴史』
□〈付〉
恋の百人一首／子規の秀句20／芭蕉に関する文庫三冊／好きなファンタジー・ノベル三篇／『ちくま学芸文庫』に収録したい本／愛用の辞書／好きな国宝『伴《ばん》大納言絵詞《えことば》』／私の楷書名筆ベスト3／日本の百宝
□あとがき

拝啓　漱石先生

世界文化社　一九九九年　二七八頁　A5判　一八〇〇円

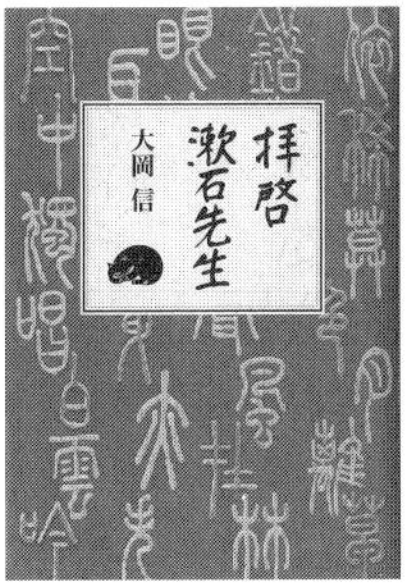

■造本■
上製　糸綴じ　布貼表紙　カバー　題字：大岡信　装幀：長谷

川徹
■奥付■
拝啓 漱石先生／一九九九年二月一〇日 初版第一刷発行／著者 大岡信／発行者 小林弘明／発行 株式会社世界文化社 〒一〇二－八一八七 東京都千代田区九段北四－二－二九 電話 〇三（三二六二）五一一八（編集部） 〇三（三二六二）五一一五（販売部）／印刷 中央精版印刷株式会社／製本 中央精版印刷株式会社／©Makoto Ōoka 1999 Printed in Japan／ISBN4-418-99503-X
■もくじ■
□Ⅰ
友だち——青年漱石・青年子規／「流行作家」漱石の出現／漱石・虚子《きょし》・朗読／明治の青春 漱石と子規 ……聞き手：石原千《ち》秋《あき》・小森陽一
□Ⅱ
漱石と「則天去私」
□Ⅲ
漱石と私／『坊つちやん』の読み方／俳人漱石／漱石の俳句／「則天去私」と漢詩の実景／漱石の監視の世界 ……対談者：中村真一郎
□夏目漱石略年譜
□あとがき

おもひ草

世界文化社 二〇〇〇年 三四〇頁 A5判 二〇〇〇円

■造本■
上製 糸綴じ カバー
■奥付■
おもひ草《ぐさ》／二〇〇〇年二月十日 初版第一刷発行／著者 大岡信／発行者 小林弘明／発行 株式会社世界文化社 〒一〇二－八一八七 東京都千代田区九段北四－二－二九／電話 〇三（三二六二）五一一八（編集部） 〇三（三二六二）五一一五（販売部）／印刷 中央精版印刷株式会社／製本 中央精版印刷株式会社／©Makoto Ōoka 2000 Printed in Japan／ISBN4-

418-00502-1

日本語つむぎ

■〈口絵〉 芭蕉の偉さ

■もくじ■

□ I
「和歌」という言葉の意味/古典詩歌の見方・読み方/詞華集の役割/日本の古典美学の根本/古典詩歌の色

□ II
日本の「中世」の特色……鼎談者::丸谷才一・由良君美/詞華集と日本文学の伝統……対談者::丸谷才一

□ III
芭蕉私論——言葉の「場」をめぐって/『猿蓑』のおもしろさ/現代詩歌と芭蕉/おお 片雲の風——『おくのほそ道』紀行

□ IV
東北の仏たち/三溪園とそのあるじ/富士山頌/風狂将軍足利義教の富士山詠/史跡「壬申の乱」

□ あとがき

世界文化社 二〇〇二年 二九八頁 A5判 一八〇〇円

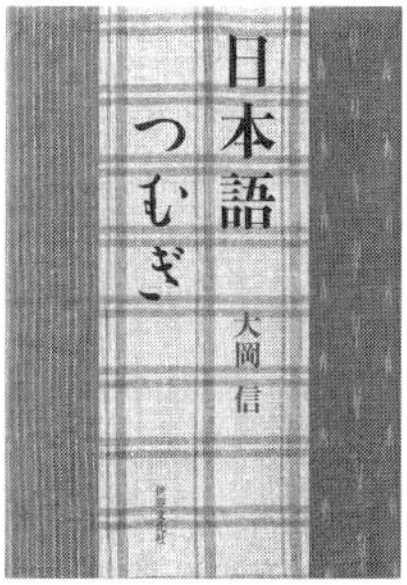

■造本■ 上製 糸綴じ カバー

■奥付■
日本語つむぎ/二〇〇二年十月十日 初版第一刷発行/著者 大岡信/発行者 小林公成/発行 株式会社世界文化社 〒一〇二-八一八七 東京都千代田区九段北四-二-二九/電話 〇三(三二六二)五一一八(編集部) 〇三(三二六二)五一一五(販売部)/印刷 中央精版印刷株式会社/製本 中央精版印刷株式会社/©Makoto Ōoka 2002 Printed in Japan/ISBN4-418-02518-9

■もくじ■
□ I
日本人の「言葉」とのつき合い方/日本人の詩歌表現の特徴 短いことばの威力/日本人の「恋愛・自然」表現 その一/日

本人の「恋愛・自然」表現　その二／「色」という言葉
□Ⅱ
天平《てんぴょう》の詩／日本人と漢詩文（一）　菅原道真《みちざね》の詩／日本人と漢詩文（二）『和漢朗詠集《わかんろうえいしゅう》』のころ／文人《ぶんじん》・道元《どうげん》／歌謡の生理——主に『閑吟集《かんぎんしゅう》』について／歌謡の面白み／田上菊舎《たがみきくしゃ》を読む楽しみ／子規の凄さ／漱石の俳句／啄木の詩／朔太郎の「光と闇」／尾崎放哉《ほうさい》の俳句
□Ⅲ
言葉と日本人　春・秋・富士山・シアワセ・小《こ》一時間・数字の「六」・黒髪は、なぜ「みどり」か?・みだれがみ・嘘は、なぜ「赤い」か?・「耳をそろえて」の「耳」とは?・「花」といえば、なぜ「桜」なのか?・いじめられる〝桃〟・「……化」の使い方は?・「美しさ」の表現法・歌枕の意味・外国語の漢字表記／食べ物と俳諧／大野晋《すすむ》さんの日本語論／詩の鑑賞ということ／使いたくない言葉
□あとがき

瑞穂の国うた

世界文化社　二〇〇四年　三一六頁　四六判　一六〇〇円

■造本■
上製　糸綴じ　カバー　装幀・AD：長谷川徹
■奥付■
瑞穂《みずほ》の国うた／二〇〇四年三月一日　初版第一刷発行／著者　大岡信／発行者　小林公成／発行　株式会社世界文化社　〒一〇二―八一八七　東京都千代田区九段北四―二―二九　電話〇三（三二六二）五一一八（編集部）　〇三（三二六二）五一一五（販売部）／印刷　中央精版印刷株式会社／製本　中央精版印刷株式会社／©Makoto Ōoka 2004　Printed in Japan／
ISBN 4-418-04505-8

■もくじ■
□芝生の上の木漏れ日
一月——齢《とし》を重ねる／二月——つぶらかな声／三月——交替する時間／四月——桜は「生命力」／五月——いい風の吹くことよ／六月——命《いのち》たのしいかな水無月《みなづき》／七月——すずしさふかき

竹の奥／八月――秋立つ日におどろく／九月――恋の秋、子規の秋／十月――酒はしずかに／十一月――やさしき時雨《しぐれ》／十二月――人生の黄金時間
□虹の橋はるかに……
芭蕉の臨終／正岡子規の頭脳／アンソロジストの系譜《けいふ》／子規と漱石の友情／漱石のアイディアとレトリック／俳人・漱石の魅力／愉快な虚子《きょし》（1）／愉快な虚子（2）／愉快な虚子（3）／愉快な虚子（4）／愉快な虚子（5）
□あとがき

瑞穂の国うた

［新潮文庫］　新潮社　二〇一三年　三八一頁　A6判　六三〇円

■造本■

並製　無線綴じ　カバー　文庫

■奥付■

瑞穂の国うた――句歌で味わう十二か月――／新潮文庫　お―83―1／平成二十五年一月一日発行／著者　大岡信／発行者　佐藤隆信／発行所　株式会社新潮社　郵便番号　一六二―八七一一　東京都新宿区矢来町七一　電話　編集部（〇三）三二六六―五四四〇　読者係（〇三）三二六六―五一一一　http://www.shinchosha.co.jp／印刷・株式会社光邦　製本・憲専堂製本株式会社／©Makoto Ōoka 2004　Printed in Japan／ISBN978-4-10-127331-0 C0195

■もくじ■

初版と同じ

加えて

□「おもへば夢の一字かな」長谷川櫂

人類最古の文明の詩

朝日出版社　二〇〇八年　一九三頁　四六判　一四〇〇円

■造本■

上製　糸綴じ　カバー　装幀：安野光雅

■奥付■

人類最古の文明の詩／二〇〇八年五月一〇日　第一刷発行／著者　大岡信／発行者　原雅久／発行所　朝日出版社　東京都千代田区西神田三－三－五　〒一〇一－〇〇六五／電話　〇三－三二六三－三三二一／印刷・製本　凸版印刷株式会社／編集担当　仁藤輝夫　校正　中島海伸／©Makoto Ōoka 2008 Printed in Japan

■もくじ■

人類最古の文明の詩／インド・中国・日本の詩の根源的なちがい／わたしのアンソロジー……日本の古典詩／詩における歓びと智慧／詩は人類最大の錯覚か!?

□あとがき

その他

詩の誕生

［読売選書］　読売新聞社　一九七五年　二二九頁　四六判　九五〇円

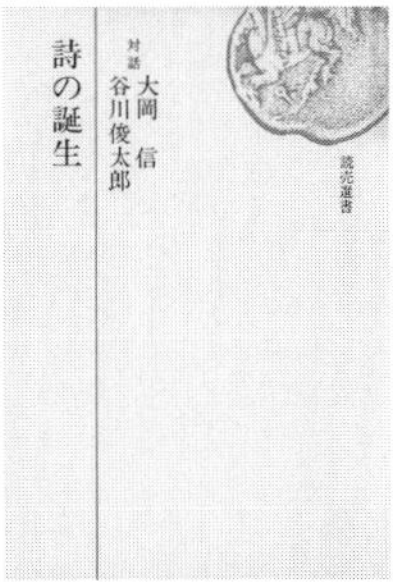

■造本■

上製　糸綴じ　カバー＋マット系ビニルカバー　装丁：栃折久美子　速記：大川佳敏　口絵写真：高田宏

■奥付■

読売選書／対話　詩《し》の誕生《たんじょう》／昭和五十年十月十日　第一刷／著者　大岡信《おおおかまこと》　谷川《たにかわ》俊《しゅん》太郎《たろう》／編集人　松田延夫／発行人　二宮信親／発行所　読売新聞社　東京都千代田区大手町一の七の一　〒一〇〇／大阪市帰宅野崎町七七　〒五三〇／北九州市小倉北区明和町一の一　〒八〇二／印刷所　凸版印刷株式会社／製本所　ナショナル製本／定価　九五〇円／1392-301380-8715／©Makoto Ooka & Shuntaro Tanikawa, 1975

■もくじ■

□Ⅰ　詩の誕生　1
□Ⅱ　詩の誕生　2
□Ⅲ　詩の誕生　3
□あとがき　高田宏

■付記■

「詩の誕生」を主題とする合計三回の対談を、一回目と二回目は二晩連続して行ない、その速記録を対話者が読んだ上で、かなりの日数をおいて三回目の対談を行なう、という形式。（一九七五年二月二十八日～三月一日に一・二回目、三月二十五日に三回目、いずれも伊豆山・桃李境にて）

エッソ・スタンダード石油株式会社広報部発行の「エナジー対話1　詩の誕生」（非売品　一九七五）がもとである。

詩の誕生

［新版］　思潮社　二〇〇四年　二〇五頁　四六判　一六〇〇円

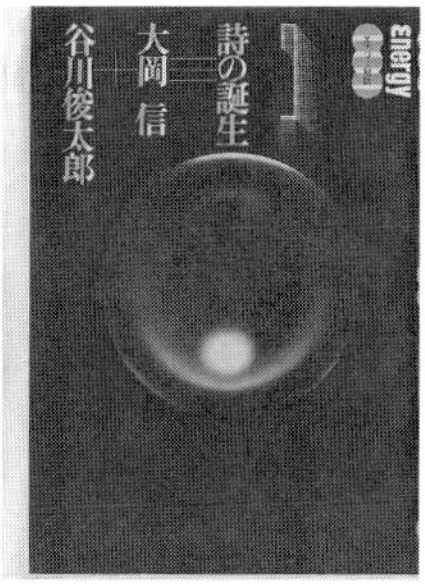

■造本■
上製　糸綴じ　カバー
■奥付■
詩の誕生／著者　大岡信《おおおかまこと》　谷川俊《たにかわしゅん》太郎《たろう》／発行者　小田久郎／
発行日　二〇〇四年七月三十日／発行所　株式会社思潮社
〒一六二―〇八四二　東京都新宿区市谷砂土原町三の十五　電
話〇三（三二六七）八一四一（編集）・八一五三（営業）FAX
〇三（三二六七）八一四二　振替〇〇一八〇―四―八一二一／
印刷　メイク印刷／用紙　王子製紙・特種製紙・池口洋紙
■もくじ■
I～III章＋あとがき（高田宏）は、読売新書版と同じ　加えて
□IV　詩と日本語――幸福な出会い（附）
□新版へのあとがき　大岡信
□新版へのあとがき　谷川俊太郎

□「大岡信への33の質問」（折込リーフレット）　谷川俊太郎
一九七五年五月一二日　東京深大寺深水庵にて

日本の色

朝日新聞社　一九七六年　二六三頁　B６判　九四〇円

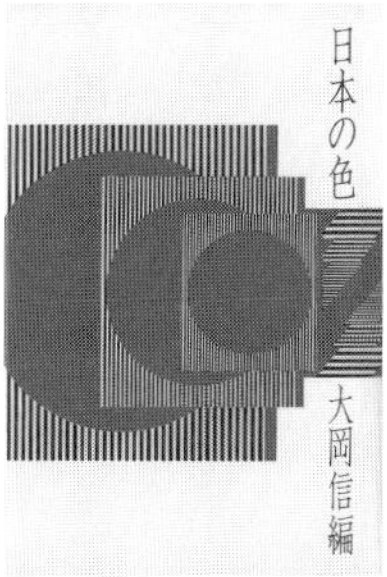

■造本■
上製　糸綴じ　カバー　装幀：大岡信＋多田進　カバー挿画：
菅井汲
■奥付■
日本の色／編者　大岡信／昭和五一年七月三一日発行／発行者
角田秀雄／印刷所　凸版印刷／発行所　朝日新聞社　東京
名古屋　大阪　北九州／￥940／©MAKOTO OOKA／1976

/0070-254400-0042

■もくじ

□座談会「日本の伝統文化と色」 安東次男・川村二郎・高階秀爾・水尾比呂志・山本健吉・大岡信

□Ⅰ── 色と文芸・芸能

古典詩歌の色──「色離れ」と「よその夕暮」をめぐって　大岡信/万葉の色　中西進/「身にしむ色」　馬場あき子/能といろ　観世寿夫/歌舞伎の色　安田武/蕉風俳諧の色　安東次郎/黒──カラフルな甲冑は墨染の衣　草森紳一男/花野　丸谷才一/闇・金・灰──谷崎潤一郎の色調　宇佐見英治/色彩・その毒について　中井英夫

□Ⅱ── 色の文化史

紅──「禁」のなかの「美」の精錬　田久保英夫/紫──その花と歌と心　水尾比呂志/金と銀──その深層意識の変遷　安西二郎/黒──カラフルな甲冑は墨染の衣　草森紳一

□Ⅲ── 世界の色と日本の色

日本語の色名の起源について　大野晋/キモノの色　戸井田道三/金髪と黒髪──フランスの色と日本の色　杉本秀太郎/色と光──西洋における「色」という言葉の響き　ジョセフ・ラヴ/砂漠の色　森本哲郎/対談・日本の住いと色──文芸の色との対比において　磯崎新・大岡信

□資料「日本の色名──素材色彩学ノート」岡村吉右衛門

□あとがき

■付記■

本書は「エナジー」第9巻第3号を復刻

日本の色

【朝日選書139】

日本の色　朝日選書139／一九七九年七月二〇日　第1刷発行／定価700円／編者　大岡信／発行者　藤田雄三／発行所　朝日新聞社　〒100　東京都千代田区有楽町二-六-一　〇三（二一二）〇一三一（代）　振替・東京〇-一七三〇/259239-0042／装幀・多田進／© M. Ōoka 1976／印刷所　凸版印刷／0370-259239-0042

■造本■

並製　無線綴じ　カバー

七〇〇円

二七〇頁　四六判

■奥付■

■もくじ■

□あとがき　初版と同じ　ただしあとがきに5行追加されている

討議近代詩史

思潮社　一九七六年　二七一、六頁　四六判　九八〇円

□あとがき　大岡信
□索引

新たな展開／昭和詩の動向／近代詩史年表　佐藤房儀編

■造本■
並製　糸綴じ　カバー

■奥付■
討議近代詩史／著者　鮎川信夫・吉本隆明・大岡信／発行者　小田久郎／発行所　株式会社思潮社　東京都新宿区市谷砂土原町三―一五　電話（二六七）八一一四一　振替東京八―八一二二一／印刷所　株式会社文唱堂／製本所　岩佐製本所／発行日　一九七六年八月一日／©1976 1092-200009-3016

■もくじ■
〈討議出席者〉　鮎川信夫・吉本隆明・大岡信
『新体詩抄』とその周辺／明治期の詩の諸問題／大正期・詩の

討議近代詩史
新体詩抄から明治・大正・昭和詩まで

［新装版］　思潮社　一九八〇年　二七一、六頁　四六判　一五〇〇円

■造本■
並製　糸綴じ　カバー　さらにビニルカバー

■もくじ■
初版と同じ

■奥付■
討議近代詩史　新装版／著者　大岡信・吉本隆明・鮎川信夫／発行人　小田久郎／発行所　株式会社思潮社　東京都新宿区市谷砂土原町三―一五　電話（二六七）八一一四一（代）振替東京八―八一二二一／印刷　文唱堂／製本　岩佐製本／定価　一五〇〇円／1292-500031-3016／装幀　米村隆

■あとがき■

初版と同じ

批評の生理

思潮社　一九七八年　二三三頁　A５判　八八〇円

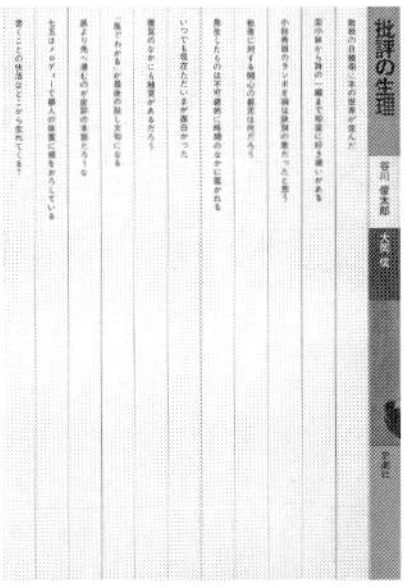

■造本■

並製　無線綴じ　デザイン：清原悦志　写真：高田宏　速記：大川佳敏

■奥付■

批評の生理／著者　谷川俊太郎・大岡信／発行者　小田久郎／発行所　株式会社　思潮社　東京都新宿区市谷砂土原町三―十五　電話二六七―八一四一・振替東京八―八一二一／印刷所　凸版印刷株式会社／製本所　凸版印刷株式会社／発行日　一九七八年七月十五日／定価　八八〇円／1092-200022-3016

■もくじ■

□まえがきの章〈他者及び趣味《テイスト》のこと〉大岡信・谷川俊太郎
□一の章〈谷川俊太郎を読む〉大岡信・谷川俊太郎
□二の章〈大岡信を読む〉大岡信・谷川俊太郎
□あとがきの章〈触覚及び再び他者のこと〉大岡信・谷川俊太郎

■付記■

エッソ・スタンダード石油株式会社広報部刊「エナジー対話」第８号にもとづいてつくりました。（本号は一九七七年四月二十四日軽井沢プリンスホテルで二回七時間、五月十八日と五月二十九日伊豆山・桃李境で三回八時間、合計十五時間の対話を編集した）

批評の生理

［新版］　思潮社　二〇〇四年　二八三頁　四六判　一、八〇〇円　付属資料二三頁

■造本■

上製　糸綴じ　カバー

■奥付■

往復書簡　詩と世界の間で／著者　大岡信《おおおかまこと》　谷川俊太郎《たにかわしゅんたろう》／発行者　小田久郎／二〇〇四年十一月三十日／発行所　株式会社思潮社　一六二―〇八四二　東京都新宿区市谷砂土原町三の十五　電話〇三（三二六七）八一四一（編集）・八一五三（営業）　FAX〇三（三二六七）八一四二　振替〇〇一八〇―四―八一二一／印刷　オリジン印刷／製本　小高製本工業

■もくじ■

初版と同じ　加えて

振り返って　高田宏

「谷川俊太郎への33の質問」折込リーフレット

芭蕉の時代

朝日新聞社　一九八一年　二六七頁　四六判　一三〇〇円

■造本■

上製　糸綴じ　カバー　装幀：榎本和子

■奥付■

芭蕉の時代／著者　尾形仂　大岡信／昭和五六年二月二〇日第1刷発行／発行者　初山有恒／印刷所　図書印刷／発行所　朝日新聞社　〒一〇四　東京都中央区築地五―三―二　電話〇三（五四五）〇一三一（代）　編集・図書編集室　販売・出版販売部　振替・東京〇―一七三〇／定価　一三〇〇円／©T. OGATA M. OOKA 1981／0095-254836-0042

■もくじ■

□第一話　いま芭蕉は

芭蕉への接近・詩によって／芭蕉への接近・死によって／日本文学通史・断片からの救出／芭蕉像・断片からの救出／座の文学・連句の世界をさかのぼる／芭蕉像・同時代の言語共同体の

なかで
□第二話　芭蕉まで
連歌ばやりのなかから／唱和の形式の自覚史／堂上文化にあこがれて／謡曲の教養を下敷に／伝統的詩語からの逸脱
□第三話　芭蕉誕生
江戸へ下る／自分を演出する／芭蕉になる
□第四話　旅と連衆
『野ざらし紀行』の旅／言いおおせて何かある／行きて帰らざる心／『おくのほそ道』
□第五話　「軽み」へ
『山中三吟』・友の字おもし／雑の歌・西行から芭蕉へ／『猿蓑』の深化・新しい連衆を得て／詩の自然・『古今』『新古今』『玉葉』『風雅』／芭蕉の「景気」・人間がうごいている自然／笑いと悲しみ・芭蕉という人間の味
□第六話　芭蕉から
其角と支考／「正述心緒」と「寄物陳思」／中興俳壇／『自筆句帳』の蕪村像／月並俳諧のエネルギー／子規と漱石
□第七話　世界で芭蕉は
詩集『RENGA』／シュルレアリストたち／連句の了解可能性／HAIKU／シルクロードの加藤楸邨／漢詩文の英訳
□あとがき
□年譜
□人名・書名索引
□詩句索引

■付記■
前身：エッソ・スタンダード広報部発行「エナジー対話」第一六号のための企画　一九七九年八月二一日～二四日（翁ゆかりの山中温泉かよう亭にて）　一九七九年一〇月二一日～二二日（眺望絶佳の伊豆山桃李境にて）

詩歌歴遊　大岡信対談集

文藝春秋　一九八一年　二七二頁　四六判　一四〇〇円

■造本■
上製　糸綴じ　カバー　装幀：坂田政則

■奥付■

詩歌歴遊／昭和五十六年五月三十日　第一刷／定価　千四百円／著者　大岡信《おおおかまこと》／発行者　杉村友一／発行所　株式会社文藝春秋　東京都千代田区紀尾井町三—二三　電話（〇三）二六五—一二一一／印刷所　理想印刷所／付物印刷　凸版印刷／製本所　大口製本／© Makoto Ooka 1981 Printed in Japan

■もくじ■

「草木虫魚」／「花・ほととぎす・月・紅葉・雪」丸谷才一／「万葉集と大伴氏」青木和夫／「『百人一首』をめぐって」竹西寛子／「芭蕉をどう読むか」安東次男／「伝統詩と現代詩」ドナルド・キーン／「短歌の出発　子規とその前後」三好行雄／「昭和の抒情とは何か　中原中也と立原道造を中心に」中村稔／「言葉の花を継ぐ宴　伝統と表現について」佐佐木幸綱

言葉という場所

思潮社　一九八三年　二四三頁　四六判　一二〇〇円

■造本■

並製　無線綴じ　カバー　装幀：高麗隆彦

■奥付■

言葉という場所／著者　大岡信　OHOKA MAKOTO　他／発行一九八三年一月二五日／発行所　思潮社　〒一六二　東京都新宿区市谷砂土原町三—一五　電話　二六七—八一五三　振替東京八—八一二一／発行者　小田久郎／印刷所　凸版印刷株式会社／定価　一二〇〇円

■もくじ■

□対談集

「創ることと壊すこと」瀧口修造／「文学者の姿勢」安東次男／「構造性の獲得へ」栗田勇／「詩人の境地」三好達治／「人間対人間」東野芳明／「言葉と音の世界」武満徹／「休暇の経度と緯度」谷川俊太郎／「書くことの新しい視点」天沢退二郎／「表現としての言葉と芸術」鈴木忠志／「なぜいま大岡信か」三浦雅士

詩歌の読み方

思潮社　一九八三年　二四三頁　四六判　一二〇〇円

■造本■
並製　無線綴じ　カバー

■奥付■
詩歌の読み方／著者　大岡信　OHOKA MAKOTO　他／発行
一九八三年四月二五日／発行所　思潮社　〒一六二　東京都新
宿区市谷砂土原町三―一五　電話　二六七―八一五三　振替
東京八―八一一二一／発行者　小田久郎／印刷所　凸版印刷株式
会社／定価　一二〇〇円

■もくじ■

詩と世界の間で　往復書簡

思潮社　一九八四年　二一三頁　四六判　一二〇〇円

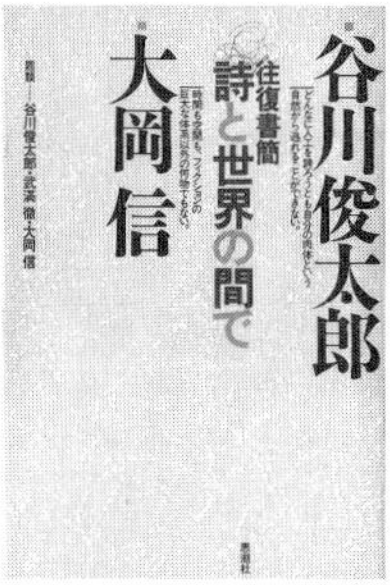

■造本■
上製　糸綴じ　カバー

■奥付■

往復書簡　詩と世界の間で／一九八四年三月一日初版第一刷発行／著者　谷川俊太郎・大岡信・武満徹／装幀者　清原悦志＋板東孝明／発行者　小田久郎／発行所　株式会社思潮社　東京都新宿区市谷砂土原町三―十五　電話二六七―八一四一　振替東京八―八一二一／印刷所　凸版印刷株式会社／製本所　凸版印刷株式会社／定価　一二〇〇円／1392-200059-3016

■もくじ■

□往復書簡　谷川俊太郎／大岡信
「生身のきみは今、」谷川俊太郎／「容赦なく」大岡信／「われわれが」谷川俊太郎／「全く古典的な」大岡信／「どんなに人工を」谷川俊太郎／「時間も空間も」大岡信／「生の尊厳という」谷川俊太郎／「「死の豪華絢爛」と」大岡信／「この世に生まれた」谷川俊太郎／「人間万事共同制作」大岡信／「だがいまわれわれは」谷川俊太郎／「宗教は何といっても」大岡信／「ぼくらが連句の」谷川俊太郎／「連詩の実行は」大岡信／「語彙と語法を択ぶ」谷川俊太郎／「僕らが「歴史的」と「現代」との」大岡信／「ぼくはさまざまな」谷川俊太郎／「われわれ一人一人」大岡信／「そういう日本」谷川俊太郎／「日本の詩歌の」大岡信／「植物状態を」谷川俊太郎／「死ぬ時には」大岡信／「ぼくは自分の」谷川俊太郎／「人間一人一人」大岡信
□鼎談　谷川俊太郎／大岡信／武満徹

詩と世界の間で　往復書簡

〔復刻新版〕　思潮社　二〇〇四年　二一三頁　四六判　一八〇〇円　付属資料一四頁

■造本■

上製　糸綴じ　カバー　本文レイアウト：清原悦志

■奥付■

往復書簡　詩と世界の間で／著者　大岡信《おおおかまこと》　谷川俊《たにかわしゅん》太郎《たろう》／発行者　小田久郎／二〇〇四年十二月二十日／発行所　株式会社思潮社　一六二―〇八四二　東京都新宿区市谷砂土原町三の十五　電話〇三（三二六七）八一四一（編集）・八一五三（営業）FAX〇三（三二六七）八一四二　振替〇〇一八〇―四―八一二一／印刷　凸版印刷株式会社／用紙　王子製紙・特種製紙・池口洋紙

■もくじ■

初版と同じ
別冊折込リーフレット「武満徹への33の質問」谷川俊太郎

■付記■

初版（一九八四）の復刻新版。

対談　現代詩入門

中央公論社　一九八五年　一七九頁　四六判　九八〇円

■造本■

上製　糸綴じ　カバー　装幀：安野光雅

■奥付■

対談　現代詩入門／定価　九八〇円／昭和六十年八月十日初版印刷／昭和六十年八月二十日初版発行／著者　大岡信・谷川俊太郎／発行者　嶋中鵬二／印刷所　三晃印刷／発行所　中央公論社　〒一〇四　東京都中央区京橋二—八—七　振替東京二—三四／©一九八五　検印廃止／ISBN4-12-001416-9

■もくじ■

□いま詩はどんな状況にあるか

「詩のブーム」以後／日常性の浸透／「わたし」と「われわれ」／同人雑誌の変質／詩の拡散状態／凝縮された言葉へ

□どんな詩を読んできたか　どんな詩を読んだらよいか

読み始めたころ／外国の詩、日本の詩／詩以外のものを／情報の多すぎる現代／詩への通り路

□若い人たちの詩を読んでどう考えたか

水準は高い／現代の意識の表現／表情の乏しさ／日常の意識／表現の鋳型

□ことば・日本語・詩

日本語のリズム／批評性と個の確立／「マチネ・ポエティク」／話しことばの文体／詩の朗読

□現代詩のさまざまな試み

詩劇の試み／詩画展・詩画集／共同制作の意味／モンタージュの感覚

■付記■

『現代の詩人』（全12巻、中央公論社刊）付録の月報に連載された対談に、連載時に紙数の都合で割愛せざるを得なかった部分を補ったもの。各対談は、収録順に、一九八二年十二月、八三年四月、五月、九月、十二月。

対談　現代詩入門
［中公文庫］　中央公論社　一九八九年　二一七頁　Ａ６判　三六〇円
■造本■
並製　無線綴じ　カバー　文庫　装幀：安野光雅
■奥付■
対談　現代詩入門　中公文庫　©1989／一九八九年三月二五日印刷／一九八九年四月一〇日発行／著者　大岡信・谷川俊太郎／発行者　嶋中鵬二／整版印刷　三晃印刷／カバー　トープロ／用紙　本州製紙／製本　小泉製本／発行所　中央公論社　〒一〇四　東京都中央区京橋二－八－七　振替東京二－三四／ISBN4-12-201608-8
■もくじ■
初版と同じ

対談　現代詩入門　ことば・日本語・詩
［詩の森文庫：Ｅ07］　思潮社　二〇〇六年　二〇六頁　小Ｂ６判　九八〇円

■造本■
並製　無線綴じ　カバー
■奥付■
対談　現代詩入門　ことば・日本語・詩／著者　大岡信・谷川俊太郎／発行者　小田久郎／発行所　株式会社思潮社　一六二－〇八四二　東京都新宿区市谷砂土原町三－一五　電話〇三－二六七－八一五三（営業）・八一四一（編集）　ファクス〇三－三二六七－八一四二　振替〇〇一八〇－四－八一二一／印刷所　モリモト印刷／製本所　川島製本／発行日　二〇〇六年三月一日
■もくじ■
初版と同じ　加えて
□解説　現代詩の困難と豊穣――『対談　現代詩入門』へのコメント　渡辺武信

日本の詩歌　海とせせらぎ

岩波書店　一九八五年　三〇五頁　四六判　一八〇〇円

■造本■

上製　糸綴じ　カバー　装幀：安野光雅

■奥付■

日本の詩歌　海とせせらぎ／一九八五年八月一四日　第一刷発行©／定価　一八〇〇円／著者　大岡信《おおおかまこと》／発行者　緑川亨／発行所　株式会社岩波書店　〒一〇一　東京都千代田区一ツ橋二―五―五　電話〇三―二六五―四一一一　振替東京六―二六二四〇／印刷・製本　法令印刷／Printed in Japan／ISBN4-00-001653-9

■もくじ■

□日本の詩歌の流れ

『古今集』の歴史的新しさ　寺田透　奥村恒哉／中世という巨大なもの　丸谷才一　由良君美／江戸俳諧を読む　飯田龍太　尾形仂／批評の創造性　丸谷才一

□近現代詩をめぐって

詩的近代の位相をめぐって――藤村・光太郎・朔太郎を中心に――　三好行雄／詩・劇・ことば　木下順二

□詩歌を読むたのしみ

歌のいのちを汲む　山本健吉／ことばは自然をどうとらえるか――共鳴する詩と自然科学――　遠山啓／トポスとしての日本語　中村雄二郎

□あとがき

□初出一覧

俳句の世界

富士見書房　一九八八年　三〇〇頁　四六判　一六〇〇円

■造本■

上製　糸綴じ　カバー　装画：須田剋太　装丁：熊谷博人

■奥付■

俳句の世界／昭和六十三年七月二十日　初版発行／著者　大岡信　川崎展宏／発行者　牧野一／印刷者　中内康児／製本者　鈴木俊一／発行所　株式会社富士見書房　東京都千代田区富士見一ノ十二ノ十四　〒一〇二　振替東京七－八六〇四四　電話
編集部（〇三）二二二一－一五四二　営業部（〇三）二六一－五三七五／Printed in Japan　ISBN4-8291-7052-2　C0095

■もくじ■

□はじめに――この本の周囲のこと　大岡信
宏壮と優美・子規再見／巨いなる随順・高浜虚子／女流俳句の世界／阿波野青畝の世界／即物写生と感覚写生――朱鳥・鶏二・泰――／伝統への去就――渡辺白泉・富沢赤黄男――／花鳥諷詠の器量／俳句の円熟――誓子・楸邨の近業――／花鳥の本意
□おわりに　川崎展宏

わたしへの旅　牧水・こころ・かたち

増進会出版社　一九九四年　二九三頁　四六判　二五〇〇円

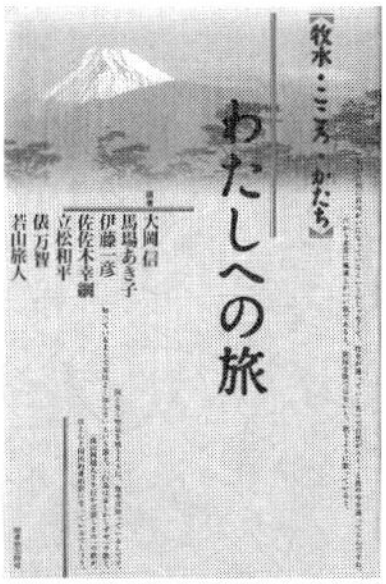

■造本■

上製　糸綴じ　カバー　装幀：戸田ツトム＋岡孝治

■奥付■

わたしへの旅　牧水・こころ・かたち／平成六年五月十二日初版第一刷発行／著者　大岡信・佐佐木幸綱・若山旅人　他／発行者　藤井史昭／発行所　増進会出版社　〒四一〇－三九　静岡県沼津局私書箱二五号　振替東京二－一九二八／電話（〇五五九）七三－二八二八／印刷所　三島印刷／ISBN4-87915-183-1　C0095

■もくじ■

□第一部　鼎談（大岡信／馬場あき子／伊藤一彦）
序章　牧水を知っていますか／一章　牧水との出会い／二章　傷ついた恋愛と生活への意志／三章　なぜ、旅に／四章　いま、読みたい歌人
□第二部　鼎談（佐佐木幸綱／立松和平／俵万智）
一章　空気のように知る牧水／二章　海へのあこがれ・山への回帰／三章　旅のかたち／四章　おおらかな表現者／五章　わたしの好きな歌
□第三部　牧水片々（若山旅人）
□あとがき　佐佐木幸綱

日本人を元気にするホンモノの日本語

［ベスト新書128］　ＫＫベストセラーズ　二〇〇六年　一七九頁　新書判　七八〇円

■造本■

並製　無線綴じ　カバー　新書

■奥付■

日本人を元気にする　ホンモノの日本語／二〇〇六年一二月三〇日　初版第一刷発行／著者　大岡信・金田一秀穂／発行者　栗原幹夫／発行所　ＫＫベストセラーズ　東京都豊島区南大塚

日本人を元気にする
ホンモノの日本語
言葉の力を取り戻す
金田一秀穂
大岡信
ベスト新書

二丁目二九番七号　〒一七〇―八四五七　電話〇三―五九七六―九一二一（代表）　振替〇〇一八〇―六―一〇三〇八三／装幀　坂川事務所／印刷所　錦明印刷／製本所　ナショナル製本／電植製版　オノ・エーワン／©OOKA Makoto & KINDAICHI Hideho, Printed in Japan 2006　／　ISBN4-584-12128-1　C0281

■もくじ■

□まえがき――ほんとうのことは、とても小さな声で語られる（金田一秀穂）
□第Ⅰ章　快活になるための日本語
□第Ⅱ章　日本語ブームのその陰で
□第Ⅲ章　「美しい日本語」に物申す
□希望の灯――あとがきにかえて（大岡信）

四季の歌恋の歌 古今集を読む

筑摩書房　一九七九年　二八二頁　四六判　一二〇〇円

■もくじ

○九二一―八二二―一五―四六〇四／装画　川上澄生「春の伏兵」

1　古今集を読む前に／2　古今集の位置／3　古今集の撰者たち　序文／4　古今集の歌風と女性の力／5　四季の歌　春1／6　四季の歌　春2／7　四季の歌　春3　夏／8　四季の歌　秋1／9　四季の歌　秋2／10　四季の歌　冬　賀の歌　離別の歌　羇旅の歌　物名歌／11　恋の歌1／12　恋の歌2／13　哀傷の歌　雑歌　雑躰　大歌所御歌
□あとがき

■造本
上製　糸綴じ　カバー

■奥付
四季の歌恋の歌――古今集を読む／昭和五十四年五月三十日初版第一刷発行／著者　大岡信／発行者　関根栄郷／発行所　株式会社筑摩書房　東京都千代田区神田小川町二ノ八　電話　二九一―七六五一（営業）　二九四―六七二二（編集）　郵便番号一〇一―九一　振替東京六―四一二三／印刷　明和印刷　製本　鈴木製本／ⓒ大岡信　昭和五十四年　Printed in Japan／〇

四季の歌恋の歌

［ちくま文庫］筑摩書房　一九八七年　二九七頁　A6判　四六〇円

■造本
並製　無線綴じ　カバー　文庫

■奥付
四季の歌　恋の歌／一九八七年四月二十三日第一刷発行／著者　大岡信／発行者　関根栄郷／発行所　株式会社筑摩書房　東京都千代田区神田小川町二ノ八　〒一〇一―九一　電話東京二九一―七六五一（営業）　二九四―六七二二（編集）　振替口座

六―四一二三／装幀者　安野光雅／印刷所　株式会社精興社／製本所　株式会社鈴木製本所／©MAKOTO ŌOKA 1987
Printed in Japan／ISBN4-480-02125-6　C0192
※この作品は一九七九年五月三一日　筑摩書房より刊行された。

■もくじ■
初版と同じ　加えて
□解説　おのづから滋養が吸収される本　那珂太郎
■あとがき■
初版と同じ

詩歌折々の話

講談社　一九八〇年　二四〇頁　四六判　一二〇〇円

■造本■
上製　糸綴じ　カバー　装幀：榎本和子
■奥付■
詩歌折々の話／定価一二〇〇円／昭和五五年九月一〇日　第一刷発行／著者　大岡信／発行者　野間省一／発行所　株式会社講談社　東京都文京区音羽二丁目一二―二一　郵便番号一一二　電話　東京（〇三）九四五―一一一一（代表）　振替東京八―三九三〇／印刷所　凸版印刷株式会社／製本所　大製株式会社／©大岡信／0092-169495-2263(0)（図説）一九八〇年
PRINTED IN JAPAN
■もくじ■
まえがき／詩の世界とわたし／うたげの場に孤心をかざす／詩人としての天心／牧水の旅と歌／歌と詩の別れ／現代世界の芸術／何が詩を生み出させるか

《折々のうた》の世界

［講談社ゼミナール選書］　講談社　一九八一年　二五三頁　四六判　一二〇〇円

■造本■

上製　糸綴じ　カバー　装幀　榎本和子

■奥付■

《折々のうた》の世界／定価一二〇〇円／昭和五六年五月二五日　第一刷発行／著者　大岡信／発行者　野間惟道／発行所　株式会社講談社　東京都文京区音羽二丁目一二－二一　郵便番号一一二／電話　東京（〇三）九四五－一一一一（代表）　振替東京　八－三九三〇／印刷所　凸版印刷株式会社／製本所　大製株式会社／ⓒ大岡信　一九八一年／0092-169617-2253　Printed in Japan

■もくじ■

まえがき／〝折々のうた〟の世界／詩歌の楽しみ／日本の自然と詩人の存在／〝折々のうた〟と連句の骨法／作品にみる生活と思想／ことばと人生

《折々のうた》を語る

講談社　一九八六年　二三二頁　四六判　一五〇〇円

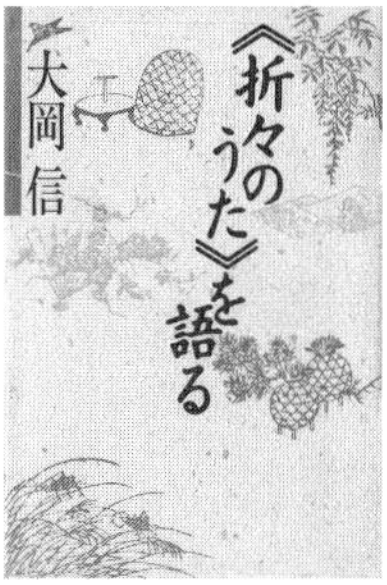

■造本■

上製　糸綴じ　カバー　装幀：菊地信義

■奥付■

《折々のうた》を語る／定価一五〇〇円／昭和六一年二月四日　第一刷発行／著者　大岡信／発行者　野間惟道／発行所　株式会社講談社　東京都文京区音羽二丁目一二－二一　郵便番号一一二　電話　東京（〇三）九四五－一一一一（代表）／印刷所　豊国印刷株式会社／製本所　藤沢製本株式会社／ⓒ大岡信　一九八六年／ISBN4-06-201959-0　Printed in Japan

■もくじ■

まえがき
春のうた
1 現代における詩作のむずかしさ／2 言葉を贈るということ／3 短詩形文学の最大の主題は〝愛と死〟
夏のうた
1 日本の夏の懐かしさ、美しさ／2 笑いの文学に必要な高い教養／3 短詩形文学の持つおそるべき力／4 素材の取り合わせと日本人の美意識
秋のうた
1 夏の終わりに秋風を見分ける／2 言葉は重からず、軽からず／3 言葉は、人をより大きな世界へ運んでゆく
冬のうた
1 自然現象に対する日本人の鋭い感覚／2 俳諧というのは、こういうもの／3 言葉によって高く生きる

正岡子規——五つの入口

［岩波セミナーブックス56］ 岩波書店 一九九五年 二五五頁
四六判 二三〇〇円

■造本■
並製 無線綴じ カバー 装幀（カバー、表紙、本扉） 万膳寛

■奥付■

正岡子規——五つの入口 岩波セミナーブックス56／定価二三〇〇円（本体二二三三円）／一九九五年九月二六日 第一刷発行／著者 大岡信《おおおかまこと》／発行者 安江良介／発行所 株式会社岩波書店 〒一〇一―〇二 東京都千代田区一ツ橋二―五―五／電話 案内〇三―五二一〇―四〇〇〇／印刷・三陽社 カバー・精興社 製本・田中製本／©Makoto Ôoka 1995／ISBN4-00-004226-2 Printed in Japan

■もくじ■

第一講 子規の生い立ちと素養／第二講 子規の俳句——月並調の是非／第三講 子規の短歌／第四講 『病牀六尺』など、晩年の随筆／第五講 書き抜きと初期随筆
□正岡子規略年譜
□あとがき

日本詩歌の特質

大岡信フォーラム　二〇一〇年　二九五頁　四六判　二〇〇〇円

■造本■

上製　糸綴じ　カバー

■奥付■

日本詩歌《にほんしいか》の特質《とくしつ》／二〇一〇年七月一〇日　初版第一刷／著者大岡信／装丁　熊谷博人／発行　大岡信フォーラム　静岡県駿東郡長泉町下土狩一〇五−一七　〒四一一−〇九四三　株式会社Z会内／発売　株式会社　花神社《かしんしゃ》　東京都千代田区猿楽町二−一−一六　下平ビル四〇二　〒一〇一−〇〇六四／電話　〇三−三二九一−六五六九　ＦＡＸ　〇三−三二九一−六五七四　振替〇〇一二〇−九−一九四九四九／©MAKOTO ŌOKA／印刷・モリモト印刷株式会社／用紙・文化エージェント／製本・矢嶋製本／ISBN978-4-7602-1930-8 C0095

■もくじ■

□Ⅰ

詩歌の読み方

1　古典詩への視覚／2　うたげの場と孤心の力／3　創造の機微

□Ⅱ

芭蕉について立派だと思うこと／文学・美術にみる幕末／虚子文学の意味／飯田蛇笏の文業

□Ⅲ

日本詩歌の特質／『日本とヨーロッパ　一五四三〜一九二九』展

□あとがき

モンドリアン

［紀伊國屋アート・ギャラリー15］ 紀伊國屋書店 一九五九年 一五頁 A6判

■造本■
並製 無線綴じ ビニルカバー 大岡信訳

■奥付■
モンドリアン／作品／解説 ミシェル・スーフォール／FERNAND HAZAN／35-37, RUE DE SEINE, PARIS VI／紀伊国屋書店／東京都新宿区角筈一の八二六／©FERNAND HAZAN, PARIS 1958／PRINTED IN FRANCE

■付記■
Petite encyclopedie de l'art（Fernand Hazan 刊）の日本語版
（監修 瀧口修造）

長い歩み 中国の発見 上巻

紀伊國屋書店 一九五九年 二〇〇頁 四六判 二八〇円 中国の発見 上
シモーヌ・ド・ボーヴォワール著 内山敏／大岡信訳

■造本■
上製 糸綴じ カバー＋ビニルカバー 装幀 小玉光雄

■奥付■
長い歩み 定価二八〇円（地方売価290円）／一九五九年六月五日 第一刷発行／発行所 株式会社紀伊國屋書店 東京都新宿

区角筈一の八二六　電話（三七）（代表）〇一三一　振替口座東京一二五五七五／出版部営業所　東京都千代田区五番町一二番地　電話　九段（三三）〇八五七／印刷　精興社　製本　橋本製本所

■もくじ■

訳者はしがき／序論／1　北京の発見／2　農民／3　家族／4　工業

■訳者はしがき■

共訳者内山敏氏による「訳者はしがき」

長い歩み　中国の発見　下巻

紀伊國屋書店　一九五九年　二六五頁　三二〇円　四六判　中国の発見　下

シモーヌ・ド・ボーヴォワール著　内山敏／大岡信訳

■造本■

上製　糸綴じ　カバー＋ビニルカバー　装幀　小玉光雄

■奥付■

長い歩み　定価三二〇円（地方売価330円）／一九五九年六月三〇日　第一刷発行／発行所　株式会社紀伊國屋書店　東京都新宿区角筈一の八二六　電話（三七）（代表）〇一三一　振替口座東京一二五五七五／出版部営業所　東京都千代田区五番町一二番地　電話　九段（三三）〇八五七／印刷　精興社　製本　橋本製本所

■もくじ■

5　文化／6　防衛のためのたたかい／7　十月一日――国慶節／8　中国の都市／結び／訳者あとがき

■訳者あとがき■

共訳者内山敏氏による「訳者あとがき」

中国の発見　長い歩み

［重版］　紀伊國屋書店　一九六六年　四六二頁　四六判　八〇〇円

シモーヌ・ド・ボーヴォワール著　内山敏／大岡信訳

■造本■
上製　糸綴じ　カバー

■奥付■
中国の発見――長い歩み　定価八〇〇円／一九六六年九月三〇日　第一刷発行／発行所　株式会社紀伊國屋書店　東京都新宿区角筈一の八二六　電話（三五四）（代表）〇一三一　振替口座東京一二五五七五／出版部営業所　東京都千代田区五番町一二番地　電話　（二六三）四九一四―五（編集）（二六一）〇八五七（営業）／印刷　精興社　製本　橋本製本所

■もくじ■
訳者はしがき／重版にあたり／序論／1　北京の発見／2　農民／3　家族／4　工業／5　文化／6　防衛のたたかい／7　十月一日――国慶節／8　中国の都市／結び

共訳者内山敏氏による「訳者はしがき」と「重版にあたり」

抽象芸術

紀伊國屋書店　一九五九年　三九〇頁　A5判　八八〇円

■造本■
上製　糸綴じ　カバー

マルセル・ブリヨン著　瀧口修造、大岡信、東野芳明訳

■奥付■
抽象芸術／定価八八〇円　（地方定価八九〇円）／一九五九年五月三〇日第一刷発行／発行所　株式会社紀伊國屋書店　東京都新宿区角筈一の八二六　電話　（三七）（代表）〇一三一　振替口座　東京一二五五七五／出版部営業所　東京都千代田区五番町一二番地　電話　九段（三三）〇八五七／印刷　精興社

製本　三水舎

■もくじ■

□Ⅰ抽象芸術の本質と性格

□Ⅱ抽象作用、人間精神の恒常性

□Ⅲ現代抽象美学の形成

絵画の新しい道「ピエト・モンドリアン／ウァシリー・カンディンスキー／パウル・クレー／フランク・クプカ／ロベール・ドローネー　オルフィスムと同時主義《シミュルタネイスム》／カシミール・マーレヴィッチと至高主義《シュプレマティスム》」／彫刻、新しい形態と空間の追求

□Ⅳ時間と運動の美学

□Ⅴ抽象絵画の主流

□註

□訳者のノート　（瀧口修造）

□人名索引

抽象芸術

［新装版］紀伊國屋書店　一九六八年　三九二頁　A五判　二〇〇〇円

マルセル・ブリヨン著　滝口修造、大岡信、東野芳明訳

■造本■

上製　糸綴じ　カバー

■もくじ■

初版と同じ　加えて

□「新装版について」瀧口修造

■付記■

こんどの新装版にあたり、本文については二、三の誤植その他を訂正加筆したにとどまり、特に稿を改めることはしなかった。ただ、図版については、初版では原色版の一部を単色版としたほか、九点の図版は技術上の点からやむをえず別の作品にさし換えられたが、この新装版ではすべて原書に準ずることにした。（「新装版について」より）

抽象芸術

［復刊版］紀伊國屋書店　一九九九年　三九二頁　A5判　六五〇〇円　原タイトル　Art abstrait　マルセル・ブリヨン著

滝口修造、大岡信、東野芳明訳

■造本■

上製　糸綴じ　カバー

■もくじ■

□新装版と同じ

■付記■
旧版　一九六八年五月三一日

近代絵画事典

紀伊國屋書店　一九六〇年　三三九頁　A5判　一八五〇円

■造本■
上製　布張表紙　糸綴じ

■奥付■
近代絵画事典／定価一八五〇円／監修者　瀧口修造／昭和三十五年十月三十一日発行／発行者　竹内博／発行所　紀伊國屋書店　東京都新宿区角筈一丁目八二六番地／カバー・本文活版印刷　大日本印刷／製本　三水舎

■もくじ■
□日本語版の序文　瀧口修造
□編集者のことば　ロベール・マイヤール
□原本の執筆者名表記
□本文

■付記■
原本　フランスアザン社版　編集　ロベール・マイヤール　日本語版監修者　瀧口修造　訳者　江原順・大岡信・今野一雄・高階秀爾・村松剛

ピカソのピカソ

美術出版社　一九六二年　二七一頁（はり込原色図版一〇三枚共）31.5×26.5cm　八五〇〇円

■造本■
上製　布張表紙（背表紙部分革装）　糸綴じ　函入り

■奥付■
Picasso's Picassos　定価八五〇〇円／ディヴィッド・ダグラス・ダンカン著／大岡信訳／発行者　大下正男／原色版印刷　Imprimerie Centrale Lausanne／グラビア版印刷　Imprimerie

Centrale Lausanne／本文印刷　千修印刷株式会社／原色製版　Clichés Actual, Bienne Schwitter, Basel Steiner, Basel Imprimeries Réunies, Lausanne／製本所　株式会社大完堂／株式会社美術出版社　東京都新宿区市ヵ谷本村町一五　振替　東京一六六七〇〇／©1962, by EDITA & Bijyutsu Shuppan-sha　担当・大塚信雄

近代絵画史

紀伊國屋書店　一九六二年　三七六頁（おもに原色図版）　A5判　二五〇〇円

■造本■

上製　糸綴じ　革装　函入り

■奥付■

ハーバート・リード　近代絵画史／昭和三七年一〇月三〇日発行　定価二五〇〇円／訳者　大岡信《おおおかまこと》／発行者　田辺茂一　東京都新宿区角筈一―八二六／印刷者　北島織衛　東京都新宿区加賀町一―一二／発行所　株式会社紀伊國屋書店　東京都新宿区角筈一―八二六／本文活版印刷　大日本印刷・製本　三水舎・製函　永井紙器

■もくじ■

序文／第1章　近代芸術の起源／第2章　突破口／第3章　キュビスム／第4章　未来派、ダダ、シュルレアリスム／第5章　ピカソ、カンディンスキー、クレー／第6章　決定的関係の芸術の起源と展開／第7章　内的必然の芸術の起源と展開／眼で見る近代絵画史／原註／参考書目／収録作品リスト／索引

ガラのダリ

美術出版社　一九六三年　二二七頁（図版共）　はり込み原色図版五五枚　31.0×26.5cm　九〇〇〇円

■造本■

上製　糸綴じ　函入り

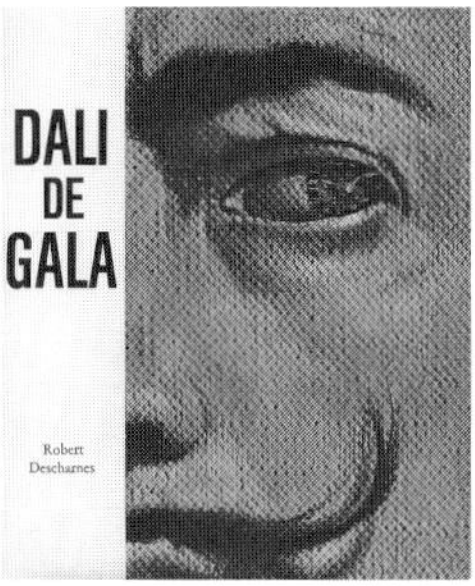

■奥付■

DALI DE GALA　ダリ　定価九〇〇〇円　一九六三年五月五日発行／ロベール・デシャルヌ著　大岡信訳／発行者　大下正男　図版印刷　Imprimerie Centrale Lausanne／Héliogravure Centrale Lausanne／本文印刷　猪瀬印刷株式会社／原色製版　Clichés Actual, Bienne, et Steiner, Bâle／製本所　株式会社大完堂／株式会社　美術出版社　東京都新宿区市カ谷本村町一五　振替東京一六六七〇〇／©Edita S.A. / Bijyutsu Shuppan-sha, 1963　担当・有吉成一

■もくじ■

□序文（プラド美術館長　フランシスコ・ハビエル・サンチェス・カントン）

□著者の序言

□カタログ　および本書所収作品の制作年代順索引／付　いくつかの写真に関する補足的説明

現代フランス詩論大系

［世界詩論大系１］　思潮社　一九六四年　二六四頁　19×12.5 cm　八八〇円

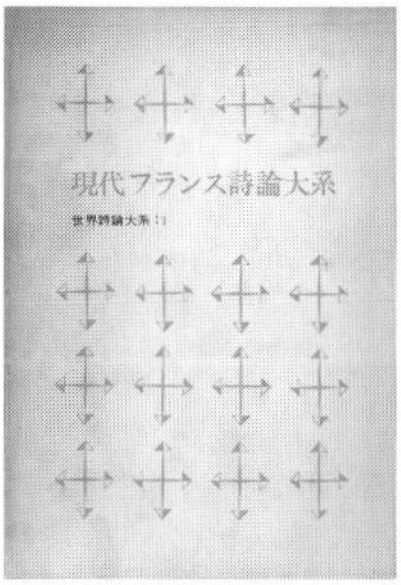

■造本■

上製　糸綴じ　函入り　装幀　真鍋博

■奥付■

現代フランス詩論大系／世界詩論大系　第一冊／一九六四年八月一日　第一刷発行／編者　窪田般彌／発行者　小田久郎／発行所　思潮社　東京都文京区元町二の二七　三洋ビル別館／電話　八一二局七八八七、二二九一～八番　振替東京八一二一番

／本文用紙　王子製紙　同納入　竹尾洋紙店　本文印刷　宝印刷　附物印刷　若葉印刷　製函　永井製函所　製本　文章堂製本／定価八八〇円

■もくじ■

新精神《エスプリ・ヌーヴォー》と詩人たち　ギヨーム・アポリネール著窪田般彌訳／序言　ポール・ヴァレリー著菅野昭正訳／ダンテについての或る詩への序論　ポール・クローデル著粟津則雄訳／純粋詩　アンリ・ブレモン著窪田般彌訳／骰子筒序文　マックス・ジャコブ著高橋彦明訳／ダダ・概略的人間　トリスタン・ツアラ著高橋彦明訳／シュールレアリスム宣言　アンドレ・ブルトン著稲田三吉訳／毛皮の手袋・私の航海日誌　ピエール・ルヴェルディ著高橋彦明訳／詩の明証　ポール・エリュアール著平井照敏訳／ベル・カントの記録　ルイ・アラゴン著服部伸六訳／詩法について考えながら　ジュール・シュペルヴィエル著大岡信訳／詩について　サン＝ジョン・ペルス著多田智満子訳／無意識と霊性と破局　ピエール・ジャン・ジューヴ著小島俊明訳／詩人と神話　ピエール・エマニュエル著平井照敏訳／詩論断章　アンリ・ミショオ著小海永二訳／詩法のために　レーモン・クノー著窪田般彌訳／ランボオ・詩について　ルネ・シャール著水田喜一朗訳／プロエーム　フランシス・ポンジュ著平岡篤頼訳／定型律・自由律論争　ユージェーヌ・ギーユヴィク、ジャン・トルテル共著長谷川四郎訳／民族の詩について　シャルル・ドブジンスキー著服部伸六訳／ジャック・リヴィエールとの手紙　アントナン・アルトー著飯島耕一訳／ラスコオの野獣　モーリス・ブランショ著篠沢秀夫訳／詩の行為と場所　イーヴ・ボンヌフォア著宮川淳訳／

□〈総説〉一九一七年以後のフランス詩（窪田般彌）

現代フランス詩論大系

［世界詩論大系1　新装版］　思潮社　一九七〇年　二六四頁

18.5×13.5 cm　八八〇円

■造本■

上製　糸綴じ　函入り　装幀　真鍋博

■奥付■

現代フランス詩論大系／世界詩論大系1／一九七〇年十二月十五日　新装第一刷発行／編者　窪田般弥／発行者　小田久郎／発行所　思潮社　東京都新宿区市谷砂土原町三―十五／電話東京二六七―八一四一　振替東京八一二一／印刷所　八光印刷／製本所　今泉誠文社／定価八八〇円

■もくじ■

初版と同じ

ヴァレリー全集6

筑摩書房　一九六七年　四三〇頁　A5判　一九〇〇円

■造本■

上製　糸綴じ　函入り

■奥付■

ヴァレリー全集　6／詩について／一九六七年四月三〇日初版第一刷発行／定価一九〇〇円／発行者　竹之内静雄／発行所　株式会社筑摩書房　東京都千代田区神田小川町二―八　電話　東京二九一―七六五一　振替東京四一二三／印刷株式会社精興社　製本牧製本印刷株式会社

■もくじ■

『ポエジー』緒言（佐藤正彰訳）『女神を識る』序言（佐藤正彰訳）詩人の手帖（佐藤正彰訳）詩話（佐藤正彰訳）詩と抽象的思考（佐藤正彰訳）詩の問題（佐藤正彰訳）詩の必要（佐藤正彰訳）ペン・クラブ卓上演説（佐藤正彰訳）コレージュ・ド・フランスにおける詩学教授（中村光夫訳）詩学叙説第一講（大岡信訳）詩学講義概説（大岡信訳）わが《詩学》（大岡信訳）自作回顧断篇（佐藤正彰訳）公子と『若きパルク』（佐藤正彰訳）国語に対する詩人の権利（佐藤正彰訳）未完の辞書について（佐藤正彰訳）『海辺の墓地』について（伊吹武彦訳）『魅惑』の注解（伊吹武彦訳）『魅惑』の頃の手紙（佐藤正彰訳）楽劇『アンフィオン』の由来（伊吹武彦訳）『セミラミス』（吉田健一訳）『星の筐』小序（佐藤正彰訳）『追憶の泉』（中村光夫訳）セルヴィアンの場合（佐藤正彰訳）劇場私記（寺田透訳）一悲劇作家と一悲劇についての覚書（佐藤正彰訳）「小説の問題」に答える手紙（菅野昭正訳）読者に（松室三郎訳）詩について答う（佐藤正彰訳）アンケートの回答二つ（大槻鉄男訳）文学の技術について（菅野昭正訳）手紙（市原豊太、佐藤正彰、清水徹訳）

□書誌

■付記■

ポール・ヴァレリー著　監修　落合太郎・鈴木信太郎・渡辺一夫・佐藤正彰　全12巻

ヴァレリー全集 補巻

筑摩書房 一九七一年 五一六頁 A5判 三七〇〇円

■造本■

上製 布貼り表紙 糸綴じ 函入り

■奥付■

ヴァレリー全集／補巻／一九七一年一〇月三〇日 初版第一刷発行／定価三七〇〇円／発行者 竹之内静雄／発行所 株式会社筑摩書房 東京都千代田区神田小川町二―八／電話 東京二九一―七六五一 振替東京四一二三 印刷株式会社精興社 製本牧製本印刷株式会社

■もくじ■

「どのように書くか」（佐藤正彰訳）
□Ⅳ
□年譜（稲生永、野村英夫編）／系図

ヴァレリー全集6

［新装版］　筑摩書房　一九七三年　四三〇頁　A5判　一九〇〇円

■付記■
一九六七年四月三〇日初版の新装版

ヴァレリー全集　補巻

［新装版］　筑摩書房　一九七四年　五一六頁　A5判　一九〇〇円

■付記■
一九七一年一〇月三〇日初版の新装版

ヴァレリー全集6

［増補版］　筑摩書房　一九七八年　四三〇頁　A5判　三六〇〇円

■付記■
初版一九六七年四月三〇日、新装版一九七三年九月一〇日の増補版

ヴァレリー全集　補巻2

［増補版］　筑摩書房　一九七八　五一六頁　A5判　三六〇〇円

■付記■

初版一九七一年一一月三〇日、新装版一九七四年四月一〇日の増補版。

昆虫記

［少年少女世界の文学　別巻2］河出書房　一九六七年　三二六頁　菊判　五九〇円

■造本■

上製　布貼表紙　糸綴じ　ビニールカバー　函入り　さし絵：太田大八　中谷千代子

■奥付■

少年少女世界の文学　別巻二　昆虫記／定価五九〇円／昭和四二年八月五日初版印刷／昭和四二年八月一〇日初版発行／訳者　大岡《おおおか》信《まこと》／発行者　河出朋久／印刷者　山田三郎太／装幀者　沢田弘／発行所　河出書房　東京都千代田区神田小川町三―六／電話　東京（二九二）三七一一（大代表）　振替東京一〇八〇二／N. D. C. Printed in Japan© 一九六七年／印刷　凸版印刷／製本　凸版印刷／製函　加藤製函印刷／本文用紙　国策パルプ工業／代理店　東邦紙業／クロース　日本クロス工業／表紙　箱貼印刷　集美堂

■もくじ■

□まえがき　大岡信
セミ／コオロギ／カマキリ／コハナバチ／オオタマオシコガネ／キンイロオサムシ／シデムシ／ツチスガリ／キゴシジガバチ／オニグモ属／ラングドックサソリ
□解説　『昆虫記』とわたし　黒沢良彦

■付記■

全二四巻＋別巻二

原タイトル：Souvenirs entomologiques

H・ファーブル作

責任編集　福原麟太郎・川端康成・阿部知二・桑原武夫・犬養道子

語るピカソ

みすず書房　一九六八年　三七六頁　Ａ五判　二〇〇〇円　ブラッサイ著

■造本■

上製　布貼表紙　糸綴じ　カバー

■奥付■

語るピカソ　©1968 Misuzu Shobo／一九六八年一一月五日第一刷発行／¥二〇〇〇／訳者　飯島耕一　大岡信／発行者北野民夫　東京都文京区本郷三丁目一七—一五／印刷者　白井倉之助　東京都青梅市根ケ布一丁目三八五／発行所　株式会社みすず書房　東京都文京区本郷三丁目一七　郵便番号一一三／電話　八一四—〇一三一（代）　振替東京一九五一三二／精興社印刷・鈴木製本

■もくじ■

一九四三年九月はじめ／一九三九年／一九四三年九月末／一九四四年四月／一九四五年五月／一九四六年十一月／一九六〇年五月／一九六〇年九月

□写真説明

□訳者あとがき（飯島耕一・大岡信）

□索引

マックス・エルンスト

［シュルレアリスムと画家叢書］　河出書房新社　一九七三年　七二頁　30.3×24.5 cm　二九〇〇円

■造本■

上製　糸綴じ　カバー　函入り　月報あり

■奥付■

シュルレアリスムと画家叢書「骰子の7の目」2　マックス・エルンスト／編集　ジャン・ソセ／日本語版監修　瀧口修造／著者　サラーヌ・アレクサンドリアン／訳者　大岡信／発行一九七三年一一月二五日／定価　二九〇〇円／製作　フィリパ

ツキ社、フランス／印刷　エラクリオ・フルニエ社、スペイン／日本語版デザイン　田中一光／発行者　中島隆之／発行所　株式会社河出書房新社　東京都千代田区神田小川町三―六　〒一〇一　TEL（〇三）二九二―三七一一　振替口座東京一〇八〇二／書籍コード　1371-570002-0961

■もくじ■

なし

マックス・エルンスト

［シュルレアリスムと画家叢書　増補新版］　河出書房新社　二〇〇六年　七九頁　30.3×24.5 cm　三八〇〇円

■造本■

上製　糸綴じ　カバー　函入り　月報あり

■奥付■

シュルレアリスムと画家叢書「骰子の7の目」5　マックス・エルンスト／日本語版監修　瀧口修造／装丁　田中一光／著者　サラーヌ・アレクサンドリアン／訳者　大岡信／初版発行　一九七三年一一月二五日／増補新版初版印刷　二〇〇六年九月二〇日／増補新版初版発行　二〇〇六年九月三〇日／発行者　若森繁男／発行所　株式会社河出書房新社　東京都渋谷区千駄ヶ谷二―三二―二　〇三―三四〇四―一二〇一（営業）　〇三―三四〇四―八六一一（編集）　http://www.kawade.co.jp/　印刷　凸版印刷株式会社／製本　大口製本印刷株式会社／© 2006 Kawade Shobo Shinsha, Publishers　Printed in Japan　ISBN4-309-71565-6

■もくじ■
初版と同じ　加えて
□増補新版のための解説　巖谷國士
■付記■
河出書房新社創業一二〇周年記念にあたり、かつて全一一巻＋補巻一巻だった叢書のうち六巻を増補新版発刊。巻数も変わった。

ミロの版画

［限定版］　河出書房新社　一九七四年　一九八頁　36.0×27.0cm　二八〇〇〇円

■造本■
上製　糸綴じ　カバー
■奥付■
ミロの版画／MIRÓ À L'ENCRE／本文　YVON TAILLANDIER／訳者　大岡信／編集制作　SOCIÉTÉ INTERNATIONALE D'ART XXe SIÈCLE, PARIS／発行　株式会社河出書房新社　中島隆之
　東京都千代田区神田小川町三―六／本文印刷　LES PRESSES DE L'IMPRIMERIE UNION／カラー印刷　L'IMPRIMERIE MODERNE DU LION／オフセット製版　LES ATELIERS DE PHOTOGRAVURE PERROT ET GRISET／オリジナル石版画印刷　（口絵）JEAN CÉLESTIN, LES PRESSES DE MOURLOT.（一七～一八ページ）RENÉ LE MOIGNE, L'IMPRIMERIE ARTE.／カバー装画　JOAN MIRÓ／定価　二八〇〇〇円
■もくじ■
ミロの宇宙進化論／ミロと仕事仲間たち／挿絵画家ミロあるいは新しい読みかた
□挿絵細目
■付記■
限定１０００部のうち１番

道化のような芸術家の肖像

［叢書　創造の小径］　新潮社　一九七五年　一六七頁　22.0×17.4cm　四五〇〇円

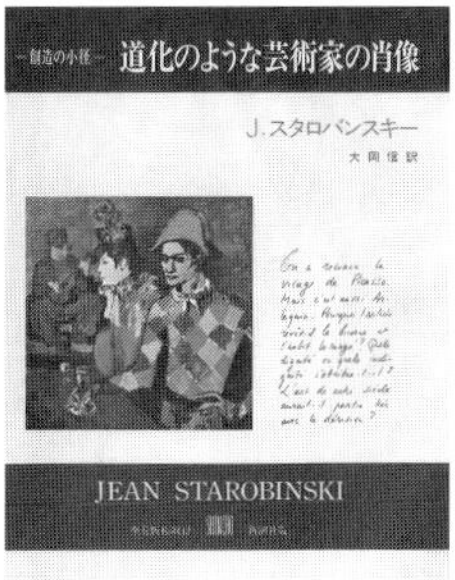

■造本■

上製　糸綴じ　布貼表紙　函入り

■奥付■

叢書　創造の小径／道化のような芸術家の肖像　スタロバンスキー／訳者　大岡信　©Makoto Ôoka／発行者　佐藤亮一　発行所　株式会社新潮社　東京都新宿区矢来町七一　〒一六二　振替東京四―八〇八　電話　業務部（〇三）二六六―五一一一　編集部二六六―五四一一／一九七五年九月五日印刷　一九七五年九月一〇日発行／本文印刷　大日本印刷株式会社／函カバー印刷　錦明印刷株式会社／製本　新宿加藤製本／製函　中田製函所／定価　四五〇〇円

■もくじ■

しかめ面する分身／再び天才が発掘されたのか？／軽やかさの眩惑または道化の勝利／アンドロギュヌスからファム・ファタールへ／欲望をそそる肉体と凌辱された肉体／悲劇的道化の誕生／卑賤しき救い主たち／導者と亡者

□図版目録

□訳注

□あとがきにかえて

■付記■

原題 Portrait de l'artiste en saltimbanque

みつけたぞぼくのにじ

［岩波の子どもの本］　岩波書店　一九七七年　20.5×16.5cm　三二〇円　D・フリーマンさく　大岡信訳

■造本■

上製　糸綴じ　カバー

■奥付■

みつけたぞぼくのにじ

一九七七年六月二四日第1刷発行©

発行所　一〇一　東京都千代田区一ツ橋二―五―五　株式会社

岩波書店／印刷・錦印刷　製本・法令印刷
■付記■
カバー見返しに「訳者のことば」

まっくろけのまよなかネコよおはいり

［大型絵本32］　岩波書店　一九七八年　25.5×25.5 cm　一三
○○円　J・ワグナー文　R・ブルックス絵　大岡信訳
■造本■
上製　糸綴じ　カバー
■奥付■
まっくろけのまよなかネコよおはいり　大型絵本32
一九七八年一一月一六日第1刷発行Ⓒ
発行所　株式会社岩波書店　一〇一　東京都千代田区一ツ橋二
ー五ー五／電話〇三ー二六五ー四一一一　振替東京六ー二六二
四〇／印刷・精興社　製本・文勇堂／¥1300
■付記■
カバー見返しに「訳者のことば」

アラネア

［大型絵本33］　岩波書店　一九七九年　25.5×25.5 cm　八〇
○円　J・ワグナー文　R・ブルックス絵　大岡信訳
■造本■
上製　糸綴じ　カバー

■奥付■
アラネア　大型絵本33
一九七九年二月一五日　第1刷発行ⓒ
発行所　株式会社岩波書店　一〇一　東京都千代田区一ツ橋二―五―五／電話〇三―二六五―四一一一　振替東京六―二六二四〇／印刷・精興社　製本・文勇堂／¥800
■付記■
カバー見返しに「訳者のことば」

おふろばをそらいろにぬりたいな

〔岩波の子どもの本42〕　岩波書店　一九七九年　20.5×16.5 cm　三八〇円
R・クラウス文　M・センダック絵　大岡信訳

■造本■
上製　糸綴じ　カバー
■奥付■
岩波書店　¥380　一九七九年九月二一日　第1刷発行ⓒ　発行所　一〇一　東京都千代田区一ツ橋二―五―五　株式会社岩波書店／印刷・錦印刷　製本・文勇堂
■付記■
別リーフレットに「訳者のことば」

木の国の旅

［フランスの傑作絵本］ 文化出版局 一九八一年 二四頁 19.0×14.0 cm 八〇〇円 ル・クレジオ作 H・ギャルロン絵 大岡信訳

■造本■

上製 糸綴じ カバーなし

■奥付■

木の国の旅／一九八一年七月六日 第一刷発行 定価八〇〇円 発行者 大沼 淳／発行所 文化出版局 〒一五一 東京都渋谷区代々木三―二二―一／電話 〇三（三七〇）三一一一（代表） 振替 東京二―一九五六七〇番／印刷所 文化カラー印刷 製本所 大口製本／8771-616110-7368 NDC726 二四頁 19.0×14.0 cm

■付記■

別リーフレットに「訳者のことば」

宝石の声なる人に

プリヤンバダ・デーヴィーと岡倉覚三・愛の手紙

平凡社 一九八二年 二二七頁 A5判 二六〇〇円 岡倉覚三／プリヤンバダ・デーヴィー著

■造本■

フランス装 糸綴じ アンカット 函入り 装画・装幀安野光

雄

■奥付■

宝石の声なる人に／定価　二六〇〇円／一九八二年一〇月一五日　初版第一刷発行／編訳者　大岡信／発行者　下中邦彦／発行所　株式会社平凡社　〒一〇二　東京都千代田区三番町五番地／電話　〇三（二六五）〇四五一番　振替東京八―二九六三九／本文印刷　東洋印刷株式会社／口絵印刷　株式会社東京印書館／製本　株式会社石津製本所／©株式会社平凡社　一九八二　Printed in Japan

■もくじ■

〈プリヤンバダより岡倉あて書簡〉

□一九一二

『茶の本』をたたえて……一〇月一日／親愛なる岡倉さま……一〇月六日／満たされぬ切なる憧れ……推定／忘恩……推定

□一九一三

親しい友に……五月二八日／親しい友に……六月四日／親しいサン……六月一三日／親しいサン……六月二四日／親しい友に……七月四日／親しい友に……七月九日／（無題）……七月一五日／親しい友に……七月二七日／親しい友に……八月五日

〈岡倉よりプリヤンバダあて書簡〉

□一九一二

奥様……一〇月一二日／プリヤンバダ・デーヴィーさま……一〇月一五日／奥様……一二月三日／奥様……推定

□一九一三

奥様……二月四日／奥様……二月二〇日／奥様……三月三日／奥様……三月四日／奥様……四月二九日／たそがれ漂いくる芳香なる人に……五月四日／名前なき名の君なる人に……五月八日／水の中の月なる人に……五月一七日／無数の名前なる人に……五月二五日／月の霊に……六月二八日／宝石の声なる人に……七月七日／蓮の宝石なる人に……七月二二日／奥様……八月二日／奥様……八月一一日／宝石の声なる人に……八月二一日

□書簡解題・訳註　中村愿編

□解説　大岡信

■付記■

本書はアンカットで造本しています。ペーパー・ナイフをご使用ください。

宝石の声なる人に
プリヤンバダ・デーヴィーと岡倉覚三　愛の手紙

［平凡社ライブラリー221］　平凡社　一九九七年　二四八頁　B

6変型版　八〇〇円

■造本■

並製　無線綴じ　カバー

■奥付■

平凡社ライブラリー　二二一／宝石《ほうせき》の声《こえ》なる人《ひと》に　プリヤンバダ・デーヴィーと岡倉覚三＊愛の手紙／発行日　一九九七年一一月一五日　初版第一刷／編訳者　大岡信・大岡玲／発行者　下中弘／発行所　株式会社平凡社　〒一五二　東京都目黒区碑文谷五―一六―一九　電話　東京（〇三）五七二一―一二五三［編集］　東京（〇三）五七二一―一二三四［営業］　振替　〇〇一八〇―〇―二九六三九／印刷・製本　株式会社東京印書館／装幀　中垣信夫／©Makoto Ooka, Akira Ooka 1997 Printed in Japan／ISBN4-582-76221-2

■もくじ■

初版と同じ　加えて
平凡社ライブラリー版　回想風のあとがき　大岡信

日本　合わせ鏡の贈り物

岩波書店　一九八六年　二四五頁　四六判　一八〇〇円　トマス・フィッツシモンズ著　大岡信・大岡玲訳

■造本■

上製　糸綴じ　カバー　カバー写真　篠山紀信　中扉挿画　カレン・フィッツシモンズ

■奥付■

日本　合わせ鏡の贈り物／一九八六年八月二八日　第一刷発行©／定価一八〇〇円／著者　T・フィッツシモンズ／訳者　大岡信　大岡玲／発行者　緑川亨／発行所　〒一〇一　東京都千代田区一ツ橋二―五―五／株式会社　岩波書店　電話　〇三―二六五―四一一一　振替　東京　六―二六二四〇／印刷・法令印刷　製本・松岳社／Printed in Japan　ISBN4-00-001656-3

■もくじ■

□I　プロローグ――一九八三　東京の小さな町にて
□II　樹、河、そして記憶

樹との対話／若者たち／河、遡行／一九六二　船上にて／二十年前の日本／女性たち／困惑
□Ⅲ　アラウンド・ザ・ワールド
友情／政治の季節／アラウンド・ザ・ワールド
□Ⅳ　嵐と水晶の視界
一九七七　キャンプ／シャーマン・マウンテンへ／富士山の冬
□Ⅴ　詩と愛
現実と狂気／出会うということ／連詩の衝撃／芸術家と自由／詩とは何か／ナポリ、書くことの永遠の始まり
□Ⅵ　エピローグ――祭り、宴、そして
□訳者あとがき

■付記■
原タイトル　Japan, personally

昆虫記(上)

［ポシェット版　世界文学の玉手箱3］　河出書房新社　一九九二年　二七九頁　A六判　九〇〇円

■造本■
並製　無線綴じ　カバー

■奥付■

世界文学の玉手箱3／昆虫記上／一九九二年一二月一日　初版印刷／一九九二年一二月一〇日　初版発行／著者　ファーブル　訳者　大岡信／発行者　清水勝／発行所　河出書房新社　東京都渋谷区千駄ケ谷二―三二―二／電話（〇三）三四〇四―一二〇一（営業）三四〇四―八六一一（編集）　振替東京〇―一〇八〇二／装幀　渡辺和雄／装画　山本容子／印刷・製本　凸版印刷株式会社／Printed in Japan ©1992／ISBN4-309-46553-6

■もくじ■
セミ／コオロギ／カマキリ／コハナバチ／オオタマオシコガネ／キンイロオサムシ

昆虫記(下)

［ポシェット版　世界文学の玉手箱4］　河出書房新社　一九九二年　三〇七頁　A6判　九〇〇円

■造本■

並製　無線綴じ　カバー

■奥付■

世界文学の玉手箱4／昆虫記下／一九九二年一二月一日　初版印刷／一九九二年一二月一〇日　初版発行／著者　ファーブル　訳者　大岡信／発行者　清水勝／発行所　河出書房新社　東京都渋谷区千駄ヶ谷二—三二—二／電話（〇三）三四〇四—一二〇一（営業）三四〇四—八六一一（編集）振替東京〇—一〇八〇二／装幀　渡辺和雄／装画　山本容子／印刷・製本　凸版印刷株式会社／Printed in Japan ©1992／ISBN4-309-46554-4

■もくじ■

シデムシ／ツチスガリ／キゴシジガバチ／オニグモ属／ラングドックサソリ

□解説　二十一世紀の子どもたちへ　俵万智

昆虫記(上)

［ジュニア版世界文学の玉手箱③］　河出書房新社　発売元　新学社　一九九八年　A6判　二七九頁　六五〇円

■造本■

並製　無線綴じ　カバー

■奥付■

ジュニア版　世界文学の玉手箱3／昆虫記（上）／一九九八年五月一日　初版印刷／一九九八年五月一五日　初版発行／著者　ファーブル／訳者　大岡信／装幀・装画　磯田和一／発行者　清水勝／発行所　河出書房新社　東京都渋谷区千駄ヶ谷二—三二—二／電話（〇三）三四〇四—一二〇一（営業）／三四〇四—八六一一（編集）／印刷・製本　凸版印刷／Printed in Japan ©1998／ISBN4-309-46583-8

■もくじ■

ポシェット版と同じ

■付記■

ポシェット版　と同じページ数、同じ組版

昆虫記（下）

〔ジュニア版世界文学の玉手箱④〕 河出書房新社　発売元　新学社　一九九八年　A6判　三〇七頁　六五〇円

■造本■

並製　無線綴じ　カバー

■奥付■

ジュニア版　世界文学の玉手箱4／昆虫記（下）／一九九八年五月一日　初版印刷／一九九八年五月一五日　初版発行／著者　ファーブル／訳者　大岡信／装幀・装画　磯田和一／発行者　清水勝／発行所　河出書房新社　東京都渋谷区千駄ヶ谷二―三二―二／電話（〇三）三四〇四―一二〇一（営業）／三四〇四―八六一一（編集）／印刷・製本　凸版印刷／Printed in Japan ©1998／ISBN4-309-46584-6

■もくじ■

ポシェット版と同じ

■付記■

ポシェット版　と同じページ数、同じ組版

ファーブルの昆虫記　上

〔岩波少年文庫513〕 岩波書店　二〇〇〇年　三一四頁　小B6判　七二〇円

■造本■

並製　無線綴じ　カバー　少年文庫

■奥付■

ファーブルの昆虫記　上（全二冊）　岩波少年文庫513／二〇〇〇年六月一六日　第一刷発行／編訳者　大岡信《おおおかまこと》／発行者　大塚信一／発行所　株式会社岩波書店　〒一〇一―八〇〇二　東京都千代田区一ツ橋二―五―五／電話　案内〇三―五二一〇―四〇〇〇　http://www.iwanami.co.jp/／印刷・精興社　カバー印刷・NPC　製本・中永製本／ISBN4-00-114513-8

Printed in Japan

■もくじ■

初版と同じ、加えて

□まえがき　大岡信

□解説　「ファーブル昆虫記」の二一世紀　小野展嗣《おのひろつぐ》

ファーブルの昆虫記　下

〔岩波少年文庫514〕　岩波書店　二〇〇〇年　三三一頁　小B6判　七二〇円

■造本■

並製　無線綴じ　カバー　少年文庫

■奥付■

ファーブルの昆虫記　下（全二冊）　岩波少年文庫514／二〇〇〇年六月一六日　第一刷発行／編訳者　大岡信《おおおかまこと》／発行者　大塚信一／発行所　株式会社岩波書店　〒一〇一―八〇〇二　東京都千代田区一ツ橋二―五―五／電話　案内〇三―五二一〇―四〇〇〇　http://www.iwanami.co.jp/／印刷・精興社　カバー印刷・NPC　製本・中永製本／ISBN4-00-114514-6 Printed in Japan

■もくじ■

初版と同じ加えて

□訳者あとがき　大岡信

サンタクロースの辞典

朝日新聞社　一九九五年　（頁なし）　16.0×16.0 cm　二二〇〇円

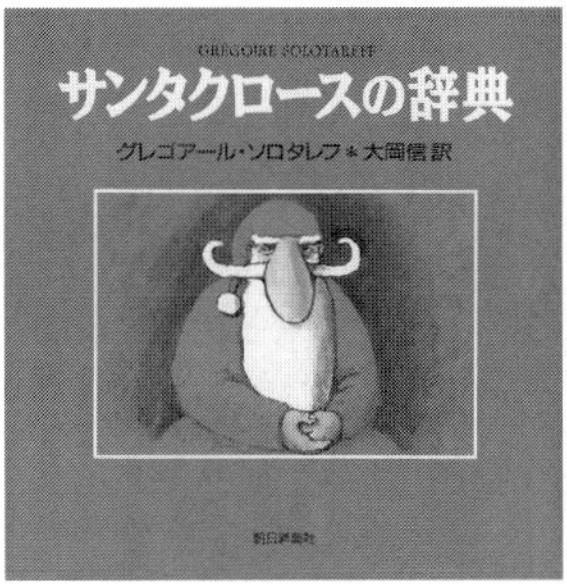

■造本■

上製　糸綴じ　カバー

■奥付■

サンタクロースの辞典／一九九五年一二月一日　第一刷発行／著者　グレゴアール・ソロタレフ／訳者　大岡信／装丁　多田進／印刷所　凸版印刷／発行者　川橋啓一／発行所　朝日新聞社　編集・書籍編集部　販売・書籍販売部　〒一〇四―一一

東京都中央区築地五―三―二／電話・〇三―三五四五―〇一三一（代表）／振替・〇〇一〇〇―七―一七三〇／©1995 Makoto ŌOKA Printed in Japan ISBN4-02-256916-6

シュルレアリスムと絵画

人文書院 一九九七年 五八四頁 A５判 九五〇〇円

■造本■

上製 布貼表紙 糸綴じ カバー 装幀：中島かほる

■奥付■

シュルレアリスムと絵画／１９９７年５月25日 初版第１刷印刷 1997年5月30日 初版第1刷発行／著者 アンドレ・ブルトン／監修者 瀧口修造、巖谷國士／訳者 粟津則雄、巖谷國士、大岡信、松浦寿輝、宮川淳／発行者 渡辺睦久／発行所 人文書院 〒612 京都市伏見区竹田真幡木町39の5 電話 075-603-1344 振替 01000-8-1103／印刷所 内外印刷株式会社／製本所 坂井製本所／©1997 Jimbum Shoin Printed in Japan ／ISBN4-409-10004-1 C1071

■もくじ■

□刊行者のノート

Ⅰ シュルレアリスムと絵画（一九二八）／Ⅱ シュルレアリスム芸術の発生と展望／Ⅲ 断章（一九三三―一九六一）／Ⅳ 周辺／Ⅴ 他の流入、接近（一九六三―一九六五）

□訳注

□解題

□図版目録

□人名解説――索引

※Ⅲのジョアン・ミロ「星座」（一九五八） 大岡信訳

■付記■

原タイトル Le surrealisme et la peinture. (nouv.ed. rev.et corr.)

小さな強者《つわもの》たち

［ファーブル博物記2］　岩波書店　二〇〇四年　二六四頁　A5判　三四〇〇円

■造本■

上製　糸綴じ　函入り　装幀　宇野泰行

■奥付■

小さな強者《つわもの》たち　ファーブル博物記2／二〇〇四年五月二五日第一刷発行／訳者　なだいなだ・馬《ば》場《ば》郁《かおる》・後《ご》平《ひら》澪《みお》子《こ》・大岡《おおおか》信《まこと》／発行者　山口昭男／発行所　株式会社岩波書店　〒一〇一―八〇〇二　東京都千代田区一ツ橋二―五―五／電話　案内〇三―五二一〇―四〇〇〇　http://www.iwanami.co.jp/／印刷・法令印刷　函印刷・NPC　製本・松岳社／ISBN4-00-006686-2　Printed in Japan

■もくじ■

□小さな強者《つわもの》たち　……　なだいなだ・馬場郁訳

ふたたびポールおじさんを囲んで／歯／歯のいろいろな形／コウモリたち／コウモリの翼／コウモリの聴覚と嗅覚／ハリネズミ／冬眠／モグラ／モグラの巣とトガリネズミ／ジャン・ル・ボルニュのやったこと／夜行性の猛禽類／ネズミの仲間／ハタネズミ　ハムスター　ヤマネ／ミミズク／フクロウ／イヌワシ／オオタカ　ハイタカ　ハヤブサ／チョウゲンボウ　トビ　ノスリ／カラス／ハシボソガラスの仲間／キツツキ／アオゲラ　アカゲラ　アリスイ　ゴジュウカラ／キバシリ　ヤツガシラ／カッコウ／モズ／シジュウカラ／ミソサザイ　キクイタダキ／ツバメ／アマツバメ　ヨタカ／いろいろなくちばし／虫を食べる鳥／種を食べる鳥／ヘビとトカゲ／両棲類／ヒキガエル

□女の子たち　……　後平澪子・大岡信訳

テレーズ／読み方／アンヌ／花束／仕事／マグドレーヌ／ジュリー／エレオノール／アンジェル／ロール／マルグリート／質素／シュザンヌ／ジュスティーヌ／アドリエンヌ／エミリー／イザベル／ジュリー／ヴィクトリーヌ／巣の中のヒナ鳥／クルミ／ジュリエンヌ／ポーリーヌ／シドニー／三つのオレンジ／リュシー／ウラリー／ファニー／ライオンとネズミ／ロザリー

／クレール／リーズ／ワンピース／メラニー／アガット／ステファニー／ジャンヌ／時間／エミリーとクローディーヌ／ファニー／エレーヌ／願い事／クリとクルミ

□訳者あとがき

□あとがき（なだいなだ）

■付記■

全六巻のうちの第二巻

全巻とおして大岡信、日高敏隆、松原秀一編

原タイトル　Les auxiliaires／Les petites filles

現代詩論大系4　一九六〇―一九六四　上

思潮社　一九六五年　二九一頁　B6判　八八〇円

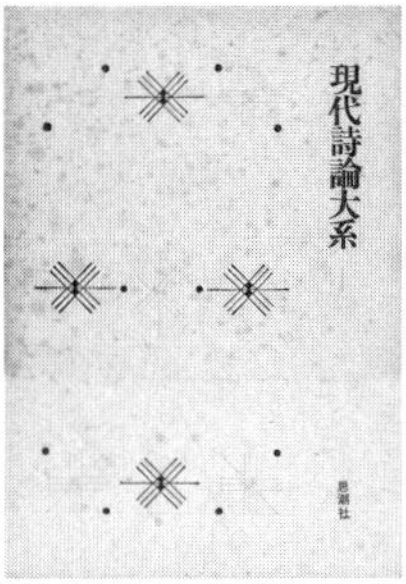

■造本■

上製　糸綴じ　函入り　装幀：真鍋博

■奥付■

現代詩論大系第四巻／一九六〇―一九六四〈上〉／一九六五年十二月一日第一刷発行／編者　大岡信／発行者　小田久郎／発行所　思潮社　東京都文京区本郷一丁目五―一七　三洋ビル　電話　八一二局七八八七、二二九一～八番　振替東京八一二一番／本文用紙：十条製紙　装本用紙：特種製紙　本文印刷：表現社　装本印刷：福仙堂印刷　製函：永井製函所　製本：難波製本所／定価　八八〇円

■もくじ■

□I

草上記　三好達治／無感動時代と詩の力　宗左近／蒼ざめたる牛　黒田喜夫／疑問符を存在させる試み　大岡信／断言肯定命題　谷川雁／現代詩の恢復　菅野昭正／現代詩の倫理　天沢退二郎／詩と行為と場所　長田弘／現代詩一面　寺田透／戦後詩への一視点　清岡卓行／垂直的人間　堀川正美／詩と体験の拡大　鮎川信夫／詩の不可能性　北川透

□II

詩論の試論　岩田宏／ジャズと詩についての劇場風の四つの章　友竹辰／吃音宣言　武満徹／日本の歌をめぐって　谷川俊太郎／行為とその誇り　寺山修司／エロスと笑い　松永伍一／「家出」の思想をもて　関根弘／詩におけることばと形式の問題　黒田三郎／或る鑑賞　安東次男／新批評の逆説　片桐ユズル

□解説　大岡信

現代詩論大系5　一九六〇―一九六四　下

思潮社　一九六五年　二六七頁　B6判　八八〇円

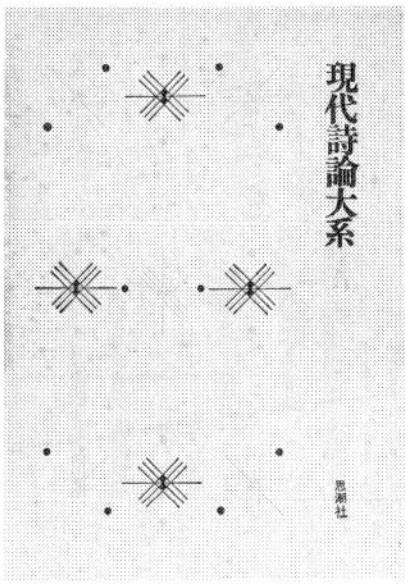

■造本■

上製　糸綴じ　函入り　装幀：真鍋博

■奥付■

現代詩論大系第五巻／一九六〇―一九六四〈下〉／一九六五年十二月十日第一刷発行／編者　大岡信／発行者　小田久郎／発行所　思潮社　東京都文京区本郷一丁目五―一七　三洋ビル／電話　八一二局七八八七、二二九一～八番　振替東京八一二一番／本文用紙：十条製紙／装本用紙　特種製紙／本文印刷　表現社／装本印刷　福仙堂印刷／製函　永井製函所／製本　難波製本所／定価　八八〇円

■もくじ■

□Ⅲ

近代精神の詩的展開　吉本隆明／伝統詩と近代詩　安東次男／彼岸のリアリズム　栗田勇／割れない卵　大岡信／シュルレアリスム詩論序説　飯島耕一／超現実主義と詩的体験　滝口修造

□Ⅳ

恋愛詩のメタフィジックをめぐって　清岡卓行／宮沢賢治論素描『銀河鉄道の夜』覚書　天沢退二郎／少年の純潔について　村松剛／詩の擁護　篠田一士／わが詩の擁護　飯島耕一

□Ⅴ

詩とは何か　吉本隆明／詩論を意図する随想　寺田透／詩と立法　三枝博音／詩と風土　高橋和巳／詩における〈全体〉と物　高良留美子／幻想と詩の接点　入沢康夫／詩の空間　粟津則雄

□解説　大岡信

■付記■

現代詩論大系　全5巻＋別巻

第一巻：一九四六―一九五四年　編集解説　鮎川信夫

第二巻：一九五五―五九（上）　編集解説　吉本隆明

第三巻：一九五五―五九（下）　編集解説　吉本隆明

別巻：詩人論・年譜・資料集

現代詩論大系4　一九六〇―一九六四　上

［新装版］　思潮社　一九七一年　二九一頁　Ｂ６判　八八〇円

■付記■
一九六五年十二月一日刊の新装版

現代詩論大系5　一九六〇―一九六四　下

［新装版］　思潮社　一九七一年　二六七頁　B6判　八八〇円

■付記■
一九六五年十二月十日刊の新装版

現代詩大系3

思潮社　一九六七年　三一七頁　四六判　七五〇円

■造本■
上製　糸綴じ　函入り　装幀：清原悦志

■奥付■
現代詩大系　3／著者　大岡信　長谷川竜生　吉岡実　清岡卓行　長田弘／編・解説　天沢退二郎／戦後詩概観　大岡信／発行者　小田久郎／発行日　一九六七年三月一日／発行所　思潮社　東京都文京区西片一の一四の一〇の一〇三／電話　八一二―七八八七・五七七七　振替東京八一二一／印刷所　宝印刷・福仙堂美術印刷／製本所　岩佐製本／用紙　北越製紙・日清紡績・安倍川工業・日本クロス工業／定価　七五〇円

■もくじ■
□詩選　大岡信、長谷川竜生、吉岡実、清岡卓行、長田弘
□解説　天沢退二郎
□戦後詩概観Ⅲ　大岡信

■付記■
大岡信：青春／物語の朝と夜／声のパノラマ／さわる／転調するラヴ・ソング／お前の沼を／礁湖にて／マリリン／心にひとかけらの感傷も（未刊詩篇）／ことばことば（未刊詩篇）

■付記2■
現代詩大系　全7巻
通巻連載「戦後詩概観」大岡信
第1：詩選　黒田三郎　中桐雅夫　山本太郎　川崎洋　石原吉郎／解説　岩田宏
第2：詩選　鮎川信夫　関根弘　谷川雁　那珂太郎　三木卓／解説　清岡卓行
第4：詩選　田村隆一　北村太郎　茨木のり子　渡辺武信　三好豊一郎／解説　鮎川信夫
第5：詩選　安東次男　黒田喜夫　吉野弘　谷川俊太郎　中江俊夫／解説　清岡卓行
第6：詩選　堀川正美　入沢康夫　富岡多恵子　岡田隆彦　吉

増剛造／解説　天沢退二郎
第7：詩選　飯島耕一　岩田宏　中村稔　天沢退二郎　高野喜久雄／解説　鮎川信夫

言語空間の探検

［現代文学の発見13］　学藝書林　一九六九年　五二九頁　四六判　七五〇円　装本：粟津潔

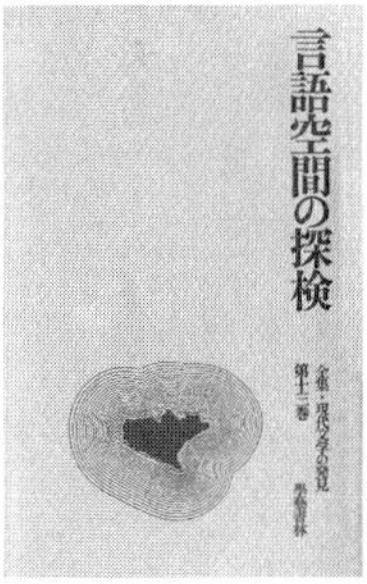

■造本■
並製　雁垂れ表紙　糸綴じ
■奥付■
全集・現代文学の発見　第十三巻／言語空間の探検／著者代表　滝（ママ）口修造©／編集者　八木岡英治／発行者　田寺正敬／印刷者　和田彰三／発行所　株式会社　學藝書林　東京都中央区西八丁堀二の十　〒番号一〇四　振替東京一〇八二一一／印刷・製本　東洋印刷／昭和四十四年二月十日第一刷発行／七五〇円　送料九〇円
■もくじ■
軍艦茉莉（安西冬衛）　戦争（北川冬彦）　象牙海岸（竹中郁）　Ambarvalia（西脇順三郎）　黒い火（北園克衛）　瀧口修造の詩的実験 1927―1937（瀧口修造）　測量船（三好達治）　十年（丸山薫）　春と修羅（第1集）（宮澤賢治）　定本　蛙（草野心平）　逸見猶吉詩集（逸見猶吉）　海の聖母　故園の書　稗子伝　未来者（吉田一穂）　山羊の歌　在りし日の歌（中原中也）　富永太郎詩集（第1集）（富永太郎）　鮫　女たちへのエレジー（金子光晴）　山之口貘詩集（山之口貘）　小熊秀雄詩集（小熊秀雄）　大阪（小野十三郎）　実在の岸辺　抽象の城（村野四郎）　鮎川信夫詩集（鮎川信夫）　囚人　他（三好豊一郎）　四千の日と夜（田村隆一）　繭（全）　他（安東次男）　無言歌（中村稔）　かるちえ・じゃぽね（山本太郎）　絵の宿題（關根弘）　パウロウの鶴（長谷川龍生）　不安と遊撃（黒田喜夫）　谷川雁詩集（谷川雁）　花の店　美男（安西均）　鹹湖　他（会田綱雄）　サンチョパンサの帰郷（石原吉郎）　音楽（那珂太郎）　消息　幻・方法（吉野弘）　川崎洋詩集（川崎洋）　21（谷川俊太郎）　氷った焔（清岡卓行）　静物（吉岡實）　他人の

空（飯島耕一） 記憶と現在（大岡信） ショパン（全）（岩田宏） 太平洋（堀川正美） 鳥（安水稔和） 正確な曖昧（藤富保男） 倖せそれとも不倖せ（入澤康夫） 時間錯誤（天澤退二郎） 装飾楽句（塚本邦雄） 土地よ痛みを負え（岡井隆） 少年 半島（金子兜太） 罪囚植民地（高柳重信） 球体感覚（加藤郁乎） 解説（大岡信）

■付記■

現代文学の発見 全16巻+別巻1

昭和詩集（二）

［日本詩人全集34］ 新潮社 一九六九年 三七六頁 小B6判 三三〇円

■造本■

並製 布貼表紙 糸綴じ カバー 装画：加山又造

■奥付■

日本詩人全集34／昭和詩集（二）／昭和四十四年七月二十五日印刷／昭和四十四年七月三十一日発行／価三三〇円／Printed in Japan 1969・7／©SHINCHOSHA／著作者 鳥見迅彦 他／編者 大岡信／発行者 佐藤亮一／発行所 株式会社新潮社 郵便番号一六二 東京都新宿区矢来町七一／電話（二六〇）一一一一 振替東京八〇八／印刷所 大日本印刷株式会社／製本所 大進堂製本株式会社

■もくじ■

鳥見迅彦 菅原克巳 及川均 会田綱雄 石原吉郎 黒田三郎 安西均 吉岡実 宗左近 安東次男 中桐雅夫 関根弘 新藤千恵 石垣りん 三好豊一郎 那珂太郎 木原孝一 清岡卓行 秋谷豊 北村太郎 田村隆一 谷川雁 生野幸吉 吉本隆明 山本太郎 吉野弘 黒田喜夫 金井直 茨木のり子 中村稔 風山瑕生 粒来哲蔵 長谷川竜生 川崎洋 飯島耕一 渋沢孝輔 大岡信 堀川正美 白石かずこ 安水稔和 入沢康夫 谷川俊太郎 岩田宏 中江俊夫 三木卓 富岡多恵子 天沢退二郎 吉増剛造 長田弘
□あとがきに代えて 大岡信

■付記■

大岡信：青春／春のために／大佐とわたし／お前の沼を／心にひとかけらの感傷も／地名論

柴生田稔、生方たつゑ、窪田章一郎

［現代短歌大系5］　三一書房　一九七三年　三七二頁　四六判　一二〇〇円

■造本■

上製　糸綴じ　函入り

■奥付■

現代短歌大系　第五巻　《全十二巻》／一九七三年八月三十一日　第一版　第一刷発行／編者　大岡信　塚本邦雄　中井英夫　©一九七三年／発行者　竹村一／発行所　株式会社　三一書房　東京都千代田区神田駿河台二の九　電話〇三（二九一）三一三一番　振替東京八四一六〇番／印刷所　第一印刷株式会社／製本所　株式会社鈴木製本所／0392-739805-2726

■もくじ■

□柴生田稔

麦の庭（完本）／　柴生田稔論（窪田般弥）

□生方たつゑ

白い風の中で（完本）《抄》春尽きず／浅紅／海にたつ紅／北を指す／鎮火祭／春祷／虹ひとたび／花鈿／　生方たつゑ論（円地文子）

□窪田章一郎

ちまたの響（完本）《抄》六月の海／雪解けの土／薔薇の苗／　窪田章一郎論（大岡信）

□解説（上田三四二）

世界名詩集　別巻3

世界文化社　一九七九年　一八三頁　29.0×23.0cm　二八〇〇円　世界名詩集　別巻3　グラフィック版　編集委員：加賀乙彦　中村真一郎　原卓也　三浦朱門　吉行淳之介

■造本■

上製　糸綴じ　函入り　装幀・レイアウト　日下弘

■奥付■

グラフィック版　世界の文学　別巻3／世界名詩集／©世界文化社　一九七九／発行　株式会社世界文化社　〒一〇二　東京都千代田区九段北四－二－二九／電話　東京（〇三）二六二－五一一一（大代表）／振替　東京一七三八六九／編集兼発行人　鈴木勤／定価　二八〇〇円／印刷　共同印刷株式会社／製本　大観社製本株式会社／製函　文京紙器株式会社／表紙　ダイ

ニック株式会社／用紙　神埼製紙株式会社　北越製紙株式会社
■もくじ■
□世界名詩集　大岡信編
詩の魅力について　はじめに
第一章　古代・中世・ルネサンス／第二章　近代　ゲーテからランボーまで／第三章　現代　二十世紀の詩人たち／第四章　名訳詩集
□詩史　大岡信
□詩人紹介
□詩史年表
■付記■
挟み込みチラシに、グラフィック版世界の文学全二〇巻の紹介

言葉と世界

［叢書文化の現在1］　岩波書店　一九八一年　二二〇頁　A5判　一八〇〇円
■造本■
並製　糸綴じ　雁垂れ表紙　函入り
■奥付■
叢書　文化の現在（全13冊・第5回配本）　1　言葉と世界／

一九八一年三月二六日　第一刷発行©／定価　一八〇〇円／発行者　緑川亨／発行所　株式会社岩波書店　〒一〇一　東京都千代田区一ツ橋二—五—五／電話〇三—二六五—四一一一　振替東京六—二六二四〇／印刷・法令印刷　製本・文勇堂
■もくじ■
小説の言葉　大江健三郎／退嬰　唐十郎／色と糸と織と——六通の手紙　志村ふくみ／音とことばの多層性　武満徹／実作のカタログ　谷川俊太郎
□言葉の生れる場所　大岡信（媒介者：当該巻における叢書全体の位置付けを明らかにし、読者と執筆者を結ぶ役割）

中心と周縁

［叢書文化の現在4］　岩波書店　一九八一年　二四九頁　A5

判　一八〇〇円

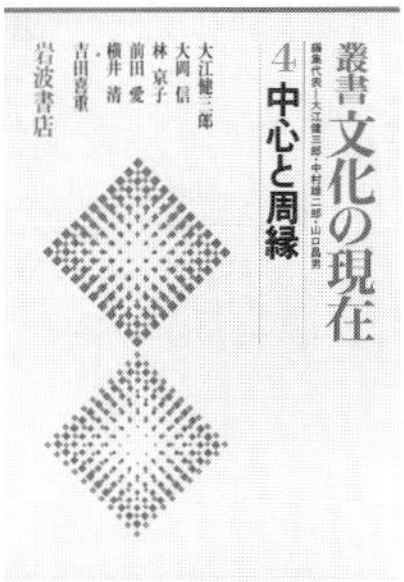

■造本■
並製　糸綴じ　雁垂れ表紙　函入り
■奥付■
叢書　文化の現在（全13冊・第4回配本）　4　中心と周縁／一九八一年三月六日　第一刷発行Ⓒ／定価　一八〇〇円／発行者　緑川亨／発行所　株式会社岩波書店　〒一〇一　東京都千代田区一ツ橋二―五―五／電話〇三―二六五―四一一一　振替東京六―二六二四〇／印刷・法令印刷／製本・文勇堂
■もくじ■
小説の周縁　大江健三郎／創造的環境とはなにか――中心は周縁周縁は中心　大岡信／上海と八月九日　林京子／獄舎のユートピア　前田愛／京都幻像――ある小宇宙　横井清
□周縁がはらむ想像力　吉田喜重（媒介者：当該巻における叢書全体の位置付けを明らかにし、読者と執筆者を結ぶ役割）

美の再定義

［叢書文化の現在9］　岩波書店　一九八二　二四二頁　A5判
一九〇〇円

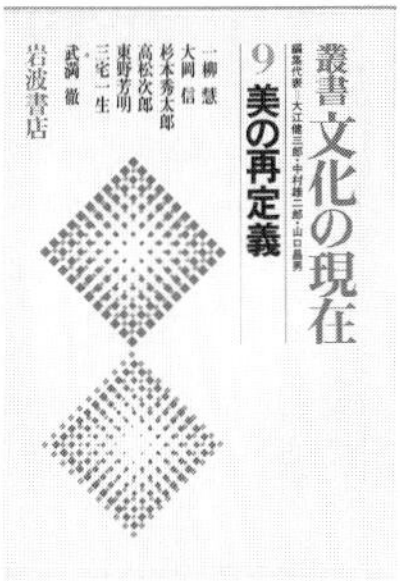

■造本■
並製　糸綴じ　雁垂れ表紙　函入り
■奥付■
叢書　文化の現在（全13冊・第11回配本）　9　美の再定義／一九八二年三月一九日　第一刷発行Ⓒ／定価　一九〇〇円／発行者　緑川亨／発行所　株式会社岩波書店　〒一〇一　東京都千代田区一ツ橋二―五―五／電話〇三―二六五―四一一一　振

替東京六—二六二四〇／印刷・法令印刷　製本・文勇堂
■もくじ■
凝縮への眼差し　一柳慧／It's beautiful！は「うつくしい」か
大岡信／美に関する手紙　杉本秀太郎／抽象芸術と抽象の世界——そして現在の問題　高松次郎／〈美〉の再定義　東野芳明／伝統を生きる　三宅一生
□「美の再定義」へ　武満徹（媒介者：当該巻における叢書全体の位置付けを明らかにし、読者と執筆者を結ぶ役割）
■付記■
叢書文化の現在　全13巻
2・身体の宇宙性／3・見える家と見えない家／5・老若の軸・男女の軸／6・生と死の弁証法／7・時間を探検する／8・交換と媒介／10・書物——世界の隠喩／11・歓ばしき学問／12・仕掛けとしての政治／13・文化の活性化
編集委員：磯崎新・一柳慧・井上ひさし・大江健三郎・大岡信・清水徹・鈴木忠志・高橋康也・武満徹・東野芳明・中村雄二郎・原広司・山口昌男・吉田喜重・渡辺守章

ことばよ花咲け　愛の詩集

［集英社文庫］　集英社　一九八四年　三八八頁　A6判　四二〇円

■造本■
並製　無線綴じ　カバー　文庫　カバー：宇佐美爽子
■奥付■
集英社文庫／愛の詩集　ことばよ花咲け／昭和五九年四月二五日　第一刷／編者　日本ペンクラブ／発行者　株式会社集英社
〒一〇一　東京都千代田区一ツ橋二—五—一〇／電話　東京（二三八）二八四二（編集）（二三〇）六一七一（販売）／印刷　株式会社廣済堂／©The Japan P. E. N. Club 1984　Printed in Japan／ISBN4-08-751025-5　C0193
■もくじ■
明治・大正／昭和・Ⅰ／昭和・Ⅱ　大岡信：選
□著者略歴
□解説　大岡信

ことばの流星群　明治・大正・昭和の名詩集

集英社　二〇〇四年　二四七頁　四六判　一九〇〇円

■造本■

並製　無線綴じ　カバー　装画：松本孝志　装幀：多田進

■奥付■

ことばの流星群《りゅうせいぐん》　明治・大正・昭和の名詩集／二〇〇四年一月一〇日　第一刷発行／編者　大岡信《おおおかまこと》／発行者　谷山尚義／発行所　株式会社集英社　東京都千代田区一ツ橋二―五―一〇　〒一〇一―八〇五〇／電話　〇三―三二三〇―六一〇〇（編集部）〇三―三二三〇―六三九三（販売部）〇三―三二三〇―六〇八〇（制作部）／印刷所　大日本印刷株式会社／製本所　株式会社石毛製本所／©2004 Makoto OOKA, Printed in Japan／ISBN4-08-774673-9　C0092

※本書は昭和五十九年に日本ペンクラブ編の日本名作シリーズの一冊、大岡信・選「愛の詩集　ことばよ花咲け」として集英社文庫で刊行されたものを単行本に再編集したものです。

■もくじ■

『ことばよ花咲け』と同じ。加えて
「新版『ことばの流星群』・あとがき」大岡信

五音と七音の詩学

〔日本語で生きる4〕福武書店　一九八八年　二六八頁　B6判　一〇〇〇円

■造本■

並製　糸綴じ　カバー

■もくじ■

「俳句も短歌も短いから」大岡信
I何はともあれ詩歌のはなし
「日本的詩歌の形式に関する遇談」日夏耿之介／「父歌六」中村吉右衛門／「詩・こんな書き方もある」谷川俊太郎／「朝の少女に捧げるうた」大岡信／「百人一首」安野光雅／「「カン

ケリ」嫌い」秦恒平／「わたし、偉人」江國滋／「「新酒の巻」について」石川淳・安東次男・大岡信・丸谷才一／「幻の「凍れる木（ルビ：フローズン・ツリー）」」入沢康夫

Ⅱ溜息に行分けはない

「斎藤茂吉さんに答ふ」与謝野晶子／「歌のいろいろ」石川啄木／「大逆事件と詩歌」久保田正文／「行わけのこと」北原白秋／「この集のすゑに」釈迢空／「唐招提寺の円柱」会津八一／「歌合の判詞あるいは日本の歌論」竹西寛子／「「思う」という言葉」宮柊二／「孤燈春秋」塚本邦雄／「気運と多力者と」斎藤茂吉／「ともし火」窪田空穂

Ⅲよろしき友なくては

「漱石の句の滑稽思想」山本健吉／「可憐なる詩趣」三好達治／「俳諧はなくてもあるべし」尾形仂／「時世」河東碧梧桐／「絵に空白を存する叙法」／「天心先生の言」水原秋桜子／「降る雪や」中村草田男／「俳友記」西東三鬼／「しくじりばなし」加藤楸邨／「月並礼讃」飯田龍太

Ⅳ自由に、そして厳格に

「室生犀星に就いて」萩原朔太郎／「どむみりと」安東次男／「「亜」の全冊」清岡卓行／「波、詩のことば」那珂太郎／「金子さんへのエレジー」飯島耕一／「諸芸のリズム」小泉文夫／「『月下の一群』白水社版あとがき」堀口大學

■奥付■

©Makoto Ōoka／Printed in Japan／日本語で生きる・4　大岡信編　五音と七音の詩学／一九八八年二月二九日　第一刷印刷／一九八八年三月五日　第一刷発行／企画　大野晋・丸谷才一／装丁　和田誠／発行者　福武總一郎／発行所　株式会社福武書店／〒一〇二　東京都千代田区九段南二−三−二八／電話東京（〇三）二三〇−二一三一　振替東京六−一〇五〇九七／本文印刷所　図書印刷／カバー・表紙・扉印刷所　栗田印刷／製本所　加藤製本／定価　一〇〇〇円／ISBN4-8288-2253-4 C0095/NDC914188 270P

■付記■

日本語で生きる　全5巻

1・この素晴しい国語（大野晋編）／2・話しことば大百科（井上ひさし編）／3・恋文から論文まで（丸谷才一編）／5・唄には歌詞がある（柴田南雄編）

集成・昭和の詩

小学館　一九九五年　六〇五頁　四六判　二八〇〇円

■造本■

並製　無線綴じ　カバー

■奥付■

集成・昭和の詩／一九九五年五月十日　第一版第一刷発行／著者　大岡信・他／発行者　天野博之／発行所　小学館　一〇一—〇一　東京都千代田区一ツ橋二丁目三番一号　振替〇〇一八〇—一—二〇〇／電話　編集　〇三—三二三〇—五一三七　業務　〇三—三二三〇—五三三三　販売　〇三—三二三〇—五七三九／印刷　凸版印刷株式会社／Printed in Japan　ISBN4-09-387143-4／©SHOGAKUKAN 1995

■もくじ■

□詞華集の役割　大岡信
高村光太郎／北原白秋／萩原朔太郎／室生犀星／堀口大学／高橋元吉／西脇順三郎／田中冬二／金子光晴／宮沢賢治　ほか99人760篇の詩（大岡信選）
□昭和詩史　大岡信
□略歴執筆　高橋順子

大岡信（おおおか　まこと）
1931年、静岡県生まれ。詩人。文化勲章受章。日本芸術院会員。詩集『記憶と現在』『故郷の水へのメッセージ』（現代詩花椿賞）『世紀の変り目にしゃがみこんで』『鯨の会話体』、評論『現代詩人論』『紀貫之』（読売文学賞）『折々のうた』（菊池寛賞）『詩人・菅原道真』（芸術選奨文部大臣賞）、『うたげと孤心』『正岡子規』『岡倉天心』、講演集『日本詩歌の特質』、美術評論集『生の昂揚としての美術』他多数。

大岡信・全軌跡　書誌

2013年8月1日　初版第1刷

発　行　大岡信ことば館　担当　森ひとみ
　　　　〒411-0033　静岡県三島市文教町1-9-11

発　売　株式会社　増進会出版社
　　　　〒411-0033　静岡県三島市文教町1-9-11
　　　　電話 055-976-9160 FAX 055-989-1360 振替 00800-1-158597

装　丁　岩本圭司

本文印刷・製本　大日本法令印刷株式会社
表紙印刷　合資会社三島印刷所
ISBN978-4-87915-841-3 C0095
ⒸOOKAMAKOTOKOTOBAKAN　Printed in JAPAN